陳黎跨世紀散文選

目錄

輯一

人間喜劇

1974-1989

蚊的聯想

1

辭海：「蚊，動物名，昆蟲類雙翅類，體細長，黑褐色，口吻與觸角皆長，腹部細長而略扁，翅透明，有細毛，足長，尖端生爪，雌蚊夜間群出吸螫人畜……」

可注意者，蚊子與人皆動物也。

2

不與蒼蠅為伍，蚊子不是那種鎮日裡嗡嗡價響，遊談無根的惡類。聲東不擊西，說叮就叮；踏實兩字，正蚊子哲學的基本精神。

不學跳蚤顛簸，蚊子咬人是一種三度空間的文明。譬如說空戰即藝術。以卵擊石，以虛探實；蚊子這飛將軍，如是其智勇雙全，才藝兼備。

不同蜂群狼狽，蚊子的運動道德叫人感動。說技術至上，不使有毒的暗劍；一隻小小的蚊子只是點到為止，其餘的，叫對手自個兒收拾。

3

書法家的蚊子善書蚊字。蚊子寫字，蘸慣紅墨水，只消輕輕的一觸，圓圓凸凸的一點跟著浮現。（瞎了眼也摸得出。不識字也看得懂。）

落紅處處的蚊子善書吻字。女人家嘴唇沾胭脂，一記一記的小櫻桃打男人五官手足印上，據說，就是向蚊子那傢伙學來的。

4

與切身攸關，蚊子咬出的記憶豈僅是痛定思痛而已。這刺激，有血有肉有聲有色，說與綠油精知，也只是叫紅腫的針眼哭濕。不如張口自嚙，以咬還咬，以痛止痛。

5

老年人愛笑青年人滿臉面皰，青年人愛笑老年人全身疙瘩。蚊子之為物，針灸之下，人人平等。無所謂面皰疙瘩，無所謂男女老少；這一種法律與荷爾蒙、內分泌無關。

做為醫師，蚊子的針是最佳的驗血工具（雖則血液只有〇型一類）。做為遊記的作家，筆鋒所及，那一顆顆斑紅，說明著「到此一遊」，是最惹眼的一種標記。

6

「萬物之靈，人啊，你的發明戰勝了一切！」

所以傷風克是用來克傷風的；感冒靈是用來去感冒的；避孕失效可以科學墮胎；死了，還有棺材。

所以雨來嘛，傘擋；蚊子來嘛，蚊帳擋。

（一頂蚊帳織得比天衣還要無縫！）

而昨宵，芙蓉帳暖，一隻潛伏的蚊子，夜半起來，同我枕邊細語。並且，趁熟睡，對我做出種種肉麻的舉動。

7

癢，乃蚊子與你生下來的後代裡，最熟讀「反作用定律」的一隻單細胞。

出手，你一招想抓死你的子嗣，而你的子嗣居然立地迸裂成你兩個孫子。

居然分身成無數，以癢還癢，你肉感的子孫！

（一九七四）

臉的風景

髮

如果說額是懸崖，仰望是天空，那無聲無濤從天而降的瀑布——黑色的，便是了。

眉

據說是這樣種在那裡的：
一隻沖天的鷹，飛去時折了雙翼，落地生根。
終於化作眼前的兩簇防風林。

眼

藏乎山水之間，兩隻長著白羽毛而且會說話的黑鳥。
一眨一種飛姿，一轉睛一聲啼叫！

啊，雪山裡唯一的行者。

鼻

不是碑，也不是塔。
一次地崩以後，陷下的兩頰便叫屹立不動的突出成孤峰。偶然，谷水涓涓。
苦的只是山東山西各在天涯的雙頰。

痣

欲射鳥的獵人向天空發了一槍。
失手。
受傷的地方從此留下黑黑圓圓的彈痕。

耳

瀑布把藏在崖下觀潮的岩石，分別洗成兩隻螺螄。
聽雨，聽風，聽水，聽山的雙聲道設備，如是完成。

嘴

那一次地崩，跌得最慘的就是這一口深澗了。
（交通中斷：只好靠兩排叫「齒」的棧道接駁通行。）
為了彌補它的空虛，居然開始把失足者吞下——直到吃紅了兩唇。

（一九七五）

墾丁海濱

我們在黃昏的時候來到海邊。橘紅的暮色彷彿受傷的獸類跌倒在沙灘，流血不止的傷口逐漸凝固，而不知道哪一牆浪不小心波及到了，整個天空突然絢爛起來，一大片混亂的紫色，紅色，黃色的血跟著起伏的海水氾濫到無限。沙灘上有人搶著拍照：卡擦，卡擦的聲音。四周隨即被寂靜掩沒，除了浪聲。黑暗在大家忙碌興奮的時候不知不覺地落下來。

這是海島的最南端，站在相當的高處你可以找到兩條線：一條隔開太平洋跟巴士海峽，一條切斷巴士、台灣海峽。我把視線往前方不斷地投去，試圖跟另外兩條抽象的線交會。天愈來愈暗，左右只一種顏色，一種聲音。我放出去的線斷了。

然後我發覺海水是土黃的，躺下來。然後我發覺自己躺在一塊土黃的沙灘上。那是真正的沙灘，不是嗎？不像自己長大的海岸。我似乎記得地理課本上面說的了：海島西部多沙岸，海岸平直；東部多岩岸，海岸彎曲，富良港。所以我是從有海港，有岩石，有斷崖，有大浪的地方走到眼前這一片溫柔的。所以我真的是一個疲倦的旅人，長長的跋涉以後需要一張舒適的床躺下。所以我們在黃昏的時候趕到這海島的南端。

我說過這是一片很叫我驚奇的沙灘：沒有骨，沒有刺，沒有所謂的個性，沒有感覺。喜怒哀樂是怎麼也擠不進來的。躺下來是最自然的動作。躺下、睡著，就是這麼簡單。彷彿忙碌了一天，一年，一世，只是為了到這麼一個地方躺下。其他的人在旁邊走來走去，一來一往，週而復始的海浪。許久以前，希臘詩人莎孚克利斯在愛琴海濱聽到一種永恆的悲調，那悲調使他想到人類的苦難，並且在千年後流到多佛海濱，流到英國詩人阿諾德的耳裡；並且響得更悲。因為詩人對他身旁的人說：

啊，愛人，讓我們
彼此忠誠！因為這世界，雖然
橫在我們眼前像一塊夢土，
如此繁複，如此美麗，如此新穎，
事實上卻沒有歡樂，沒有愛，沒有光，
沒有真確，和平，沒有鎮痛之方；
我們在這裡，像在昏暗的平原，
飽受爭鬥與逃逸的混亂驚擾，
無知的軍隊在夜裡互相衝撞。

而現在，它難道流到了墾丁海濱？

（一九七六）

孩子們的海

華茲華斯

我不曾想到國中一年級的學生，是那麼的接近上天的榮耀又那麼不察覺它的即將逝去。我是指他們的無知，天真，像嫩綠的葉子，那般新鮮且自足地存在於樹；甚至不能說是「掛在樹上」，因為掛著的東西終究是會掉下來的。

我難道不曾活過那個年齡嗎？天空對我們是每天都不一樣的電影，而一顆球可能是更奇妙的一個天空。那是多遙遠的記憶啊，六歲到十二歲？十三歲那年，我的老師面容嚴肅地說：「摸摸你們的頭，你們不再是乳臭未乾的小學生了！」我好像看到一滴雨水從雲的屋簷滴落到硬繃繃的地面並且消失無蹤。閱讀校規變成最有意義的休閒活動，而所謂喜悅來自成績手冊上斷續蒐集到的有趣如「循規蹈矩」、「品學兼優」的戳印。不是有一段乳香四溢的日子，當我們張開每一張身上的嘴，了無忌憚地吸吮一切營養，並且不知道什麼叫「臭」。

對於上課時因窗外一隻鳥叫而突然忘我的你的學生你能說什麼？我不曾想到國中一年級的孩子是這麼地接近上天的榮耀。華茲華斯是對的，當一八〇二年他寫下如下的詩句：The

Child is father of the Man。

我們的學生不就是我們的老師，在我們近視逐漸加深的時候教我們重新觀看自然？

孩子們的海

我喜歡看那些腦筋稍差的學生充滿自信地起來發表他們的意見，那是一種真正的喜悅，彷彿突然你發覺被冷落一旁的野花也有它們獨自的芳冽。「老師我！老師我！」還有什麼能比這種渴切的呼喊使你感覺到你是老師的？

課本裡教到一個海的比喻：一萬匹飄著白鬣的藍馬呼嘯著疾奔過我的腳下。我要學生說出他們自己的海。一個說海像一床動來動去的藍色被子；一個說海像飄著許多朵白雲倒掛在腳下的天空；另外一個學生的海似乎只存在於夢幻，他說，海像浸著紅色藍色墨水的巨獸在夜裡用它的頭髮糾纏我。

這些孩子會笨嗎？當他說海像老師洗過一遍又一遍的牛仔褲，又藍又白。

（一九七七）

老鼠金寶

在我讀幼稚園時，我的老師就告訴我：「金寶，好好保護你的牙齒，做為一隻老鼠，沒有什麼比咬更重要的了！」開學第一天，每隻老鼠都發一支牙刷一條牙膏，當大家都笨手笨腳不知道怎麼擠弄牙膏的時候，老師大笑地說：「孩子們，刷牙是人們的事，聰明的老鼠都應該知道保護牙齒最有效、最直接的方法就是咬！」那一天，我只咬下了牙刷邊邊的一根毛，回家以後牙齒痛得像針刺一樣。

但這並不能阻止我對咬的追求。課本上有一句話說得好：「吃得苦中苦，方為鼠上鼠。」不咬東西的老鼠算什麼老鼠啊，那不就像生為貓而不會抓老鼠一樣可笑嗎？學生時期的我曾經因為太用功而兩次咬斷了自己的牙齒，但「金寶是最勇敢的老鼠」的消息卻從此傳開了。畢業考試那天，我不但毫不費力地把三條牙膏的鐵皮咬得像碎紙一樣，並且還把校長室的牆壁咬破一個大洞。

離開學校後，我被分發到銀行界服務。我們鼠輩自然多半是上夜班。每當夜深人靜，商店行號紛紛打烊的時候，我的朋友們便從陰暗的角落擁向各自工作的場所。就像世上的人們一樣，我的朋友們也喜歡追逐那些甜的、軟的，容易咬嚼，不需要什麼頭腦即可消化的東西。因此，大街上那兩、三間糖果店、麵包店就成為他們競相前往的天堂了。好幾次，我聽到轉角賣捕鼠器的老頭嚇他的孫子說：「你再吃糖，當心老鼠咬斷你的牙齒！」

我卻不曾迷戀那些柔軟甜蜜的東西，我追求更永恆、實在的財富。錢？是的，銀行裡多的是錢。我也曾跟著我的同事們不眠不休地咬食一把一把鉅額的鈔票，但到頭來，總覺得只是一堆大同小異的數目字在肚子裡反覆地滾來滾去。生命難道只能這樣嗎？我不願我的牙齒成為咬紙的機器。我開始退到那棟大建築物角落的小房間裡，在清寂的午夜獨自啃嚙那一枚枚星光般璀璨、堅實的硬幣。

生命誠然是短暫而又叫人驚訝的。我的同胞中頗多因咬了什麼老鼠藥而突然離開這個塵世的。但沒有什麼毒藥、陷阱能減低我對偉大、新奇事物的熱情。我曾經咬過最硬的金塊、銀塊，也曾經吃過那一觸即溶的棉花糖、霜淇淋。我曾經在一大堆發臭的垃圾中鑽研翻尋，也曾經潛入香肉店品嘗那紅豔欲滴的香腸（有些據說還是老鼠肉製成的！）。前兩個禮拜我溜進一家書店，那些像山一樣高的書的確嚇了我一跳。我本來以為印在紙上的東西都跟鈔票一樣單調無奇，沒想到咬了幾頁以後，卻發覺書中另有一番滋味。這使得我一有空便想往書裡頭鑽。那些英文書似乎比較乏味，總是幾個字母重複排來排去，但中文就有趣多了。有一次肚子餓得急，翻開書見到「餓」那個字，馬上撲過去一口把左邊的「食」字咬掉，回頭一看，沒想到「我」就站在那裡！又有一次在漆黑的夜裡咀嚼黑暗的「暗」字，吃著吃著，聽見有聲音自「暗」中發出，連忙張大嘴巴，用力把那些窸窸窣窣的聲音吞掉，等一切都回復寂靜的時候，黑暗的夜裡居然溜進了日光！最奇妙的是咬《動物百科》那本書的經驗了。有一個動物初見時嚇得我拔腿就想跑，驚魂稍定後，想到那只是一個「字」，就大膽把它吃下去了——吃到最後還有草的味道呢。這個字你不怕，我怕——就是「貓」哪！

開卷有益。他們不是都這麼說嗎？書中自有顏如玉，書中自有我金寶。我是老鼠，我要咬文，我要嚼字。

（一九八三）

陳腐先生傳

第一次見到他，是我剛來這個學校的第二天。鳥窩般的頭髮，洗得有點髒的牛仔褲，走路時不時往地下看的眼睛和金邊眼鏡。二十七、八歲，瘦而高的個子。最主要的是他腳下穿的涼鞋——不，比涼鞋構造還簡單的沒有鞋帶的拖鞋式涼鞋。我最先以為他是搬汽水或冰淇淋到樓下福利社來的送貨工人；後來看到他拿著一包資料袋上樓，走進教員休息室，猜想他大概是隔壁事務處打雜的職員；等他走到我前面的座位坐下，拍拍桌上的灰塵，喝口茶，並且拉開抽屜把東西放進去時，我心裡才叫了起來：「老天，他也是老師啊！」我瞄瞄他玻璃墊上的功課表：陳腐先生，二年五班國文，二年五班英語，二年五班公民與道德，三年十三班英語——那不是我班上嗎？給一個教國文又教公民與道德的陳腐先生教英語，這算什麼呢？一直要等到第二個禮拜學生在週記上寫到他的名字時，我才發現陳腐先生的「腐」字原來是個「庯」字。糟糕的是我已經先入為主地以他為陳腐了。

但很快地我就發覺他的陳腐新得令保守的我覺得有點驚世駭俗。首先是他在各種場合上的發言。他似乎不懂得什麼叫禮貌或謙虛，也不懂什麼叫世故或體貼。開會時大聲指責學校不應該這樣那樣地拿空洞的題目給學生作文比賽、演講比賽、壁報比賽，或者那樣這樣地要求學生做大人們自己都做不好，不願做的事。碰到什麼不喜歡的人或事，他會毫不留情地脫口罵出；對於自己又自以為是，彷彿他是全世界第一。聽他說話而不覺得他愛管閒事、自大、好表現的人大概是沒有的。而最難忍受的是他的嘲諷，不但嘲人，而且自嘲；常常他譏笑別人老半天，最後一句卻是——「我自己也是！」

班上學生日記、週記上特別喜歡提到他，這使得我有點像讀連載小說般讀他的生活言行了。他上課（據班長許玫玫記載）是從不喊起立、坐下、敬禮的。常常遲到早退，有時又興高采烈地講課講到第二節上課，害學生們連上廁所的時間都沒有。他語出驚人，常常上下古今，把不可能湊在一塊的東西都集合到黑板上來。週記上學生們抄了幾條他考的英文翻譯題：

一、字裡有 1000^2 座 $。（「字典裡有一百萬座銀行」。）
二、寂寞是最昂貴的黑雨傘。
三、高速公路聯結杜甫、布拉姆斯和陳庸先生。
四、他喜歡用白色的墨水畫夢。

啊是的，他的確喜歡用別人看不見的東西畫他的夢想。歪曲的想像力像彎曲的標槍飛來飛去。有次跟學生解釋「頭韻」，他居然舉 Playboy's playmate 與 Penthouse's pet girl 做例子。學生們都覺得他很好玩，很滑稽，有些人甚至以為他有點神經病。大部分學生都不了解這個老師到底要教給他們什麼，雖然我不時看到他們在日記上寫著：「真高興不喝酒的英文老師跟我們講了二十首陶淵明的飲酒詩。」或者「英文老師這個禮拜又刻了兩張莊子、列子裡的成語給我們，奇怪他怎麼盡教我們一些奇怪人的奇怪故事？」或者「陳老師今天放了許常惠的葬花吟和盧炎的憶江南給我們聽，好吵，很像殺豬或死人的音樂。」說老實話，許常惠和盧炎是什麼人，我這個做老師的也不太清楚，但學生既然在日記裡說到了，我不得不不恥下問地探訪一下；久而久之，從陳腐先生那兒也直接間接地碰觸到一些東西。令我不解的是這個人喜愛的東西怎麼可以這樣不同？第一週我看他把一篇叫〈雲〉的小說印給學生讀，第二週我卻聽他跟學生大談國風與英語民謠詩裡的愛情故事；昨天我聽他教學生唱一些單字還不怎麼全懂的什麼 protest songs，今天又看到學生們在日記上寫著康有為、胡適之、殷海光等等名字。

但你幾乎不能懷疑這個人的嚴肅與真誠。他會主動找空堂或週末下午給學生們考試、講課。問題是一個人怎麼可以既熱情又憤世嫉俗，既驕傲又那麼渴望把訊息傳遞給別人呢？說他理想高蹈嘛，教導學生有時又還頗實際有效。說他熱忱慷慨嘛，婚喪喜慶送禮祝賀一類的事他又一概不聞不問。我可以感覺到他想要傳遞給學生一些什麼，但究竟是什麼呢？

有次上課他告訴學生可以仿效孔子的弟子與再傳弟子把他的話也編成一本語錄。「孔子有《論語》，孟子有《孟子》，我的談話集在一起可以叫做《陳腔濫調集》！」第二天起，三十七號周淑芬同學居然就真把陳腐先生的言語集中在她的日記本上：最常見到的是他信口胡扯的一些怪異的小笑話；其次是對時局、現實的批評；再來是透過一張張講義、書籍、錄音帶，亂七八糟什麼文學音樂聖賢豪傑的介紹。記得最清楚的一條是我請產假前看到的。那時省裡有高級長官要到我們學校來視察，我們鄉下地方那位姓徐的建設課長怕上級挑剔，一夜之間從別的地方挖來一百棵樹種在校園，第二天全校驚動。陳腐先生告訴學生這叫「徐公種樹」，可以跟《孟子》公孫丑篇裡的宋人揠苗媲美。

等我生產完回來已是暑假後的事了。回到學校發現陳腐先生已經離開了；有人說他因為得罪了某某人所以沒有領到聘書；也有人說他自覺大材小用，辭職到北部的大報社工作去了；更有人繪聲繪影說看到他在黃昏市場擺地攤。整理辦公桌的時候看見桌腳下擺了一疊已經畢業了的學生日記，我順手拿起一本：劉真芸——一個思想早熟而不穩定的學生，翻開第一頁，又是陳腐先生——

X月X日　星期X

今天聽陳老師講完課後我激動得想哭出來。何其不幸啊，不能生在那些大開大闔的時代！「內除國賊，外抗強權」，那是怎樣一種豪情與壯志啊！為什麼看不見我身邊的青年誠實地關注、觀看現實？為什麼聽不見我的師長父兄發出清醒有力的喚聲？從五四到四五！我無可抗拒地感染了那偉大時代、偉大民族甦醒的呼喊。做一個自覺的人，做一個不為權威、習慣、形式左右的人！是的，至少讓我勇敢地說什麼是真實的、什麼是動人的、什麼是真正偉大的吧！多愚蠢啊，昨日以前的我，以為自己已經很聰明，以為自己已經把握了生命的意義，但是，面對那些真正有血、有肉、有頭腦、有熱情的青年，我們的一切，豈不是太瑣碎，太可笑了嗎……

……

……

（一九八三）

寫給阿Q

還記得我們第一次的約會嗎？悶熱的夏夜，棉被底下最初的擁抱。那時的你活在一疊輾轉覓得的破抄本上，我在勉強可辨的字裡行間辛苦、興奮地讀著你的行狀。一個平頭的中學生他曖昧的初戀。我小心地拿著手電筒，一手拉著棉被，深恐洩漏出去的春光會驚醒隔壁寢室的教官。那一夜，在那個影印機、錄影帶、色情理髮廳尚未流行的時代，全台灣有成千上萬的少年正躲在他們的被窩裡看黃色小說。

汗濕隨著對你的恨與愛布滿全身。我幾次熄掉手電筒，推開棉被探頭長嘆，奇怪天下怎麼會有你這種蹩腳無能的男主角。我恨你缺乏偉大的英雄氣質，但對於你那獨創而荒謬的「精神勝利法」卻有幾分欣賞。（也許因為在現實生活裡，我也跟你一樣，是形貌不揚、無顯赫出身，又不甘長久雌伏、受欺的弱者吧！）每次聽到別人打你時你心裡歡呼的那一聲聲「兒子打老子」，我心頭就一陣痛快。

我知道在這種是非不明、善惡顛倒的世界裡，誠實正直的你實在很難有什麼作為。所以當你離開村莊，進城跟你的朋友合作一些他們誣稱為「偷竊」的事業時，我其實並不介意。

先賢（忘了是孔子、孟子或老子）說過一句話：「大盜賣國，小盜賣內衣褲。」像你這樣不辭勞苦地把價廉物美的衣衫裙褲從遠地「運」回莊上，怎麼可以說是偷呢？而這些人，買了便宜貨、吃到了甜頭，還要在背後說你壞話！也難怪你要革這一群「鳥男女」、這夥「媽媽的」的命了。

我承認你生存的時代跟我們一樣，充滿著偽善、貪婪與吃人的禮教。但再怎麼不滿，你們至多也只能玩革命的遊戲。我猜想「革命」大概是跟大家樂、六合彩類似的一種夢想一夜翻身、致富的大眾娛樂吧。所以當你決心投身革命的時候，我的確對你抱著很大的期望。只是十賭九詐，你不但沒有分享到革命的果實，反而被既得利益者革了命！這一次，連「精神勝利法」也救不了你。

但你的精神卻一直留在我的腦海，並且在以後的日子不斷給我啟迪。你知道我是一個民族意識強烈的愛國青年。在準備聯考的那段日子，讀歷史成為我最大的痛苦，因為我必須反覆背誦那些挫敗的條約、戰爭，讓中國近代史的屈辱一遍遍強暴過我的心頭。當我絕望得想放棄聯考時，你的精神勝利法在我內心起了作用。我在心裡大聲呼喊：「中華民國萬歲！」說也奇怪，面對參考書裡列強諸般的蹂躪，我忽然有了大無畏的勇氣。此後，遭遇大小橫逆我一律脫口高呼「中華民國萬歲」，果然，任何國族或個人的愁苦都迎刃而解。久而久之，連做夢都會說它。

上了大學以後，我託同班僑生從香港偷帶一本新的你進來。這本怕海關查到因而先撕掉封皮的書被我用牛皮紙包著，連同兩本珍貴的花花公子雜誌一起壓在箱底。雖然只有在最要好的朋友來訪時我才肯拿出來炫耀，但平常的日子，走在這鄙俗人世的街上，想到我可能是唯一愛你、擁有你的人，我就驕傲、富有得像個百萬富翁！

畢業後我回到濱海的小城教書。在那段求知若渴的日子裡，我反覆地讀著你以及你的朋友孔乙己、某君昆仲等人的故事。我猜想你的主人魯迅先生（對不起，那個時候他在我們這裡正式的名字應該叫「魯X」）大概也是跟你們一樣的怪物吧。我曾經在一本被塗黑了的英文百科全書裡看到人家說他是二十世紀中國最偉大的作家。我很懷疑這種說法。因為除了有關你跟你的朋友的那幾篇以外，我也曾讀過幾篇魯迅先生寫的其他文章。有一篇〈秋夜〉（選自一本叫什麼《野草》的）居然是這樣的開頭：「在我的後園，可以看見牆外有兩株樹，一株是棗樹，還有一株也是棗樹。」這算什麼狗屁文章嘛？一點都不經濟、不數學。直接說「有兩株棗樹」不就好了嗎？我曾經以它為戒，要學生不要重蹈覆轍，沒想到有個學生居然在作文簿裡寫下了這樣的句子：「中華民國行憲以來歷經數任總統，第一任是　蔣總統，第二任是　蔣總統，第三任也是　蔣總統。」

有一次，學生在上課中問起了你，我情不自禁，連說了兩節課，自以為教學認真、功在黨國。沒想到第二個禮拜，人事室的李先生約談我，說有人寫信到教育局、調查局密告我「為匪宣傳」。好在同辦公室的許多同事都聽過我午睡時高呼「中華民國萬歲」。我很慶幸自己第二學期還拿得到聘書（你知道我只是一個再平凡不過的英文老師！）。但談Q色變，那一天起，教國一新生英文字母，我只敢教二十五個。

幾年不見，隨著最近什麼戒嚴解嚴的，我居然又四處看到你跟你的朋友。「媽媽的，連報紙、電視都公開談論了！」一時間，我有被出賣、欺騙的感覺。你不再是屬於我個人的祕密戀人了，你變成了人盡可夫的娼婦！洞房花燭夜，夜半讀禁書——至情至景，還能再乎？

我懷念那敏感、驚夢、捕風捉影、充滿禁忌的年代。我恐怕我們的下一代再也享受不到這種在恐懼中追尋知識，在暗夜裡思想星光的樂趣了。

（一九八八）

麻糬

如果你住在花蓮，你一定聽過一位歐吉桑，推著腳踏車在街上急促地叫賣：「麻——糬，麻糬、麻糬哦！」這聲音從什麼時候開始，花蓮縣誌上並沒有記載。如果你問住在花蓮的人，他們一定會回答：「從小就有了！」對我而言，他的麻糬已經成為整個童年與鄉土的象徵了。三十年來，吃過多少個他做的這包著好吃的紅豆的麻糬，我已經數不清了，只記得小時候聽到聲音，就趕緊從母親的錢包裡拿五毛錢跑出去。

讀國小時有一次老師帶我們去花崗山開會。在高呼三民主義萬歲、蔣總統萬歲之後，忽然聽到「麻糬、麻糬哦」的聲音，大家一哄而散跑去買，連吃了兩個的阿雄興奮得直呼：「麻糬萬歲！」不是嗎，再沒有比又Q又甜的麻糬更具體地讓我們感覺到生命的美好與珍貴的了。難怪去年冬天，他在寄回來的年卡上告訴我：「不知道你相不相信，身處雪地的異國，午夜夢迴，還常常聽到那麻糬、麻糬哦的聲音。」

他的麻糬為什麼會這麼好吃，買的我們也不知道所以然。有人說是日據時代日本人傳授的祕方，而日本人，據說，又是從原住民那兒學來的。百十年來，物換星移，許多在課本裡、在牆壁上、在升降旗典禮裡被大家高呼萬歲的大人物都萬歲、千古了，只有這卑微的麻糬，仍然鮮活、甜美地存在於這土地上人們的嘴裡、心裡。如果你來到花蓮，別忘了尋問那一聲聲好吃的「麻糬、麻糬哦」！

（一九八九）

老

他在七個兄弟姊妹中排行最末，生他時父母都已是四十幾歲的人了。從小，隨著哥哥姊姊們的長大、離開家，他並沒有感覺到父母親的老，特別是父親。每天，當他還在床鋪上睡覺時，他父親早已拉起樓下的鐵門，穿著汗衫、內褲在門口的大街上運動起來。他們家是小城裡屈指可數的老店號。走過的路人總是友善地跟他父親互相問好，就像每次他父母帶著他去看他二哥比賽棒球時，野球場上的工作人員總會跟戴著白帽的他父親說「林桑好」一樣。

當兵放假回家，他總是搭夜車，在天未亮時到達家鄉。他從火車站慢慢走回家，盤算著差不多是父親起床的時候了，就在家對面皮鞋店旁的公共電話亭打電話回家。他站在家門口，點根煙等父親從樓上下來開門。通常他煙還未抽完，就聽到「拉、拉、拉」鐵門拉起的聲音。

退伍後，在家鄉待了兩年，他又回到研究所念書。每週末搭同一班夜車，回家與當時初認識的他的妻子見面。他還是在鞋店旁的電話亭打電話回家。同樣在家門口抽煙，他發現，總是在自己點起甚至抽完第二根煙時，才聽到「呼拉、呼拉、呼拉」鐵門拉起的聲音。

有一段話不知道在什麼地方看過。「有一個問題我問過很多人：你就準備這樣老去嗎？就在人要回答時，老已經搶先回答了。」

（一九八九）

風

兩個小孩在巷口打羽毛球。「颼」的一聲，力量太大，球掉到附近一間破舊木屋的屋頂上。

兩個小孩放下手中的羽毛球拍。

「都是你啦！」其中一個說。

「誰叫你不接好？」另一個還嘴。

他們跑到屋後的院子，拿了一根竹竿出來。

「你去撿！」

「你啦，你比較高，你去！」

高個子的男孩手執竹竿，面向屋子，用力往上跳。但他太矮了，怎麼跳，還是搆不到球。

他回頭，發現他的同伴已經爬到對面的榕樹上。

「差一點點啦，再跳啦！」

高個子的男孩拿著竹竿往上跳。

「右邊一點！再右邊一點！差一點啦，再用力跳啦！」

樹上的小孩忙碌地指揮著，但是球還是沒有掉下來。

高個子的男孩洩氣地放下竹竿，走到屋子旁邊，準備沿著柱子爬上去。我正替他緊張時，他已經感覺屋柱不穩，自動知難而退。他把同伴從樹上叫下來，拿著竹竿，爬到他的脖子上，搖搖晃晃地走到屋前。

「真危險呢！」我心裡想著，走出門外，準備幫他們撿球。

一陣風忽然吹過來，吹動樹葉，吹動樹影，也把羽毛球從屋頂上吹下來。

孩子們高興地把球撿起來。我鬆了一口氣，心想這風真是日行一善的模範生。

老屋。綠樹。兩個小孩在巷口繼續打羽毛球。

（一九八九）

聲音鐘

我喜歡那些像鐘一般準確出現的小販的叫賣聲。

我住的房子面對一條寬幽的大街，後面是一塊小小的空地。平常在家，除了自己偶然放的唱片，日子安靜得像掛在壁上的月曆。時間的推移總是默默地在不知不覺中進行，你至多只能從天晴時射入斗室內的陽光，它們的寬窄、亮暗來判定時光的腳步；或者假設今天剛好有信，郵差來按門鈴，你知道現在是早上十點半了；或者，如果你那粗心的妻子又忘了帶鑰匙，下班回家在門外大聲喊你，你知道又已經下午四點了。但自從我把書桌從前面的房間移到後面之後，才幾天，我就發覺我的頭腦裡裝了許多新的時鐘。

那是因為走過那塊小小空地的小販的叫賣聲。

那塊小小的空地是後面幾排人家出入的廣場，假日裡孩子們會在那兒玩沙、丟球，除此之外，就幾乎是附近女人家、老人家每日閒聚的特區了。那些小販們總是在這個小空間最需要它們時適時地出現。早起，看完報，你想起自己還沒吃早餐，「豆奶哦，煎包哦，糯米飯哦」的叫賣聲就正好穿過你推開的窗戶，不客氣地進來；而且你知道這是用純正台灣國語呼叫的

「中華台北版」早餐。換個方向，你也許聽到一輛緩緩駛近的小汽車，開著一台錄音機嬌滴滴地喊著：「最好吃的美心麵包，最好吃的美心三明治，請來吃最好吃的美心巧克力蛋糕，美心冰淇淋蛋糕……」時間一到，這些叫賣聲就像報時的鐘一般準確地出現。

　　但這些鐘可不是一成不變地只會敲著噹、噹、噹的聲音，或者每隔一個鐘頭伸出一隻小鳥，「布穀、布穀」地向你報時。他們的報時方式、出現時機，是和這有情世界一樣充滿變化與趣味的。他們構築的不是物理的時間，而是人性——或者更準確地說——心情的時間。就拿在蚵仔麵線之後出現的賣芭樂的老阿伯為例吧，那清脆、鄉土的叫喊雖然只有幾個音節，但宛轉有致的抑揚頓挫卻讓你以為回到了古典台灣。你聽，那一聲聲拉長的吟唱：「鹹——芭樂，鹹—甜—脆—，甘~的哦！」這簡直是人間天籟，台語的瑰寶——具體而微地把整個民族、整塊土地的生命濃縮進一句呼喊。如果你在心裡一遍遍學著，你一定可以聽到跟〈牛犁歌〉或〈丟丟銅仔〉一樣鮮活有趣的旋律。

　　過了下午，乍暖還寒，此起彼落的叫賣聲就更加豐富了。一下子你吃到熱騰騰的「肉圓，豬血湯，四神湯哦」；一下子冷卻下來，變成「芋粿，紅豆仔粿，紅豆米糕」，或者清甜可口的「杏仁露，綠豆露，涼的愛玉哦」。那位賣蝦仁羹的歐巴桑的叫賣聲恐怕是最平板無奇的，但還沒看到她就拿著大碗小碗衝出來的大人小孩，每天不知凡幾。她的蝦仁羹，據「羹學界」人士表示，是確實「料好，味好，台灣第一」的。

碰到颳風下雨，這些鐘自然也有停擺、慢擺或亂擺的時候。他甚至跟你惡作劇。在跟你心情一樣明亮、美好的日子裡，你忽然發現早該出現的叫賣聲一直沒有出現，這時你就會強烈懷念起，譬如說，那推著手推車，一邊搖著鐵片罐子，一邊喊「阿——奇毛」的賣烤番薯的老頭了。你甚至擔心他是不是太老了，太累了，生病了，以至於不能出來賣了。但就在你懷疑、納悶的時候，那熟悉的聲音也許又出現了。

這些聲音鐘不但告訴你時刻，也告訴你星期、季節。慢條斯理，喊著「修理沙發哦」的車子經過時，你知道又是週末了。賣麥芽糖、鹹橄欖粉的照例在星期三出現；賣衛生紙與賣豆腐乳的，都是在星期天下午到達。昨天晚上你也許還吃著燒仙草，今天你忽然聽到他改叫「冷豆花哦」——這一叫，又讓你驚覺春天的確來了。

時鐘，日曆，月曆。這些美妙的叫賣聲，活潑、快樂地在每日生活的舞台裡翻滾跳躍。他們像陽光、綠野、花一樣，是這有活力的城市，有活力的人間，不可或缺的色彩。

我喜歡聽那些像鐘一般準確出現的小販的叫賣聲。

（一九八九）

童話的童話

他們住在如鉛筆畫一般潔淨、樸素的風景裡。五角形的木屋，草地，沿著河岸疏落而立的樺樹。媽媽在岸邊洗衣服，爸爸在木板桌上寫詩。一隻貓——一隻黑色的花貓懶洋洋地在桌底下翻身扭腰。小姊妹們在不遠的樹下和牛玩跳繩的遊戲。或者是姊姊和牛各執繩子的一端讓妹妹跳；或者是妹妹和牛各執繩子的一端讓姊姊跳；或者，如果姊妹們相持不下，牛和樺樹各執一端讓姊妹們跳。

懶洋洋的貓有時候跳到桌上，哲學地看著沉思中的爸爸。風從河對岸吹來，把一疊稿紙吹得像薄雪般一片片落下。

「米琪！米琪！推一推弟弟的籃車！」

遊戲中的姊姊生氣地放下手中的繩子。隔壁的叔叔（說隔壁其實是隔著一道長長的斜坡）有時候把魚網曬在這邊的岸上，提著剛抓到的魚從岸邊走過來。貓打了一個呵欠。牠看到魚，開始移動。鳥糞適時掉到牠的頭上。姊妹們繼續和牛玩跳繩的遊戲。更多碩大的魚，肥美地在水中游來游去。

爸爸在寫一個跟戰爭、跟愛有關的童話。長長的火車在斜斜的雨中把舞蹈中的新郎一個個載走。火車像黑色的唱片在雨中旋轉。抱著新娘的新郎，一個個，像唱片跳針般「剎」一聲消失。婚禮的白紗變成黑紗。雪落下，雪落在城市的公園裡。一個穿戴著長長皮靴、手套，厚厚大衣的女人，嘔氣地和喝醉酒的丈夫吵架。他們的兒子，臉蛋紅得像樹上的蘋果，在旁邊玩鞦韆。吵完架的男人把酒瓶扔在公園的椅子邊，牽著太太和兒子離開。蘋果落下，蘋果落在雪白的雪裡，不管遠方的戰爭和愛情。長長的火車在斜斜的雨中斜斜駛過。

爸爸在腦中寫著這些故事，他看看貓，看看魚。他的稿紙潔白、飢渴得如同即將潮濕的海綿。

天是在河流暗了並且浮起幾顆星星之後才完全黑的。媽媽要妹妹把弟弟的紙花收起來。爸爸在吃完飯的餐桌上寫詩。燈照在紙上，燈照在姊姊剛洗過的臉上。媽媽攤開左邊的乳房給弟弟吃奶。媽媽哄弟弟睡覺：

寶寶乖，寶寶睡，
天上的星星在看著你；
乳燕、小豬早尋夢去，
貪玩的小牛也回家休息。

寶寶乖，寶寶睡，
睡在媽媽的懷抱裡；
你聽，胡狼在山上叫，
不睡牠要來抱走你……

小妹妹在一旁嘟著嘴聽。她想：騙人的！怎麼會有胡狼？以前也是唱這首歌叫我趕快睡。

怎麼沒有胡狼？那一隻胡狼就在門外面的木棚下，隔著窗戶聚精會神地盯著寶寶和媽媽。起先，牠只是因為肚子餓，想要下來挖一些馬鈴薯或玉蜀黍。後來，牠看到火，看到媽媽在屋後起火燒飯，牠就過來了。牠喜歡那火，那溫暖。牠躲在林子裡偷看，恨不得把口中咬的馬鈴薯丟到火裡一起烤。牠看著媽媽煮飯、燒水，替自己洗澡，替寶寶洗澡。牠看著媽媽，在燈下，攤開碩大而白的乳房給寶寶餵奶。牠喜歡那綿密的吸吮。隔著窗玻璃，口水幾乎要掉下來。牠喜歡那溫暖。一遍遍地，牠聽著媽媽唱搖籃歌催寶寶入眠。好幾次，牠疲倦而幸福地在寶寶還沒有入睡時就睡著了。以後，在寂寞的夜裡，在山上，一想到火，牠就下山。

今夜牠總算看著每一個人都入睡了。爸爸，媽媽，姊姊，妹妹，寶寶。抄好的稿紙在燈下閃爍。寶寶睡，寶寶睡得好甜。牠偷偷推開木門，躡手躡腳地走近那燈。牠抱起寶寶，回頭看一看桌子上爸爸寫的童話：蘋果紅的蘋果落在雪白的雪裡。

牠匆忙步出門外，死命地奔跑。牠跑過樹林，彷彿聽到寶寶在屋內的哭聲。低頭，牠發現自己抱錯了方向：寶寶的腳朝上，頭朝下。牠趕緊把他轉過來，穿過一排混亂的白鍵、黑鍵，在顫抖的葉影的追逐裡到達山中的曠地。月光如詩。牠把他放在自己做的小木床裡輕輕搖動。但他哭了。牠著急得不知如何是好；木床愈搖愈快。牠甚至唱起了那首搖籃歌：

寶寶乖，寶寶睡，
睡在媽媽的懷抱裡；
你聽，胡狼在山上叫，
不睡牠要來抱走你……

寶寶在聽了幾句後安靜了。但一會兒，他又哭了。

月光如詩。火在山下的木屋裡熟睡著。

（一九八九）

白雪公主Ⅱ

白雪公主懷孕了。

這則外電從格林兄弟的家鄉黑森－卡塞爾的哈瑙城傳到我們小鎮時，並沒有像上一次檢查官太太內衣褲遺忘在鎮長辦公室那則新聞般成為小鎮地方報的頭條。首先讀到這條消息的是銀行前面賣烤玉米的潘老爹。他驚訝地把報紙遞給在一旁修理皮鞋的小丁。小丁一邊黏著鞋底，一邊淡淡地說：「是嗎？誰是白雪公主？」這就使得本來以為發現新大陸的潘老爹失望起來了。

「連魔鏡、魔鏡，誰是世界上最漂亮的女人的那位白雪公主都不知道，難道他們已經不讀童話了嗎？」潘老爹納悶地走回攤位。對面醫師太太正好牽著狗出來散步。

「醫師娘早，您讀過今天的報紙了嗎？白雪公主懷孕了！」

「哦，我不太清楚，但是我知道英國女王她女兒的狗上週生了三隻小狗，電視上有報導。」

整個上午潘老爹悶悶不樂地烤著玉米，絕口不提報上的事。一直等到他聽到那兩個走過來買玉米的女人，嘴裡嘰哩呱啦討論著白雪公主時，像烤焦了的玉蜀黍般黯黑的他的臉，才開始露出光芒。

「你們也知道這事哦？」

「喲——，聽說就發生在七個小矮人住的那一間森林小屋裡呢。」

「多令人痛心啊，這麼漂亮、純潔的一位公主！才十幾歲呢，還沒有碰到夢中的白馬王子就不明不白懷孕了。」

「有人說是最小的矮人幹的。因為第一天晚上白雪公主就睡在他的床上。」

「我看七個都有嫌疑。」

「會不會是那一粒蘋果出了問題？」

「你的意思是白雪公主吃了壞皇后送來的蘋果，情不自禁，所以就——啊我得趕緊到學校去，早上我也讓我的女兒帶了一個蘋果去呢，會不會也有問題？」

聽著她們說了這麼一大堆內幕消息，潘老爹真是喜怒交集。他一方面高興總算有人跟他一樣注意到這條新聞，一方面卻氣小鎮的報紙怎麼只有那短短的幾行報導。難道她們訂的是國外的報紙嗎？

中午，他照舊送飯包給讀小學的孫女。走過校長室前面的閱報欄，他發現那幾行有關白雪公主的報導被人用黑筆塗掉了。他回頭，看到校長焦急地跟圖書室的管理員說：「趕快把那幾本格林童話從書櫃裡抽出來，查一查書上到底是怎麼說白雪公主的！」

潘老爹把飯包送給孫女時，發覺教室裡嬉笑的情況跟平常似乎沒什麼兩樣。他小聲地問他孫女：「你們老師有沒有說白雪公主怎麼樣了？」他的孫女一臉困惑的說：「白雪公主，誰是白雪公主？」潘老爹這下就真的困惑了。

他在被塗黑的報紙前站了好一會兒，接著轉身走進校長室。

「校長先生，學校裡現在是不是都不教童話了？」他恭敬地問著。

「童話？教啊！高年級的課本這學期不就有一課〈七隻機器鳥和試管美人〉的故事嗎？中年級也有一篇〈股票小飛俠〉呢。」

「我是說你們是不是不教像〈白雪公主和七個小矮人〉之類的童話了？」

「你是指那些古典的史料哦，很抱歉，歷史不在我們教授的範圍。孩子們要學的新東西太多了，實在沒有時間教那些舊東西。如果他們真的有興趣的話，圖書館裡倒還有一些存書，只是我懷疑那些書名他們恐怕連聽都沒聽過呢。」

「你的意思是這些孩子根本連白雪公主是誰都不知道？既然這樣，你們幹嘛還把報上的報導塗掉？」

「這自然是為了學生的健康了。」校長一面吃著午餐的雞腿，一面笑著回答。「學生們沒讀過古代童話，我自己可讀過好幾篇呢。我可沒聽說過哪一位古代童話裡的公主沒有結婚就大肚子的。你不要聽那些記者胡說八道，去年他們居然還說諾貝爾獎得主的詩是抄襲一位中學生的。有很多家長打電話來要我們提防報紙的報導，我們正打算整理一份健康、安全的白雪公主的故事，放學後印發給學生閱讀。」

走出學校，潘老爹決定到街角的書店買一本格林童話全集給他的孫女，然而書店的老闆卻告訴他，他們很久沒賣這本書了。

走過鎮立圖書館時，他看到一大群人排著長龍等候在影印部的門外。他聽到一個人說：「簡直白活了三十年。這麼香豔、刺激的童話，我居然沒有聽說過！」另外一個說：「聽說有一個叫安徒生的，寫得比格林兄弟還精采呢！」他看到雨傘店的老林，美容院的吳先生夫婦，還有麵包店的雙胞胎師傅。他甚至看到矮個子的小丁以及銀行旁邊賣蘋果的老太婆。他興奮地跑過去跟他們打招呼。

小丁說：「聽說圖書館藏有一部完整的白雪公主，大家都搶著要影印來看呢。」

老太婆哭著說：「他們都不買我的蘋果了。說什麼我的蘋果有問題。」

啊，這些人原來是來這兒尋找失落的童話的！潘老爹心裡忽然湧現了一股充實的幸福感，看到這麼多成日為生活忙碌奔波的人，為了一篇童話，居然卸下工作的重擔，趕到這兒排隊、等候。多麼奇妙啊，簡直美得像一篇童話。真要感謝小鎮地方報不起眼的報導。他想：應該要請報社把整篇童話都登出來才對。

還沒走到報社，遠遠地就看到一大堆人喧鬧地圍聚在報社前面的廣場。大門前面是一隊拉著紅色布條的婦女，布條上面寫者「抗議報紙不實報導」，旁邊兩個婦女各舉著一個「婦女貞節聯盟」的牌子。大門左側是一群拿著鐵鏟、十字鎬的壯漢，旁邊立著一塊白底黑字的木牌：「請速公布事情真相，還我礦工兄弟清白！」再旁邊是幾個跟白雪公主裡的小矮人個子差不多高的男人——一邊敲鑼打鼓，一邊喊著：「請勿以有色眼光看待殘障者！」他們身上披著印有「矮人無罪」四個字的背心。

潘老爹這下可愣住了。怎麼整個小鎮忽然間都關心起白雪公主來了？嘈雜中有人大聲喊：「安靜，安靜，報社總編輯出來了！」大家安靜地看著一位戴眼鏡的男士從玻璃門後走出來。

他溫文有禮地跟大家問好。「很感謝各位鄉親對本報的熱愛，本報有義務向各位說明白雪公主事件的真相。」話猶未畢，四周響起一片熱烈的掌聲。「各位也許會感到意外或生氣，但本人不得不跟各位說實話，今天報上刊出的外電，其實只是外國通訊社愚人節玩的遊戲。」

潘老爹不知道在場的其他人心裡怎麼個想法，但他覺得這一切實在太偉大、美妙了，他懷著感動的心情離開廣場，心想如果等一下他的孫女回來問他什麼是白雪公主，他可就有兩個故事可以說了。

（一九八九）

新衣的王國

自從上一次國王穿著那件花了國家總預算百分之十五，由兩位外國專家指導縫成的新衣，一絲不掛地出現在政要、使節雲集的國慶閱兵大典上後，積弱不振的我們的國家立刻在國際間樹立了新的形象。讀過安徒生童話的人們都知道：國王的新衣其實是透明、真空、什麼都沒有的。國慶日那天坐在電視機前面收看實況轉播的群眾，對於那些大砲、戰車所有的興趣遠不如國王身上「祕密武器」曝光所帶來的興奮。觀察家們甚至認為這是我們新國防戰略的一環。這史無前例衣著的突破使我們國家在一夕之間成為全世界注目的焦點，並且連帶推動、引發了一向保守、封閉的我國人民觀念的解放與創新。

首先是各種新聞禁忌、表演禁忌的突破。

報章雜誌上暴露三點的報導不斷出現，各地「牛肉場」更是肆無忌憚地全裸演出。遇有員警取締，嬌滴滴的女郎們就說：「有啊，我們有穿啊，我們穿的是跟國王一樣的新衣呢！」

全國民眾都處在一種莫名的亢奮中。每個人都突然變得勇敢、慷慨、富有起來，並且充滿著自信。那些沒有錢買汽車的，現在都驕傲地抬起頭對他們的鄰人說：「你看，我也有車了，就在那裡！跟國王的新衣一樣好呢，比你們家的汽車要大多了！」

那些沒有錢買房子、沒有錢付房租的，現在都趾高氣揚地對他們的房東說：「你以為我稀罕你的房子哦？我的新房子就要蓋好了。你看，那一棟高入雲霄的就是，那是跟國王的宮殿一樣豪華的新居呢！」

那些沒有錢買貂皮大衣，買鑽戒，買時髦新裝的女士們再也不用難過了。她們輕鬆自在地穿著平日的舊衣服，對那些自以為是的貴婦人們說：「你們算什麼？我身上的珠寶、服飾，大件小件的比你們還多呢！你看，那是跟國王的新衣一樣從國外引進的呢！」

一個「新」字帶給整個國家無限的活力。任何東西只要和「新」發生關係就能產生奇妙的魔力。大家享受著一種前所未有的自由，享受著一種前所未有的創造的快樂。舊的權威、法令、教條再也不能束縛他們了。王宮前的衛兵以前都是背著沉甸甸的槍枝、刺刀輪流守衛，現在他們站崗時身上什麼東西也沒有；問他們，他們就說：「你不知道我們配帶的是更厲害的『新』武器嗎？」印刷廠的排版工人以前每逢節慶，總要熬夜趕工檢排那些千篇一律、又臭又長的〈告全國軍民同胞書〉，現在他們可樂了：他們輕輕鬆鬆用「新」的方法，照樣排印出一張張同樣千篇一律、空洞無物的「新」文告。誰敢說上面沒有字呢？童話上不是說得很清楚嗎：「只有不稱職或笨得不可救藥的人才看不到新衣！」看不到國王陛下偉大文告的人，不是愚不可及，便是沒有「國家觀念」的叛國者——而叛國，對不起，不管在怎麼樣「新」

的時代裡，都是要殺頭的。

全國上下都沉浸在這麼一種真誠而專注的無中生有的氛圍裡，以至於偶然發生了不幸，人們也不在意。上個月，兩個歹徒兩手空空地跑到國家銀行，命令存款部的行員把所有的現金交出來。他們像催眠師般對聽得入迷的行員說：「你看，我們手上有三把機關槍，五顆手榴彈和七隻烏龜，若不照我們的話做，當場叫你魂歸西天！」那可憐的行員無法分辨真假地照著做了。事後，當他向電視台記者描述事情經過時，大家都為他流下同情的眼淚。只是大家都不明白：歹徒身上為什麼要有七隻烏龜？

除此以外，這「新」觀念的引進，確實是有百利而無一害地激發著全國人民的愛國心與榮譽感。人們再也不怕敵國的船堅砲利了；再也不怕那些自命先進的國家它們的高科技、高所得、高效率、高民主了。「你們能，我們也能！」上個星期，報紙上報導非洲有一個國家縫製了一幅長八十四公里，寬一百二十六公里，重八百二十二公噸的世界最大國旗，準備申請登錄《金氏世界紀錄百科全書》，國王的一位宮廷裁縫匠聽到了，馬上表示：「那算什麼！能縫出偉大、美麗的國王的新衣的我們，縫不出一面簡單的國旗嗎？明天我們立刻就用國王的新衣縫一面更大的！」

在妙不可言的新觀念、新方法帶動下，人們的愛國心加強了，同胞的手足愛擴深了，貧富的差距愈來愈小，罪惡的存在愈來愈困難。人們用一種比現實更有效的想像力，化解了一切可能的衝突、仇恨與不道德。

前幾天，有人在御花園裡看到我們的皇后，一絲不掛地跟禁衛軍的侍衛長相擁於噴水池旁先國王的銅像下。當御史大夫面容嚴肅的跟國王陛下報告這件事時，在場的皇后理直氣壯地說：「我們當時可都是穿著整齊的新衣在那兒商談國事呢！」她請國王陛下不要聽信讒言，應以「平常心」看待此事。站在皇后後面的司法大臣這時也說：「皇后的貞操不容懷疑，請國王陛下不必多心。」穿著新衣的我們的國王自然高興地扶一扶頭上的王冠，說：「多言亂邦，無為治國。區區小事，何足掛齒？」

第二天，當慈祥的國王戴著他的王冠走到王宮外的廣場向問安的民眾致意時，民眾們都看到在國王的王冠上另有一頂發光的小王冠。他們困惑地仰望著。疑惑中，有人突然驚叫：「我知道了，我們有兩個王冠的國王，他是主上之主，王中之王呢！國王萬歲，國王萬萬歲！」民眾們聽了，大夢初醒地跟著高呼：「吾王萬歲！吾王萬萬歲！」只一個小孩，看著那發著綠光的小王冠，輕聲地跟他的母親說：「媽！你看，國王的頭上有一頂綠帽子！」

（一九八九）

新龜兔賽跑

自從伊索先生的寓言集被人從困難的希臘語翻成各國語文問世以後，四年一度的龜兔賽跑就成為我們動物界眾所矚目的盛事了。在過去的一千六百多年間，除開二十七次因為碰到動物大戰導致停賽外，雙方總共交手三百七十八回。這中間，烏龜先生因著對伊索寓言的熟讀以及使兔子先生半途睡著的地中海貿易風之協助，輕易贏得了大多數的比賽。一直到本世紀初，一位叫詹姆士·塞伯的美國醫師兼業餘運動史研究者出版了一本分析致勝之道的《龜兔賽跑論》，在裡頭提出了一百零二種避免打瞌睡的方法後，兔子們才藉著——大多數時候——興奮劑與清醒劑的服用，贏得了其中的一些比賽。今年，由於與烏龜同屬硬殼爬蟲類的鱉們種族意識高漲，強烈要求「一國兩制」地獨立組隊參加，遂使行之有年的龜兔對決擴大為龜兔鱉賽跑，加上受到前不久人類運動會禁藥助跑醜聞之影響，國際運動總會特別聲明：嚴禁一切違規藥物之使用——這樣一來，到底誰會在這場劃時代比賽中奪標就更難斷言了。

這次的比賽改在東方的一個島上舉行。風和日麗的午後，動物們扶老攜幼地從各地趕來參觀。兔子先生在一群兔女郎簇擁下跟著兩位醫學顧問首先到達會場；騎著摩托車風馳而至的是烏龜先生；最後進場的是舉著牌子，邊走邊喊「獨立、自主、不吃鱉」的鱉先生。

比賽還是由獵犬鳴槍，青蛙擔任發號員，由於路程比以前長，又請了老鼠、山羊、長頸鹿當各站裁判。負責終點拉線的是兩隻美麗的蜘蛛。槍聲一響，兔子先生便像沖天炮似的飛奔而出。他衝出會場，越過兩座小山，到達老鼠所在的第一站。四周是綠野、大海以及蔚藍的天空，空氣中絲毫沒有什麼誘人入眠的貿易風。兔子先生精神大振，為在場的小老鼠們一一簽名留念，接著高興地跳進路旁的水池中。當他洗好澡再跳上來時，烏龜與鱉才剛剛走出會場，準備上路。兔先生想：「這次比賽冠軍非我莫屬了！」但他實在想知道到底龜與鱉這兩個寶貝誰跑得快些。他跑回原來的地方，看到這一對難兄難弟正亦步亦趨地在地上辛苦爬著。領先在前的烏龜不時伸長著頭對緊跟在後的鱉說：「你有像我這樣長的頭嗎？等一下我就要用它衝越終線。」兔子想：「如果我幫鱉一點忙的話，我的歷史性敵人這次可就要破天荒掛名第三了！」

他要鱉咬住他的尾巴，讓他拖著他跑，但鱉頭實在太短了，才跑幾步就脫開了。他只好跑到鱉尾，頂著鱉屁股往前跑。他想只要在距離終點不遠處擺開鱉獨自往前衝，就一定能如願地完成比賽。

他們很快地跑過第二站、第三站，進入工廠林立的第四站。一大群觀眾在終點處搖旗吶喊，等著他們。他不知道那些聳立在空中的到底是長頸鹿的脖子或是煙囪。忽然間他聞到一股臭味。他想：鱉老弟真不夠朋友，助他一頭之力，還衝著我的鼻子放臭屁！他一頭把鱉撞到路旁，準備自己開始衝刺，那臭味卻愈來愈濃，而且似乎不是從鱉屁股裡發散出來的；因為，他發覺，整個天空都籠罩在一片濃霧當中。他四肢漸疲，聽到旁邊有人喊「加油、兔子，加油、兔子」，然後就昏過去了。

工廠排出的廢氣為什麼沒有對硬殼爬蟲類造成傷害，後來成為島上一位生化副教授升等論文的題目。我們只知道短頭的鱉當時不顧一切地往前衝，在百味雜陳的氣氛中首先衝進終點的蜘蛛網。至於烏龜，機警地把頭縮進龜殼裡，也一步一步地爬到終點。只有兔子，當粉紅色的救護車伊嗚、伊嗚地把他載走時，他還以為自己是坐在勝利的花車上呢。

教訓：小心不如小頭，人算還要天算。

（一九八九）

子與母

我不知道我是孝順的不孝子，或是不孝順的孝子。我常常對學生說：「我的母親從小被我罵到大。」小時候，我拒吃一切拜過的東西。餐桌上發現到拜過的食物，小則絕食抗吃，大則棄碗擲筷、痛罵一頓。年幼的我並未絕情到要母親棄絕那些最基本的人性的信仰、崇拜。但在幾次示威、抗爭後，她不得不把祭拜的形式，次數降到最低；往往只在過年或媽祖生辰時才擺一些簡單的水果或汽水作為祭品。我容忍水果是因為小時的我一向不喜歡吃它們；至於汽水——根據幼時的我的理論，因為有瓶蓋密封，所以雖拜過亦安全可食。

此種對宗教的反感大概跟媽祖廟就在我家前面有關吧。「聰明好學」的我自小就必須忍受來自於廟的種種無理喧鬧；經由擴音器誇大、渲染了的誦唱聲——木魚、鐘磬外，附加電子琴、風琴伴奏；逢年過節號召善男信女踴躍捐輸的精神喊話；廟前廣場「三不五時」搬演的不倫不類的新布袋戲……所以當有人拿著一本紅簿子要來募捐什麼香油錢、祈神費時，我總把拿著錢包準備掏錢的母親罵回去，自己跑進房間把珍藏的耶穌像取出，交來人細看，說：「失禮，我家信這個！」從小，我即以此類自以為是的前進理論時時指導著我的母親。

中學時家中經濟陷入困境。我不知道在那段日子裡，她如何以她微薄的雇員薪水，一面為丈夫還債，一面撫育三個兒子。我想除了省以外，就是忍吧——忍親友間的冷語；忍對自己美麗青春的回憶；忍希望之幻化為失望。我特別記得自己的冬季卡其制服：星期一穿到星期六，星期日脫下來洗。高一穿太長，高三穿太短，只有二年級剛剛好。我在每天聽她催我報考師範學校聲中回訓她有眼不識她兒子的異稟。「只期待我當老師？你不知道你兒子超人一等哦？」我把學校裡可以領到的每一種獎狀、獎學金幾乎都領回家了。餐桌上看著她把剛煮好的飯菜推到我面前，自己卻吃著前一餐、前兩餐甚至前三餐的剩飯菜——我又罵了：「你沒有讀過數學是不是？你今天吃昨天的剩菜，明天還不是要吃今天的——為什麼不乾脆今天吃完今天的，明天再吃明天的？」我的數學也許太好了，我沒有算到小家子氣、省之又省的我的母親是怎麼樣也不敢把眼前的菜吃完的！

師大畢業後我回到家鄉任教。領到的薪水不是拿去買一些看不懂的外文詩集、畫冊，就是一些奇貴無比的原版唱片。母親看我整天沉浸在一大堆不切實際的東西裡，心頭很不舒暢。偶然會鼓起勇氣對我進言：「唱片有幾張輪流聽就夠了，買那麼多幹什麼？那些書你真的都用得到嗎？」「真是無知的婦人！」我說，「你懂什麼叫音樂嗎？藝術的境界是永無止境的。幾張就夠了？有人單單一首貝多芬的合唱交響曲就買了十二種版本呢！合唱交響曲你知道嗎？就是有 3345543211233．22 那一首歌的偉大樂曲。」我連珠砲似的謾罵，串起來比〈快樂頌〉的主題還長。

母親也許不瞭解我瞭解的「偉大音樂」，但她不會不喜歡音樂。長大的我不是因為小時候她的啟蒙、關注，才會對這世界上美好的事物那般痴狂嗎？五十年代，當別人家也許連收音機都還沒有的時候，我很幸福地坐在家中那架巨大的哥倫比亞立體唱機前，一遍遍聽著波斯市場、軍隊進行曲等世界名曲。小學時學校常推銷一些音樂會，舞蹈表演會的入場券，每班強制分配的兩張，十有八九都是母親給我錢買的。

母親養成了我從小聽音樂的習慣，雖然每下愈況的家境不能充分實現我進一步的欲望。每一次想到了，她就會說：「很抱歉以前沒有讓你去學琴。」中學時我用母親給的零用錢去買一張十元的台灣版唱片，在那架一邊喇叭已經壞了的哥倫比亞唱機上開始我對古典音樂長期、無悔的涉獵。一直到今天，早改聽雷射唱片的我仍然奇怪為什麼當時從那些充滿雜音的唱片裡聽到的，仍如此鮮明、美好地留在我的腦海。

母親從來不喜歡我寫詩，除了有一次參加報社徵詩領到的鉅額獎金。她一直想不通寫詩到底跟生活，跟快樂有什麼關係。她總是希望我把浪費在上面的時間拿去補習賺錢。我有時候會把自己寫的詩，特別是跟她有關的，拿給她看。她總是顧左右而言他，哦、哦、哦地繼續做她的家事。我就會罵她：「小時候你不是叫我要多讀多學嗎？怎麼每次叫你讀一點東西你就推三阻四的。你不是說你少女時候也是很用功的嗎，怎麼愈來愈不長進了？」罵歸罵，她照樣守著她的十八吋黑白電視，彷彿那裡是她一生的大學。不能改革她學習的內容，退而求其次，調整一下形式也好；我不顧她強烈反對，買了一部新的、大的彩色電視機給她。她先是說：「我還是要看我的舊電視。」等過了一個禮拜，總算承認：「彩色電視機還是比較漂亮！」

然而有一件事徹底改變了她被動的求學態度：媽媽土風舞。好幾次深夜了，我仍聽到她抱著一台小錄音機，在廚房裡神祕、專注地練習著她的舞步。然後是三番兩次跟我要空白錄音帶；三番兩次要我幫她轉錄這條、那條樂曲。我甚至看到她戴著老花眼鏡，樂此不疲地在午夜的燈前，東抄西抄地編輯著她自己的「土風舞大全」。這不就是我自己的樣子嗎？我看她這麼勤奮好學，先斬後奏地買了一台新錄音機給她，讓她自己也能玩編輯、拷貝的遊戲。這一次她幾乎全無抗拒，只是哦一聲說：「太浪費了。」但第二天起，就馬上毫不害羞地進行她「獨樂樂不如眾樂樂」的與同事、好友共享妙舞佳樂的「義務拷貝事業」。這下子，她總算有一點點瞭解到她兒子為什麼傾其所有，蒐藏一些無甚具體價值的唱片、影碟片、畫冊、錄影帶了。她總算有一點點「繼承」到她兒子對於未知事物狂熱的追求、對於已知事物感恩的珍惜，並且——進一步地——把這種狂熱、喜悅，毫不吝惜地與別人分享。

這幾年，隨著我收藏範圍的擴大，我的母親也毫不客氣地玩起錄影機來了。從我這兒看到什麼好看的，就急著想拷貝給她那三、兩個童年好友看，彷彿要從這一卷卷錄影帶裡重現她少年的渴望，青春的美夢。

俗話說：「孩子不打不成器。」我恐怕要說：「母親不罵不上進。」

（一九八九）

我的丈母娘

我的丈母娘是個樂觀而知命的女人，她具有中國婦女所有的一切優點，也具有中國婦女所有的一切缺點：純樸然而無知；善良又好管閒事；嘮叨、粗俗，同時勤奮、天真；常常想省錢、占小便宜，常常卻弄巧成拙，吃了大虧。像她這樣一個平凡的女性，照說是沒什麼可以讓國史館或調查局典藏、列檔的偉大事蹟的，但「檢舉不法，人人有責」，並且「內舉不避親」，她的女婿只好就所知所見密告一、二，也許可以襯出一些百代共循的天下法也說不定。

我的丈母娘是既矮且胖，三圍如一圍的女人。這汽油桶的身材恰恰成就了她有容乃大，寬宏大量的性格。除了哺乳自己的六個孩子，她曾經以她充沛的奶水先後當過十七個嬰兒的奶媽——最短的一個只當了兩個禮拜，因為那位思想嚴重右傾的母親不滿意她有時候用左奶餵奶。

我的丈母娘是健壯有力的。在埔心鄉下，牛奶廠發放過期免費的牛奶，她總是一馬當先，連搬三、四箱——由於喝了太多劣質品，竟使她的女兒長大後遇奶則吐，避之惟恐不及。為了貼補家用，她曾經一大早就從家裡的園子拔菜到市場去賣。她肥胖的身軀擔著兩個大籃子，一路走一路掉，跟在後頭邊跑邊蹲下去撿菜的，常常是我的太太和她的弟弟。她認為自己賣的菜貨真價實、童叟無欺，所以不喜歡人家東挑西挑，討價還價。輪到她去買別人的東西，卻又嫌東嫌西，斤斤計較。每一次她都把買回來的豬肉拿到另一家肉攤再秤一次。別看她體形龐大，活動力卻很強，到市場買東西，人叢裡一塞，一溜煙就不見了；再見到她時，已經大包、小包都買好了。

她憐惜一切東西，並且不會捨不得和別人分享。她常常心有不忍地要把剩餘的飯菜送給鄰人，女兒們總是尷尬地勸她說：「不要啦，又不是什麼好東西，很丟臉呢！」她卻依然固執己見。別人給她的剩東西她也同樣奉為至寶。抽屜裡、櫃子裡、箱子裡，盡是一些亂七八糟她的寶貝收藏。第一次去我太太家時，她慎重地搬出一台手提唱機，翻箱倒櫃，找出一支舊鞋刷，往唯一的一張唱片上狠狠刷了幾下。我忘了那天聽的到底是日本兒歌或者日本流行歌曲，但是我清楚地記得唱針刮過唱片發出的一陣陣尖銳的凸凹聲。這是一位有錢的親戚移民美國時特別留贈給她的。

出外旅行，她總不忘把火車上的杯子、廁所裡的衛生紙統統帶回家，因為，她覺得，人生在世本來就要物盡其用，買了火車票而不徹底享用火車上的一切，豈不浪費？所以家裡頭，很自然地，可以找到某某飯店的餐巾，某某旅舍的煙灰缸，某某野生動物園的孔雀尾巴。愛惜眾生，總比暴殄天物好吧？

講到我的丈母娘，自然不可不提到我的岳父大人。我的岳父身材高大，少年時離家從軍，隻身隨憲兵部隊來台。三十歲那年，在生下他第二個兒子後，眼見食指漸繁，入不敷出，毅然三夜不睡，發燒夢囈，託病申請退役。退役後當過電器行學徒，牛奶廠工人，遠房親戚貿易公司職員。最後因為公司裁員，大義滅親地首先被資遣。頭腦精明的他是家中的獨裁者，時時以嚴明的紀律、強烈的榮譽感、負責的愛，君臨他的妻子兒女。四十年來，我的丈母娘對他視若君父，必恭必敬，不敢稍有拂逆。退休在家後，無事一身輕，我的丈母娘每天如影隨形地跟隨他，七爺八爺般巡行於大街小巷。有時朋友相約打牌，賭的人通宵圍桌，旁觀的她也徹夜不眠——同仇敵愾，一點也不以為累。久了，耳濡目染，也想一顯身手。但我的岳父大人是斷不准女人家在外賭博的，所以她只能在年節閒暇與兒女在家同桌共戲，過過乾癮。

收到遠方親友來信，我的丈母娘必率全家人圍在燈下，聽我岳父大人大聲朗讀。她像小學生般坐在老師身旁專心聽講，聽到精彩處，忍不住插嘴幾句。這時我的岳父大人就會抬頭斜視，大喝一聲：「你聽我說！」我的丈母娘便像做錯事的小學生般趕緊低頭坐好。

鄰居都羨慕她無憂無慮，因為凡事都有丈夫做主。方今之世，像她這樣奉丈夫為偶像，貫徹始終、效忠不二的幸福女子實不多見。她也喜歡援引權威，嘮叨瑣碎地要兒女們效法他們父親的種種美德。丈夫是她最大的信仰。信仰帶給她力量，信仰有時候卻也讓她覺得縛手縛腳。

信仰說：凡事要穩紮穩打，不可貪圖近利。她偏偏禁不住高利誘惑，偷偷把錢放進地下錢莊，結果是利息賺到了，本錢卻有去無歸。

信仰說：不要隨便搭別人的會。她偏偏拗不過街坊鄰居的慫恿，輾轉加入這個會、那個會。好幾次，標到的會錢還來不及拿上樓藏好，我的岳父大人便已出現。她只好隨手亂放。等到她的女兒打開鞋箱，發現鞋子裡藏著一疊錢時，她才若所悟地驚呼：「啊，那是我的！」

信仰說：便宜沒好貨，一個蘿蔔一個坑。她偏偏喜歡貪小便宜，聽信過路的推銷員，或者見獵心喜地在寫著「存貨大賤賣」的路旁搜尋。常常買回一個電風扇，吹兩個禮拜，停擺了；或者買回一大瓶寫著奇怪英文字的洗髮精，愈洗愈癢。聽說醬油、味精要漲價了，便趕緊跑到福利中心，不用錢般地搬回一大堆。上次我陪太太回娘家，打開閣樓的門一看，天啊，那些味精大概可以吃到三民主義統一中國。只是我不知道幹嘛還囤積一大堆蟑螂，難道蟑螂也要漲價了嗎？

個性抬頭、脫離信仰的結果往往是吃虧受罰。好在我的丈母娘早已習慣我岳父大人的威權，再怎麼大的責罰也都像石頭入水般，撲通一聲，馬上又回復平靜。相對於四十年的忠貞，一時的「不法」算什麼？

然則，她自己卻又是另一些人的信仰。由於子女們學業小有成就，鄰居們都覺得她教導有方。嫁女兒、娶媳婦，常常要她擔任「牽新娘」的重任，希望好命的她帶給新人好運。沒事，她也喜歡穿梭各家貢獻所長：論人長短，善意地搬弄是非。如果說人生如戲，那麼她就是最好的演員兼觀眾了。婚喪喜慶，有請必到，既到之後，就像小孩看熱鬧般搶著占據最有利的位置。每每是新娘的媽媽還沒落淚，她就已先替人難過。人哭她也哭，人笑她也笑。飽食禮成之後，還不忘提醒大家各包一包「菜尾」。也許是生活的戲看太多了，回到家裡，打開電視，邊看連續劇邊打瞌睡——啊，人生如戲，戲那能如人生呢？

自從她的女兒嫁給我後，我的丈母娘身分地位驟然提高很多。我常宣稱我的岳父是「前憲兵司令」，因為四十年前在憲兵司令部服勤時，他總是走在憲兵司令前，為司令開路。她初聽大覺謬然，久之也習以為常，樂意接受「司令夫人」的封號。她的小兒子繼承乃父衣缽，當兵時抽中憲兵。幾次我聽她跟來客說：「我的兒子在總統府上班。」對方嚇一跳，以為是總統府資政或國策顧問之類，細問之下，才知道是總統府後門的衛兵。這是她女婿的幽默，也是她自己的快樂。

「丈母娘看女婿，越看越有趣。」我看我的丈母娘也是一樣的高興有趣。你可以不要五車八斗的嫁妝，你可以不要傾城傾國的老婆，你卻不可以不要一個樂觀、知命的丈母娘。

我愛我的丈母娘。

（一九八九）

姊妹

然則，這就是姊妹吧。阿媽與黑仙，兩個年過五十，沒有丈夫的女人，帶著各自的兒女住在同一個屋頂下；阿媽跟她的女兒，黑仙跟她的兒子。阿媽是還在上班的資深從業員，每天晚上，天還未全暗，就梳理好頭髮，上好妝，穿戴著戰甲般隆重的禮服、耳環、項鍊，騎著一輛光陽八十出勤去了。除了大雨天坐計程車外，她總是繫著頭巾，避免過分招搖地選擇暗街小巷通行。這幾年酒家生意如夕日西沉，但她還是像好學的小學生般風雨無阻地勇於出席。

有人戲謔她說何必那麼認真，學期結束頭家又不會頒給她什麼全勤獎。她聽了一本正經地回答：「我們可是有賺才有得吃，做一天算一天的工人階級呢，哪像那些會吃不會放屎的代表，躺著就有錢領！」心裡頭她比誰都清楚，自己人老珠黃了，不趁著手腳還靈活時厚著臉皮再賺幾個錢，一轉眼，床頭金盡，自己的晚景豈不悽慘？那些老兵退了役還有什麼戰士授田證呢，一個退職的酒女有什麼？連張衛生紙或報紙都沒得領呢。

但阿媽並不需要什麼報紙，因為她是不識字的。買房子、訂契約、繳房屋稅、繳摩托車稅，甚至於繳報費，都交給黑仙全權處理。「我不認識字，字認識我就好了！」她常常這麼說。

十五歲就戴著近視眼鏡的黑仙是阿媽心目中的大學問家。小巧黑俏，讀過中學英文課本的她，十八歲那年第一次在南部港市的酒家上班就引起兩路人客槍鬥。一槍兩命：被打中的當場斃命，開槍的也被判死刑。「這黑妞兒可是命中帶煞呢！」客人們都這麼說。她輾轉遊走於西部、北部的酒家，在租來的公寓房門兩次被男人們的妻子踢破之後，一氣跑到東部的小城。在這兒，她遇見了從歌仔戲班跑出來的阿媽。

那年，她們都才二十六歲，在世界算年輕，在酒家界算年老的年紀。一個細皮白肉，一個膚黑如「仙」；一個初執酒壺，一個歷盡滄桑；一個是養女，另一個也是養女。使她們湊在一起的大概就是命運吧。她們隔著一條小甬道對面而居，夜半有時帶著各自的愛人回家，門口相遇，總不忘交換會心的微笑；有時爛醉如泥，相扶而歸，既歸則吐，吐罷互道身世，相擁而眠。每每是這世界午餐的時刻，才起身用早餐，下午日子長得像鞦韆，不是你過來，就是我過去，泡茶，聊天，逛街，久了，追逐者中自然浮現出兩個被她們互稱為姊夫的男人。女人們情同手足，男人們也以連襟相稱，出雙入對，頗有一些模範家庭的味道。但這次男人們的妻子卻不曾前來踢門，原因很簡單：她們都不住在這個小城。

這段日子大概是她們上班生涯中最愜意自在的了。像大牌演員般，興趣來時接戲上班，到店裡點番、坐番；不想上班，就待在家裡做愛人的情婦，學習寂寥跟等候的美德。她們先後懷了孩子，先後把姓自己的姓氏的孩子生出來，因為她們知道愛人們遲早都會走掉，只有孩子才是自己的。

然後看到她們母兼父職地為生活奔忙。兩個孩子都請酒家對面一位歐巴桑帶。上班時常常看到她們濃妝豔抹地跑過街探看睡眠中的孩子。飲酒划拳高歌笑談中，每每聽到彷彿是自己孩子的哭聲，高揚的歌聲這時也許就轉為低沉哀怨的旋律。在手風琴與電吉他的伴奏下，淚水往往隨著淒涼的歌詞似假還真地落下來。一曲唱罷，旁聽的客人莫不動容，他們或者擊掌叫好，驚訝於歌唱者模擬曲中感情的逼真；或者——因著他們生命裡也有的跟歌或歌者心中相通的愁苦——戚戚然棄杯沉思，為今夜突臨的悲意久久不語。歡樂或哀愁，他們痛快地給出賞錢，因為他們知道這就是人生：因同類而悲，因所愛而活。

命中帶煞的黑仙在某次坐番的房間離奇失火導致酒家半毀後慨然解甲歸隱。她與阿媽在濱海的新市區合買了一棟房子。精於計算的她在樓上隔出一間麻將室，不時邀集前後期姊妹或姊妹們的愛人、知己前來共樂，藉著這不必繳稅的娛樂稅的徵收維持每日的開銷，一切盈餘，概與阿媽均分。間或有好心者為阿媽操心，說：你不識字，房子、土地全在黑仙名下，那一天你們老了，兒女們怕要為這房子爭執。阿媽聽了總是笑而不答；再說，她就說：「我的就是她的，她的就是我的。」

半夜裡牌戲正酣，下班的阿媽騎著摩托車撲撲撲歸來。每每是妝未卸，衣未更，就三步併兩步地挺著一張花旦的臉衝上樓觀戰「插花」。皮包剛打開，錢還沒掏出，一股嗆鼻的酒味自一張張揉成一團的百元鈔票散出；這些一定是剛才酒桌上客人頒發的唱歌的獎金。心情好時，她會慫恿別人讓她下桌，這一坐下，一夜、一世的疲倦都立刻消失了。她一邊摸牌，一邊隨著戰情哼吟她的歌仔戲：有時是一段哭調；有時是一段雜念；聽牌了，就迸出一段「緊來走啊噫，我沿路邊走邊探聽」的緊疊仔；打錯、摸錯了牌，就一遍遍念著「離別相公，相公啊」的四腔仔調。牌桌上若有愛睏的，經她這麼一唱，莫不睡意全消。

但有時回來，聽到她在臥室裡東推西翻，一陣巨響，接著，一陣陣緊密而低的抽噎聲，接著，轟然如喪考妣的哭喊。牌桌上的姊妹們這時就會問黑仙：「是不是又不想上班了？是不是又想到古早時代的傷心事了？」黑俏老邁的黑仙推一推鼻上的眼鏡，一語不發地走下樓去。只有她瞭解阿媽的心事，只有她能使她平靜。

孩子們逐漸長大了，從小就有兩個母親而沒有父親的他們，早習慣把另一個母親當作是父親。黑仙的兒子在外面出了事情，回來不敢講，總是說給阿媽聽；阿媽的女兒鬧情緒了，安撫她的往往是黑仙媽媽。閒暇時，常看到這兩位母親騎著機車，相載著到處遊逛。碰到酒家週年慶或過年過節，黑仙也會刻意打扮一番，以家長及校友的雙重身分跟隨阿媽回店裡熱鬧一番。然則，這就是姊妹吧，兩個互為丈夫，互為各自兒女父親的同居女人。

（一九八九）

素娥願

林素娥從小就立志要做一些大事。

她最初的志願是當書法家。還沒上學前，她母親就教她從家裡牆壁上認識了許多字。那些是大大小小、寫在一張張白紙上的她外祖父的墨寶。「你的外祖父是個偉大的人，」她母親經常對她說，「當年在上大陳島，一半人家的門聯或春字、福字，都是請他寫的。」母親還搬出一本圖文並茂，講述撤離家鄉情形的《英雄之島》指給她看：「你看，離開前貼在屋前的這些標語，都是你外祖父寫的！」有一篇〈大陳居民告共匪幹部書〉尤其令她感動。她至死也忘不了那些情理並容、擲地有聲的文句：「親愛的共匪幹部弟兄們……我們痛恨你們、反對你們，希望你們善待我們家鄉的一草一木……」不亢不卑的語調頗能顯示老人愛國兼愛母土的複雜情緒。可惜來台灣的第二年，她的外祖父就死了。她只能磨著外祖父留下的墨和硯台，學寫那些飛舞的忠字、孝字，以及還我河山，還我大陳等等。這個書法家的夢，並沒有因為上了小學後每次書法比賽都沒得名而破滅，但五年級時，一輛腳踏車的出現卻轉移了她的注意。

新學期不久，新來的男老師在每天吃的生力麵裡集成了「我愛台灣」四個字，寄到食品公司兌換腳踏車。當老師把嶄新的獎品騎來教室時，全班都發出讚美的喟嘆。「這是全世界最新型的跑車，我很高興讓大家看到它的風采。為了鼓勵大家用功讀書，我決定把照顧這輛車子的權利頒給這次月考第一名的同學。他可以在早上和下午幫老師各擦一次腳踏車，不必參加升降旗。」林素娥發憤要考第一，不只因為新腳踏車的魅力，更重要的是要贏得新老師對她的信任。月考成績揭曉後，林素娥心碎了。又是爸爸當家長委員的王梅馨得第一！她嫉妒地看著她每天得意地撫摸著老師的腳踏車。一直到六年級下學期，王梅馨因搬家轉學台北，才由她以第二名的資格遞補。

上了國中後，母親也買了一輛「全世界最新型的跑車」給她。每天爬兩個大坡上學，她忽然覺得腳踏車真笨。這種在地上辛苦爬行的東西，怎麼會讓當年的她那麼崇拜呢？她開始看一些超脫地上困境的書：《彩雲片片》、《愛在九重天》、《夢的衣裳》……只有這些優美晶瑩的文章才能帶領她脫離每日沉悶的生活，奔向遠方美麗的彩虹。她最大的心願是找到一個志同道合的伴侶，共同尋夢，開創一個「完全屬於他們的未來」。這尋人的工作可真比在水溝裡找掉下去的十塊錢硬幣還難！她向同學借了更多書來看，最後判定她的伴侶必須：(1)高大英俊。(2)浪漫溫柔、深情優雅。(3)要有對女性傲慢的能力。(4)喜歡玫瑰花，但必要時可以生氣地把花甩在地上。(5)要愛她，但可以同時被其他他並不愛的女子所愛。她在隔壁班的男生堆裡找了又找，沒有一個令她滿意。放學後，她故意慢慢騎著單車甚至下來推著車子走，照樣找不到一個合乎資格的。升上省立女中後，才忽然在數學課裡碰到。

那是她們的數學老師：高大英俊，浪漫優雅。她幾乎一眼就斷定他是她的伴侶。為了慎重起見，她不斷考驗、觀察他。上課上到一半，他經常停下數學，跟她們談文學或電影。全班同學都很喜歡他。教師節前一天，她提議送一束玫瑰花給他。他高興地跟大家連聲說謝。快下課時，他給大家做小考，發現沒有人答對，他生氣得把玫瑰花甩在桌上，說：「我情願大家做對數學，不要送我花！」素娥想：「這正是我要的人！」很快地，她打聽到他已經有未婚妻。做為一個女人，再沒有比看到自己所愛的男人愛著別的女人更痛苦的了。一整個學期，她悶悶不樂，直到寒假前，他跟她們講了一個什麼《陌生女子的來信》之後，她才毅然決定學書中女子寫一封匿名信給他。她請一位鄰居的學妹幫她抄信：「……我知道你一定不知道我是誰，但這又有什麼關係？我只希望能和你共處一月、一週、一日，在巴黎，在威尼斯，在君士坦丁堡！」她自然沒有收到他的回信，並且第二個學期，他就離校當兵去了。但她想，他一定很想告訴她：「你的心願其實就是我的心願。」

林素娥是第二年才考進那所西部的大學的。人家說大學是「由你玩四年」，她卻很看不起那些只會跳舞、約會、看電影的大學生。「又不是還在做夢的高中生！」她加入了一個只有五個社員的中道社，希望經由佛學的研究，信仰的力量，導引眾生追求更高的人生目標。

中道社的社長是一個閑靜少言的畜牧系男生，認為這個社團只要集「三、五有志之士，有緣之人，互相切磋」即可。林素娥卻不以為然。她認為一定要熱情介入，改造人心。她積極地畫海報、貼標語、招新社員，又請了幾位高僧到校演講。她怕來聽的人半途離席，特別請大師在演講後主持摸彩跟有獎問答的活動。她設計了一系列惹眼的專題討論：塵緣與情孽；宗教與同性戀；佛、耶穌、馬龍白蘭度……到她畢業那年，中道社已是僅次於漫畫研究社的全校第二大社團。

畢業後素娥嫁給了童年的玩伴，回鄉擔任一所私立高中的輔導老師。她實在很想貢獻所學，以全新的觀念輔導全校學生從心理、生理上重新認識自己。在辦了一場「什麼是性」的小型座談會並且放映了一些影片後，校長、訓導主任相繼找她講話，問她「還想不想留在學校教書」。她絕望得認為這個學校沒救了。「校長比學生更需要輔導呢！」她徵得先生同意，辭職開了一家藝文茶飲中心。

「無極藝坊」總共開了四個月，比林素娥籌備成立的時間還短。她在市區找到了一間破日本房子，花了一筆錢粉刷、整理。十幾個榻榻米大的房裡擺設了新買的竹桌、座墊，以及朋友們贈送的字、畫、後現代海報、後現代尿桶。不知道是家鄉太落伍了，或者她太前進了，她辦的每一場活動幾乎都沒什麼人來。第一週請了台北一位年輕導演談兩岸電影，除掉丈夫、同事、朋友，付錢來聽的只有三個人。第二週的「繪畫與人生」更慘，臨時打電話請一些朋友來助陣，才勉強開講。接下去的「自然與文明」、「歌劇入門」、「動畫的製作與欣賞」，也都是工作者多於聽講者。只有一次，請一位模特兒講「美容與美姿」，才例外地把小小的「無極藝坊」擠滿。

她的藝文茶飲中心，既非聲色合一的MTV店，也不是燈光幽暗的咖啡屋，來的人都不知道能做什麼。來過以後再上門的簡直沒有。最後一個月，碰到過年，她停止一切藝文活動，改做學生聚餐、同樂會的生意，略略扳回了些老本。

失業半年的素娥，憑著大學裡選修的特殊教育學分，在國中啟智班找到了代課老師的工作。她愉快地上下班，陪那些純樸的孩子一起畫畫、讀書、遊戲。但每次想到自己的才華、理想，就有一股想飛的衝動。她每天聽空中英語，偷偷報名托福，報考研究所。她的先生警告她：「你如果再失去這個工作，我就跟你離婚！」

素娥想：「離婚就離婚，怕什麼！吾愛吾夫，吾更愛真理。人生在世，難道可以不立志做些大事嗎？」素娥真希望能超越眼前，又留住現在。

（一九八九）

我在街上看到許多卓別林

我在街上看到許多卓別林：頭戴西瓜帽，手拄枴杖，穿著不合時宜的衣褲，鴨子般笨拙地走路。他們有的住在游泳池邊，有的住在防空洞裡，有的經常失眠、獨語，有的經常和星星約會。他們沒有看過卓別林的電影，因為找不到放卓別林電影的戲院。他們像卓別林一樣走路、戀愛、說謊、夢想、歉疚，不知道自己是卓別林。

他們走過地下道，走過市立醫院，遲遲不敢決定要不要把口袋裡的零錢丟給街頭賣藝的異國流浪者。他們走過新開幕的證券交易所，在擁擠嘈雜的人群裡撿起一朵被踩爛的花。他們把花戴在心上，向賣口香糖的女孩微笑，向大街微笑，向公車微笑——那微笑調整了城市的秩序。

他們在全世界的蹺蹺板都傾斜向電腦終端機時，寂寞地坐在公園的一角。他們是旋轉木馬，跟著走近的兒童雀躍、旋轉。他們是號碼，但他們把號碼貼在孩子們的練習簿上，成為玩具，成為童話，成為感情的月曆。

他們把愛藏在垃圾桶裡，把夢鎖進消防栓。他們在餐桌上跳舞，用晚餐的小麵包當舞鞋。

他們用刀叉當雲梯，把受困的心從地上載到雲外。他們唱只有聲音、沒有意義的歌。

他們拿著工具箱四處逡巡，但他們不是在紀念堂壁上隨手噴字的愛國主義者。他們是業餘的景觀學家，業餘的傳記研究者。他們把膠布貼在全市銅像的左眼、右眼，為寢食難安的偉人治療失眠。

他們跟你一樣，也怕太太，怕鬧鐘，怕狗，怕老，雖然他們有的人還沒有結婚，並且剛剛長出一顆新牙。他們跟你一樣騎著落日、騎著白馬、騎著自己的影子上班。吃午餐，睡午覺。看晚報，看綜藝新聞，看翻譯小說。他們像上了發條的魚般在都市的水族箱間游來游去。

他們是乾涸的魚。

但他們也是潮濕的。抗拒影印機，抗拒釘書機，抗拒自動餵食機。他們跟社會版裡的惡棍賽拳。崇拜小丑、精神醫師、空中飛人。他們走過倒映在地上的鷹架的陰影，感覺自己是鷹。他們記得孤兒院，記得當鋪，記得教會的奶粉。他們記得貧窮。

他們也失戀。努力學看歌劇，不吝惜把淚灑給最近的詠嘆調。

他們也罷工，為了肛門附近小小的痔瘡。也示威，也抗議，拿著棍子包圍每夜前來啃嚙青春的蟑螂。

包圍停電的發電廠。

他們是城市之光。

（一九八九）

輯二

晴天書

1989~1994

晴天書

也許這又是一個黑夜，也許這又是一個下雨天。但打開記憶，打開天窗，我們很容易又可以有晴天的心情。給你一張世界地圖，綠色、黃色、紅色的是快樂的陸地，藍色的是憂鬱的大海。大海被陸地包圍，島嶼在大海中央。在夢與夢之間是一片豐腴舒坦的平原，沒有什麼困難的沼澤、山脈突然考你翻譯。一切山、川、城、湖皆以我們最熟悉的靈魂，最親愛的人名為名：米開蘭基羅城。卓別林丘陵。羅丹湖。楚浮溪。風眠盆地。巴爾托克山。

在我記憶的地圖裡有一條源自一位十三歲女孩的小溪：晴。她是幾年前我國一班上的學生：早熟，可愛，卻又不失赤子之心。開學第一天，她的導師拿了她剛交上來的作文簿給我看，說：「你幫我看一看這篇作文。」她在這篇命題為「我」的文章裡援引尼采在《悲劇的誕生》一書裡的觀點，大談戴奧尼斯與阿波羅兩種精神在她體內的拉鋸、對峙。英文課時我急欲找出她的位置，還沒走上講台，我即發現靠左邊窗戶座位上一位女生，身上帶著一輪銀色的光輝。我像盯著女神像般看著她的臉龐，心想一定就是她。打開點名簿一對，果然不錯。下課後我找她到辦公室談，才知道我心目中的女神原來是遠離父母、獨自來濱海小城求學的女孩。

此後兩年，她的導師陸續把她在日記、週記裡寫的東西拿給我看，總是一些散透著奇妙光輝的文字。雨天的日記：「聲音下雨。現在早上六點四十五分。我跑出門，唰一聲，讓室內窺見室外。」上課的筆記：「我難道不可以反抗嗎？這沉悶的課堂。外面的風多涼啊！為什麼它不願吹進來呢？如果它偷偷地進來了，將老師的假牙吹掉——我會多麼快樂地上這一堂課啊！」寫她自己：「我是一個鐘——類似《愛麗絲夢遊奇境》裡兔子所帶的鐘。兔子的鐘播放著年，我卻播放著日、時、分、秒。兔子的鐘對我說：『我播放的年恰如你們所播放的！』這道理太奇怪了，我不懂。我悄悄地問主人，主人用憂愁的面容說：『你，是那焦迫的生命，而他，是那給忽視的生命……』」

我驚奇地把這些文章拿給身邊的同事、學生、朋友看，大家都著了迷。她鮮活的思想像一條小溪穿越我們每日平凡、單調的生活。她幾乎成為我的信仰：永恆青春、生命的象徵。

在她飛往非洲與她當過農耕隊員、賭徒、酒鬼、吹牛大王、流浪漢的父親和家人相聚前，我已經逐漸從她的老師變成她的朋友，從她的崇拜者變成了解、分擔她女神外表後面沉重生命負擔的同志。

一條小溪流過我的世界地圖，在我的記憶留下一串串綠洲。一條小溪流到非洲，要和非洲的朋友齊頭並進。這是她臨走前日記上的話：「中國有一條小溪，準備和你們源遠流長。

聽到了嗎?中國有一條小溪要和你們——源遠流長。」

（一九八九）

我的霍洛維茲紀念音樂會

鋼琴家霍洛維茲去世了。這八十五歲的老頑童。晚報上他和善的臉對著餐桌前的我永恆地笑著。這次可不能再那樣任性、調皮地敲彈舒伯特的軍隊進行曲了，可不能再像魔術師夫人的情人般變一堆胖的、瘦的黑白貓在史坦威琴上跑來跑去。我攤開報紙，用一把剪刀輕輕剪下他的照片和外電，深恐他好看的笑容會迷失在藝文版後面一大堆密密麻麻的漲跌圖、日線圖、每日證券行情表裡。我走到客廳，打電話給遠方的友人，告訴他霍洛維茲死去了。年輕的時候我們一同聽過他的唱片。我的女兒一本正經地在地毯上跟她的動物娃娃們講故事。我想起了霍洛維茲彈的舒曼的兒時情景，我前後買了他三次的唱片，外加八十二歲那年他在六十年不見的故土俄羅斯上彈的夢幻曲。我曾經一次次地在我家電視上放給我的學生、我的朋友們看，跟隨霍洛維茲莫斯科音樂院裡的同胞一起落淚。但這八十五歲的老頑童依然淺淺地笑著，音樂會結束，他斜斜頭比比手勢，說他要去睡了。

他要去睡了，留下我們在空曠的音樂廳裡追憶他的琴音，那澎湃、激昂的蕭邦、柴可夫斯基，那優雅、自在的莫札特、舒伯特，那一路掉珍珠的史卡拉第、史克里亞賓。

我拉下鐵門，走進書房，開始我為他舉行的紀念音樂會。這是今年的第二場紀念音樂會了。幾個月前，大師卡拉揚去世，我徹夜不眠地坐在屋裡，溫習每一盒他指揮的唱片、錄影帶。原諒我，大師。世界太大，人生太短，我只能在這樣的夜裡與你們緊密地相會。感謝現代的科技，讓我們能快速、準確地回到過去最美好的一段段回憶。

十五歲那年我買了一張翻版的霍洛維茲，二十年後，我淪陷在那綠色唱片封套的記憶裡。我打開唱機，放進一張CD，故意放大聲音，舒曼的兒時情景。我的女兒在隔壁房間和她的動物娃娃們講故事，玩遊戲。我要她聽到這音樂。我要她在五十年後的夜裡清楚地想到今夜，她的父親，霍洛維茲和舒曼的兒時情景。

我又讓他彈了一遍莫札特的K.330，在今夜，我為他舉行的紀念音樂會上。要多少歲月的琢磨才能去蕪存菁地找到平衡，枯淡地表現真情，娛樂自己也娛樂別人？我換上一卷錄影帶，讓他跟朱里尼再合作一次莫札特的第二十三號協奏曲。他哪裡像在彈琴，他簡直就在遊戲，你看他得意地坐在琴椅上指揮，彷彿他是統率玩具兵的皇帝。

他似乎一點也不覺累，一遍遍坐在那兒要我重放這首、那首曲子。他喜愛的作曲家偏偏又那麼多。冬夜漫漫，音樂無窮。他一邊彈，我一邊打瞌睡。死亡幾時帶給他這麼大的精力？

最後一定是我先睡著了。我不知道其他的人什麼時候離開了。我看到他和善的臉在那張綠色的唱片封套，這八十五歲的老頑童。他剛剛參加了我為他舉辦的紀念音樂會。

（一九八九）

四叔

他用生命刻印、蓋印，一顆顆鮮明血紅的印章。

四叔是苦命的人。週歲的時候跟他孿生的弟弟一起得了肺炎，送到小鎮大街醫生處，他可憐的弟弟不幸夭折，但更可憐的是僥倖活下來的他。那昏庸的全能醫師，在治療過肺炎後，很慷慨地操刀順便為他割去腳上的爛瘡，一刀把大腿上的筋也割斷了。一直到一歲半的時候，大他九歲的我的父親奇怪別人的弟弟都會走路，唯獨他弟弟不會，才發現原來右腳整個萎縮、殘廢了。他不識字的母親——我的祖母——因為驟失兒子而墜入一種異常的心理狀態，一口咬定是那早生半個小時的孿生哥哥剋死的，從此視他為眼中釘，讓他跟著他的祖母。

從小四叔就扶著一張木頭椅子自己走路，一歪一歪地像印章般在地上蓋，然而卻是低賤、不為人愛的印材。光復後，跟著家人從宜蘭搬到花蓮，他才拄著一支枴杖跟小他三、四歲的孩子們一起開始讀國民小學。他的母親經常給他有別於其他兄弟姊妹的便當。有時甚至要他自己煮飯，弄菜，準備自己的三餐，彷彿他比別人多一隻手，而不是少一隻腳。但四叔卻很少抱怨，拄著枴杖，印章般一記一記地往地上蓋。

國小畢業四叔考上了商校，才讀兩個月，有一天我的祖母把他小學領的一些模範生獎狀、書法比賽獎狀全燒掉，要他輟學學藝。因著自己的殘缺與良好的毛筆字基礎，他選擇到街上一家刻印店當學徒。半年後，帶著一包新買的刻刀，隻身到台東謀生。過了一年，父親在家鄉市區戲院旁一家診所前幫他找到一個位子，就在騎樓下擺起自己的刻印攤。那好心的醫生不收他分文租金。這年四叔二十歲，我五歲。

我清楚地記得搬到我家與我們同住的四叔他秀麗工整的毛筆字。刻印前，他先在一張薄紙上用毛筆把字寫下，然後沾水把字印在塗上朱墨的印材上（有時候也用毛筆直接把字反寫在欲刻的印材上），接著用長長短短的小木塊，把印材夾緊在刻印用的小木座上。他的刻刀有四、五支，有的用來刻牛角、象牙，有的用來刻玫瑰石、玉石，大部分時候都用同一支刻木頭印章。他並沒有因木頭的平庸減少他的專注、用力。刻好以後，他總是很高興地用手沾一層薄印泥把印章印出來。他準備了一本簿子，專門收集他刻過的圖章印子。

有一天，他突然夢見自己會騎車。他到車店買了一部低座的腳踏車，花了一個晚上的時間用鐵絲把石塊綁在右腳踏板上，代替他萎縮的腳，第二天請父親幫他推車學騎。沒有人能告訴他怎麼用一隻腳來騎、來平衡。但他自己辦到了。他在車上做了兩個圈環掛他的枴杖，右腳踏板加上請人特製的鐵塊。好幾次我騎他的車，不小心被右邊的踏板重擊到。

然後他結婚了，新娘是他阿姨的女兒。他用腳踏車載著我的嬸嬸上坡下坡，四處遊玩。

我的堂弟、堂妹們一個接一個出生。然而由於近親通婚，每個小孩在智力或性格上都與一般人略異，但他還是一個一個生出來，一個一個撫養長大，就像他刻的印章。沉重的生活負擔逼使他必須加倍時間工作，為了孩子，他經常面有慚色地告貸於親友間。他大概希望他的孩子有一天能出人頭地，突破他生活的模式吧。

他兩個大的女兒十五歲不到就嫁人了。我的最小的兩個堂弟、堂妹，今年剛從國中啟智班畢業，女的幫人做美容，男的跟他爸爸學刻印。那一天走過戲院邊，我看到他拿著掃把、抹布幫醫生掃騎樓、擦椅子，就像幾十年來他爸爸做的那樣。

四叔是苦命的人。他用生命刻印、蓋印，一顆顆鮮明血紅的印章。

（一九八九）

小津安二郎之味

衛星電視上又要演小津安二郎的電影，幾個預告的片段出現在螢光幕上。母親說這部看過了；我說上次看的是《秋日和》和《秋刀魚之味》，這部是《彼岸花》；父親說小津安二郎的電影看起來都很像。

的確，小津安二郎的電影看起來都很像。簡單而類似的主題，重複的演員，重複的場景——不是家就是辦公室，不是辦公室就是小酒館或料理店；攝影機固定地從人跪坐在榻榻米的高度平視前方，鏡頭上所見盡是日常生活的平凡事：聊天、喝酒、吃飯。在這樣一種單調、封閉的情境中，生命的主題反覆地被上演著：愛、婚姻、友誼、孤獨、死。如此地單調、沉靜，以至於如果你發現自己在看戲，你會覺得不耐或打瞌睡。

然則小津讓他的觀眾用各自的生活經驗來體會、包容他電影中的平淡。幾年前，我借了一些小津電影的影碟回家，由於沒有中文字幕，我請父母與我同看，順便幫我翻譯。好幾夜，我發現母親邊看邊打呵欠，但她還是打起精神看下去，不忍破壞他兒子的雅興。

喜愛小津電影的觀眾都很容易為他電影中傳遞的對無常、不如意的人世的悲嘆，對維持生命中美好記憶的努力而感動。在電影《秋日和》的末尾，守寡多年的母親帶著即將出嫁的女兒，到昔日住過的風景區做她們最後一次單獨在一起的旅行。一群畢業旅行的中學女生，在旅社裡唱著淒美的青春之歌。歌靜人息後，女兒說畢業旅行雖快樂，但旅行結束前夕的惆悵卻令人不快。她問母親有沒有這種經驗。早先，這位母親為了讓女兒安心嫁人，謊稱自己已有合適的再婚對象，如今她告訴女兒不必擔心她的孤獨，因為她有死去的父親做伴，不會寂寞。她輕拭淚水，微笑地告訴女兒這次旅行真愉快。第二天早晨，即將結束畢業旅行的學生們在湖光山色間拍照留念，旅社裡母女倆靜靜地用餐、聊天、回憶，母親再一次告訴女兒她會永遠記得這次旅行。

從小，父母親常帶我到市區一家日本料理店用餐，每次去，父親都點大同小異的幾樣料理，外加一點點酒。和善的老闆親切地用日語和父親交談。坐在窗明几淨的店裡，我常想這寧靜的家庭之餐是人生最大的幸福。結婚後，我也常帶著妻子、女兒去這家店吃，只是現在換成老闆的兒子用台語和我招呼交談。我也跟父親一樣點大同小異的幾樣料理，外加一點點酒。坐在熟悉、安適的店裡，我真希望好景常在。

那一天路過，卻看到門口掛著「整修內部，暫停營業」的牌子。等到重新開業，一家人高興地前往，發覺裡頭的裝潢、擺設與從前頗有差異。年輕的老闆依舊和善地前來招呼，點完菜，他抱歉地說他們的店讓給別人了，他們準備搬到國外，這幾天特別來幫新店主的忙，並且向舊客人道歉問候。

那一餐我吃得有一點恍惚。我想到年輕的老闆跟他父親殷切的待客之情，我想到小津安二郎的電影，心中一股說不出的味道。

（一九八九）

股票頌

股票在一夜間使九年國教自動延長為十八年。每個人都重新拿起筆，拿起收音機，拿起書報雜誌，拿起「活到老，學到老」的決心，強迫自己再接受另一次國民義務教育，並且是快快樂樂的，一點也不勉強，不需要爸爸媽媽叫你起床，不需要老師同學催你讀書。

在我工作的市區的學校，多年來同事們最大的嗜好就是改作業。日復一日坐在辦公桌前，一成不變地翻動堆積如山的簿子，打勾、打勾、打勾——打完了勾，喝口茶，繼續打圈。那些沒有作業可以改的，多半坐在一旁看報紙，打瞌睡，等上課，等降旗，等退休金。日子單調得如一灘死水，最大的興奮是偶然傳出的有關甲先生或乙太太醜聞或美德的耳語，但也不過像幾粒入池的石頭般，撲通一聲就不見了。

但自從股票像一隻毛毛蟲爬進辦公室後，情況就不一樣了。先是從來不聽廣播的林老師一大早就帶著耳機、收音機來學校上課。問他要做什麼，他就說：「聽空中英語。」大家看他邊聽邊動手筆記，猜想他大概是要去考托福，沒想到他記下來的卻盡是一些數目字，這就使沒考過托福的我們大惑不解了。過了幾天，連教體育、教工藝的藍老師、王老師也塞著耳機來學校上課。問他們，都說：「我們在聽空中教育學。」一整個早上，老見到幾個收音機黨的聚在一塊竊竊私語，交換一些彷彿是講義類的東西。等到有一天，教公民的馮老師因為摩托車爆胎，打電話請辦公室的同事火速到市場邊的證券公司載他回來上課，大家才知道原來他們讀的是空中經濟大學。

隨著股票指數的不斷上揚，這空中大學的福音也愈播愈廣，聖光般遍照學校的每一角落。凡被它的慈暉所照耀的，莫不信主般如獲再生。那些為了學生們的課業遲遲未嫁的老師們第一次嘗到了戀愛的滋味，她們補修了大學時忘記修的愛情學分——跟偉大的股票；她們的夜晚再也不寂寞了：像找尋戀愛指南般一遍遍翻讀晚報上的分析，像投寄情書般一張張填寫股票申購書。孀居二十年的吳老師甚至說自她先生死後她再也不曾感覺過這麼美好的熱情。「真好！我彷彿又看到他回到我的身邊，跟我一起研究數學。」

以前從不打招呼的同事，現在碰面都像相遇的螞蟻般駐足交換情報；以前為了學生成績爭得你死我活、誓不兩立的老師們，現在居然因為發現彼此買的是同一家股票而突然友愛互憐起來。這偉大的慈暉不但化敵為友、返老還童，並且使頑者廉、懦者立。平時最痛恨學生賭博的保守派分子，如今也自動解嚴，寬以律己地跟隨先驅者插花投資；那些膽小、乏本的，也忍不住三、四個人湊資合買一張，反正輸人不輸陣，別人那麼好學，自己獨可以不求上進嗎？

整個學校搖身一變成為充滿天國幸福、人間活力的空中樂園大學。老師比學生們更加努力用功。辦公室的同事們自動對照課表，排定值日生，每天早上輪流前往聖地刺探聖意，遞送紅、藍單子。沒事勤翻參考資料，從世界大局、國家大事到小道消息——凡一切與股票有關的莫不鉅細靡遺追蹤到底。人生在世，豈可不博學、審問、慎思、明辨、篤行？

萬貫家財，不如一技在身；萬卷詩書，何如一票在手？不想成為「新文盲」的國民們，趕快更上層樓，傾聽天國的福音！

（一九八九）

25種成為正人君子的方法

(1)住在比你更虛假的正人君子隔壁。
(2)參加扶輪社、獅子會、同濟會、青商會或中國國民黨。
(3)擁有第一高爾夫球俱樂部、國民大會健身院或司法院附設湯圓專賣店貴賓卡。
(4)信仰三民主義、耶穌、佛陀、總理等四神湯。
(5)不與主張六合彩統一中國者同桌共賭。
(6)戴保險套游泳。
(7)不在公共場所傳閱禁書或自己購買的裸女月曆。
(8)拒絕與漢奸、台奸或主張國土分裂主義者交換移民海外、申請綠卡之經驗。
(9)到大陸探親不走內政部頒布之中華民國全國地圖上沒有之鐵、公路。
(10)踴躍參與支援被奴役國家、支援被販賣人口以及支援台灣地區以外全世界人民爭取人權簽名運動。
(11)熱心認購深具精神意義之防癆郵票、紅十字郵票、愛盲原子筆以及光復大陸設計委員會出版之設計圖。

(12) 多讀偉人傳記，多看忠孝節義歌仔戲以及國防部莒光日政治教學節目。

(13) 經常出席婦女會、崇她社等公益團體舉辦之慈善義賣活動；最好能買到名影星、名歌星、名女士所捐題有「我愛國家」、「我愛社會」等之簽名手帕或衛生紙。

(14) 出入「不端莊」場所不討價還價，並且交易完畢絕不索取統一發票。

(15) 不借用三等親以外的人頭填寄股票申購書。

(16) 尊重智慧財產權，不私自模仿或要求他人模仿錄影帶上之動作。

(17) 敬老尊賢，避免與自己的直屬長官、父兄或小學老師同場觀看小戲院歌舞團表演。

(18) 不在有國旗或偉人銅像的地方接吻愛撫。

(19) 不使用與我無邦交國家或匪區生產之手槍恐嚇或槍殺情敵。

(20) 未經許可，不任意撿取別人家門口的垃圾作為寫作或閒談材料。

(21) 不使用未獲中央標準局認可之外國望遠鏡偷窺鄰居行動。

(22) 利用大聲唱國歌或呼口號的空檔小聲放屁，以免驚動他人或消化不良。

(23) 回饋社會，造福人群，經常捐贈當期或過期《吾愛吾家》雜誌給各地文化中心。

(24) 積極協助新聞局電影檢查處成立義勇噴霧隊。

(25) 放下屠刀，立地成佛，自動放棄完成誨淫誨盜的文章。

（一九八九）

三個橘子之戀

秋天自己就是一個橘子。

我們坐在蘋果樹下等候被蘋果擊中的牛頓。在疲倦地讀完力學、電學，並且背了幾頁植物病蟲害講義後，我們打開帶來的音樂盒子。雲在天上飄，風吹過平原。音樂在我們的音樂盒子。我說：「我不管蘋果會鉛直落地，我要吃橘子。」你搖轉盒子裡的發條，讓它歌唱，說：「音樂，音樂是最美的果實。」我看見它像果汁般從你的指尖流出，流進我的頭髮。音樂停止，而濕意仍在。多奇妙的發條橘子。

我不知道我們為什麼突然如此厭倦於依靠意義。動力學，一種描述力、質量、動量和能量等物理因素與物體運動關係的學科，力學的一支；力學，一種應用數學以論究物體上力之作用的學科，物理學的一支。天靠著雲，雲靠著樹，樹靠著牆，牆靠著我們，我們靠著大地。我們靠著一支吸管依靠大地，多麼重又多麼輕。我們靠著橘子般的地球，不知道自己是不是橘子。

我們戀愛著，讓所有負擔都變作橘子汁流下。存在、憂愁、疾病、狂喜、吻。河水慢慢流進大海，鳥在樹上歌唱。

我也歌唱會唱歌的蘋果樹，雖然我知道凡鉛直落地的都是負擔。歌唱、睡覺，坐在蘋果樹下等候新的萬有引力定律。

橘子掉在橘子上，而秋天自己就是一個橘子。

（一九八九）

木山鐵店

木山鐵店的鐵匠老了。

中午的時候，他坐在鐵店門口午睡，白色的頭髮在和煦的陽光下發出跟臉上老花眼鏡一樣的銀光。他跟他的老山地助手，一個睡在椅子上，一個睡在火爐旁。他也許又夢見我拿著陀螺要求他打一根剛猛的陀螺心，好把別的小孩的陀螺釘得面目全非。他也許又奇怪這些不上學的孩子，怎麼發神經，赤著兩腳立在正午的大馬路上比賽勇敢，直到嘴裡的李仔糖紅滾滾地掉到灼燙的柏柚路面。

鐵店的左邊，隔著窄窄的國民街，是小城的酒廠和一排高大的椰子樹，但最大的一株卻是酒廠的煙囪。自從酒廠遷到新市區後，它更像是一株寂寞的大王椰，高高站在空無的房舍上，守著小城的天空。椰子樹下，他記得，是一排等著載人的三輪車。那一年，他的老婆半夜肚子痛，就是他快跑過街叫醒睡在車上的老李載到徐婦產科，才把他大兒子生下來的。那一年的冬天特別溫暖，鏗鏗鏘鏘的打鐵聲格外堅實好聽，甚至到了晚上還挑燈趕工。唉，為著妻、子得打拚哪，誰叫自己過了四十才做爸爸。

那時候，那些在快樂茶室上班的小姐們，總會在午後穿著睡衣跑到店門口吃蚵仔麵線。轉角的地方，「捧錫鍋」又在教那些玩彈珠的孩子煮飯。「捧錫鍋的」你認識嗎？她可是受過高等教育的老師哦，不像其他的瘋女人一樣，邋邋遢遢，亂吃亂睡。她乾淨得很呢，只不過感情受了打擊而已。你沒聽過她說故事給你們聽嗎？唉，現在的孩子，只曉得去什麼ＭＴＶ店、電動玩具店，再沒有人來買陀螺的心了。

一切都在改變。以前颱風來時，只有酒廠那一頭會淹水的，現在溝水、雨水都一起匯集到鐵店門前，那些三輪車——不，現在是鐵牛車——都快要變成機器船了。前後兩任市長都還是這附近的人呢。棺材店老闆的兒子上回出來競選，我們國民街可是同舟共濟，全投他一票。那孩子也很知道禮數，挨家挨戶送味精。那時候的選舉實在簡單多了，哪像這幾年宣傳車、宣傳單滿天飛，又多了一些插綠旗、綁綠帶的。唉，鬧來鬧去還不都是一樣。像以前那樣一個黨出來、一個人出來不就好了嗎？既安靜又有效率，照樣有東西可以領。

那棺材店他去過。那一年，颱風把港口內一艘外國船吹到港外，折成兩半，死了好幾個外國人。叫他送一些粗一點的鐵釘去釘棺材。隔兩個禮拜，去收錢，走進陰暗狹長的棺材店，你娘的，居然有人從棺材裡爬出來。是棺材店的師傅，說什麼在裡面午睡比較涼。

木山鐵店的鐵匠老了。中午時候，他坐在鐵店門口午睡，夢見那一排椰子樹像棺材一樣被鋸開。他醒來，看見快樂理髮廳的小姐們在街底打羽毛球。老山地助手早把爐子的火燒起來，夾出一塊熱紅紅的鐵，等著他發號施令。老鐵匠舉起鐵鎚，對著老山地助手的大鐵鎚，鏗鏗鏘鏘地在鐵砧上又敲打起來。

（一九九〇）

夏夜聽巴哈

夏夜聽巴哈，一萬隻牙膏味猶在齒間的綿羊在草原上散步吃草。

我們的心有煩憂，巴哈爸爸派他的牧羊人來我們的窗口放羊。是一個當過鐵匠，賣過愛玉冰，偷過珠寶店門簾，仿製過星光牌打火機的迷宮設計者。在我們的窗口彈琴。是一個玩魔術方塊，吃玻璃彈珠，崇拜複數和進行式的一神論者。音與音追逐，意念與意念相疊。是一個慣常把相同一種顏色，相同一種情緒推到極致的溫和主義者。

然而又是單純的。潔淨，明亮，堅實而崇高的音樂教堂。我們唯一的上帝，巴洛克。

羊群吃掉我們的煩憂，吃掉我們白日的疲憊。擔心孩子們成績單上的分數；擔心對街圖書館地下室的濕度；因嫉妒而環繞情敵經常出沒的歌劇院七十八次。

我們在夏夜失眠，穿過每一個大街小巷尋找所愛的人的車牌。

我們在夏夜歌唱，因世俗的軛，人間的戀。

羊群吃掉我們的煩憂，足跡所至，留下一灣淺淺的溪流。即使是一首小小的聖詠合唱，無需湯匙，自琴鍵上流來：

耶穌是喜悅的泉源
是我心至高的快樂
他減輕我們的煩憂
因為他的愛救贖的力量
他是我眼睛的最愛
他是我心靈的至寶
堅實地牢固於我心中
他與我永不分開。

巴哈爸爸和他的牧羊人。我們夏夜唯一的上帝，巴洛克。

（一九九〇）

朋友死去

我不知道死亡什麼時候開始向我的友輩發出召集令，最近兩年，接連看到兩位友人驟然因病去世。

H是我從國小一年級一直到高三的同班同學，勤奮、刻苦而樸實，大學畢業以後跟我一樣回鄉任教。就像他一筆一畫，刀刻般工整謹慎的字體，世界上要找到他這種一絲不苟、不知享樂的人還真不容易。

一上小學他就有一個跟了他一輩子的綽號：有一次放學回家，大家在鐵道旁玩，有人開玩笑說草可以吃，他信以為真，吃了，大家就叫他「阿牛」。我忘不了他們一家五兄弟剃著光頭齊整地坐在客廳跟他當軍人的爸爸學寫毛筆字的情景。他爸爸每天在客廳的小黑板上留下一句治家格言，孩子們都肅然起敬地抄背著。

給H教過的學生沒有不懾服於他的嚴肅、負責的。做為他的朋友，我只知道他常常做一些別人不願做的事情。一群人到山中露營，大家都怕蛇，大家都只顧拿自己的東西，只有他乖乖把一大包眾人共買的，防蛇用的石灰裝進他的背包。

我沒有當過他的學生，卻有機會領受過他為師的風範。有一年暑假我想考機車駕照，請剛考過的他當教練，他不厭其煩，一遍又一遍地教我，又帶我參觀考場，鉅細靡遺地指出陷阱所在。考駕照那天，考完筆試，要考路試前，他特地跑去買了一瓶養樂多給我喝。天啊！這不是當年考初中時我的父母親買給我喝的嗎？一個人居然能這麼自然而細心地對待與他熟識多年的朋友，而且還都是男生——這種人嚴厲嗎？

還沒發現自己得病前，有一次他來找我，對我說他覺得自己的生命很乾、很緊，希望找一些滋潤的精神養料。我說：「太好了，阿牛，我老早就想叫你去買一套影音設備，我這裡多的是可以借你聽、借你看的唱片和錄影帶！」然則，才半年，他就死了。

如果H的死叫我驚訝的話，L的死就讓我惘然了。

他的一生與H大異其趣。認識他時，他已經是繼承家業，頗有資財的小城大老闆了。當同輩的人都靜極思動，因飽暖而漸有非非之慾時，他卻清明得像一個回頭的浪子。也許要彌補他早歲的荒誕不學，長我幾歲的他一直期望在事業之外能有所作為。他不斷閱讀一些雜誌，積極參與了一些公益活動及黨外活動。他的熱情與正義感充分顯露在他的日常言行裡。有一次懷疑友人被詐賭，他毅然下海探密，牌戲中，忽見他大手一揮，整桌牌雜然落地，他大喝一聲，接著破口大罵，驚得一對嫌犯，目瞪口呆，當場認錯。

我是在一個星期一早上聽到他的死訊的，他的孩子正好在我的英語班上，那天上午，坐在教室裡看見他的孩子木然地坐在座位上，不遠處，操場上，一群學生正把白色、橘色的球丟來丟去，國旗在藍天下飄，風和日麗，這世界彷彿什麼事都沒有發生過。

朋友死去，然而他們找機會回到我們的體內再一次死亡。不知道是因為他們生前的音容太鮮活地存留在我們心上，或者我們根本不再想起他們，我們幾乎忘了他們已經死去。

三十幾歲的我，仍習慣騎著單車在家附近閒蕩，每次繞過美琪戲院總會想要多騎兩下去找Ｈ或Ｌ，等到看到那些袒胸露奶的歌舞團海報才猛然記起他們已經死去。這種感覺有時會讓我迷惑。但我還是喜歡騎著單車在家附近閒蕩，隨時準備在下一個街角遇見他們。

（一九九〇）

波特萊爾街

人生不如一行波特萊爾。所以，直截地，我把每日慣常走過的幾條街稱作波特萊爾。

我的波特萊爾街是從黃昏開始的，當你們剛放下公事包或放下書包，當你們剛打開電視機或電視遊樂器：我以及我的腳踏車，牽著手，慢慢離開我的童年。

我會騎過一間齒模所，無師自通的擬牙科大夫很快地用他的工具把你的牙痛弄停，或者拔掉你的蛀牙，鑲上他的新牙，讓你在一年之內牙齦發炎，重新痛得更厲害。

我會騎過一家蚵仔煎專賣店，媽媽專門煎蚵仔煎，爸爸負責加蛋——一雙手像機器人般往籃子裡抓蛋、擠破、丟出去；他們的兒子忙著把地上的蛋殼集合起來，送給對面的醫生太太早晚洗臉美容。

我會騎過三家電動玩具店，忽然在她們家門口停下，站在腳踏車上高喊「中華民國萬歲」；所有的路人都驚訝地看著我，只有房子裡的她知道這句話真正的意思是「我想念你」。

我會騎過一間有錢人家的樓房，門口寫著：車庫，請勿停車。

我會騎過另一間更有錢人家的樓房，門口地上寫著：車庫前，請禁止停車。

我會騎過那賣甜不辣與豬血粿的小店，走進去，因為豬血裡藏著我們的口水，並且他們可愛的女兒是我的小學同學。

我會等著我的小學同學趁她父母親不注意時多給我一塊甜不辣。我會問她的父母親：你們阿慧還在台北的美國公司上班嗎，什麼時候回來？

我會騎過一座橋，橋頭永遠站著一位拖著一大堆破爛舊皮箱的破爛舊皮箱似的男人。

我會騎過一間酒家，彈手風琴的男子有時剛好走出來，友善地對我說：「小弟，我們來做個朋友。」我會友善地笑笑，離開。我很早就知道酒家裡那些女生都不怕他，因為她們說他愛男生勝過愛女生。

我會騎到博愛街口，停在那兒三分鐘，等一位戴金邊眼鏡的婦人優雅地迴她淺藍色的汽車，三天裡頭有兩次撞到立在一旁賣麥飯石的招牌。

我會騎過一家棉被店。

我會騎過一家水族館。

我會騎過一家掛著許多漂亮內衣，很多男人走過，很少女人走進去的性感內衣店。

我會騎到那賣壽司、賣生魚片的小吃店前，盯著不遠處紅紅綠綠的霓虹燈，直到聽見對面玉店的老闆娘輕聲對她先生說：「注意，這少年的每天停在這裡，是不是想偷我們的東西？」

我會很快地騎過你的身邊。
我會很快地騎過我的成年。
騎回我的童年。因為我知道人生不如一行波特萊爾。

（一九九〇）

髮的速度

總是在覺得面目可憎的時候跑去理髮。髮的速度是花與月的速度，或繁或疏，或肥或瘦，在不知不覺中變化你的情緒。

常去的一家理髮店叫「秋美」，老闆娘是隔兩條街另一家「春美」理髮店女主人的妹妹。小小的店裡擺著四張理髮椅子，鏡子前面一盆淡雅的盆栽，許許多多瓶罐，以及一部只要電視沒開就一直響著的手提收錄音機。離家讀大學前我一直在「春美」理髮，畢業後回來才開始轉到「秋美」。

童年的我非常不喜歡理髮，總覺得坐在理髮椅上（確切地說是坐在擱在椅臂上的一塊洗衣板上），一五一十地看著鏡中的自己被一具推草機似的東西整來整去是一大苦刑，每一回作文題目碰到「理髮記」，不喜歡作文的我就氣上加氣。上了初中以後得了近視，每次理髮卸下眼鏡，總有一種敵暗我明，任人宰割的不安全感。好心的理髮小姐也許會問：「這樣好不好？」「要不要短一點？」眼前一片模糊的我只能假裝滿意，不知所云地應答一番，等理完髮戴上眼鏡，才發覺與自己期待的大有出入。

這種不安全感在我走進秋美理髮店後逐漸消失，因為那聰明而略微靦腆的老闆娘在幫你理過幾次髮後，不待你多言就已知道你要理什麼頭髮，即使不是她親自操刀，她也會在一旁適時地提醒理髮的小姐。我於是感覺到一種愉快的悠閒，她們慢慢理，我自顧自地閉目養神，沉思創作。我甚至希望她們理慢一點，好讓我組合好正在思索的詩句或文字。

秋美理髮店的理髮小姐大多數是樂觀、愛唱歌的山地女郎，收音機一響，她們馬上跟著唱起歌來。她們的歌聲真摯而充滿感情，讓你覺得如果把收音機關掉，效果反而更好。但如果真的把收音機關掉，她們就不唱了。她們會一邊理髮，一邊改看鏡中的電視，忽然間，她們會同時停下手中的動作，大膽回顧屋角冷氣機上的電視，因為電視上的連續劇正出現高潮。

小姐們來來去去，頂多做個一年半載。也許是青春當道，她們總喜歡幫你擠掉你沒有察覺的青春痘。我本來很氣憤這種未經許可，擅自動手的越權行為，但一想到她們職業上「路見不平，不除不快」的正義本能也就釋然了。

春花秋月何時了，髮落知多少？十幾年來，秋美理髮店的生意也像春花、秋月般自有其榮枯的週期。最熱鬧的時候，四張椅子上刀剪齊動，老闆娘優雅地坐在沙發上安撫等候的客人。但最近一兩年卻常看到老闆娘一人獨撐大局，因為愈來愈少人願意到這種單純的理髮店工作了。

前幾天去，正好碰到老闆娘在幫一位頭髮禿得只剩中間一小撮的老先生理髮，我坐在一旁等候，聽到老先生跟老闆娘說：「你們這間店真不錯，每次來你們都知道我要理什麼頭髮。」老闆娘說：「歐吉桑，我從你少年幫你理到老，怎麼不知道？」我抬頭看一看鏡中這位看著老人長大的中年老闆娘，差一點笑出來。她的女兒剛好從門外走進來，向我說：「老師好！」她拿著一瓶香水要送給她媽媽。多年前，她還在我國中的英語班上，現在站在她媽媽身邊真像年輕時候她媽媽的模樣。我心裡想著：看著你們長大的應該是我！

春美，秋美；髮的速度是時間的速度。

（一九九〇）

〈故事〉的故事

你知道我們這個濱海的小城現在正流行什麼歌嗎？不是小虎隊的，也不是方季惟的。是一首從來沒有在電台或電視上播過的〈故事〉。

我大學音樂系畢業的學生K，前兩個禮拜從台北寄了一張CD給我，在她住處附近有一家唱片店，老闆在店中懸了許多棒子，遇愛樂者即打，說是「棒打知音」。我的學生被打了好幾下，寄來的CD即是老闆強棒出擊，極力推銷的。我收到後隨即拆開來聆聽，是一位叫Esther的女歌手的歌唱集。第一首歌一出，我還來不及辨認是那一種語言，就馬上被暗藏在歌聲裡的魔術棒子擊倒了。多年前，在聽過我課堂上播放的舒伯特的〈魔王〉之後，讀國中的K在週記上寫說她有一種「全身發麻，不能自已」的奇妙感覺。如今，那音樂的魔王彷彿又回來附著在我身上。我按下repeat鍵，反覆聽了好幾遍。唱片外殼上印說這是E. Ferstl譜的海涅的〈Kinderspiele〉（〈兒時嬉戲〉？）。旋律實在甜美而容易上口，我忍不住拿起筆自動配詞，不管原來的德語在唱什麼。我到了學校，花了兩節課的時間湊成下面的〈故事〉：

我曾愛過一個男孩，
他說我像花一般美，
在每個月光的晚上，
他來到我窗口歌唱。
那歌聲輕輕揚起，
我心兒也跟著顫動，
不知道為什麼哭泣，
睜開眼他已經離去。

那男孩離開了家鄉，
到一個雪深的地方，
在每年春天雪融前，
他寄給我一張紙片。
那春風輕輕吹起，
我心兒也跟著顫動，
不知道為什麼哭泣，

想告訴他：我想念你。

我曾愛過一個男孩，
他也許已兒女成群，
在每個冬天的晚上，
在爐邊教他們歌唱。
那爐火慢慢燒著，
我心兒也跟著顫動，
不知道為什麼哭泣，
莫非我還依然年輕？

最後一節課，我打鐵趁熱地把歌詞影印給學生，讓她們跟著唱，她們聽後紛紛要求我把原曲拷貝給她們。當晚回家，友人和他的學生來訪，看到我在錄這首歌，問誰唱的，我示以中文歌詞，大家很高興地一起唱起來。

第二天，我照樣準備把它教給新的班級，沒想到她們說已經會了，原來是昨天的班級唱給她們聽的。很快地，學校裡每個年級的學生都在唱它，甚至於放學後走在街上都可以聽到。

過了一個星期，我那愛唱歌的表妹打電話給我：「表哥，我的同事今天教給我一首歌，非常優美動人，你一定沒聽過，我唱給你聽！」她隨即在電話那一頭唱了起來。老天，居然是「我曾愛過一個男孩……」。

我不知道這首略嫌多情的〈故事〉為什麼會讓人喜歡，也許大家太久沒有被單純美好的事物感動過了。我不知道它會不會流傳到你居住的角落，但如果你喜歡的話，你也許可以參考我的簡譜一起唱——

A 6/8　故　事

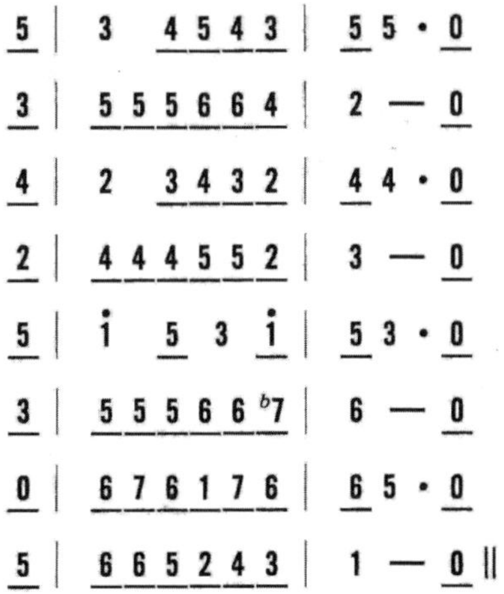

（一九九〇）

附記：此文發表後，歌星黃鶯鶯讀了，頗喜我所填之詞，問是否可由她在新唱片中唱之。我欣然答應。她請陳昇另譜新曲，曲名〈我曾愛過一個男孩〉，收在她的專輯《寧願相信》（1993）。這是〈〈故事〉的故事〉後續的故事。劉若英二〇〇一年專輯《年華》中亦翻唱了這首歌。

墓誌銘學校

我是在報紙上看到他們的招生廣告。「墓誌銘函授學校：以空間換取時間／立德，立功，立言／教你在方寸之間創造不朽。」我寫了一封信去報名，附上身分證影印本以及四張兩吋半身照片——其中一張，據廣告上說，是準備學成後連同審核通過的自己最滿意的墓誌銘一起印在畢業紀念碑上的。他們很快地寄給我一份入學考試試卷，要我竭盡所能地回答。我很清楚記得那些題目：

A是非題（五題；測驗你辨別是非的能力）

（　）1 好死不如賴活。

（　）2 勿恃死亡之不來，恃吾有以待之。

（　）3 弱者啊！你的名字叫南柯一夢。

（　）4 一寸光陰一寸金，寸金難買海洛因。

（　）5 人生是走向疲憊的冗長歷程。

B選擇題（五題；測驗你對生命與藝術的感受力）

（　）1 墓誌銘要像（①女人的裙子，愈短愈好②做愛的時間，愈長愈好③反攻大陸的時間，可長可短）。

（　）2 鞠躬盡瘁，任勞任怨，為全國人民謀身心幸福的是（①立法院②司法院③理髮院④按摩院）。

（　）3 人人愛讀（①人間喜劇②人間悲劇③人間戀歌④以上皆是）。

（　）4 人生不如一行（①波特萊爾②愛人的眼淚③墓誌銘④安非他命）。

（　）5 成者為王，敗者為（①國民黨②民進黨③共匪④寇）。

C配合題（或稱「連連看」，可以複選；測驗你的應變能力）

1 岳飛	a 天才說書人
2 貝多芬	b 壞人
3 蔣中正	c 大說謊家
4 張大春	d 著有《蔣公遺囑》
5 古小兔	e 背部刺青術發明人

6 希特勒　　f 德國統一的功臣
7 毛澤東　　g「大哥大」的一種
8 陳啟禮　　h 民族英雄
9 陳膺文　　i 御用文人
10 歌德　　j 著有《我的奮鬥》
　　　　　k 世界偉人的一種
　　　　　l 天才詩人

我不知道我考了幾分，但他們讓我入學了。第一階段的課程是機械的模仿練習，他們寄了一大堆講義要我背誦那些相反、相對的字詞：虛對實；粗對細；法官對真理；好院長對壞國民。我做了許多被評為「牛頭不對馬嘴」的習作，最後以兩則略具創意，尚稱通順的四字對過關：三民主義——五胡亂華；領袖萬歲——褲襪一條。

第二階段是從辛苦蒐集來的「經典墓誌銘」中去學習體會、思索各行各業的酸甜苦辣，並且將心比心地為他們說話：「君在上，馳騁疆場／妾在下，為國捐軀」（軍中妓女）；「一鞭在手，樂趣無窮」（小學教師）；「我創造時間，時間安息我」（鐘錶匠）。不知不覺間，我發覺自己逐漸具有一種出口成章、明辨是非的反射能力，不但一針見血，而且充滿音韻之美。有一次，有人問我父母職業，我脫口說：「爸爸剁枇杷，媽媽馬殺雞。」他居然讚許我是不可多得的語言天才。

很快地我進入了第三階段，廣泛地閱讀各類偉人的傳記，掌握他們的優點，忘卻他們的缺點，並且像攝影師一樣學習使用各種剪輯、放大、塗改、移植、特寫的技巧，言簡意賅地誇大他們的德行。我的畢業作品是《一百〇八位出身不良的偉人光榮的墓誌銘》，外加一則題給自己的。有一家新成立的執政黨籌備委員會廣告公司在看到我的作品後，要高薪聘我當他們的文字指導，被我斷然拒絕。我寧願做一個忠誠的在野黨，永遠地在野地裡跟著我寂寞的同志為天下生民立碑誌銘，因為我知道生活的目的在增進人體全體之生活，生命的意義在創造宇宙繼起之生命，而死亡的意義是吞噬，並且消化、排泄所有的仁義道德、是非善惡。

（一九九〇）

地震進行曲

四十年前，我的祖父住在木瓜山上，對面人家請他喝酒，他走過吊橋欣然赴會。幾杯下肚，地開始震動起來，酒酣耳熱的飲者歪歪斜斜地把倒地的酒瓶扶起來，繼續乾杯，等東方既白，要回家，才發現吊橋斷了。我的祖父看著他的妻子在對面山上等他，他上山、下山，走了三天三夜才回到家門。

地震調整了生活的速度，顛覆了某些既定的價值標準。所以鐘敲了，但孩子們依然不走進教室，因為教室門窗每隔幾分鐘就劇烈晃動一次，連老師都怕得叫出來。他們跑到操場上，幾千名學生共同在一個沒有屋頂、沒有門窗、沒有黑板、沒有點名簿、沒有訓詞標語的公開的大教室上課。不分性別、不分年級，所有的人都跟藍天、白雲，以及偶然搖動的綠樹同一班。地震繼續著。不同的老師上台講他們的故事，講他們生命中最動人、最有趣的回憶。學生們津津有味地聽著，不必攤開任何教科書、測驗卷。第一次，老師們感覺自己面對著生命；第一次，老師們感覺自己像拿著卡拉ＯＫ的麥克風般傾訴著自己內心真正的感受。

地震繼續著，一個星期超過兩千次。第一天晚上，級數最高的一次地震把小城所有的人從睡夢中搖醒。屋宇晃動，全市停電。我在黑暗中穿反了衣褲，戰戰兢兢地抱著女兒走出門外。我們走到不遠的曠地，早有許多人在那兒等候。我抬頭，看到群星像一海洋的魚在夜空裡游來游去。燦爛，燦爛的光，造物主正用他最純淨的語言向我們說話。我們彷彿曠野裡的牧羊人，因著某種神祕的呼喚，推開各自的棉被趕到這兒仰望、禮拜。地震繼續著，沒有人敢回家睡覺。我走回去把車子開過來，一家三口睡在車子裡，真像柏格曼電影《第七封印》裡巡迴賣藝的馬戲人家。

三十年前大地震，我的母親正在廚房裡煎魚，半焦的魚躍然鍋上，我的母親驚慌地奪門而出。地震停止，母親回家，再也找不到那尾魚。

地震繼續著。公民與道德老師在上課時被掉下來的國父遺像打到頭，相框落地，碎了一地玻璃；學生們發現：沒有玻璃框著的國父比較和藹可親。地震繼續著。我走在花崗山斜坡，看到一隻狗跌跌撞撞，東跑西跑，不知如何是好，最後四腳朝天，原地打轉。我忽然想到原來蕭邦的小狗圓舞曲是這樣寫成的。

地震繼續著，小城最高的一幢大樓外壁龜裂。國家最高的行政首長從南部坐飛機趕來視察，地震忽然停止。兩百公尺外，美琪歌劇院大大的歌舞團廣告依然高聳著：「大白鯊地震秀！大胸脯，大震幅，保證值回票價！」一學校的一位老先生在課堂上跟學生叮嚀：「回去告訴你們的父母，千萬不要去看那些歌舞秀。都是那些外地來的、不知廉恥的歌舞女郎把地震帶過來的！好在我們院長吉人天相，他一來，地震就停了。」

然而地震仍繼續著，因為吉人天相的院長很快地又回到他首善之區的辦公室日理萬機去了。愈來愈多的人跑到美琪歌劇院看地震秀，因為，他們說，地震愈大，那些歌舞女郎身上凹凹凸凸的惡地形搖晃得愈厲害！

（一九九〇）

淚水祭司

他就住在我們的隔壁，開著一家古舊的雜貨店，窄窄的，暗暗的。人們走進去買鹽，買糖，買做月子用的麻油，買麵粉，他打開那些大大小小的桶子、甕子，兩三下就把你要的重量秤出來。我們拿著買好的東西走出來，不知道他把喜怒哀樂偷偷藏進裡面。不敢吃藥的孩子哭著來到他的店裡，他微笑地把摻著苦瓜的糖果遞給他們。孩子們長大，有了自己的孩子（啊，他們也同樣不敢吃藥），又忽然想起那奇妙的糖果。

他一直是老老的，卻也未曾更老過。在大街上那幾間掛著花花旗子的銀行尚未設立前，他是我們小鎮唯一的一家銀行。他借貸給大家，也接受大家的儲蓄。有人把一生的愁苦都存到他的店裡，卻只是在逢年過節的時候領了一些木耳、一些金針、一些香菇、一些蓮子。人們說那是地下錢莊。沒有錯，我好幾次看見他走進地窖裡拿出一瓶可以治療打嗝的黑醋或者一大塊憂鬱悲憤的紅糖。

沒有人知道他怎麼記載他的帳目。他知道小鎮所有的歷史。他知道黑肉鵪母為什麼在死了兩次男人以後突然愛起天下所有的女人；他知道雄貓姬姬為什麼從不離開那暗無天日的閣樓；他知道有錢的林醫師（林博士）為什麼跳樓自殺；他知道為什麼，每隔十年，黃家的兒子要被抓去審判一次。有一年春天，小鎮的一些年輕人失蹤了，人們不知道他們去了哪裡，但他們看到淚水滾滾地流過小鎮的大街小巷，在午夜湧進他的雜貨店裡。

然而他卻從來沒有把仇恨賣給我們。

有人說他是聖誕老人，因為他總是在入夜後開著他的拼裝車把憂傷和安慰分送給我們。他甚至穿過我們的夢境向我們收購記憶的破銅爛鐵。

他馴養那些無家可歸的淚水，讓他們跳舞，讓他們歌唱，讓他們成為一種標籤，一種儀式，一種宗教，貼在每日生活的瓶頸。我們不知道哪一瓶米酒或醬油裡裝的是自己或自己親人的淚水，但我們的確聽到他們歌唱。

如果你在半夜聽到悠揚的歌聲自不遠處傳來，牽動你的眼皮，醒來後發現兩頰潮濕，請不要驚動。那是淚水祭司對你眼淚的呼喚。請你靜靜撫摸你所愛的人留下來的鈕扣，或者輕輕擦拭遺落在床頭的那枚被淚水弄鏽的錢幣。

（一九九〇）

雷鬼與香頌

在我的視聽圖書櫃裡有兩卷影帶是我近年來的最愛：鮑伯．馬利（Bob Marley）與茱麗葉．葛雷柯（Juliette Greco），它們是我收藏的流行歌曲軟體中的王與后，我的「祕密之子」。

鮑伯．馬利，一九四五年生於牙買加聖安郊區一條小街，母親是牙買加黑人，父親是英國白人士官。一九六四年，與友人組成「哭泣者」樂團，灌製唱片，至七〇年代中葉名噪世界。他們帶給世界一種充滿熱情、急迫、苦惱與原始本能的音樂風格——雷鬼（Reggae），這是牙買加送給世界的最好的禮物，截然有別於七十年代諸般矯飾、誇大、俗麗而言之無物的西方流行音樂。

我的錄影帶是鮑伯．馬利死前十八個月——一九七九年十一月——在美國聖塔芭芭拉的演唱實況。音樂會以曾被英國歌手克萊普頓（Eric Clapton）轉唱知名的〈射殺了警長〉開始，而以馬利單純、動人、充滿覺醒與革命意識的雷鬼聖歌〈起來吧，站起來吧〉終結。馬利身著灰藍的粗布衣服，髮垂如鐵索，演唱時兩眼微閉，肢體搖動，雙手揮擺有致，彷彿鳥飛太空，姿勢不絕。聽其歌，令人興起起身離地、超越人間汙濁的飄飄感，這不見得與他歌曲中時或傳遞的雷斯達教旨（Rastafarianism，一種奉伊索比亞皇帝 Haile Selassie 為上帝，相信伊索比亞是黑人精神樂土的牙買加宗教信仰）有關，而是來自他個人的氣質與魅力——在現實生活中他被媒體渲染成好吸大麻、好征服女人、婚生與非婚生子女多如沙灘上的沙粒，然而在舞台上他卻體輕如枯果，以一種洗盡邪念的虔誠與專注，神一般呈現在我們眼前。他在這場演唱會中同時唱了幾乎成為辛巴威民間國歌的〈辛巴威〉，以及號召全世界黑人團結起來的〈團結吧，非洲〉。這些歌之具有感染力並不在於它們所傳遞的訊息，而是在於帶動訊息的音樂氣勢。一九八〇年他受邀在辛巴威獨立大典上演唱，一九八一年五月因癌症病逝於邁阿密。他的死成為牙買加的國殤，他的音樂使他的名字跟雷鬼同時成為傳奇。

相對於雷鬼的激奮，法國的香頌（Chanson）顯然是較含蓄而抒情的民歌。

第一次看到茱麗葉．葛雷柯是在她一九八六年東京演唱會的影碟片上。將近六十歲的她穿著一身黑衣，醍醐灌頂般把一首首我聽不懂的法語歌倒在我的頭上。除了幾首可以辨認的〈巴黎天空下〉、〈玫瑰色人生〉、〈枯葉〉等名曲外，都是我不曾聽過的旋律。豈只不曾聽過，她的歌簡直沒有旋律，沒有耳飾、頸鍊，沒有眩眼的燈光、煙幕，一隻隻言語的獸素樸地從她的嘴裡爬出來。她真的像是一個馴獸師，催眠般驅使她的歌聲、她的聽眾。如果說鮑伯．馬利唱歌的手幫助我們飛天，葛雷柯魔術般的手勢則使我們甘心入甕，一個個走入她音樂的樊籠，難怪沙特讚賞她「喉間有數百萬的詩」。

去年一月，「小耳朵」播出了一集葛雷柯的回顧專輯，使我有機會一睹她年輕時候的丰采，並且看二次大戰後賽納河左岸沙特以降的知識分子、文學家如何為她傾倒，爭相寫詩獻曲。她仍是樸素無飾，只是更具青春的自信；她唱愛情、唱生命、唱美、唱孤獨、唱城市、唱反對戰爭，只是除了用嘴唇，還用兩手。原來這是她一生的風格：美聲、美貌、美才；深沉、細膩、節制地把人間的悲喜昇華成詩。

這些是我個人的「祕密信仰」，我把它們錄製在錄音帶上，給我身邊少數的朋友、學生分享。我並不期待這島上所有的人都喜歡它們，但我相信全世界各地都有知音。我的學生們在電視上看到各國歌手在南非人權鬥士曼德拉七十歲生日的演唱會上齊唱〈起來吧，站起來吧〉，都有回家的感覺；而有一個朋友的朋友，前不久從外地來訪，看到我放葛雷柯的錄影帶，告訴我他有一個朋友剛從巴黎遊學歸來，帶給他的禮物正是葛雷柯的錄音帶。

（一九九一）

旅行者

在我書房的牆壁上有一張複製的波納爾的版畫《小洗濯女》，一個全身墨綠的少女，右手拄著雨傘，左手挽著一籃待洗的衣物，斜斜走過濕滑的街道。街道與街道旁屋子石壁的明亮色調反襯出洗衣女身上的沉重，這沉重帶給觀者無言而淡遠的哀愁。

一九九〇年春天，我的學生J自巴黎寄給我一張卡片，謂「來法一月，事皆順遂。巴黎之美，如繁花繡錦，時值春日，正是青草如夢，好風似水時節，有形無形之美，令我眼界大開，人稱巴黎為藝術之都，無有虛言。我日日讀書、遊覽、收穫頗豐……」卡片背面印的正是波納爾的《小洗濯女》。

十年前，當他還是國中生的時候，我在那一張版畫下帶領他跟另外幾個學生接觸黃春明、陳映真、梵谷、莎士比亞，並且把祕藏的魯迅、曹禺拿出來借他們影印。隨著他們年歲的增長，我們一起攀登了貝多芬的《合唱交響曲》，巴哈的《馬太受難曲》、《無伴奏大提琴組曲》，舒伯特的《冬之旅》……我記得在他們考大學不久前的一個星期日午後，小病初癒的我坐在地板上，若有所悟地跟他們講說貝多芬的第32號鋼琴鳴曲。我帶他們在書上旅行，在旋轉又旋轉的唱片裡。他們耳濡目染地習察了一些人名地名，知道馬蒂斯的《豐盈，寧靜與歡愉》在龐畢度中心的國立現代美術館，知道魯梭的《戰爭》在奧塞美術館，知道巴黎國立圖書館的版畫室藏有一張波納爾的《小洗濯女》。然後，他們居然就到了巴黎——馬蒂斯、魯梭、波納爾、羅特列克——而我仍然在家旅行。

假如旅行如培根所言是教育與經驗的一部分的話，我顯然是一個沒受過什麼教育的無知者。跟我的父母親一樣，我的最高學歷不過是從海島東部坐火車到海島西部，又坐火車回來。一九九〇年夏天，我因事往海島南部，縱貫線火車在夜間急馳過黑暗的西部平原，快速地接近一個城鎮又快速地離開。那些亮著無數燈火的城鎮，從遠處看，正像是一座座飛聚著燐火的墳場。我突然被那些亮著的生命所感動。這些我全然陌生的城鎮，並不因我熱情或冷漠的介入或不介入，變異它們的活動。它們是自足的城——就像我自己居住的城鎮——從生到死，從欲望到哀愁——跟世界所有的城一樣大，一樣完整。我想起了十八世紀英國詩人格雷（Thomas Gray）的〈寫於鄉村墓園的輓歌〉，這些陌生的城鎮同樣埋藏著許多無名的密爾頓和克倫威爾。

我因此更加清楚旅行的真正含義，知道只要對世界懷抱渴望我就隨時在移動。我知道坐在教室裡的我的五十位學生是五十本不同的旅遊指南，指向五十座不同的城；我知道我每天在街上，在市場邊碰到的人，他們的心跟世界上所有的名勝古蹟一樣豐富。我也許不能旅行回波納爾創作那張版畫的時間、空間，但我可以複製：在我的城複製所有的城，在我的世界旅行全世界。

（一九九一）

神的小丑

看過電影《戰火浮生錄》的人，大多會為片頭、片尾巴黎鐵塔附近夏瑤宮廣場上那場壯觀的舞蹈所震撼——一名上身赤裸的舞者站在巨大、朱紅的圓桌中央，以強韌而曲柔的肢體呼應蠱惑般反覆出現的旋律，圓桌旁，四十名男子圍成一圈，配合圓桌上的舞者，隨愈轉愈強的節拍愈舞愈烈，至最高潮處驟然同時崩倒。這熟悉的音樂大家都知道是拉威爾的《波烈羅》，但很少人注意到這舞是誰編的。

出生於法國，莫利斯．貝賈爾（Maurice Bejart, 1927-2007）是當代最勇健、前進的編舞家之一。他三十歲時組織了自己的舞團，一九五九年演出他改編的史特拉汶斯基的芭蕾《春之祭》。在這個新版本裡，他把原來選拔少女狂舞至死以祭獻土地之神的情節，轉化成少女與年輕男子肉體的結合——頌讚生命與愛的力量。貝賈爾成功地掌握了原始的氛圍，以充滿活力、變化有致的群舞與韻律再現史特拉汶斯基音樂的精神。演出後，愛之者譽之為不朽傑作，惡之者詆之為色情遊戲。貝賈爾一躍而為布魯塞爾皇家劇院的監督，他的舞團則改名為「二十世紀芭蕾舞團」。

「二十世紀芭蕾舞團」的表演顛覆了傳統芭蕾美學秩序。貝賈爾的編舞常給人巨大的視覺撞擊，他在舞作中引進爵士樂、特技、具體音樂（從現實生活中錄下來的聲音），並藉歌唱、說話等方式強化表演效果，以吸引廣大群眾的參與。芭蕾不再只是供少數人在劇院裡正襟危坐觀賞的高雅品，它變成公眾生活的一部分。貝賈爾不斷在大型的體育館、運動場、馬戲場公演他的作品。一九六四年，他編舞的貝多芬《合唱交響曲》在布魯塞爾皇家馬戲場上演，先後有五十萬以上的人在各地看了此一舞作：經由戴奧尼斯式的舞蹈，貝賈爾讓觀眾與舞者一同完成了他藉貝多芬—席勒—尼采揭示的愛、自由、和諧的理念。

一九七一年，貝賈爾以發狂致死的俄國偉大舞者尼金斯基的日記為題材，編成《尼金斯基——神的小丑》一舞，首演時擔綱的即是電影中跳《波烈羅》的舞團台柱，阿根廷舞者侯赫．東（Jorge Donn, 1947-1992）。貝賈爾引用尼金斯基的話做為主題：「我將扮演小丑，如此他們將更了解我。我愛莎士比亞的小丑——他們非常幽默，但他們仍有恨，他們不是神派遣來的。我是神的小丑，所以愛開玩笑。我的意思是小丑是好的，只要他有愛。沒有愛的小丑不是神的小丑。」

貝賈爾自己其實就是小丑，勇敢、厚顏地打破種種藝術的界限。他有時候教舊瓶子裝新酒，有時候教驢與馬結婚，有時候教西方的丈夫偷東方的香，有時候教古代的腳抓現代的癢。他的《羅密歐與茱麗葉》戲外有戲：一群舞者在空蕩的舞台上排演，忽然爭吵、打鬥起來，芭蕾教練前來調停，以演戲的方式告訴他們一個愛與恨的故事——《羅密歐與茱麗葉》，故事演畢，舞者重回舞台準備排演，他們興高采烈地高喊「作愛，不要作戰」，忘卻了剛才《羅密歐與茱麗葉》戲中的愁思。他的《火鳥》飛法跟別人不一樣，把古老的俄國傳說轉變成自由與革命的政治寓言：一隻身著紅衣的男性火鳥，率領一群反抗者，前仆後繼地死亡、再生，獲得勝利。他採訪印度傳統音樂、舞蹈，編成芭蕾《守貞專奉》；他研究埃及音樂、歷史，編成舞劇《金字塔》；他結合東西方舞者，共同演出取法日本的《歌舞伎》。

他真的是世界的小丑，到處製造玩笑，製造愛的積木。他沒有自己的房子。在布魯塞爾，他有兩個房間，房裡並無電話，成噸的唱片堆積在地板上，走廊上有兩個手提箱：獨立和自由——兩個手提箱，四海為家，一無所有。

他有的是不斷追求新事物的精力。一九八七年，他離開布魯塞爾，到瑞士洛桑另創「洛桑貝賈爾芭蕾舞團」——這也許是他的廿一世紀芭蕾舞團。一九九一年春天，整個巴黎都在談他新上演的芭蕾《突然之死》。看過的人說這是他集大成的作品。音樂由輕歌劇到現代歌劇，由交響曲到鋼琴小曲。一九六〇年，貝賈爾的父親因車禍突然死亡。一生受學哲學的父親影響極大的貝賈爾，永遠難忘自己見到驟死的父親時的情景。人終須一死，他希望自己也能像父親一樣突然死，那是最幸福的事。在芭蕾《突然之死》的最末，一名穿藍衣的女子——靜穆彷彿聖母，又彷彿死神——緩緩降臨匍匐於地上的男子身上，張開雙手，擁抱他。

我在電視上看到這感人的一幕。但更令我忘不了是另一幕啞劇——一群舞者，彷彿夢遊般行走於舞台之上：有人拿著一把斧頭，有人拿著一座巴士站牌，有人抱著一個地球儀，有人抱著一座搖搖木馬，有人舉著一把大傘，有人套著一個救生圈，有人托著一枝步槍，有人抱著一個洋娃娃，有人推著一輛小腳踏車，有人舉著一個衣架，有人拿著一個熨斗，有人拿著一個大水壺，有人拿著一個花盆，有人拿著一個吸塵器，有人拿著一具電話，有人拿著一支鐵耙，有人拿著一張摺疊床，有人拿著一條床單……

貝賈爾在告訴我們什麼呢？如此豐富的生的意象。我想到他在接受訪問時說的他的父親是文化人，也是生活人；我想到他經常說的「舞蹈即生活」。

他是神的小丑，還是生命的小丑？

（一九九一）

黑肉姑媽

黑肉姑媽其實並不黑。只是因為她上課時愛板著豬肝似的臉孔向學生說教，碰巧英文課本裡出現了一位愛搬弄格言的 Aunt Hazel，這達而不雅的譯名遂從此黏在她身上。

學生們並不討厭她，雖然每個人上她的課都戰戰兢兢，不敢隨便言笑。她密集的課程與嚴厲的要求，使她的家政課兼有新娘學校與慈母訓練班之效：從煮飯到做睡褲，從選布料到擇偶，凡與修身、齊家、相夫、教子有關的一切理論與實踐，皆在她教授與考試範圍。她考學生煎荷包蛋，規定除了蛋黃不准破之外，還必須煎成正圓形。學生們為了達到她的標準，不知敲破了多少雞蛋。多少學生在她考鉤圍巾、鉤毛衣時，雙手發抖，針線落地，然而照舊得咬緊牙關，完成指定圖案。規定的作業，一針一線，一刀一剪，皆須親自為之，若有心存僥倖，找人代勞者，絕難逃其法眼。有一次，有一位學生為情所困，厭世自殺，遺書上特別交代她媽媽一定要把她的家政作品交給老師。學生們畏其若是，然而多年後，當她們離開學校，為人妻、為人母時，卻都感激她嚴格的訓練。

在朋友與同事面前，她是一個豪爽、熱情，充滿活力的女人。她是真正的「大家樂」組頭，深信任何事情獨樂不如眾樂。所以每次要到福利中心前，必呼朋引伴，或者一間、一間辦公室地問有沒有人要其代購東西。出差到台北，在地攤上遇到物美價廉的大小衣褲，必打長途電話回辦公室，要大家火速登記、統計。每隔一段時候，她就會批發來整箱的水果、豆花、衛生棉、紅豆冰棒，讓大家低價分享；端午節、中秋節，更集合學校同仁一起在禮堂包粽子、做月餅。同事中有未婚的，男的為其介紹女友，女的為其代覓男友；生兒育女，找不到保母者，她也一一熱心奔跑介紹。儼然是總務主任兼訓育組長。

她喜歡買布做衣服，跟街上幾家布店老闆娘頗為友善，每次出席宴會，她們都爭相把自己的鑽戒、珍珠項鍊借給她。她是一個大磁場兼放射站，每一個人都會想要把知道的事情告訴她，她也善盡職責地把每個人的消息都傳播出去。校務會議上，她會統合各方疾苦，痛陳學校種種措施之不當，讓校方對她又愛又懼。

這樣一種人人景仰的女人卻獨獨得不到她女兒的欣賞。她要求她們一如要求自己的學生：嚴辭以對，不假顏色。功課退步，固然開罵，鋼琴彈不好，也要罰跪在鋼琴前向鋼琴說對不起。難怪她兩個女兒常嘆：「唉，誰教我媽是黑肉姑媽！」有一次我建議她不妨和顏悅色對待孩子，她回家試做了幾天，沒想到她的女兒放學後跑來學校對我說：「我媽媽最近對我們很好，好噁心哦！」

我曾經問她被封為黑肉姑媽有何感想。她笑笑地說：「黑肉總比黑心好！做面惡心善的巫婆，總比做面善心惡的白雪公主好吧？」

（一九九一）

賣春聯隊

告別童年後，新年似乎愈來愈不好玩。這幾年為了突破日趨沉悶的年節氣氛，我跟幾個舊日的學生合組了一個起死回生的「賣春聯隊」。

我們做生意的地方是在市場邊的大街上。春節前一週，這條街上充滿來自各方、公然拉客的賣春聯者。他們的攤子跟我們的大同小異：一張桌子，幾張椅子；但我們的春聯跟他們的大不相同：他們是向中盤商批發來的，規格、內容整齊劃一的機器春聯；我們則是自己親自裁紙、磨墨、調粉、動筆的手工春聯。我的幾個學生雖然不見得每個都是書法比賽第一名，但卻也不是學無所長的庸材。就拿專門負責寫「春」跟「福」的游毛來說吧，他的春字我敢說全國無人能及。國中三年，他交來的生活週記、書法練習，每一篇、每一頁都是春，所以一講到寫春，他就眉飛色舞，下筆如有神。

負責寫「招財進寶」的是個畫圖高手，他寫字像畫畫，四個字連在一起像畫一艘淘金船或運鈔車；負責寫「滿」的是個小胖子，他字如其人，寫起來特別豐滿可愛。我們寫的春聯除了「天增歲月人增壽，春滿乾坤福滿門」一類傳統習見的吉祥語外，還有一些是我們獨創的。我們甚至接受顧客當場訂作。有一位大家樂組頭要我們來兩句新鮮的，我們寫給他「春到寶島，天地人間三溫暖／福臨賭國，士農工商大家樂」，外加一紙「生意盎然」，他樂得付給我們雙倍價錢。今年羊年，不少人要求在春聯中嵌入羊字。有一位按摩院老闆要求更多，居然要我們羊馬並置。我思索半天，交給他下面的作品：「愈抓愈羊，日日添吉羊／愈馬愈樂，處處有伯樂」。我問他：「上聯的羊是雙關語，你知道嗎？」他說：「知道。很癢，也很吉祥。」我另外為他寫了一個橫批「掛羊頭賣人肉」，他一看，說：「內行！可是太明了，怕對不起警察界的朋友。」我幫他改成「六畜興旺」，他先是愕然，繼而瞧瞧左右的羊馬，連聲說：「讚！」

我們是一支講求品質、效率與團體精神的工作隊伍，拉客、接客、勞心、勞力、算錢、收錢各有所司。除了輪番坐檯的隊本部，我們還派出了一支游擊隊，到附近銀行前向排長龍換新鈔的人們兜售紅包袋。幾天下來，隊員們不但賺足了零用錢，還學會應對進退，觀察人生百相。

那些在附近賣衣服、賣雜貨的商家，跟我們一樣，是年節氣氛的製造者；過年對他們的意義是忙、累，加上大撈一筆。那些下班後騎著車子來趕集、湊熱鬧的上班族，是每一年春節舞台不可或缺的中堅分子，他們既是演員，也是道具。最可愛的是那些坐公路車從鄉下進城來的村夫、村婦，他們全心全意地購置年貨，彷彿過年是一生中最重要的事。他們的要求不多，但是卻很容易流露出喜悅、幸福的滿足感。他們買的春聯幾乎年年相同，你如果多給他們一張「五穀豐收」或「黃金萬兩」，他們會高興得像中了彩券。只有在他們身上，你才會發現你賣的不只是春聯，還有春——古老、鮮活、綿延不斷的春。

如果你喜歡這種春意，何妨聯合你的朋友一起加入我們賣春的行列！

（一九九一）

立立的牆壁

五歲的女孩立立有很多牆壁。這些牆壁分布在家裡的各個地方，大的譬如客廳裡貼滿畫作的高牆，小的譬如洗手間裡寫滿１２３４、ㄅㄆㄇㄈ與ＡＢＣＤ的木頭牆壁。它們是她的朋友，跟著她一起長大。

立立從小就喜歡聽媽媽講故事。每講過一個故事，媽媽就用彩色筆把故事的名稱跟主要人物寫在紙上，貼在立立睡覺房間的牆壁上。每天晚上睡覺前，立立會要求媽媽把說過的故事再說一遍。很快地，牆壁上貼滿了世界各地有名的童話故事──白雪公主、灰姑娘、阿拉丁神燈、三隻小豬、愛麗絲夢遊記……立立的媽媽再也無法在一夜間把所有的故事都講過，只好把故事的名稱和人物的名字分開在牆壁的兩邊，用「連連看」的方式幫立立複習聽過的東西：媽媽說「后羿」，立立就回答《嫦娥奔月》；媽媽說「格列佛」，立立就回答《大小人國遊記》。

立立的媽媽有時家事很忙，不能講故事給她聽，她就自己翻閱那些有彩色插圖和注音符號的故事書。因為故事太熟悉了，立立彷彿看得懂國字般一頁一頁地讀下去，到後來，她居然能念故事書給媽媽聽。立立的爸爸常常投稿，有時候用立立的名字在報上發表文章，立立就把這些報紙貼在牆上，彷彿自己寫的一樣大聲念著標題。有一次，爸爸的文章旁邊登了一首別人的詩，立立指著報紙說：「抓鳥！」爸爸定睛一看，原來詩的題目叫「孤島」。從此爸爸知道立立已經認識了許多字。

立立的爸爸很喜歡蒐集錄影帶，他幫立立錄了好幾十種世界各國的卡通影片。立立特別喜歡那些跟她看過的故事書同名的卡通影片，因為那些角色都是她熟悉而喜歡的老朋友，他們從故事書走進電視機，又從電視機走回故事書，走回牆上，走進她的夢裡。這裡面立立最喜歡的是《睡美人》，因為她看過好幾種版本的故事書，看過華德狄斯奈的卡通，也看過爸爸錄的芭蕾舞錄影帶。所以立立知道柴可夫斯基是誰，知道睡美人、天鵝湖、胡桃鉗合稱柴可夫斯基三大芭蕾。

也許因為看了許多色彩豐富的畫面，立立自己也很喜歡畫畫。她最早的作品是一根直線，說是草。然後是三根橫線，說是海。然後是不規則的交叉線——風景，以及取材自動畫《三個和尚》與林風眠仕女圖的寫意人物畫。立立的媽媽把這些畫貼在客廳牆壁上媽媽為立立畫的動物群像旁邊，樓下客廳就變成展出母女作品的畫廊。媽媽常常陪立立在紙上把當天做的事畫下來，這些圖畫像日記般一張張貼在牆壁的各個角落，貼滿了又撕下來，換上新的，彷彿日曆或月曆一般。根據立立爸爸學美術的朋友們的評語：這些圖畫共同的特色是用色大膽。但是立立的筆盒裡並沒有「大膽」這個顏色，她只是恣意地畫她想畫的。

立立的牆壁是教室，也是遊樂場；是布告欄，也是計分板。立立的媽媽把牆壁當黑板，跟立立玩造詞、造句的遊戲，玩看圖說故事的遊戲。立立最喜歡疊字的遊戲，因為她自己的名字就是疊字，所以牆壁上常常出現澎恰恰、香噴噴、輕輕鬆鬆、花花綠綠等字眼。她甚至把她的玩偶都取了疊字的名字：陳蹲蹲（小白兔）、陳跳跳（小娃娃）、陳蹦蹦（大媽媽）、陳坐坐（小熊）、陳飛飛（大白鵝）、陳爬爬（猴子）、陳鼻鼻（小象）、陳叫叫（小鳥）……。牆壁上還有許多正字標記，那是立立和一同上音樂班的媽媽在家練琴時各人彈錯次數的紀錄。當立立表現好時，媽媽跟爸爸就會在牆上貼一張「立立第一名」的紙條。有一次，立立還用注音符號寫了一張保證書貼在牆上，保證她會乖乖聽話，以換取一套她想要的小小百科全書。

牆壁是流動的時間，記錄著成長的軌跡。牆壁旁立立書櫥裡的書愈來愈多，牆壁上立立喜歡的東西也愈來愈不一樣：小虎隊的海報蓋住了米老鼠、唐老鴨；幼稚園的獎狀取代了媽媽的褒獎詞。然而小女孩立立仍喜歡靠牆而坐，看她心愛的書，畫她的畫。也許有一天小女孩忽然變成大女孩，不再喜歡坐在牆壁下看書、畫畫，然而牆壁上的痕跡仍舊在那兒：粒粒皆辛苦，立立皆辛苦……

（一九九一）

阿姑婆

阿姑婆是母親外祖母的養女，我們叫她姑婆，或者——客家話——阿姑婆。她的生父母是母親外祖母要好的朋友，據說是母親家鄉極有名望、產業之人，所以她身上頗有一種富貴人家的高傲氣息。搬來市區後，她就住在我們家附近。她的丈夫——我們稱為丈公——是大家公認的好脾氣、熱心腸的人。

阿姑婆並不常到我們家，每次來，總是用腳踢開門進來。她總是雙手交叉胸前，站著跟母親講話，身體、衣服絕不碰觸我們家的器物。如果你看她講累了坐下來，那表示她馬上要回家洗澡。唯一讓她甘心接近的是我們家籬笆旁的蘭花。阿姑婆很喜歡蘭花，她們家院子裡就種了許多，潔淨的花色與淡雅的花香，和她的氣質倒有幾分相似。

大家都說阿姑婆是好命的人，幾十年來，沒有人看過她走進菜市場。但人們不知道阿姑婆不上市場是因為怕市場髒。她不能忍受自己被骯髒的事物所包圍。所以平常在家總是拿著抹布東擦西擦，或者拿水管在院子裡澆花、洗地。她的房子門窗緊閉，不但蟑螂蚊蠅不准進入，就連親戚朋友也得潔身以進。但她只接受少數人進入她的世界。有一次她的親弟弟從鄉下來訪，阿姑婆硬在門內說：「找錯人了！」後來丈公開門，才把他安頓在我們家過夜。

阿姑婆沒有生育，她的兩個孩子都是領養的。阿姑婆視他們為己出，不准他們提生父母的事。一直到初中畢業，我才知道被我叫舅舅的阿姑婆的兒子，原來是我祖父母生的。阿姑婆似乎重男輕女，但她的兒子實在令她失望。我常聽她在別人面前稱讚她女婿的成就以及外孫們的聰明，每逢寒暑假，更叫丈公到台北接外孫們回來玩。然而每次過年，女兒與女婿回來，她總要他們住旅館。有一年旅館客滿，住在家裡，第二天女兒他們一出門，她馬上把蓋過的棉被拿出來抖、曬。但她四處流浪的兒子一旦回家，她卻肯讓他睡在她房間外的榻榻米上。

她的潔癖，她的任性，她不可理喻的好惡，讓想要接近她的人感到困惑。也許為了彌補自己不能生育，她曾經養過許多雞，每次母雞生蛋，她總是高興地把雞蛋拿給我們分享，一點也不嫌雞髒，但當她的兒女長大離家後，她卻連自己的廚房也不願進，要她按電鍋煮飯簡直就像佛頭著糞般不潔不敬；女兒小時，她喜歡替她打扮，但不准她弄髒，否則責打；女兒長大，事業有成，常常買禮物給她，她卻懷疑東、懷疑西，弄得女兒不敢直接對她示好，都託丈公代轉；她眼疾住院，不要特別護士，一定要女兒親自照顧，女兒疲倦得睡倒在床邊，她卻一腳踢開女兒，叫她到椅子上去——她也許不想孤芳自賞，然而通往她世界的路實在太迂迴、曲折了，竟連最親近的人也不得其門而入。

幾十年來，大家都說阿姑婆是好命的人，因為她的丈夫處處順著他，讓著她。大家都覺得丈公是熱心且顧家的人。年前她女兒——我的阿姨回來，告訴我記憶中丈公總是早出晚歸，難得待在家裡——他幾乎吃過晚飯就到街上他最要好的朋友開的鞋店裡聊天、幫忙，即使除夕夜也不例外。我聽了有點驚訝，但卻幫助我了解為什麼在丈公的好友過世、鞋店關門後的這幾年，我經常看到退休的丈公穿著布鞋，獨自在街上閒蕩。也許他想逃避某個他自己也無法全然進入的生活方式，也許他知道逃避是幫助阿姑婆鞏固她世界的最好方法。

（一九九一）

彩虹的聲音

二十世紀快過去了，但是二十世紀作曲家的作品卻仍然被絕大多數的愛樂者所冷落。很少人期待在音樂會上遇到二十世紀作曲家的曲目，被灌成唱片的也少之又少，更不用提進入「暢銷排行榜」的可能了。然而有一個作品，卻在首演時吸聚了五千名聽眾，並且不可思議地讓作曲家在多年後覺得是其一生中聽者最全神貫注、心領意會的一次音樂會。

梅湘（Olivier Messiaen, 1908-1982）的《世界末日四重奏》是在集中營裡寫成的。一九四〇年，加入法軍作戰的梅湘被德軍俘虜，囚於德、波邊境古力茲城（Görlitz）的戰俘營。飢寒勞苦的肉體生活逼使他藉由作曲求取精神上的慰藉，他寫出了史無前例、奇異組合的四重奏，因為同營的難友中另有一位小提琴家、一位大提琴家、一位豎笛家。一九四一年一月，一個苦寒的夜晚，在五千名來自法國、比利時、波蘭以及其他國家的戰俘前面，由梅湘自己擔任鋼琴部分的演奏，首演了這首充滿象徵意味的作品。

這是一首描述不受時間威脅的永恆之境，閃現渴望、靈視與幸福光彩的作品。梅湘音樂的重要特質在此俱可發現：複雜精緻的節奏、獨創的調式、充滿色彩的和聲、鳥叫，以及對宇宙萬物的愛。梅湘是具有神祕主義傾向的虔誠的天主教徒，但我們並不需要有跟他一樣的宗教信仰才能分享他創造出來的神妙。在《世界末日四重奏》樂譜的開頭梅湘引了《聖經》〈約翰啟示錄〉裡的話闡明題旨：「我看見一位力大的天使從天降下，披著雲彩，頭上有虹，臉面像日頭，兩腳像火柱。他右腳踏海，左腳踏地，如是踏海踏地，向天舉起右手，指著永恆的祂起誓說：不再有時間了；但在第七位天使吹號發聲的時候，上帝的奧祕就完成了。」但梅湘著重的並不是末日的巨變、恐怖，而是寂靜的崇敬以及美妙、平和的心景；他所欲表達的是困頓的人類對於更高層次生存境界的想望，人性中神性部分對獸性部分的呼喊。如是我們聽到鳥兒們在深淵歌唱（第三樂章）——獨奏豎笛模仿鳥鳴，在悲傷與倦怠的時間深淵吟詠我們對光、對星、對彩虹、對喜悅的渴望；如是我們聽到大提琴與小提琴，或者合奏（第二樂章），或者獨奏（第五、第八樂章）的神聖的詠唱——甜美、長大、不知所終，在樂曲的最後以近乎超越時間的徐緩向最高音域的主音飛升。

梅湘經常表示自己在寫作或聆聽音樂時可以看到色彩。在《世界末日四重奏》的注釋裡他把第二樂章鋼琴「柔美橙藍色的和弦瀑布」比做是「虹的水滴」，而在夢中（第七樂章）他「聽到並且看到井然有序的和弦與旋律，熟悉的顏色與形狀」，接著他「墜入幻境，恍惚地感受到一種狂喜的旋轉，一種暈眩的超人的音與色的浸透。這些火劍，這些流動的橙藍色的熔岩，這些突然的星：它們是群集的虹！」這種聲音與色彩的對應關係也許純屬主觀，不值得過分強調，但梅湘的確像畫家調合顏色般創作音樂，並且深諳製造新音色之道。浦朗克（Poulenc）曾經拿他跟以色彩和宗教題材知名的畫家魯奧（Rouault）相比。梅湘音樂中「彩虹般」的音色正是他最令人著迷的地方。

梅湘是複雜、神祕、深刻的，也是單純、抒情、容易的。任何人只要坐下來聽他的音樂就可以感受到一種舌沾糖漿、目接虹彩的喜悅。二十世紀的音樂如果還叫後世的人心動的話，有一道彩虹的名字一定叫梅湘。

（一九九一）

臉盆之旅

出外幾天回來，發現家裡多了十幾個臉盆，大大小小，五顏六色，並且都是新的。我問母親幹嘛買這麼多臉盆，平時沉默的母親突然活潑起來，眉飛色舞地說：「不是買的，是外地公司來這兒推銷新產品送的！只要聽他們講課就可以領到一個，一天三場，每場三十分鐘，但是不可以遲到早退，不然領不到東西！」我看到臉盆中央貼著一張亮麗的貼紙：「美國進口，愛力生G蒜頭精，純天然植物精華，強壯體質，改善體質。」正奇怪賣蒜頭為什麼要送臉盆時，母親又說了：「今天晚上還有一場，是最後一場，聽說會發更大、更好的臉盆。你如果沒事，就載我去，可以多領一個！」

那天晚上，當我們到達新車站前的社區廣場時，我著實被洶湧的人潮嚇了一跳：有騎腳踏車來的，有騎摩托車來的，有走路來的，也有開轎車來的。母親靈巧地穿梭於人群中，熟練地跟一些我不曾見過面的人打招呼。「這些都是我這幾天聽課認識的朋友。前面那個穿紅衣服的太太領了五十多個臉盆，她幾乎每天都到，有時還全家動員呢！」母親一邊說明，一邊找了一個靠邊的位置坐下。七點半一到，主持人登場，全場鴉雀無聲。他在台上唱作俱佳地演講著，且不時像老師考學生般抽問台下的觀眾剛才講過的內容。「老太太，你來聽第幾場啦？「第四場。」「那你應該知道我們賣的是什麼東西囉！」「ABCD啦！」「你再仔細看看布條上的字，再說說看。」「愛你死死啦！」所有的人都笑出來。主持人耐心地繼續教導著：「請大家跟我念一遍；愛力生G！不要只記得我們送過什麼樣的臉盆，卻不記得我們產品的名稱哦！請大家多多介紹給——」

就在這時，載著臉盆的貨車駛進廣場，所有的人頭整齊、迅速地向左看，張大嘴巴的臉面像極了圓圓的臉盆。隨著乒乒乓乓臉盆卸下的聲音，觀眾的情緒開始浮動起來。主持人大聲疾呼：「請大家不要急，安靜坐好，臉盆馬上送到各位前面。」接著若有所悟，充滿感性地說：「這是我們在貴寶地的最後一夜，兩個多月來，承蒙各位歐吉桑、歐巴桑的愛護，使得我們的說明會場場爆滿。我知道在座的各位，有許多是為了我們的臉盆而來的，但這沒有關係。我很高興你們在這裡遇見多年不見的老朋友，結識氣味相投的新朋友。許多住在同一條街，從不互相問候的，因為我們的說明會，彼此友好、關心起來。許多人在這裡住了幾十年，從來沒想到除了自己熟悉的幾條街之外，還有這麼多地方、這麼多人。這些日子來，你們跟著我們四處聽講，我不知道明天我們離開後，各位會不會覺得無聊，會不會想念我們。我知道你們拿的臉盆都已經夠多了，你們要來領的不是少一個也沒有關係的臉盆，而是生命裡難得一現的熱鬧感覺。人是感情的動物，我相信我們會懷念各位，就像各位會懷念我們，懷念我們的蒜頭精、我們的臉盆……」

工作人員早把臉盆推進場內，一反往昔爭先恐後、搶著從座位上起來領臉盆的情況，今夜大家都靜靜地坐著，不忍離開自己的座位，不忍離開這帶給自己歡笑與活力的聚會。一千多個臉盆很快地發完，主持人叮嚀大家路上小心。我拿著臉盆，跟著母親，跟著許許多多不知道是快樂或難過的人們，緩緩步上朝聖的歸途。

（一九九一）

這些女人，那些女人

我要感激每天出現在我身邊的女人，她們以無窮的精力，多樣的風貌，蝴蝶般穿過我的世界，讓我單調貧乏的生活增加許多趣味。

現在坐在我左前方的女人，她脖子上圍著一塊方巾，手上拿著一把利剪，認真地在一大堆舊報紙裡翻尋著，我知道等一下她就會把相中的文章貼在紙上，到事務處影印數十份，然後分送到每一位老師的桌上。同事們常開玩笑說她在圓童年時代日行一善的童子軍的美夢，我則說她前生一定是激進的街頭運動者，在一個月黑風高的夜晚張貼煽動文字被捕，吃盡了苦頭，這輩子才投胎轉世為思想純正、言行保守的女人。我桌上堆放著她這學期發的教孝教忠講義：〈一個感人肺腑的母親節〉、〈施與受之間〉、〈永恆的生命陽光〉、〈現代教師應有的胸襟〉……這些她口中「有錢都買不到的好文章」使同事間多了一個聊天的話題，對校園倫理的提升實在功不可沒。當她知道我在課堂上跟學生講韓國學運和五二〇遊行時，她好心地把我拉到辦公室外的走廊，提醒我不要惹禍上身。有一回，我經過她任課的班級，發現她的學生全部背對講台低頭站立，只見她語重心長地說：「你們歷史考得這麼差，對得起先總統蔣公嗎？」這樣的女人，真教人覺得她生錯了時空。她應該被雕塑成揮舞大旗的女英雄，永遠立在中正紀念堂中央，供人瞻仰。

我身邊的另一批女人可就大不相同了。她們嗓門大，笑聲頻，每天打扮得光鮮亮麗。見面口頭禪是：「新買的衣服嗎？好看！好看！」打招呼的標準動作是：向前三步，拉拉衣服，觸摸質感；退後三步，品頭論足，互相標榜。有時兩個人說著，就相擁走進辦公室旁的小儲藏室，出來時，身上的衣服像變魔術般換穿在彼此身上。然後你會看到一大群女人動手動腳地交談著，從衣服談到身材，從身材談到運動，從運動談到丈夫，從丈夫談到星座，從星座談到星雲法師，從星雲法師談到懷孕，從懷孕談到小孩，從小孩談到身材，從身材又談到衣服。她們就這樣愉快地度過了生命中的春夏秋冬。再沒有比這更透明的畫面了，你看到她們的衣服，也看到了她們的心情。如果你閒來無事，不妨舒服地斜靠在椅背上，假裝睡覺，仔細聆聽她們的對話：「這件衣服穿在你身上，多了一種味道，一種『神愛世人』的味道！」「我從來不做臉，不保養，可是奇怪得很，就是不長青春痘或黑斑！」「沒辦法，我從小就愛美，對衣服的品味就像藝術、文學一樣，是我的第二生命。」她們話中有話，褒中有貶，認同中有諷刺，謙虛中帶驕傲。如果你興致夠的話，不妨再做個實驗，在她們交談得熱烈時拋下一句：「要是我太太跟你們一樣，我早就跟她離婚了！」這時她們準會停止談話，齊瞪你一眼，然後異口同聲地說：「像你這樣不懂情趣的丈夫，不要也罷！」這些女人自有一套追求榮耀、維護尊嚴的生存本領。

和這群喜鬧劇型的女人相對，是一些悲壯史詩型的女人。她們成天抱怨時間不夠用，作業改不完，學生不用功，孩子不成器，晚上睡不著。她們的生活步調永遠十分緊湊，一有空堂，就衝到市場買菜，趕回家洗米、煮飯、收棉被。她們最關心的問題是養生之道，因為她們相信自己的健康是全家幸福的保障。有幾本書在她們之間傳閱著：《怎樣吃最補》、《久病成良醫》、《腰痠背痛自療法》。她們能如數家珍地談論本市大小醫院的醫生，分析各種病痛的成因、症狀和醫療過程，建議什麼樣的病該看怎麼樣的醫生。對人間的苦難，她們即使未能甘之如飴，至少已做到了虛心接納。最令人佩服的是，她們能夠像局外人一般談論自己的病痛或不幸遭遇。說起纏綿多年的痛風，她們會微笑地撩起過膝的長裙，向人展示層層包裹的護膝；當旁人開始以同情的眼光注視時，她們會聳聳肩說：「這不算什麼。有一次我痛得無法上樓，在樓下沙發坐到天明呢！」那連糗帶諷的表情，讓人覺得她們講述的是小說裡的情節或別人的故事，而且最後還不忘加上一句：「歡迎加入我們打擊魔鬼的行列！」

溫柔之必要，肯定之必要，正正經經看一名女子走過之必要！

（一九九一）

愛情慢遞

在速度成為世俗競相追逐的美德時，我選擇徐緩、迂迴，遞送我的愛情。

我給你的信寫在每一棵知名與不知名的樹的葉子上。時間豐富、滋潤了它們的內容。春天的時候，它們輕得像新印好的風景明信片，貼著美麗的昆蟲郵票，薄薄地飛到你的桌前。你打開桌燈，它們變成夾在書裡的標本。

夏天的時候，它們站在你屋前的街上，把影子搖進你的窗內。你抬頭，看到一片藍色的天空，以及金黃的陽光中不時顫動的綠色的樹葉：它們的身體曾經收容因你不在一遍遍徘徊、流轉的我的目光。風吹，才感覺愛的存在。請記住它們的字形、字義，秋天的時候，變了顏色的它們要用不同的字音同你說話，並且落滿一整個面海的陽台，要你用指掌拼讀出我的思念。

我對你的思念像午夜滂沱的大雨，寄給你的卻只是雨止後屋簷下滴落的一滴、兩滴。甚至更婉約古典些，晨光中一池飽滿的寒水，隨風擴散、若無其事的波紋。你必須要有棉紙的心情，才能感覺它的濕意。

或者當你翻開報紙，看到我的名字中難寫、罕見的那個字；或者當你翻開圖書館的舊報，在發黃的紙上找到這一頁新綠的文字。

我的愛是樹葉的。

（一九九一）

條碼事件

記得大約是三個月前，我在三年級班上講完「假設語法」，要她們做練習時，矮個子的班長突然站起來說：「老師，你可不可以幫我們蒐集條碼？」我愣了一下，直覺地回答：「什麼條碼？」底下那群女孩隨即七嘴八舌地搶著告訴我：「就是印在貨品上面，結賬時拿到收錢機前面掃一掃就知道多少錢的那種條碼。」我叫平常上課老是喜歡看對面班男生的童淑娟起來慢慢講。她說：「班長在高雄讀大學的姊姊寫信回來說，只要蒐集各種物品上的條碼五千張，寄到ＸＸ仁愛之家，就可以換輪椅一部。」我心想這大概又是什麼愚人節的把戲。但矮個子的班長卻一臉正色地補充說，這是有關人士為了倡導正確的消費觀念並且回饋社會的善心之舉，她姊姊學校裡已經有人換到了。

她們分配給我的責任額是一千張——她們準備湊集五萬張，換十部輪椅送給學校附近的老人院。我可以請別班老師或同學幫忙，但不可以告訴他們真相，因為據說每個地區最多只能換十部，如果讓別人捷足先登，我們的努力就白費了。

當天一回家，我立刻翻箱倒櫃，搜索了一個下午，結果只找到十多張——包括一張從我太太未開封的絲襪上偷偷割下來的。老實說，我一向對日常家事不聞不問，為了找條碼，翻遍家中大小器物，方知「一日之所需，百工斯為備」之不虛。我從餐桌旁的架子上找到了二十幾種開了封而尚未用完的奶粉、麥片、咖啡、可可等早餐沖泡品，包括一罐十年前推銷員上門兜售，只泡了一次的杏仁粉——這些古代產品自然是沒有什麼條碼的。

為了貫徹學生交付給我的祕密任務，我甚至不讓也在教書的我的太太知道這件事，雖然她幾次詢問為什麼洗手間裡的衛生紙盒會破一個洞，或者她喜歡吃的洋芋片總是有人幫她開了封。她也很奇怪我怎麼關心起家裡的民生問題了，因為我老是提醒她家裡某樣東西用光了。

很快地，我的英語課變成我跟學生們交換蒐集經驗的時段。大家都渴切地想知道什麼牌的什麼東西上面有條碼。如果你能在大家都已熟知的糖果、餅乾、牙膏、牙刷、進口煙酒、洗髮精、沐浴乳、面紙、衛生紙、飲料、錄音帶等等之外，說出一樣大家不知道的，你就會像發現新星座的天文學家般被大家景仰著。最便宜的條碼來自一種十塊錢三包的餅乾，包包有條碼，班上女生幾乎天天人手一包。而為了獲得條碼，全班有一半以上的同學午餐停訂便當，改吃泡麵。全班（包括我在內）都有一個特色：隨身攜帶小刀：「路見條碼，拔刀割下」是我們每日最大的快事。福利社附近的幾個垃圾桶成為那些女生們的最愛，沒事立在一旁守株待兔，有時甚至為了爭奪垃圾，相持不下。

我自然不能跟她們搶那些垃圾桶。我的票源在辦公室。休息時間，看到同事有吃餅乾、零食者，必觀察有無條碼，待將盡未盡之時，快步趨前乞其餘。或者等他們喝光飲料，順手接上空紙盒，稱說為他們回收廢紙。我甚至向女老師們請教化妝品之良窳，請其賜我她們所有之外盒，以便我購贈內人。

不到半個月，我們已蒐集到超過五千張條碼。學期旋即結束，大家相約寒假期間各自努力，務必在開學後一舉達成目標。

等放假回來，大家果然大有斬獲，總數竟破四萬。大家一方面欣喜，一方面卻發現別班似乎也知道此事，因為每次那些女生到福利社時，早有別班學生拿著小刀站在垃圾桶旁。大家懷疑是不是有人走漏風聲，決定快馬加鞭，以免功虧一簣。

我忘不了為了衝向終點，那些女生所顯露出來的悲情壯志：有人勇敢地拿剪刀一一剪下鋁罐、鐵罐上的條碼；有人忍痛割下心愛的歌星寫真集、錄音帶上的條碼；有人偽稱營養不良，要父母日購雞精半打；有人發憤讀破萬卷書，不斷向圖書館借書還書，偷偷割下條碼。就在大家相信將破五萬張的那一天，我聽到訓導處廣播叫童淑娟去領包裹。英語課，我一踏進教室，卻看到童淑娟和其他人在座位上哭。講桌上是一大堆凌亂的條碼以及一封信。原來童淑娟偷偷把自己蒐集到的五千張條碼搶先寄給ＸＸ仁愛之家，希望換到一部輪椅，對方卻把東西退回並且附函請她跟她的同學「好好讀書，不要亂開玩笑」。

矮個子的班長哭得最厲害。我不知道是不是有人責罵了她。事情果然像一場夢，夢滅了，她們自然要傷心難過。我自己倒不後悔過去幾個月對條碼瘋狂的追逐，它們起碼讓我的生活有重心、有目標、有活力，並且讓我注意到許多我以前不曾注意到的人物、細節。我告訴學生：假使她們真的換到十部輪椅並且送給學校附近的老人院，她們得到也只是精神的滿足、內心的快樂。但難道過去幾個月她們不快樂嗎？她們可以假設她們可以用五千部換到的輪椅向ＸＸ主愛之家換一部大號的輪椅，而五萬部大號的輪椅可以換一部無所不包、無所不容，可以迴群星、動地球的特大號輪椅。

假設，只要假設。像文法課本上所說的：與現在事實相反的假設；與過去事實相反的假設；與未來事實相反的假設……

（一九九二）

甘納豆的世界

甘納豆是小小、甜甜的紅豆。有一天，吃完晚飯，母親拿了一些給剛上小學的她的孫女吃。七歲的女兒起先有點猶豫，吃了幾粒後，高興地說：「很甜、很好吃。」甘納豆對她是純然新鮮的東西。我也拿了幾粒——的確很甜、很好吃，就像小時候吃的一樣。

小時候拿到零用錢，就會跑到賣糖果的攤子上「抽糖果」。攤子上各式各樣的糖果很多，但是手上的錢很少，一次只能選擇一、兩種。甘納豆是用「抽」的，大紙板上懸著分裝成小包、中包、大包、特大包的甘納豆，你在一張黏著許多密封的小紙的紙板上「抽獎」，十次有九次會抽到「小」字，換一包裡頭不到十粒豆子的小包甘納豆。你意猶未盡地吃完，已經沒有錢了。你覺得甘納豆真好吃，你覺得懸在那裡的唯一的一包特大號甘納豆是世界上最美好的東西——你從來沒有看到有人抽到過它，它像夢一般清楚地讓你看見、又像夢一般難以實現。

還有一種東西同樣令你著迷：它是一個棋盤般隔成許多整齊小格子的大盒子——每一個小格子外面用紙覆住，裡面各藏著一樣東西。你給一毛錢，戳一格，也許得到一個小塑膠玩具，也許得到一粒糖果。你覺得很好玩，因為你永遠想知道其他格子裡藏著什麼東西——世界太大，而小小的你每次至多只能擁有有限的幾格。但你仍覺得很好，因為你心裡充滿渴望。

然後有一天，你更大了些。你決定把整個世界買回來。你拿著過年賭剩的壓歲錢，走過兩條大街，到橋頭那一家糖果玩具批發店。琳瑯滿目的玩具讓你心跳加速，但你還是鎮定地找到那幾樣你要的東西。你學大人的語氣跟老闆說：「老闆，我要批發這些東西。」

你搬回棋盤般的大盒子，不到一個晚上就把所有的小格子戳破，並且發現裡面的東西大同小異。你搬回甘納豆，不斷地撕開密封的小紙抽獎，在許多個「小」字、「中」字跟「大」字之後，終於抽到「特大」兩個字。但是你一點也不覺得好玩，因為獎品老早就在你的手上——在你的手上，而不是像夢一樣遙遠地懸在似乎伸手可及的地方。

那同時也是泡泡糖流行的年代。所以你決定不再向賣糖果的攤子買一個五毛錢的泡泡糖。你批發了好幾盒泡泡糖回家，賣給父母、弟弟、叔叔、舅舅，還有弟弟的同學。過了幾天，一場颱風把整條街的房子都泡在水裡，你的泡泡糖變成泡了水的「泡泡泡糖」。你只能自己不斷咀嚼這些賣不出去的泡泡糖，直到你確定人生的確空洞乏味。

所以那一天當母親說「你們既然喜歡吃就把整箱甘納豆搬回去」的時候，我並沒有照著做。我還是想把那小小、甜甜的甘納豆留在更寬闊的記憶的世界，留在更舒緩的渴望的空間。甘納豆所含納的「甘」並不全然來自它本身，在我們長大成人、變老變孤獨的過程中出現的許多磨難、挫折、匱乏，豐富了它的甘美。甘納豆甘，因為人生有苦。

所以我決定每次只讓我的女兒吃到幾粒甘納豆。世界要大大的，人要小小的，才會感覺渴望的美好。

（一九九二）

母語

母親不算是愛說話的人，但是我覺得這一輩子好像都一直在聽她說話。

母親是客家人，在日據時代讀小學，光復後接受中學教育。她跟說台語的父親戀愛時用什麼話交談我不知道，但是記憶裡小時候母親總是用日語和父親說話，特別是在夜裡。他們的談話偶爾也夾雜一些台語，這使得我在耳濡多年之後，自以為也聽得懂日語——起碼是他們的日語。有一些情緒語是我印象特別深刻的，因為在我長大的過程中，我有太多機會聽到他們用銳利鮮明的語句披露彼此的情緒；用日語爭吵之後，安靜地播放一張日語歌曲唱片一起聆賞——這是父母親送給我的最奇特的童年回憶之一。這種非正式的日語教育一直持續到我上了初中後父親離家時為止。

母親總是跟我們兄弟說台語。在居民大都說台語的我們這條街上，她只能跟住在斜對面的她的姑媽以及偶然來訪的她的親戚說客家話。我是聽得懂客家話的，雖然母親從來沒有跟我說過半句。

國語對母親而言似乎是神聖的語言，使用的場合或者是在辦公室對她外省籍的上司，或者是在學校母姊會或者逢年過節帶我到老師家送禮時，都是用一種極謙卑、誠敬的語調一字一句謹慎地說出。在我的一位姑姑和一位阿姨都嫁給外省人後，母親的國語開始出現一種喜劇的、樂觀的風味：聽她跟姑丈、姨丈客客氣氣、快快樂樂地用國語交談，讓人覺得生命裡似乎還是有許多明亮、美好的事物。

我不知道是不是因為在父親不在的那些年她不斷地拿父親的往事告誡、警示我們，台語在她的口中變成一種愁苦的語言。我忘不了每一次看到我們兄弟行為有偏差，她著急苦勸我們的情景：那是一種半哀求、半自虐，近乎神經質的語調；她的話不多，卻總是像匕首般插進我的心上。這些話像錄音帶般一遍遍重播於我的腦海，以至於我只要一聽到她在久久沉默之後發出的「來，我跟你講……」，我就會不寒而顫。那是永恆的道德的、束縛的叫喊，一如從小到大催你起床上學、上班的聲音，強迫你面對每日規律的、教條的生活。

台語自然是我的母語，雖然夾雜其中的許多日語字彙曾令求學階段的我在想要書寫它們時感到困惑。母親說：把「卡鄧」拉開；把「頭浪谷」拿出來；把「舒利吧」拿給爸爸；把爸爸從台北買回來的「卡拉眉魯」拿給姑婆！上了中學以後我才知道原來這些都是從英語轉來的日語：curtain，窗簾；trunk，皮箱；slipper，拖鞋；caramel，淡褐色牛奶糖。最令我驚訝的是，我們每天晚上從麵包店買回來的「ㄆㄤˋ」，居然是葡萄牙語的麵包（pan），難怪我在中文字典裡找不到這個字。對我而言這是一種愉快的發現：發現我所說的話、所看到的事物的來源。每次坐火車經過侯峒附近的三貂嶺，我總是用力地往窗外看，卻連一隻貂也沒看見——後來才知道原來「三貂嶺」是西班牙語Santiago的音譯，凡西班牙人所到之處就有聖地牙哥。

我跟我的小學同學都講台語，即使在畢業二十幾年之後。班上有位胖女生綽號叫「兜拉木抗」，日本話汽油桶（drum can）之謂；另外有位男同學綽號叫「獨論」——阿美族話「麻糬」——麻糬二字顯然又是從日本話轉化而來。上了大學後，同學們多半用國語交談，特別是夾帶許多英語的國語。大學畢業回來教書，國語成為我上課、下課跟學生交通的習慣語言。有一天我驚訝地發現，在某些方面極端強調鄉土意識的我居然不太有能力在學生面前說台語，特別是女學生。國語對我似乎也變成一種神聖、莊重、體面的語言，用它說許多小心修飾、堆砌的話。甚至在我提筆寫作時，我都覺得好像看到自己穿著西裝不自在地發表演說。

從小說客家話和國語的我的妻子嫁到我家後，母親又多了一個說客家話的對象。好幾次她們談話時，我故意也用半生不熟的客家話插進去問話，母親總是迅速而自然地用台語回答我。目下我們家三代間標準的對話形式如下：我和父母親間說台語；父母親間說夾雜日語的台語；我和妻子間說國語，夾雜少量台語；妻子和我的父親說台語，和我的母親說客家話；我的女兒和她的父母、祖父母全說國語。

有人說母語是做夢時用的語言。我不知道母親做夢時用什麼語言，但我確定即使有一天母親不再說話，我仍會在夢中清楚地聽到她跟我說話，不管用的是台語、客家話、日語或者國語。

（一九九二）

從一朵花窺見世界

十幾年前，剛上大學不久的我，在羅斯福路台大前面的現代書局顫抖地買到一套美國出版的畫冊。這套包容古今西東號稱「兩萬年世界畫集」的書，由六本手掌大的畫冊組成，每一本逾兩百頁，用銅版紙精印，每一頁介紹一幅名畫，圖文並茂，實際有效；每本定價美金一塊四毛五，雖然當時書店皆以美金定價乘六十換做新台幣售價的吃人方式售書，我還是如獲至寶地將之買下。其中有一本《十九、二十世紀繪畫》真的是被我翻爛了——就是在裡面，我第一次看到喬琪亞．歐姬芙（Georgia O'Keeffe）的畫。

那是她一九二六年作的《黑色鳶尾花》（*Black Iris*）。整張畫是一朵花的特寫，畫面中央花心部分是濃得化不開的黑，上方敞開的花瓣顏色微妙地在粉紅、灰、白間變化著；在某些地方，歐姬芙以極輕巧的筆觸捕捉住花心天鵝絨般柔軟的質感。這幅畫給當時的我很深刻的印象，因為我不知道她畫的到底是黑色的鳶尾花，或是眼球裡的虹彩（Iris的另一個意思），或是女性的性器官——那細膩巧妙的色感與質感太容易引人做此聯想。這正是歐姬芙畫作的特色：把客觀的形象置於觀者眼前，讓他發揮想像力自由玩賞，感受更豐富的意義。歐姬芙奇妙地把簡單的自然的形式提升成為包容整個世界的象徵。她畫的也許是某個物體，但她把它放大到成為抽象的東西，讓我們不再能認出它原來的樣子——如此更能領受顏色、形式、筆觸所帶來的喜悅與奧祕。濃縮兩行布萊克（William Blake）的詩句，歐姬芙真的是讓我們「從一朵花窺見世界」。

歐姬芙於一八八七年十一月五日出生於美國威斯康辛州太陽大草原附近的農場。十歲起父母即請老師教其畫畫，老師們看得出她有才華，但常常不滿她喜歡把東西畫得比實際尺寸大。從小她即已一步步脫離對物象寫實的描摹，朝向用自己的眼睛和心靈感受事物。十八歲時她進入芝加哥藝術學校接受正式的藝術教育（1905-1906），一年後又入紐約藝術學生聯盟就讀（1907-1908）。

一九〇八年她在紐約首次看到羅丹與馬蒂斯的作品，見識到迥異於學院內的創作方式。也許是對當時美國僵硬的藝術教育方式感到失望，她中止繪畫，改當商業畫家，在芝加哥為人畫廣告插圖。一九一二年夏天，她在維吉尼亞大學隨阿隆·貝蒙（Alon Bement）修習藝術課程，重新燃起她藝術創作的興趣。一九一四年秋至一九一五年春間，她到紐約哥倫比亞大學教育學院隨亞瑟·道（Arthur Dow）學習，這位思想自由的藝術老師強烈影響了這個時期的歐姬芙。

一九一五年秋，在南卡羅來納州一所小學院任教的歐姬芙突然大徹大悟。她決心揚棄過去所學的僵硬的寫實主義，遵循她自己的本能：「再沒有比寫實主義更不真實的了，那些瑣碎的細節叫人困惑。唯有透過選擇、透過剔除、透過強化，我們才能抓住事物真正的意義。」她畫了一些不同形狀和尺寸的黑白的半抽象畫，開始孕育她獨樹一幟的風格。

她把其中的一些畫作寄給紐約的一個朋友，囑咐她不要給任何人看。她的朋友看了大為感動，不顧她的囑咐，將這些作品拿給史提格利茲（Alfred Stieglitz）——著名的攝影家及現代藝術提倡者。史提格利茲一見大喜，未知會歐姬芙就在他自己的「二九一畫廊」展出這些作品。歐姬芙怒氣沖沖地跑到紐約要求取下畫作，經過史提格利茲一番勸說，歐姬芙終於相信自己這些作品的品質並且允許繼續展出。史提格利茲肯定歐姬芙的才華，認為她的畫未受歐洲流風的感染，具有一股直接、清晰、強烈，甚至野性的力量。一九一八年六月，在長她二十三歲的史提格利茲的感召下，三十一歲的歐姬芙終於放棄教職，搬到紐約，專事繪畫。他們隨即同住在一起，並且在六年後結婚。

史提格利茲無疑是成就歐姬芙藝術生命的最大功臣。他是她的知音兼良師，提供她展覽的場地，像父親一樣保護她支持她，使她信心十足地追求她藝術的理念。他也是她形象的塑造者，為她建立獨立、神祕、堅毅又帶幾分冷漠的藝術家形象——終其一生，這個形象一直留在世人心中。他為她拍攝了許多美麗而富個性的照片——黑色的衣服、犀利的眼神、後梳的頭髮，以及女神般修長的藝術家的手。

一九二九年，歐姬芙初次到新墨西哥旅行。厭倦了紐約人造的城市景色，新墨西哥截然不同的風光對她而言是無窮盡的自然奇觀，提供她豐沛的創作靈感。此後二十年間，她幾乎每年做一趟西部之行，花近六個月的時間在那兒孤寂地作畫，然後每年冬天回紐約，在史提格利茲的畫廊展出她的成果。一九四九年，也就是史提格利茲死後三年，歐姬芙定居新墨西哥的阿比丘（Abiguiu）；到一九八六年三月她九十八歲去世為止，新墨西哥一直是她畫作的題材和她的家。

歐姬芙把一生貢獻給藝術，然而她並不依附任何主義、流派，而只是孤獨、堅毅地走她自己的路。風景、花和骨頭是她最常畫的題材。為了捕捉事物的神韻和本質，她喜歡密集、重複地處理同一題材：「我會花很長的時間反覆處理一個意念，就好像要認識一個人一樣，我不是那種很容易和人家混熟的人。」她每每花上數月甚或數年的時間，系列地探索同一主題——通常是三、四幅，有時則多達十來幅；前面提到的《黑色鳶尾花》即是同一系列中的第三幅。

歐姬芙一生創作了超過九百幅的作品，其中最容易讓人窺見她生命與藝術豐厚特質的，當屬兩百多幅以花為題材的畫作。這些畫作多數創作於歐姬芙生命中極突出且具創造力的一個階段：一九一八到一九三二年。這正是她和史提格利茲戀愛、結婚、共同生活的年月。一九二四年，他們結婚那年，歐姬芙完成了第一批大尺寸的花的畫作。當這些巨大的花展出時，觀眾的反應激烈且紛歧：有人怒罵，有人爭辯，有人敬畏。有位評論家說，面對歐姬芙畫的花，會使人覺得「彷彿我們人類是蝴蝶」。

許多觀眾看後都呆住了。這些畫的尺寸比實物大出許多——歐姬芙常取花的局部加以放大特寫。有人在雜誌上寫說：站在歐姬芙的畫前，「我們很像是喝了『變小藥水』的愛麗絲」；另外一個作家把這些花想像成「給巨人吃的花」。歐姬芙顯然刻意要造出這種驚人的效果。她說：「當你仔細注視緊握在手裡的花時，在那一瞬間，那朵花便成為你的世界。我想把那個世界傳遞給別人。大城市的人多半行色匆匆，沒有時間停下來看一朵花。我要他們看，不管他們願不願意。」

歐姬芙的畫不但比例驚人，用色也令觀者驚歎不已。她大膽地組合色彩，營造強烈的明暗對比，美國畫家從無人如此。一如她喜歡選定單一主題，她也喜歡用純粹的顏色作畫——有時熱鬧多彩，有時又幾乎只用單色。歐姬芙說：「我不知道重點到底在花或在顏色。但我確知我把花畫得很大，以便把我對花的體認傳遞給你們——我對花的體認，除了顏色外，還會是什麼？」

歐姬芙畫的花具有強烈且豐富的暗示性，常引發觀者不同的議論：有人認為它們是官能的，甚至是色情的；有人卻認為它們象徵貞潔的靈魂。據說有些父母還用這些畫教導孩子有關鳥和蜜蜂的知識；還有些牧師認為她所畫的尖尾芋是聖母瑪利亞「純潔受胎」的象徵。難怪史提格利茲宣稱歐姬芙的藝術是「新宗教的起點」。

跟新墨西哥時期的孤獨、隱遁做對比，畫花時期的歐姬芙顯然不吝惜展現她自己的情感。這些花是她自我的呈示，是一個情感飽滿、生命力旺盛的女人兼藝術家的自畫像。這些花述說著喜悅、美、神祕以及愛。它們讓我們窺見歐姬芙的世界，也窺見歐姬芙所窺見、揭示的世界。

有一個九十多歲的收藏家，她非常珍愛自己在二〇年代買的一幅小小的、寶石似的歐姬芙的花。每天早上她睡到很晚才起床，然後一逕走過許多幅畢卡索和馬蒂斯，到達那幅歐姬芙——坐在那兒大半天，欣賞她的花。

當我們九十幾歲的時候，我們也許只需打開記憶——如果我們年輕的時候買過一本歐姬芙的畫冊——坐在陽光移動的窗邊，等候花開。

（一九九二）

塔拉斯布爾巴島之旅

我們是讀了捷克博物學家文森．楊納傑克在《島嶼觀察》雜誌上的文章才知道這個地方的。這是位於南太平洋法屬堪比爾諾島附近的一個小島，「居民樂觀平和，風景優美如夢，是人間少見的樂土」——楊納傑克博士在文章中如此稱說。我託一位在東加王國當工程師的朋友輾轉買了一本用葡萄牙文印成的旅遊指南，查了一個晚上的葡英字典，才勉強拼湊出一些概念。大致上，這是一個盛產椰子、甘蔗、香草、咖啡、奇花異卉，四周環有珊瑚礁和潟湖的獨立島國。他們號稱是「沒有籬笆的國家」，因為任何地方的人，只要喜歡，都可以自由出入他們的島嶼，不必任何簽證。

我們因為這一點而決定優先前往遊覽。我們先從澳洲搭飛機到堪比爾諾，再從堪比爾諾換乘小飛機到塔拉斯布爾巴島的首府——塔拉斯布爾巴市。這真是一個可愛的國家。我們落地之後，海關真的不查驗任何護照，只是要求每個人在機場免稅商店的圖書部挑購他們國家文化院編的五百種「世界文學家名作集」中的任何一種。這些書從丹麥文、波蘭文到西班牙文、英文都有。你甚至不需要買一本，如果你的行囊裡恰好已經有那五百種名著中任何一種的原文或任何譯文本。他們的海關人員太熟悉這些世界名著了，以至於你只要把拿在手上的書稍稍提高（不管是原文或任何譯文），他們就可以立刻說出作者的名字。我買了一本波赫士的《虛幻故事》，我的同伴則拿出手提包裡原來就有的《金瓶梅》法文譯本愉快地過關。

到達下榻的飯店，我們立刻向櫃台點了兩客椰子汁。當初我們以為島上說的可能是葡萄牙語、西班牙語或法語，沒想到他們有自己的語言。好在這幾年不斷有外客到臨，從海關到飯店，他們已頗習慣用簡單的英語加手勢和外人溝通。進入房間後，我在洗手間的牆壁上看到用各國文字寫下的東西，我拿起牆上的電話分機問櫃台，櫃台說歡迎來賓用本國文字在上面留下國名或人名。我看上面並無中文，很高興地拿筆在上面寫下「中華民國」四個字，惟恐後來者不解，我特別用英文在旁加註：「在太平洋福爾摩莎島上的那一個」。我記得以前曾經在某本書上讀過某位大師的一句話：「有馬桶的地方就有中國人」——真的一點也不錯。想到我可能是第一個住在這飯店甚至於這島上的中國人，我就渾身驕傲起來。我趕緊換上一件繡有青天白日滿地紅標誌的運動衫，和我的同伴一起下樓。

我問櫃台在什麼地方可以看到塔拉斯布爾巴島的國旗，櫃台人員微笑地指著飯店外的草地；我告訴他們我要跟他們的國旗合拍一張歷史性的照片。

我走到飯店外，卻沒看到任何旗幟。無數金黃的小花開滿草地那邊的斜坡，這些矮小、火力十足的植物像突擊隊般翻過岩石，一直向海邊挺進。櫃台人員走出來告訴我那些花就是他們的國旗。「你的意思是你們的國旗是黃色的？」我困惑地問。他搖搖頭，對我說他們的國旗沒有固定的顏色。他說這些黃澄澄的花很快就會凋盡，被另外一種濃烈的藍紫色的花取代。春天的心由黃轉藍，又轉紅，這些無名的小花交互興替。風今天抖開一種顏色，明天又吹醒另一種顏色。春天在這島上的山坡不斷地變換國旗——不同的共和國輪流占領山頭，以勝利者的姿態向世人誇示它們的旗幟。

我忽然覺得我胸前的國旗很醜，很小氣，面對他們無拘無束、遍山遍野的旗海。服務生開著一輛雲梯車過來，告訴我們椰子汁準備好了。他要我們上車，把我們載到不遠處一排椰子樹旁。我們坐在雲梯頂端的座椅上，雲梯慢慢上升，我們的視線也漸高漸遠，島外那些珊瑚礁像寶石般在海上閃閃發光。當我們感覺高到彷彿可以看見台灣的時候，一回頭，一顆碩大的椰子果赫然就在我的身旁。底下的服務生示意我用座位上的小刀和一節塑膠吸管當場取用。在這樣的高度喝著這麼純淨的果汁——上下天光，一碧萬頃——真讓我有心曠神怡，寵辱皆忘的感覺。

塔拉斯布爾巴語，據研究，應屬澳斯楚尼西亞語系的一支（「塔拉斯」、「布爾巴」兩字在塔拉斯布爾巴語裡的原意是指「花之島嶼」或「島嶼之花」）。但跟別的語言不同的是，他們的語言完全沒有動詞：只有名詞，代名詞，形容詞，副詞，以及一大堆相疊使用的嘆詞。這是一種非常委婉、含蓄而富音樂性的語言。譬如說（這是珊瑚店老闆告訴我的例子），當塔拉斯布爾巴男子對女子說：「噢呶呶，銀色的月光，清涼的風，在河邊的我們，呶呶哪。」意思可能是：「今夜景色很美，你可不可以跟我到河邊散步？」那些嘆詞對於判定說話的語氣、情緒，有很重要的作用。

在島上的第三天，我們遇到一位會說塔拉斯布爾巴語的英國集郵家，他邀我們一起去看電影。那是一部影像華美，劇情略嫌通俗的愛情片。集郵家好心地為我們翻譯對白。我記得片中的男主角對女主角說過三次類似的話，但意思居然完全不一樣。第一次，他在吻過女主角後對她說：「噢呶呶，塔布拉波霸。」集郵家告訴我們「塔布拉」是「我」的意思，「波霸」是「你」，整句的意思是「我愛你」。第二次，當他在街上看到女的跟另一名男子在一起時，他說：「呶呶達，塔布拉波霸。」集郵家說意思是：「啊，你讓我傷心。」最後一次他說：「呶達達，塔布拉波霸，呶呶達達。」集郵家告訴我們意思是：「愛人啊，我不想再見到你。」兩個代名詞湊在一起居然變化出這麼多不同的意思，這真是我始料未及。

我不知道是不是因為沒有動詞的關係，使他們不那麼直接地去披露經常是衝突的我們人類的情緒，因之讓人感覺到這個島上的居民要比其他地方的人來得平和、善良。我感覺這是一個尊重文化，懂得享受美好事物的民族。在總面積不到五百平方公里的土地上總共有十二座歌劇院，二十六間美術館或博物館，七十五間圖書館。他們街道的名稱都很長，而且幾乎都以他們喜愛的人物命名。基本上，街道愈長，街名也愈長。最大的幾條譬如「波特萊爾但丁華格納埃爾葛雷柯史湯達爾紫式部愛倫坡麥哲倫街」或「史特林堡亞理斯多芬皮藍德婁克利塔拉拉杜巴斯黑格爾孟克街」。

在我們住在島上的那五天，我們大約寄出去三百張紀念明信片，因為我們覺得這島國的郵票太美了，方形、菱形、三角形、橢圓形都有（這也是為什麼英國集郵家一再來這兒的原因）。這些明信片背面印的除了塔拉斯布爾巴島上的風景、美術館裡的名畫外，還有不少是著名電影裡的劇照或者詩人的詩句。我的同伴對我說：「那一天你的詩也被他們印在明信片上，那就太美妙了。」

當我們通過海關，準備搭機離去時，免稅商店圖書部的小姐突然拿了一本塔拉斯布爾巴語的《小丑畢費的戀歌》要我簽名。我愣了一下，隨即愉快地在扉頁簽下我的名字，並且微笑地對她以及一旁的海關人員說：「噢呶呶，塔布拉波霸。」

（一九九二）

魔術火車

對我來說，火車永遠是魔術盒子。

永遠帶你到某個地方，每一次——跟著幾乎完全不同的人。我永遠猜不到坐在我前面、後面、左邊、右邊的會是什麼人。也許我會重複坐過某個車廂某個號碼的座位，但我永遠不能確定下次我會坐在那一個車廂，跟著那些陌生、相識，或似曾相識的人。這是火車的第一個魔術——比撲克牌、麻將牌、六合彩更富變化的重組遊戲。

這是藏著各種不同聲音和生命風景的魔術盒子。你也許一上車就聽到兩個聒噪的聲音天南地北地開講起來。這聲音你確定你並不熟悉，然而它們居然愈逼愈近，開始談到你身邊的某個熟人。你試圖猜測說話者的身分，忽然間，他們居然談到了你。你趕緊探頭看看他們，發現他們並不認識你，等你定下來，準備再聽他們怎麼說你，他們已轉向改談天氣……

或者坐在前面的是一對情侶，輕聲細語地把他們的濃情蜜意清楚地傳播到你的耳裡。你也許並沒有偷窺癖，但魔術盒子強迫你接收他們的親密畫面。這是唯一可以合法（並且有義務）分享他人隱私的公共場合。你看到隔座女郎輪廓分明的內衣；你看到後面歐巴桑金牙微露、兩腿大開的睡姿；最勇健的是一群放假回鄉、活力充沛的阿兵哥，七嘴八舌地在「保密防諜，人人有責」的標語下爭談他們的性經驗。

你不知道這些人來自何處，也不知道他們要去什麼地方。你閉眼小睡幾站，發現剛才站在旁邊吃便當的壯漢不見了，走道上如今站滿了背著背包，拿著手電筒的童子軍。他們要去露營。

魔術盒子開開合合，倒出這些，又裝進那些。當兵的時候有一次搭每站皆停的夜車從高雄到台北，半夜醒來發現腳下、座位下、走道上，甚至頭上的行李架上都睡滿了人。這真像魔幻寫實主義的小說。

我特別懷念童年時候的東線火車。那時候，坐火車似乎是一件大事。每次要到外公家，母親總是燒一大鍋熱水幫我們兄弟洗頭、洗澡。記憶中我的東線火車總是載著明亮的陽光跟濃濃的肥皂味從花蓮開到玉里再開到大舅舅住的富里就停了。火車從台東方面開回時，我已是在台東機場數饅頭、等退伍的英語教官了。記得都是在星期五夜裡坐火車回家。車廂裡的旅客不多，多半是原住民。小火車經過一個個小站，拿著煤油燈的值班人員和善地揮動旗子，變化紅綠燈誌。那點著的煤油燈彷彿從日據時代流動到現在，我感覺自己好像是穿著女校制服，帶著心愛的照片，準備上花蓮來找工作的母親。

那真是魔術火車，彷彿印在地圖上的鐵路，一格黑、一格白地穿過時間，駛抵記憶深處——象徵青春、喜悅、希望的魔術火車；象徵歲月、哀愁、夢幻的魔術火車。所以超現實主義的畫家，譬如奇里訶（De Chirico）、德爾沃（Delvaux），總喜歡把火車畫在畫裡——或者神祕地，憂鬱地從地平線的一端，或者孤單地，怪異地突出於日常事物當中。

去年冬天一個晚上，我從台北買了兩本奇里訶的畫冊帶回花蓮。下了車，離開火車站，才發現畫冊還在火車上。我急忙奔回：一半的火車已繼續開往台東，一半拖回車庫。我輾轉查詢，到了將近十二點才找到進入車庫的門路。一節節車廂像上了鎖鍊的機器獸，一排排囚禁於夜晚的鐵道。我突然感覺它們也有靈魂，並且正在做夢。我看到一排依然亮著燈的車廂，跳上去，發現幾個山地婦人正在整理、清洗車廂。所有的座位整整齊齊地空著。啊，走了旅客的車廂原來這麼地孤寂、空虛。我找到了那兩本奇里訶的畫冊，不知道是夢是真。

明天，它們將繼續載著不同的旅客駛向相同的地方。

（一九九二）

我的視聽工業盛衰史

每次送瓦斯、收電費、修馬桶或查戶口的來到我家，看到客廳壁上、地下放置的一大堆唱片、錄影帶、錄影機、錄音機，總會忍不住問：「你們家是不是在租錄影帶或幫人拷貝？」如果我回答說不是，他們一定會好奇地詢問我的工作是什麼，如果我據實回答，他們一定接口說：「噢，我知道，音樂老師。」實際上，我既不是音樂老師，也不是錄影帶租售商，但很多人走進我家總覺得好像走進工廠，儘管我費盡口舌解釋那些軟體、硬體只是我個人業餘嗜好之所在，他們總懷疑我一定在經營某種龐大而祕密的工業。

我的視聽工業是從喜歡音樂開始的。小學二年級時，父親買了一支口琴給我，我用它反覆吹我聽到的旋律。上了初中，我買了兩本定價十元的《世界名歌精華》和一本《中國民歌精華》，用口琴一首首吹看看是否聽過。我的口琴是全音階，遇到升降記號只好在心裡自動升降半音。大概為了幫校長開闢財源，我讀的中學每學期都規定要買兩種音樂課本；每次註冊回來，我都老老實實地把裡面的歌曲、樂理、古典音樂介紹先讀完。就這樣，比別人多認識了一些好聽的曲子。

然後是買唱片，買十元一張的翻版唱片，並且拜託唱片行老闆娘把他們店裡僅有的一套唱片廠產品目錄送給我。雖然印刷粗糙，但裡面列著許多令我心動的作曲家、演奏家、指揮家的名字，被當時的我視為至寶。高中三年是我的「和聲學時期」，沒事和幾位同學一起打開音樂老師郭子究的《合唱曲集》或者一本五元的英文《世界名歌一〇一首》練習四部合唱；要不然一個人在家，試著把合唱曲的每個聲部一遍遍唱過。我丟下了口琴，換上了吉他，在六根弦上摸索各種和聲。上了大學以後，求知欲倍增，我發現自己從小到大土法煉鋼的自我音樂養成教育，對於自己繼續涉獵各種藝術有舉一反三、事半功倍的催化作用。等大學畢業出來，教書、賺錢，我的視聽工業機器便正式開動了。

早期只是一組音響。我記得在我初當老師的那幾年，一半以上的薪水都拿去買原版唱片；那時還是LP的時代，我第一次到台北中山北路上揚唱片公司，一登上二樓，足足呆立了三分鐘——我被一屋子從A到Z排列的唱片嚇住了。我的心充滿渴望，呼吸急促，但卻不知從何下手。那情景正如濟慈在初讀奇妙的荷馬後所說的：「感覺像某個發現新行星的天文學者，或者張著鷹般的眼睛在山尖初見太平洋的探險者。」

很快地，上揚在我的眼裡愈變愈小，因為他們給了我幾本外國大公司的唱片目錄——按圖索驥，發現很多我要的唱片店裡都沒有。那時教書一有空堂就回去聽唱片，順便用僅有的一台錄音座錄下來推銷給我的同事。由於純粹出於「好東西與朋友分享」的心理，我並沒有注意錄了多少卷。直到幾次到同事家，看見他們櫃子裡、抽屜裡擺滿了我錄的錄音帶，我才曉得自己的事業做得有多大。一位女同事在結婚時告訴我，她的嫁妝中最不尋常的是我幫她錄的一百多卷錄音帶。我驚訝地問她：「我真的賣給你那麼多卷了嗎？」她說：「是啊，你自己都忘記了噢？我喜歡你用黑色鋼筆寫在錄音帶盒子上的那些字。當它們一整排放在一起時，看起來特別動人。」沒錯，我早期的錄音帶都是我親手慢工精製的。我像寫信給愛人般一筆一畫把曲目、演奏者、作曲者等等資料寫在上面。我常常告訴我的朋友：「我的錄音帶裡錄的不只是音樂，還有我的呼吸，我的愛。」這時期有一張唱片頗值得一提：輾轉購自海外，由小澤征爾指揮波士頓交響樂團和劉德海合作演出的琵琶協奏曲《草原小姐妹》。我把它錄給同事，第一次接觸「匪樂」的他們聽後都感動不已，有人在流淚之餘還要求我多拷貝幾卷以分送親友。

然而LP這種膠質唱片是很容易發黴且有雜音的，所以當我一聽到雷射唱片（CD）發明上市，我就立刻痛下決心停購LP，並且拋售我的收藏。當初幫別人錄音，自己並沒有留下拷貝；為了日後能夠重溫舊唱片曾經帶給我的美好經驗，我不惜以雙倍價錢，說好說歹地向同事買回我的產品。

跟隨雷射唱盤來到我家的是雷射影碟機和Hi-Fi錄影機。雷射真是偉大的發明，它可以跳前、跳後、靜止、反覆，隨心所欲地讓你播放你所想要的段落。這視、聽兩樣偉大的發明結合在一起，就使我進入廢寢忘食、一日比一日發狂的視聽工業勃興期。

我把所有的視聽器材都集合在樓下客廳，以使它們相輔相成發揮最大效用；所以電視上播的可以立即錄在錄影帶或錄音帶上，而雷射唱片或錄音帶的聲音也可以轉錄到錄影帶。我一回家就坐在客廳中間，遙控這，遙控那。客廳成為我的起居室兼研究室兼工作間。

我獵取知識、蒐集資訊的方法是前面提過的「目錄主義」，加上我所謂的「百科全書／圖書館精神」。也就是說我情願主動出擊，而非守株待兔；對於已知存在的美好事物有排除困難、一一取得的決心。然而「吾生也有涯，學也無涯」，要以有限的軀體擁抱宇宙無窮的知識終有夸父追日或飛蛾撲火之悲。清朝章學誠說：「宇宙名物，有切己者雖錙銖不遺，不切己者雖泰山不顧。」對我來說，只要列名經典、辭書、百科全書，或我直覺好聽、好看者，不論長短大小，俱在我蒐藏範圍。為了磨練鑑賞力，我買了大量的工具書跟參考書，日夜翻閱，以免有眼不識泰山。只用耳朵聽音樂的日子是單純而幸福的，但一旦加入影像，我發現這世界可愛的東西又更多了。於是悲慘地，我的蒐藏範圍隨著影碟片目錄的翻動，由古典擴及流行、擴及爵士、擴及電影、擴及動畫、擴及美術……

我變成一隻馱著錄影帶的蝸牛。我發覺我賺錢的速度跟不上我買錄影帶、雷射唱片、影碟片的速度；我發覺我花在蒐集、錄影的時間多過我花在觀賞、回味的時間。為了充分運用自己的「視聽圖書館」，我開始把錄音機、雷射唱盤、錄影機搬到學校，利用上課和課餘時間把最美妙的一些東西介紹給學生，並且在週末開放我家樓下讓有興趣的同學一起來欣賞。我剪貼、影印了許多講義幫助他們欣賞，為他們列出進階式的欣賞節目，代購相關書籍，並且錄製集精華於一卷的錄影、錄音帶。為了讓眾多學生能快速擁有美物，我大舉添購錄影、錄音設備，以做到人手一卷或多卷，隨時交換欣賞。這是真正的視聽教育，充滿創造力、歡樂、自由和活力。

我的視聽工業的極盛期應該是在「小耳朵」登陸我家之後。我花了十一萬元，於日本衛星電視開播不久後在我家屋頂祕密安裝了一支；夜裡，拉下鐵門，觀看遠來的精采節目，真有一種祕密的快感。租影碟片要花錢，觀賞小耳朵卻不用付費，偏偏好看的節目又那麼多——為了同時收錄不同台的節目，我裝置了兩台調諧器，並且購買可與之連動、預約錄影的新錄影機。我訂了一份衛星電視月刊，每個月初，對著日文的節目表畫重點、做記號。時間一到，戰戰兢兢，深恐沒有錄到或沒有錄好。這階段真是寢食難安、行止難定。有時怕電視節目臨時變動，不敢隨便外出，整日守候機旁；萬一因事必須離開家裡，到了外地也不忘以電話遙控，隨時查詢。我的太太可以作證：好幾次我因為操控有誤、錯失節目，當場失神、流淚——也許是定時錄影時搞混了上、下午的時間；也許是機器全動，然而卻錯接了一條線。長期薰染，全家都養成敬重衛星、愛護衛星的憂患意識。凡事以衛星電視節目為上，連七歲的小女兒一看到電視上出現古典音樂節目，都會呼叫：「爸爸，快錄，快錄！」

處在這種耳鳴目眩、聲光大備的快樂的深淵，我哪裡還有時間、空間做其他事，難怪很多人不解為何十年前「活躍文壇」的陳黎有一段時間銷聲匿跡、不再寫作。然而我並不後悔這段狂熱歲月。這幾年重新寫作，有許多動力、靈感、題材都是來自這些視聽經驗。前一陣子，小耳朵因衛星故障，收視不良，我倒也有憂有喜，因為我總算可以強迫自己有一個「免於視聽恐懼」的假期。

但我知道這假期並不會長，因為即使我不再有昔日為別人錄影、錄音的熱情，至少我自己視聽的興趣永遠不變。感謝雷射兄弟，感謝小耳朵，讓我們足不出戶就可以欣賞到世界上最美好的事物。最近衛星又恢復正常，我一口氣在小耳朵上看到了夢寐已久的貝爾格的《伍采克》，巴哈的《無伴奏大提琴組曲》，比莉．哈樂蒂，邁爾士．戴維斯……

詩人愛默生說：「當我讀到一本好書，我真希望人的一生可以有三千年。」遇到好的視聽節目的我，不僅希望一生有三千年，更希望一天有四十八個小時。國中英語課本上教過一段課文：「我們的心，如同我們的身體，也需要一種食物。這種食物叫知識。」我的視聽工業就是我的心靈工業，只要心不死，它就永久不衰。

（一九九二）

苦惱而激情的生命畫像

弗瑞達．卡蘿（Frida Kahlo, 1907-1954）是二十世紀最富傳奇性的墨西哥女畫家。她非凡、悲劇的一生，跟她熱情、大膽的畫一樣，永遠是探新窺奇的世人最感興趣的對象。她的故事被拍成電影和紀錄片，她的傳記（如赫烈拉一九八三年寫成的《卡蘿傳》）一賣十萬本，連羅勃．狄尼諾跟瑪丹娜都動過拍片之念。瑪丹娜在一九八九年曾探訪卡蘿中學時代的男友，請其告訴她「有關卡蘿的祕密」，她寫了一張謝卡告訴他：「她令我著迷，是我靈感的來源。」一九九一年，卡蘿的一幅《散髮的自畫像》在佳士得拍賣會上以一百六十五萬美元的高價賣出，在國際繪畫市場普遍不景氣的今日，卡蘿的畫卻獨能掀起熱潮：這除了歸功於她畫作本身的特異性與優秀性外，更大的驅力也許來自隱藏於畫作後面她動人的生命故事。

卡蘿出生在距墨西哥城一小時車程的柯瑤坎（Coyoacán），父親是德國猶太人，母親是有印第安血統的墨西哥人。卡蘿六歲時得了小兒痲痺症，使她的右腿明顯瘦於左腿，她開攝影店的父親很疼愛她，時常帶她出外運動、照相，她也常幫父親整理裝備，並且學習洗、修照片以及上色等技術。也許因為腳疾，卡蘿比同齡的孩子晚進小學，大約就在此時，她養成了終身持續的兩個習慣：少報年齡，以及掩飾自己身體的缺陷——她照相時總是把右腳藏匿起來。

她十五歲進入墨西哥國立預校就讀，這是當時墨西哥最好的中學，同年級兩千名學生中只有三十五名女生。她很快地讓人知道她是大膽無比、愛惡作劇、愛開玩笑的叛逆學生：想像力豐富，並且精通髒話。她對同學說她只有十二歲，宣稱她生於一九一〇年——墨西哥革命之年，如是是一名「革命之女」。

她很注意自己的外表，極力想要引人注目，有時甚至著男裝或自己設計的大膽服飾。她的筆記簿塗滿了無聊時畫的素描。就在國立預校，她首次遇見了正在那兒繪製壁畫的墨西哥大畫家狄亞哥．里維拉（Diego Rivera）。她告訴她的朋友她願意付出一切，只要能為里維拉生個小孩。同學們都很驚訝，因為她們雖然仰慕他的才華，但在她們眼中他卻是一個肥胖、邋遢、突眼的有婦之夫。卡蘿常跟來校作壁畫的里維拉搗蛋，她還拿里維拉跟其他女人們的緋聞當面取笑他老婆。

卡蘿舉止早熟，她老喜歡向世俗的教條挑戰：小的譬如穿校規禁止的短襪上學，大的譬如跟一位比她年長的女子發生不正常的關係。家人、同學對她在性方面的狂放都大感駭異，但卡蘿自己卻不以為恥。她說：「我不在乎，我喜歡自行其是。」

十八歲那年，家境轉壞的卡蘿進入商校學習打字，後在一家雕刻店當學徒。同年九月十七日，與男友出遊，回家時所乘巴士被電車撞碎，扶手的鐵棒刺進卡蘿的身體。多年後卡蘿的醫生在病歷表上彙集了她這次意外所受的傷害：「腰部脊椎第三、四根挫傷；骨盤挫傷；右腳挫傷；左手肘脫臼；腹部重傷——由於鐵棒從左臀部刺進，自外陰部穿透而出。急性腹膜炎；膀胱炎，排膿數日。」但卡蘿卻喜歡誇大此次意外的災情，經常為自己補上新傷：譬如頸部脊椎以及兩根肋骨挫傷，右腿十一處挫傷，左肩脫臼。她總是告訴別人鐵棒刺進她的子宮，自處女膜穿出，她「因此失去童貞」。她也將自己不能懷孕生產的情況歸咎於此次意外，雖然她還有其他一大堆解釋自己不孕的說辭。

憑想像修飾、捏造、變化自己的生命故事是卡蘿從小養成的特長，她企圖虛構自己的傳記，創造自己的神話和傳奇。

臥病期間，卡蘿開始畫畫。她的母親幫她定製了一個放在膝上的小畫架，她在床頂懸一鏡子，以便以自己的影像為題材——這也是她後來為什麼畫那麼多自畫像的原因之一。車禍輟學後的卡蘿開始與一些左翼藝術家、作家、知識分子交往，並且加入共產黨，也因此又碰到了里維拉；她請他看她的畫，里維拉頗讚賞她的才華，並且愛上了她。一九二九年八月二十一日，二十二歲的卡蘿和四十三歲的里維拉結為夫妻，這是里維拉第一次的合法婚姻，雖然在這之前他曾娶過兩次老婆、碰過無數女人。

卡蘿和里維拉的婚姻是充滿矛盾、不協調的奇妙組合。纖小、美麗的卡蘿嫁給體重三百磅的里維拉被人形容成「一隻大象娶了一隻鴿子」。卡蘿曾說她一生遭遇兩次重大災難：一是讓她半身近乎殘廢、導致終身大小手術不斷進而借酒止痛、耽溺成癮的電車事故；另一則是里維拉。他們的結合既現實又浪漫：卡蘿需要里維拉為她紓解她父母的經濟困境，她也需要里維拉的地位，使她有機會接觸國內外藝文名流，而同時里維拉本人也具有一種令她著迷的活力與親和力。

但里維拉是一位無可救藥的好色者，即使在婚後他照舊不斷追逐女人，甚至誘姦了卡蘿的妹妹。起初她還以她愛的男人不能沒有女人緣自我安慰，飽受嫉妒與冷落之苦後她開始反擊，開始和許多男人發生關係；她也和許多女人幽會──包括與里維拉有染者。這些戀情大多火熱而短暫，連俄國革命領袖托洛斯基也成為她入幕之賓。

卡蘿的報復雖使她對自己的魅力重獲信心，並且適度平衡里維拉帶給她的苦痛，但里維拉依舊是她的最愛。浪漫的激情一過，她依舊想要回到里維拉堅實的愛裡；即便她個性如何堅毅，她仍然需要里維拉來讚美她的才智和美麗。她常常誇大她的殘疾，以固守里維拉對她的關心。她有許多次手術是選擇性產生在她發覺里維拉另結新歡時。她雖然流產多次，並且期望別人以為她因為不能盡母道而苦，但實際上她已經把所有母性的愛灌注在里維拉身上：像對待嬰兒般對他說話，為他洗澡，給他玩具在澡盆玩，為他做衣服、準備飯食、整理文件，甚至整理出一個標明「里維拉情婦來信」的檔案。他們的婚姻分分合合：一九三五年他們分居，後又復合；一九三九年宣告離婚，次年底又重新結婚。終其一生，里維拉像一棵巨樹盤據在卡蘿不健康然而意志力強韌的生命之土上——這棵樹是她生命的重心，卻同時也投給她許多她必須不斷衝破的巨大的陰影。

卡蘿把身心所受的創傷全表現在她的藝術中，在健康不良和精神痛苦雙重的折磨之下，她創作出一幅幅撼人又動人的畫作。這些畫作悲淒善感地述說著她的故事和心事，也賦予她傳奇的一生新的血肉。具有自虐傾向的卡蘿喜歡把自己的悲苦命運和自我毀滅的癖好結合在一起。在她一系列自畫像裡，她的表情始終如一：犀利的眼睛流露出懷疑的眼神，幾分鄙夷地看著這個世界；冷傲倔強的唇邊浮顯出細黑的短髭；濃密的眉毛在鼻梁上方交合成展翅飛鳥之姿，經過妝扮的女性容顏散發出陽剛的氣質。令人悸動的是她頸間的風景——有時是鮮紅的髮帶繩索般糾纏於頸部，有時是濃密的髮絲巨浪般拍打於頸間；有時是灰黑的鐵環或獸骨傳遞出被奴役的訊息，有時是帶刺的荊棘鮮血斑斑地刻劃出受難者的形象。她的畫是她的告白，是她的自傳，暴露出她的內心世界，強有力地傳遞出她的孤獨和悲苦。有人問她為什麼如此常作自畫像，她的回答是：「因為我孤單」。或許這是她尋求寄託的手段，是她求生存、克服病痛、孤寂和死亡的最終手段。她在寫給朋友（不論交情深淺）的信中，最常用的字句是「不要忘了我」。晚年，她把自己的照片大量分送給親朋好友，這或許是她企圖鞏固自己在別人心目中的地位的另一個手段。

除了繪畫，卡蘿於一九四四年左右開始她寫日記的習慣。她以充滿想像力及高度創意的筆觸，用鉛筆、彩色筆或水彩這些顏料，又畫又寫地記錄自己的心路歷程，宣洩她狂熱且豐沛的情感。她的日記在朋友間傳閱，有時她還會慷慨地撕下幾頁送給好友。這種赤裸、坦白暴露個人情感的作風，和她的畫風在本質上是相近的。儘管她的畫有超現實主義的味道，但她不喜歡別人把她歸類為超現實主義畫家，她說：「我從不畫夢；我畫的全是真實的自我。」

面對生命中的諸多缺憾，卡蘿選擇了面對，而非逃避。她喜歡把自己置於極端的情境，試探自己生存的能耐。她在柯瑤坎老家「藍屋」的書架上放了一個廣口瓶，裡頭裝著浸泡於甲醛的胎兒（她告訴訪客那是她死產的胎兒）。她在床頭掛了一個骷髏，每天早上必先握住它的手，親切地問候：「嘿，你早，好姊妹！」然後她才開始一天的作息。在她的臥床的罩篷頂上還有一具更大的骷髏，平躺在兩個枕頭上。對卡蘿而言，死亡是生命的必然結果。她企圖面對生命真相，以接納死亡，以戰勝對死亡的恐懼。

或許因為參透了生命，卡蘿才能坦然地面對生命中的憂喜悲歡，才能以如此蓬勃旺盛的生命力走完生命全程。晚年，她不良於行，臥病在床，但她並未與外界隔絕，她的臥房成了小型的沙龍，她把來訪者的名字用紅色顏料一一寫在臥房牆上，以感念他們的情義。一九五三年四月，他們為她在當代美術陳列館舉行回顧展。卡蘿在摩托車前導下，坐救護車抵達展覽會場。她病重無法站立，他們事先在會場中央架起她的床，讓她能躺在床上向觀眾致意。這次畫展所展出的不僅僅是她一生的畫作，也展出了她在病痛的百般凌辱下不妥協的精神和靈魂。她說：「我並沒有生病，只是有些破損。但是只要能作畫，我仍樂意活下去。」後來，她因腳部壞死，再度住院切除膝蓋下的右腿——這對她當然是一大打擊——但她仍和探訪的朋友談笑風生。她在日記上寫下了令人心疼的句子：「當我可以展翅高飛時，我還要腳幹嘛？」

卡蘿的激情和執著，不僅表現在她對里維拉的愛與恨中，表現在她對生活苦難的勇敢承受，也表現在她對政治的參與和對體制的反抗。她跟隨里維拉投身各種左翼政治活動。在托洛斯基被追緝時，她和里維拉出面將他接引到墨西哥。對公理、正義和自由的追求是她一生的理念。一九五四年七月二日，她撐著久病之軀，坐在輪椅上，手持「爭取和平」的標語，冒雨參加示威活動。回家後，她因疲憊過度而感染支氣管炎，十一天後死於肺血管阻塞。這種類似殉道者的死法，或許正符合卡蘿一生所追求的悲壯的美感。

她最後一則日記是一幅黑色天使的速寫，以及這樣的字句：「我希望快樂地離去，永遠不再回來。」死亡也許真的讓她快樂地脫離人世的苦難，永遠不再回來，但她苦惱而激情的生命故事，伴隨她留下來的畫作，將永遠活在人們心中。

（一九九二）

有綠樹，檸檬和時間的風景

這不是印象派的畫，並且那些檸檬也不是掛在綠樹上；這也不是超現實主義的畫，雖然一如今年夏天，在過往的每一個夏日午後或夜晚，你的確看到它們在那裡：綠樹、檸檬、時間，以及在時間中流轉的記憶。

那老者在榕樹下賣檸檬冰已有四十多年了。他自然曾經年輕過，但至少在我看到他時他已經是一個老者了。他的冰攤乾淨而簡單：手推的攤子上一只裝冰水的大玻璃桶子，前面幾排整齊疊放的檸檬，一個木製的壓檸檬的器具，一些杯子。他有兩面細長的玻璃鏡子，上面寫著：正老牌檸檬冰——正老牌，因為他的檸檬現切現壓，一點也不苦。來的人都站著喝。老者戴著銀邊眼鏡，徐徐把檸檬汁倒入杯中，加入糖水，加入冰水。並不是每個人都知道他立足的這條小街的名字，但他的冰攤、他的身影早已成為這小城風景的一部分：在夏天，當生命由翠綠轉成金黃，由檸檬轉成檸檬汁。

在他的攤子旁邊是一攤賣綠豆湯的，有時比他早推來，有時比他晚，賣的人是他的女兒和女婿。喝完檸檬冰的，往往會坐下來再吃一碗冰鎮綠豆湯。在我離開小城上大學前的那些年，穿過廟前廣場到忠孝街尾喝他們家族賣的檸檬冰、綠豆湯是夜讀生活裡的一大享受。

那時候，生命的夏天似乎比較長。老者的檸檬冰從端午節前就開始賣了，一直到十月底還吃得到。他總是中午不到就出來賣，幾個玻璃杯輪番使用，洗杯子的一桶清水一天要換好幾次，到夜闌人靜才收攤回家。一開始他的檸檬冰小杯的五角、大杯的一塊，後來變成小杯的一塊、大杯的兩塊，一天居然能賣三千多元。那個時代自然也有其他的愛玉冰、仙草冰、青草茶、冬瓜茶，卻沒有今天四處可見的泡沫紅茶舖、便利超商店、鋁箔裝／易開罐飲料自動販賣機。

所以這幾年，走過忠孝街，你發現夏天比較短了。老者只在最熱的七、八月出現，擺好攤子開始賣時已經接近黃昏了。他的檸檬冰現在一杯十五塊——不分大小杯，最好的時候一天可以賣一千多元。他的女兒已死，他的女婿車禍受傷，清涼的綠豆湯只能在記憶中回味。

綠樹，檸檬，時間。你的確看到這幅風景，以及在風景中進出、老去的大人、小孩，和我。

（一九九二）

立立的祕密舞台

自出生即在父母親陪伴下長大的立立，幾乎沒有一刻孤獨過。她和媽媽一起扮家家酒、捏黏土，和爸爸一起聽音樂、下象棋，即使在門口和附近小孩玩遊戲，爸爸或媽媽也一定跟在旁邊。媽媽在廚房準備午餐時，總會不時探頭問爸爸：「立立呢？怎麼沒聽見她的聲音？不知道一個人在樓上做什麼？」和爸媽外出，她永遠搶占中間的位置。她像一個球，但無論多大幅度的蹦跳或滾動，她永遠在父母親預先設置的安全防護網內。從未孤獨也從未享受過孤獨的喜悅的立立，在上了小學之後，仍是一個愛撒嬌、愛黏人的孩子，但是有時候她會向爸媽要求一些些「免於被陪伴」的自由。她要求媽媽讓她一個人過馬路到對街百貨行買一包綁辮子用的橡皮筋；她要求自己練習洗澡，自己練習洗衣服；她要求爸爸不要在一旁講解而讓她自己看音樂解說；她要求媽媽不要帶她上街買菜而讓她獨自待在家裡畫畫；她要求自己做功課；要求爸媽進入她房門之前得先敲門。眼看這個上廁所從不關門而且心裡頭藏不住話的小女孩開始為自己爭取保有隱私的權利，眼看這個小時候立志嫁給爸爸以便和媽媽永遠在一起的小女孩開始發表她的「獨立宣言」，立立的媽媽很高興女兒真的長大了，逐漸長成了獨立的個體，但是，當女兒關起房間之後，一向以尊重人權和瞭解人性自許的媽媽，卻有種被遺棄的感覺，她若有所失地徘徊門外，有了偷窺的衝動。她問立立：「你在房間做什麼呀？門關著，會熱死的！」立立說：「這是我的祕密，不可以讓你們知道！」

但是，媽媽不久就識破了立立的小祕密，因為媽媽從來沒有教過大嗓門的立立「隔牆有耳」這個成語，而且立立常常粗心得忘記「湮滅證據」。原來立立祕密地成立了一個「文具劇場」，每天上演她自編自導的宮廷愛情故事。劇場就設在她平日做功課的書桌上。立立在上面建了一座頗具現代趣味的城堡——堆疊的鉛筆盒是城牆，豎起的尺是樓梯，斜傾的書架是大門，木製雕花筆筒是石柱，銀色鈴鐺是門鈴，小小的桌燈是大大的太陽。堡內的設備一應俱全：綠色的衛生紙地毯、筆記本床鋪、橡皮擦枕頭、廣告紙床單和棉被、香皂盒茶几、藝術茶墊屏風、字典櫥櫃。城堡的四周布滿了短小的鉛筆士兵（那是立立入學至今用剩卻不捨得丟棄的筆尾巴），城堡內則住滿了各式顏色、各樣長短的鉛筆紳士和淑女們，男士們的頭上都頂著橡皮擦高帽，女士們的腰際都繫著立立設計的紙裙。最令媽媽好奇的是在筆記本床鋪上已足足躺了兩個星期的深綠色利百代鉛筆和粉紅色雄獅鉛筆，在媽媽的苦苦追問和一個蛋捲冰淇淋的誘惑之下，立立道出了背後那段淒美的故事：「利百代鉛筆王子愛上了敵國的雄獅鉛筆公主，就在他們準備爬牆逃走的時候，他們的父王請毛筆大將軍命令鉛筆士兵發射牙籤竹箭把他們射死，所以他們只好一直躺在床上啦！」這個老掉牙的故事架構，經過立立用全新的媒介物所呈現出來的效果真是令人耳目一新，那是一種動畫的趣味，童真的放任。立立告訴爸爸媽媽只要他們保證不偷笑，以後上演新劇時，她會邀請他們當觀眾的。

立立的爸爸和媽媽等了又等，卻不見新劇上演，劇場的布景和道具依舊，公子和王子的故事大同小異，週而復始地進行著。他們原先以為立立江郎才盡，再也想不出新點子，後來才知道立立的自戀狂和收藏癖又犯了。她過於愛戀自己初任舞台美術總監的「處女作」，捨不得變動舞台上的一景一物，一兵一卒；沒有全新的場景，當然也就無法上演新的戲碼了。最後，立立乾脆「封鎖」劇場，把剎那凝結為永恆。從此，這個文具劇場成為立立最具特色的收藏，不供玩賞，只供憑弔，就像古希臘神殿遺址或羅馬競技場的廢墟一樣。

隔不了多久，立立又在爸爸媽媽的臥房另闢舞台，上演她的「飯店秀」。她把所有的布偶都召集到床上，分派它們不同的角色：兔寶寶擔任櫃台小姐，小象和小熊是第一桌客人，大白鵝和猴子是第二桌客人，長頸鹿是大門守衛，而立立本人則擔任大廚師兼侍者，她心愛的兩隻小白狗是她的助手。在安排這些客人入座之後，立立為它們點菜，並且親切地遞上餐桌紙、餐巾和刀叉。總之，她把爸爸媽媽帶她上中信飯店吃牛排所看到的那一套餐廳服務全用上了。媽媽在幾次偷窺之後，歸納出一個結論：立立大飯店的拿手好菜是衛生紙三色麵、跳棋生菜沙拉、圍棋咖哩飯、象棋銅鑼燒，和名實相副的石頭火鍋。立立是個專注又忙碌的廚房工作者，常常媽媽在一旁站了半天，她仍渾然不覺。不過，一旦被她發現，會即刻被驅逐出境，因為「這是動物大飯店，人類是不可以進來的」。

最有趣的一齣戲是在媽祖誕辰的第二天上演的。媽祖誕辰那天，立立跟著媽媽到媽祖廟看善男信女膜拜、燒香，順便沾染一些節慶的氣氛。廟前廣場上的祭祀桌上整齊有律地擺滿了一盤盤祭品，立立目不轉睛地看著。回到家裡，爸爸拿出《台灣民俗大觀》，為她講解台灣的神祇和祭祀禮俗。這是立立的第一次宗教之旅。第二天中午，媽媽喚立立吃飯，三次叫喚，不見回應，於是推開臥室房門一探究竟。媽媽愣住了，眼前竟是熱鬧滾滾的廟會情景！一盤盤的菜餚放滿了整張床，塑膠餐盤上裝塑膠炸雞、熱狗三明治，塑膠鳳梨、葡萄、蘋果、塑膠豌豆、茄子、玉米，塑膠煎魚、荷包蛋；立立拿著三支彩色筆，帶領著她的芭比娃娃們，虔誠地跪拜。她告訴媽媽她為媽祖、王母娘娘和觀世音菩薩準備了豐盛的食物，替自己和芭比娃娃許了好多個願望。媽媽問她許了那些願望，她神祕地搗著小嘴說：「這是我的小祕密，不可以告訴你們。」然後眨眨眼睛問：「我用假的水果和食物拜拜，不知道可不可以？」媽媽說：「媽祖知道立立還小，不會賺錢，買不起真的食物，一定不會怪你的。只要立立乖乖吃飯，快快長大，願望就會實現的。」

立立在家裡的各個角落不斷地建立她的祕密舞台，上演她的戲劇。除了書房和臥室之外，浴缸、廁所、沙發、地毯、桌子底下，都是她揮灑想像，實踐戲劇人生的地方。她讓米老鼠愛上唐老鴨，讓白雪公主和巫婆成為好朋友，讓兔、狗、熊、豬成為一家人；棉被是魔毯，毛巾是披風；巴黎鐵塔就在倫敦鐵橋的旁邊；向日葵和梅花同時怒放；貂蟬和西施轉眼成了熱情的夏威夷姑娘。在立立的祕密舞台上，善惡、美醜的界限不見了，時空穿梭自如，四季交融，世界一家，快樂的想像是支配舞台的唯一美學。

（一九九三）

立立的音樂生活

小女孩立立生下不久，立立爸爸的朋友便建議立立的爸爸多讓立立聽一些奇妙的聲音，以培養她的音樂感。立立的爸爸沒事就把廚房裡的碗筷盆鍋，以及各種瓶瓶罐罐，拿過來敲敲打打，但發覺實在有點刺耳，不像能激發音樂美感的樣子。立立的爸爸抱著「多耕耘，多收穫」的態度，在玻璃瓶子裡裝進不同的東西，每當立立睡醒，便在她耳邊搖晃出不同型態的音響。他發現，立立最喜歡聽的是綠豆和玻璃碰撞的聲音。他竭盡所能變化節奏和演奏效果，含著奶嘴的立立並沒有手舞足蹈，聞樂起舞。立立的爸爸不知道朋友提供的幼兒音樂教育理論到底是否有效，他確定的是立立長大後，每次吃綠豆湯，都只喝湯，不吃綠豆。

那些立立不吃的綠豆，原來都跑到五線譜上，連同其他有芽沒芽的豆豆，手牽手組合成美妙的旋律，融進小女孩每日的生活裡。

立立的爸爸很喜歡聽音樂，家裡到處是大大小小各種播放音樂的唱盤、錄音機、錄影機、碟影機。他在立立兩歲多初識英文字母與阿拉伯數字時，買了一台手提的CD唱機／錄音機給她，讓她隨心所欲播放她喜歡的音樂。爸爸給她的第一張CD是電影《真善美》的插曲。

立立雖然聽不懂英語，但她很喜歡爸爸幫她錄的電影《真善美》的錄影帶，沒事一遍遍觀賞，對裡面的人物、歌曲都很熟悉，並且深深投入，彷彿她自己就是劇中人。她看不懂英文，但是她知道演傀儡戲的那首〈寂寞的牧羊人〉在唱片的第七首，〈小白花〉在第十四首，而她最喜歡的〈Do-Re-Me〉是第十一首。這些歌對她而言，是活生生有感情的東西，她清清楚楚知道它們的順序、位置。在媽媽幫她解釋過歌詞的意思後，她也能咿咿呀呀跟著唱：兜，阿笛兒，阿飛美笛兒；雷，阿抓破狗登山……（Doe, a deer, a female deer; ray, a drop of golden sun...）這些歌像一道道金色的陽光射在她心上，交織成一張透明的音樂網。

立立也喜歡用她的機器聽爸媽為她蒐集的童話和兒歌錄音帶。媽媽教立立唱兒歌，然後兩個人自己竄改歌詞，自得其樂地翻唱新歌。媽媽把這些好玩的歌錄下來，無聊時重播聆聽。她們兩個人好像是同一個幼稚班的同學，一同唱歌遊戲，一同成長學習。

立立四歲的時候，這兩個同學又一起報名去上山葉音樂班，從最基本的節拍、鍵盤指法、視譜、和弦等學起。從來沒有學過樂器的媽媽，每次上音樂班回來，就和立立輪流在家裡的鋼琴前練習。立立彈什麼，媽媽也跟著彈什麼，兩個人還互為評審，比賽誰彈得好。但每次比賽總是立立第一，因為立立不許媽媽給她打低於九十九的分數。媽媽認真地把上課的重點記在筆記簿裡，回家反覆叮嚀立立，但很快地，立立愈學愈順，媽媽卻像唱片跳針般，老是卡在幾個關口。立立已經彈完幼兒班、先修班八本教材了，媽媽還是停留在第三冊。媽媽看立立對彈琴有興趣，又另外送她到同事家個別學琴。升上小學二年級的立立，每週花在學琴、練琴的時間就更多了。她往往不主動練習，要人催，練了琴以後也不主動停，要人提醒方才罷手。她的表現愈來愈純熟，愈來愈「職業化」，不但收媽媽為學生，模仿老師個別授琴，還發信封給媽媽，要她按月繳交學費。

立立的爸爸每天在家裡放各式各樣的音樂，他希望立立像他的學生一樣，能養成聽古典音樂的習慣，並且有一天能互為知音。但立立太小了，很多東西都還不懂，然而爸爸還是盡量利用各種機會，加深立立對樂曲或作曲家的印象。每次看到音樂班或鋼琴課教到某一首簡易化了的名曲，爸爸就會故意拿出原曲的CD，大聲放出那個樂章，問立立有沒有聽過或者知不知道是誰作的，然後又一遍遍重播。所以立立先從山葉音樂班學到鈴鼓、響板與鋼琴合奏的打擊樂版《驚愕交響曲》第二樂章，再從CD上聽到海頓這首完整的交響曲，並且相信「交響曲之父」海頓爸爸，真如老師和爸爸所說，是一位風趣而幽默的作曲家；所以立立雖然在鋼琴課上彈過三種版本的《愛之夢》，但是卻承認爸爸從CD上放出的比她彈的任何一種都困難，她甚至沒想到還有一種是加上人聲的藝術歌曲版——但不管什麼版本，她學到了李斯特是浪漫樂派作曲家，學到了浪漫派就是有「愛」、有「夢」；所以立立雖然反覆彈過教本裡標明為柴可夫斯基《第一號鋼琴協奏曲》或《悲愴交響曲》的鋼琴曲，但是當爸爸從CD上放出原曲時，她幾乎認不出這就是她彈過的只有兩聲部的曲子——她恍然大悟，原來協奏曲與交響曲比獨奏曲複雜多了。

立立最愛的CD，是一張不同作曲家們寫的「描寫音樂」集。立立的爸爸在這張外國製CD的外殼上貼了一張紙，親筆寫上各首曲子的中文譯名——從〈森林水車〉、〈小鳥店〉、〈時鐘店〉，一直到〈波斯市場〉、〈郵遞馬車〉、〈雷鳴與閃電〉……這些是最貼近小女孩立立幻想與遊戲世界的音樂，她在跟她的寵物和玩具們玩遊戲的時候，心裡頭響起的也許就是這些音樂。

立立的爸爸有時也會搬出錄影帶或影碟片做教材。當立立在教本上彈到了比才的〈鬥牛士之歌〉時，爸爸便會講歌劇《卡門》的故事給立立聽，並且拿出家裡有的歌劇、電影、舞蹈等不同版本的《卡門》錄影帶讓立立欣賞比較。立立從裡頭聽到了音樂，也似懂非懂地看到了愛和嫉妒。立立滿喜歡多彩的歌劇或音樂故事的世界。在聽過帕帕奇諾和帕帕奇娜的二重唱之後，她會打開邵義強編譯的《兩百世界名歌劇》，對照劇情觀看爸爸放的莫札特歌劇《魔笛》錄影帶。在彈過林姆斯基柯薩可夫《天方夜譚組曲》的主題後，她會拿出邵義強寫的《古典名曲欣賞》，仔細閱讀樂曲的故事，並且要求爸爸重播前幾天從小耳朵錄下的交響樂團演奏。有一次立立彈到了奧芬巴哈的〈船歌〉，爸爸依例拿出歌劇《霍夫曼的故事》的錄影帶，把〈船歌〉這一幕放給立立看。畫面上出現的是酒池肉林，豔麗迷人的宴樂場景，爸爸試著告訴立立歌劇的故事，但是他沒有辦法告訴立立什麼叫「頹廢」，什麼叫「官能之美」。

有些知識需要時間，需要一生的經驗來補足、完成。但有些喜悅，有些感受，卻似乎跟年齡沒有關係。爸爸喜歡玩「猜猜看」的遊戲，在紙上寫下巴哈、海頓、莫札特、貝多芬、舒伯特、蕭邦、布拉姆斯、柴可夫斯基以及「以上皆非」等答案，隨便抽放一張CD，讓媽媽、立立或來訪的爸爸的學生猜。立立雖然聽得最少，卻往往猜中最多。她能直覺地辨認作曲家的味道。她雖然誤以為巴哈是「哈巴」，但是她知道他的音樂像是在「堆音樂積木」。她知道剛毅、節制中帶光輝的貝多芬，和甜美、哀愁中帶高貴的莫札特有什麼不同。她比較不容易區分的是：哪樣的甜美、哀愁是舒伯特而不是莫札特，哪樣的哀愁、甜美是蕭邦而不是舒伯特。

七歲的立立確然已能體會不同音樂帶來的不同感受。她並且學以致用，自己作曲。好幾次，爸爸以為她在彈教本裡的練習曲，趨前一問，才知道她在彈自己的曲子。數學概念還不是那麼完備的立立，用她個人的符號把她的作品抄在一張張古怪似菜單或祕方的紙上。去年除夕，她居然把它們全拿出來，在家裡開了一場陳立立作品演奏會：有獨奏的鋼琴曲，也有她自己作詞的歌曲，她甚至把幾首爸爸的詩也譜成了曲。聽立立彈她的作品，常讓爸爸感嘆音樂純粹而普遍性的感染力量：小小心靈如她，照樣在緩急高低輕重的樂音間，映見人間的悲與喜，光與陰影。

有一天午後，爸爸和立立兩個人單獨在家，爸爸在書房寫稿，立立在鋼琴前練新學的曲子。在反覆幾次輟斷後，立立終於完整地把主題彈出來——那是聖桑歌劇《參孫和大利拉》中著名的詠嘆調，也是爸爸最珍愛的曲子之一。爸爸聽到後，有一種想哭，想跟著把歌唱出來的衝動：「我的心隨你的聲音開啟，像一朵花在曉光中綻放，讓你的蜜語拭乾我的淚水，告訴我永遠不再和我分離，再說一次昔日的海誓山盟，回答我的溫柔，讓我的心陶醉……」爸爸覺得他和立立在這首樂曲中相遇了。立立雖然不知道這首曲子唱什麼歌詞，但經過一遍遍的摸索，她逐漸加進了感情。這是迂迴而單純的音樂的相逢：迂迴，因為立立也許要等到二十年後，才能瞭解整首歌曲，整首歌劇的涵義；迂迴，因為立立也許要等到四十年後，才能領會為什麼爸爸在這個午後，聽到立立彈出來的音樂，會有一種想哭的感覺——然而這相逢又是單純的——單純的始於音樂，歸於音樂。

小女孩立立長大後，讀到這篇文章，也許會翻開爸爸的詩集，找到作曲家武滿徹說的一段話：「音樂的喜悅，基本上，似乎與哀愁分不開。那哀愁是生存的哀愁。越是感受音樂創作之純粹喜悅的人，越能深體這哀愁。」

（一九九三）

立立的兄弟姊妹

立立沒有兄弟姊妹。

立立的爸爸和立立的媽媽是大學同學，他們在畢業後結婚。立立的媽媽在三十歲懷了立立，按照孔夫子的說法就是「三十而立」——三十歲而有了「立」。立立的媽媽三十而「立」，立立的的爸爸也是三十而「立」，兩個人加起來，他們的第一個孩子便是「立立」。

立立的爸爸想：如果他們過了十年又懷了一個孩子，那時他四十歲，「四十而不惑」，立立的媽媽也四十歲，也「四十而不惑」，那麼他們的孩子豈不是要叫做「雙不」？聽到這麼「負面」的名字，立立的媽媽大聲說：「Oh, no!」立立的爸爸也大聲說：「Oh, no!」既然兩個人都雙雙說不，這個孩子只好不生了。根據孔夫子的說法，「五十而知天命，六十而耳順」，立立的爸爸媽媽由於不想在五十歲、六十歲時生下名叫「天天」或「重耳」之類的孩子，所以立立沒有兄弟姊妹。

沒有兄弟姊妹，對立立來說，也許有一點孤單。她很羨慕媽媽，因為外婆生了三女二男，排行中間的媽媽恰好兄弟姊妹都齊全了。每次過年隨媽媽回娘家，看到媽媽和舅舅、姨媽們有說有笑，自己跟表哥、表姊、表妹們也有說有笑，覺得生活真熱鬧。但是她不知道，媽媽小時候每次和舅舅姨媽們爭家中唯一可以寫字的桌子，或者排老半天的隊才從外公手上的杯子喝到一口汽水時，媽媽多希望自己是家中唯一的孩子。從來是一個人獨享一大盒冰淇淋的立立，自然希望生命既甜美又熱鬧。所以當五歲的立立知道爸爸媽媽不想再有第二個孩子的時候，她甚至問媽媽她可以不可以自己生一個弟弟或妹妹。

爸爸媽媽當然希望立立有兄弟姊妹，但是他們不知道他們是不是有能力，再一次，用全新的愛、耐性、喜悅、期待，去面對他們的新孩子。立立幾個月大的時候，第一次半夜小感冒發燒，爸爸媽媽一方面緊張地送立立到醫院急診，一方面難過地哭了。到了醫院，匆匆趕來的醫生幫立立檢查了一下，開個藥，然後對爸爸媽媽說以後這種小毛病可以不必來急診。

爸爸媽媽希望給他們的獨生女立立全部的愛，但是他們知道，全部的愛應該包括讓立立擁有「擁有兄弟姊妹」的權利。這真是矛盾的事。他們能夠陪立立看書、玩遊戲，但是他們畢竟不是她的兄弟姊妹。為了讓沒有兄弟姊妹的立立擁有比全部還更「全部」的愛，爸爸媽媽殫精竭慮，絞盡腦汁，為立立找到幾個不會和她爭吵的兄弟姊妹，希望他們和立立在人生的路上攜手前行，相互照料。

第一個要送給立立的是兄弟——「孤獨」。爸爸自己就沒有這個兄弟，所以在現實生活裡，雖然爸爸有兩個弟弟，卻始終是一個不安，焦躁，不懂得如何自處的人。爸爸希望立立不要害怕「孤獨」——他雖然名字有點難聽，外表不夠漂亮，卻是一個心地善良的兄長。他的聲音細細的，常常在別人不說話時才開口說話，但你要用心聽，才會發現他說的都是我們內心想說的。他是一個有寬厚肩胛，可以讓我們倚靠，讓我們信賴的兄弟。接近他，你會感覺到一種比熱鬧、喧嘩更自由、更廣大的喜悅。爸爸曾經以為他是「熱情」的敵人，是「寂寞」的表兄弟，但好幾次在自己充滿熱情、渴望，努力做某些事情，卻依然覺得空虛、寂寞時，爸爸突然覺得孤獨其實是最不會背叛自己的朋友、親人。

第二個要送給立立的是姊妹——「美」。她是最美麗動人的姊姊，有著迷人的氣質，但不要以為她只有「一張」美麗的臉孔——她有許許多多張美麗的臉孔：有時候是未經化妝的自然、樸實；有時候是久歷滄桑的深刻、平淡；有時候是委婉細緻的柔美、優雅；有時候是狂野奇突的幽默、巧思。爸爸希望立立能喜歡不同的美的面貌，傾聽她不同色澤的歌聲、笑聲、嘆息聲，那裡面有很豐富的情感的線條，可以讓我們在難過的時候拿來繫緊我們鬆頽的心，拿來編織溫柔或剛強的網，拿來像變魔術一般，變出各種想像的奇蹟。她是最體貼的姊姊，擁抱我們的快樂，也擁抱我們的痛苦。爸爸很想告訴立立，這位姊姊其實立立老早就認識了，以前立立畫的圖畫、彈的音樂裡，就藏著許多這位姊姊身上的小飾物。

最後要送給立立的是「憐憫」——它沒有性別，沒有年齡，所以既是兄弟，也是姊妹。它的面容乍看之下平板無奇，毫無個性，細看卻發現像每一個人——簡直像一面鏡子，讓你照見人間百態，你定睛直視，發覺鏡中呈現的人像的最後居然是自己。爸爸希望立立常注視這位好像是自己孿生兄弟姊妹的「藏鏡人」：沒有比一面能藏在心裡，時時照見世界，也照見自己的鏡子，更珍貴的東西了！這面「憐憫」的鏡子，會讓立立在膽怯猶疑時，勇敢地堅持自己的良知；這面「憐憫」的鏡子，會讓立立在驕傲忘形時，及時地察見自己的本相。爸爸希望立立知道，「憐憫」這位兄弟姊妹最好的朋友不是「施捨」，不是「傷感」，而是「尊敬」。當每一次「憐憫」和「尊敬」站在一起的時候，立立會發現到，那面小鏡子閃爍著一種奇妙的光輝。

有了這些兄弟姊妹，爸爸媽媽相信立立應該不會孤單了。等爸爸媽媽到了孔夫子所說「從心所欲，不踰矩」的七十歲時，如果立立還希望再添一個兄弟姊妹，也許爸爸媽媽可以努力再生一個名叫「心心」的小孩，讓他們的下一代幫他們達成「為天地立心」的神聖使命。

（一九九三）

銅像幽靈

在我們這個偏僻的小城中學裡，豎立了許多大大小小的銅像：有全身的、有半身的，有正面的、有側面的，有立姿的、有坐姿的——有的依然光鮮亮麗，有的已然銅鏽斑斑。我們把它們置放在翠綠校園的涼亭邊，禮堂的大門前面，以及每一座以中山、中正、小山、小正等命名的大樓兩旁。訓導處衛生組每天安排學生輪流擦抹遺落在銅像上的鳥糞，清掃掉落在台座四周的落葉。銅像的清潔和亮度是整潔競賽的一個重要項目。在銅像的注視下，我們這個小城中學過著安分守規、井然有序的生活。「銅像幽靈」這個名號起於何處已無從查考。不知何時，小城流傳著這麼一個謠言：在群樹亂舞的起風的傍晚，或者在路燈明滅的落雨的夜裡，學校裡會有一尊銅像開始移動，巡視校園，最後它會立在穿堂中央，像衛兵一樣一動不動地瞪視著大門。小城居民們繪聲繪影地說著；有些愛子心切的父母早已打算將子女轉到他校。這個謠言傳到學校師生的耳朵時，引來了陣陣的私語和會心的微笑。大家對飽受驚嚇的小城居民寄予無限的同情，也對因愛國愛民而招致誤解的K老師感到敬佩和不平。

在我們這個小城，K老師可是大大的有名。多年前，有家電影公司想把建國史搬上銀幕，公開徵求演員，K老師因為外貌、氣質酷似年輕時候的G委員長而入選。這個消息在地方上喧騰一時。可惜，後來有人密告K老師曾有酒醉駕車和賭博違警的紀錄，電影公司惟恐損及偉人形象而作罷。這事件對他自然是不小的打擊，但絲毫不減他對偉人的崇拜。他教的是基礎理化，卻熟讀《中國近代史》，《蘇俄在中國》，以及《G委員長言行錄》等重要書籍。他常說他的氣質之所以酷似G委員長，不是天生如此，而是熟讀偉人著作有以致之。也難怪小城居民們把他看成會走路的銅像了。自從有幾個不良少年半夜翻進校園，在偉人銅像旁邊大小便之後，他便慨然發起「守著學校，守著銅像」運動。他以身作則，不分日夜遊走校區，提防有人破壞偷竊。每一個人都不敢正視他炯炯有神的眼睛。出外辦事或提前回家的同事，在校門口遇見他，都縮頭吐舌，面露慚色。手握電動玩具或漫畫書的學生，看到了他，也立刻羞紅了臉，亟思發憤用功以報效國家。見到他和校長交談，我們無不戰戰兢兢，豎直耳朵，深怕自己的不良言行在校長面前曝光。K老師守著學校，守著銅像，徹底發揮了維護校園安全的預期效果。

K老師不但維護了校園安全，對安定民心也有絕大的貢獻。每回我們國家發生了重大的政治事件或動亂，他便穿起最心愛的中山裝，一手叉放腰際，一手握緊拳頭，慷慨激昂地為大家分析局勢，最後總不忘加上一句：「只要大家團結一致，我們國家就有前途。」有些多情善感的女老師在聽完他說話之後，會拿出手帕偷偷擦拭淚水，然後抱起課本，像剛從廟裡領回護身符的婦女，重具信心地走進教室。

儘管有些老師不同意K老師對政局的看法，但有一點是他們不得不同意的：K老師所教的班級的成績總是遙遙領先。曾有老師私下研究他的教學方法，甚至竊取他的講義或考卷，但都百思不解。後來有一位體育老師，上課時從操場跑回來上廁所，路過涼亭，發現銅像四周圍滿了學生，一個個低頭，似在祈禱又似在告解，而K老師以一貫一手叉放腰際、一手握緊拳頭的神聖姿勢，慷慨激昂地訓示著——K老師教學成績超群之謎才獲解開。全校掀起了狂熱的銅像效應：各班競相到各銅像前朝拜、思過。為了避免衝突，教務處特別排定了各班使用各銅像的時間。

自從某大學喊出「拆除銅像」的狂言後，島上許多大城市的學校紛紛將銅像遷離校園，替以所謂的藝術石像。K老師意識到這股歪風不久也會吹到小城，每天一有空，就穿著那套漿挺得像盔甲的中山裝，到各銅像前佇立良久。夜裡，小城居民們發現，小城中學裡銅像的陰影面積似乎比以前更大。有人說「銅像幽靈」把那些被城市放逐的銅像都引到小城中學的校園裡；也有人說是銅像們自己組織了一個祕密軍團，請他當總司令，在夜裡操兵，準備伺機「收復失土，還我河山」。不管怎樣，「銅像幽靈」走路的步伐更沉重了，彷彿有千軍萬馬綁在他的身後——你看，他站在G委員長銅像前的神情，他正在跟他面授機宜呢！

（一九九三）

偷窺大師

偷窺大師並不是一開始就被稱做大師的。讀幼稚園大班的時候，別的小朋友在吃完午餐的香蕉或粉圓後，都會滿足地跟老師說「午安」，然後乖乖趴在小桌子上安靜午睡，以免園長肥胖而怕吵的先生兇巴巴地從樓上拿棍子下來打人。但我們的小偷窺大師並不甘心屈服在大人的淫威下。他歪著頭趴在桌上，一手支著額頭，一手攤開遮面，兩隻小眼睛穿過指間，偷偷觀望坐在屋子角落對著鏡子擠青春痘的小黃老師，以及坐在櫃台後面，不是講電話就是在數錢的園長女士。園長有時候會出去開會。當園裡頭只剩下小黃老師一個大人的時候，園長的先生會拿著棍子從樓上下來，一點也不兇地跟小黃老師聊天，並且伸出一隻手幫小黃老師治療臉上或胸前的青春痘。

我們的小偷窺大師是在一次傷感的事件後聲名大噪的。有一次，在小黃老師跟著園長的先生上樓五分鐘後，我們的小偷窺大師勇敢地邁上樓去，透過鑰匙孔發現園長的先生躺在地板上，為小黃老師做全身治療。我們的小偷窺大師下樓把正在午睡的小朋友叫上來，一個接一個地排隊觀看。當其中一個小朋友因為頭部用力過猛把門撞開時，驚慌的小黃老師推開園長的先生從地板上坐起來。園長的先生生氣地揮動著棍子，聲稱要把這些不規矩的小朋友「開除」掉。但所有的小朋友第二天還是照樣來園裡上課，倒是可愛的小黃老師一直生病請假，沒有再來。

我們的偷窺大師雖然從童年的小鑰匙孔得到最初的啟發，但他一生「偷窺美學」的建立卻有待成長各階段經驗的累積。小學時，他最好的一個同學家開旅館，沒事常邀他去玩。看到那些進門闖室的男女，若即若離，故做陌生以掩飾內心緊張興奮的情狀，使他充分認識到「偷」這個字的意義與魅力。他的同學帶他到各樓參觀。在狹窄昏暗的走道，他們貼著木板牆壁窺探房間裡的動靜。他的同學熟知這旅館的每一個縫隙、洞孔。但我們的偷窺大師在乎的不是縫隙或洞孔裡的風景，而是立在那兒聆聽、窺視時，自己澎湃洶湧的心。多麼偉大而飽滿的存在：裡面的人在「偷」，外面的人在「窺」——而在偷與窺之間緊緊張著的是奇妙而暈眩的生之感覺。

我們的偷窺大師自然不是唯一的偷窺者，但他跟那些自命為「偷窺黨」，躲在樓梯底下偷看女老師穿什麼顏色的內褲，或者公然掀開女生的裙子讓對方驚叫的小男生，是大異其趣的；他們的做為只是無心、粗糙的惡作劇，談不上任何美感。有一次放學回家，一大群同學圍在路旁，爭相傳閱路攤上買來的花花公子雜誌，大家評胸論臀，毛手毛腳，指指點點。他遠遠看了覺得實在無趣。這事應該夜半閉門獨自為之，才能享受祕密的喜悅。第二天到學校，他對他們說偷窺是用心看，不是用眼睛看。他們聽了大感驚訝，覺得他標新立異。

不錯，他也曾到小鎮的小戲院看歌舞團，但他絕不會跟他們一樣一夥人擠在第一排，隨著歌舞女郎身體的搖擺急速地移動視線。他會孤獨地，隱密地坐在後面，在朦朧的燈光護衛下窺視台上的表演以及台下的反應。他曾在不同的時間，在那兒搜尋到他的父親，他的國小老師，以及國中公民老師。有一次他還看到即將退休的校長跟著一位濃裝豔抹的女郎坐在前面的角落觀賞。

偷窺不是性，偷窺不是色慾，雖然性或色慾的材料也可以是偷窺的材料。以烹調做比喻，性或色慾重視的是肉，而偷窺重視的是肉上面的色、香、味。對於我們的偷窺大師，偷窺是一種心境，是愛情，是對於關注的對象出神的鑑賞。當偷窺的喜悅湧現時，一個人是自由且富有的。好幾次，當他透過望遠鏡在閣樓上窺視對面樓中的婦女更衣時，他心中閃現的是一幅幅威尼斯派畫家或印象主義畫家的裸女圖。那是包含善與美的感官經驗，把粗糙的現實，在剎那間提升成永恆。

對於我們的偷窺大師，偷窺是一種含蓄而微妙的藝術。他曾經在一本春謎大觀裡（啊，春謎本身就是一種含蓄而微妙的偷窺藝術）看過有人為「窺」這個字做謎。謎面是「新娘脫褲」；謎底附註：「穴，夫見也。」他覺得「窺」這個字更好的解釋應該是：「一個丈夫透過洞穴看東西」，或者：「穴，被夫子看到了」——這個夫子當然是滿口道德仁義的夫子，但是在偷窺時，他可以完全沒有這些負擔。另外一個燈謎說「翁媳同浴」，射四書一句，答案是「欲潔其身而亂大倫」。他覺得這個題目太棒了，一語點出人性的束縛，以及化束縛為快樂的春謎的力量。只有在偷窺的世界，人才能痛快而不亂倫常地滿足並且潔淨自身的欲望。

對於我們的偷窺大師，迂迴永遠勝過直接，隱密永遠勝過公開，暗示永遠勝過明示，局部永遠勝過全景。所以，坐在大學的課堂裡，當同學們索然於老師無味的講述，他可以津津有味地從女講師襯衣上的一根毛髮推出一大片想像的世界；坐在每日單調重複的辦公桌前，他可以從女同事身上一粒鮮明的鈕釦或拉鍊，引爆出充滿活力的暇思。他不需要在眼前築一道牆，挖一個洞，也不需要在胸前配一副望遠鏡；因為他長年積累的美感經驗，他可以毫無困難地只注意到一個點，一個局部，然後讓他的想像享受以偏概全，以管窺天的樂趣。這種樂趣跟他在讀到一首言有盡而意無窮的好詩，或者解出一道巧妙的數學題目時，所獲的喜悅是一樣的。

我們的偷窺大師不是詩人、畫家或數學家，但是他相信所有的詩人、畫家或數學家都是偷窺者，而所有的偷窺者都是天生的詩人、畫家或數學家。

（一九九三）

俳句的趣味

俳句是日本詩歌的一種形式，由五、七、五共十七個音節組成。這種始於十六世紀的詩體，雖幾經演變，至今仍廣為日人喜愛。它們或纖巧輕妙，富詼諧之趣味；或恬適自然，富閑寂之趣味；或繁複鮮麗，富彩繪之趣味。俳句具有含蓄之美，旨在暗示，不在言傳，簡短精鍊的詩句往往能賦予讀者豐富的聯想空間。曾有評論家把俳句比做一口鐘，沉寂無聲。讀者得學做虔誠的撞鐘人，才聽得見空靈幽玄的鐘聲。

俳句的題材最初多半局限於客觀寫景，使讀者與某個季節產生聯想，喚起明確的情感反應。十七世紀著名的日本詩人松尾芭蕉將俳句提升成精鍊而傳神的藝術形式，把俳句帶入新的境界。他從水聲，領悟到微妙的詩境：

古池
青蛙躍進
水之音

在第一行，芭蕉給我們一個靜止、永恆的意象——古池；在第二行，他給我們一個瞬間、跳動的意象——青蛙，而銜接這動與靜，短暫和永恆的橋樑便是濺起的水聲了。這動靜之間，芭蕉捕捉到了大自然的禪味。

底下再舉幾個著名的例子：

烏鴉棲在枯樹上，秋色已暮（松尾芭蕉）

海暗了，鷗鳥的叫聲微白（松尾芭蕉）

我看見落花又回到枝上——啊，蝴蝶（荒木田守武）

如果下雨，帶著傘出來吧，午夜的月亮（山崎宗鑑）

露珠的世界：然而在露珠裡——爭吵（小林一茶）

對於跳蚤，夜一定也非常漫長，非常孤寂（小林一茶）

春雨：屋頂上，浸泡雨中的是孩子的破布球（與謝蕪村）

刺骨之寒：亡妻的梳子，在我們臥房，我的腳跟底下（與謝蕪村）

他洗馬，用秋日海上的落日（正岡子規）

這些俳句具有兩個基本要素：外在景色和剎那的頓悟。落花和蝴蝶，月光和下雨，露珠和爭吵，孤寂和跳蚤，海的顏色和鳥的叫聲，這類靜與動的交感，使這極短的詩句具有流動的美感，產生令人驚喜的效果，俳句的火花往往就在這一動一靜之間迸發出來。

二十世紀的西方詩壇自俳句汲取了相當多的養分：準確明銳的意象、跳接的心理邏輯、以有限喻無限的暗示手法等等：一九一〇年代的意象主義運動即是一個顯明的例子。從法語、英語到西班牙語，我們可以找到不少受到俳句洗禮的詩人——美國的史蒂文斯（如〈十三種看山鳥的方法〉）、龐德（如〈地下鐵車站〉——人群中這些臉一現：黑濕枝頭的花瓣），墨西哥的塔布拉答（如〈西瓜〉——夏日，豔紅冰涼的笑聲：一片西瓜）等皆是。

周作人在一九二〇年代曾為文介紹俳句，他認為這種抒寫剎那印象的小詩頗適合現代人所需。我們不必拘泥於五—七—五總數十七字的限制，也不必局限於閑寂或古典的情調，我們可以借用俳句簡短的詩形，寫所見所聞、所思所感。事實上，現代生活的許多經驗皆可入詩，而一首好的短詩也可以是一個自身俱足的小宇宙，由小宇宙窺見大世界，正是俳句的趣味所在。

（一九九三）

一茶之味

因為閱讀、寫作俳句，逐漸熟悉並且喜歡上日本江戶時代的俳句詩人小林一茶（1763-1827）。在我們家兩個大人和一個小孩中，最早對小林一茶四個字存留深刻印象的，是七歲的女兒立立。有一天，她看我在稿子裡寫到這四個字，興奮地對我說：「啊，小林一茶我認識！」我問她怎麼認識這個名字，她馬上跑去拿來一本日本演員黑柳徹子原著的中譯注音版《窗邊的小荳荳》，翻到其中一章，標題赫然是「小林一茶」。她告訴我書裡頭「巴氏學園」的小學生們常常戲稱他們禿頭的校長為「小林一茶，禿頭一茶」，因為他名叫小林宗作，並且很喜歡教學生們一茶的俳句。立立還當場背了一首一茶的俳句：「雪溶了，滿山滿谷，都是小孩子。」

我覺得實在有趣。我準備動手介紹我的俳句新歡給我的讀者，沒想到我的女兒已先我而知他。小林一茶的名字——一如小林一茶所寫的俳句——簡單而有味，我居然不曾讓它在我腦中早早生根。我大學畢業前後，即已從英譯的日本詩歌選裡讀過一些一茶的俳句，不過當時映入我眼簾的是讀之無甚感覺的英文譯音——Kobayashi Issa——所以要等到多年後，和他的漢字之名湊在一起後，才驀然驚豔。

小林一茶，本名信之，通稱彌太郎，生於信州柏原貧苦農家，自幼坎坷多難。排行老大的他三歲喪母，受繼母虐待，十四歲時愛他的祖母去世，父親遣其往江戶（今之東京），免得與繼母衝突，他隻身在外，備嘗辛苦。二十五歲，拜二六庵竹阿為師，學習俳句。三十歲，取筆名一茶，過著四處流浪的窮困生活。三十九歲時父親病故，與異母弟為遺產相爭多年，至半百之年始和解。五十一歲，一茶回鄉定居，翌年結婚，生三男一女，皆夭折，妻亦難產而死（在他僅存的孩子死後，一茶寫出這首言有盡而悲無窮的俳句：「露珠的世界是露珠的世界，然而，然而……」）。罹患中風的一茶二度結婚，不幸失敗，又三度結婚。六十四歲時，家遭大火，只得身居貯藏室，同年冬天死去——唯一繼承其香火的女兒，尚在其妻肚內。

一茶一生留下總數兩萬以上的俳句。他的詩，是他個人生活的反映，擺脫傳統以悠閑寂靜為主的俳風，赤裸裸表現對生活的感受。他的語言簡樸無飾，淺顯易懂，經常運用擬人法、擬聲語，並且靈活驅使俗語、方言；題材雖然平凡，但透過他批判的眼光以及同情的語調，呈現一種動人的抒情性。

一茶曾說他的俳風不可學，相對地，他的俳風也非學自他人。他個人的經歷形成了他獨特的俳句風格。那是一種樸素中帶傷感，詼諧中帶苦味的生之感受。他悲苦的生涯，使他對眾生懷抱深沉的同情：悲憫弱者，喜愛小孩和小動物。他的俳句時時流露出純真的童心和童謠風的詩句，也流露出他對強者的反抗和憎惡，對世態的的諷刺和暴露，以及自嘲自笑的生命態度——不是樂天，不是厭世，而是一種甘苦並蓄又超然曠達的自在。他的詩捕捉了一般百姓精神上的寂寥，並且因為語言的平易，讀來倍感親切。這種刻繪生命，強烈自我的詩風，不同於以風雅為生命的松尾芭蕉（1644-1694），也不同於憧憬古典世界的與謝蕪村（1716-1784）。

在芭蕉的詩裡，譬如說，青蛙只是置於客觀自然中的一個物體，引發人悟及大自然幽遠的禪機（「古池，青蛙躍進，水之音」），但在一茶的詩中，青蛙不再臣屬於人（雖然詩的視點仍是以人類為中心），而是被擬人化，被提升到與人類同等的位置：

向我挑戰
比賽瞪眼——
一隻巨大的青蛙

完滿的移情作用，使人與動物成為「生物聯合國」裡平起平坐的會員。這種移情作用體現了一茶對弱小動物的悲憫，間接地諷刺了人類的不仁：「對於跳蚤，夜一定也非常漫長，非常孤寂」——那些無心之人，怎會有此感受？「來和我玩吧，無爹無娘的小麻雀」——這是一茶六歲時的作品，在平凡的語言中，表現了孤兒對孤兒的同情，據說當時一茶穿著舊衣，孤坐一旁，遠遠看著其他穿著年節新衣嬉戲的孩童。

一茶許多以動物為題材的俳句，都頗能顯示出他特有的幽默與同情：

張開嘴說出「好漫長的一天」——一隻烏鴉。
他們也許在閒聊迷霧的日子——田野上的馬群。
暗中來，暗中去——貓的情事。
悠然見南山者，是蛙喲。
貓頭鷹！抹去你臉上的愁容——春雨。
無需喊叫，雁啊不管你飛到哪裡，都是同樣的浮世。
隨露水滴落，輕輕柔柔，鴿子在念經哉。
早晨的紅天空：使你心喜嗎，啊蝸牛？
個個長壽——這個窮村莊內的蒼蠅，跳蚤，蚊子。
成群的蚊子——但少了他們，卻有些寂寞。
瘦青蛙，別輸掉，一茶在這裡！

最後一首是一茶看到一隻瘦小的青蛙和一隻肥胖的青蛙比鬥時（日本舊有鬥蛙之習）寫的。我在寫這篇文章的時候，曾把一些有關一茶的日文資料拿去請我父親翻譯，他看到一茶的名字後即刻背出的就是這首俳句，他並將原文寫出，說是日據時代讀公學校時教的（詩底下英文注音是我加的）：

瘦蛙　Yasegaeru
まけるな一茶　makeruna Issa
是に有　kokoni ari

這首詩顯然是支援弱者之作，移情入景，物我一體，頗有同仇敵愾之味。但對我而言，一茶的俳句更具魅力的是那些以超脫的逸氣和詼諧，化解貧窮、孤寂的陰影，泯滅強與弱，親與疏，神聖與卑微的界限者：

茅草門上，代替鎖的是——一隻蝸牛。
從大佛的鼻孔，一隻燕子飛出來哉。
有人的地方，就有蒼蠅，還有佛。

在盛開的櫻花樹下，沒有人是異鄉客。

讀一茶的俳句，不費力氣，卻令人心有戚戚焉。
一茶的味道是生活的味道：愁苦、平淡的人生中，一碗有情的茶。

（一九九三）

《最新犬儒英漢雙解字典》舉要

God

1【不可數名詞】上帝；神（god）們的大哥大。

2【可數名詞】一隻勃起的公狗在鏡中見到的幻象；引伸為白日夢或虛張聲勢之物。例如：They think their President is a god, but in fact, he is nothing but a God.（他們以為他們的總統是神，但事實上他只不過是虛張聲勢之物。）

hot dog

1 熱狗，一種跟現代詩一樣無甚營養的垃圾食品。

2 炙手可熱的狗或人物。例如：Nowadays, anyone who declares he dares to cut-belly will soon become a hot dog.（這年頭，任何宣稱自己敢切腹者，都會很快變得炙手可熱。）

SOB

1 大聲哭泣。cf. sob（小寫），小聲啜泣。

2 son of a bitch 的縮寫：母狗的兒子，狗娘養的；意謂出身純正高貴。例如：You, SOB, be a dog. Don't SOB!（你這狗娘養的，拿出男子氣概，不要大聲哭泣！）

dogma

1 教條，定理。

2（亦做 dog-ma）狗娘，母狗。例如：The Three Dog's Principles are so far the best dogmas to tame a dog-ma.（三犬主義是迄今馴服母狗最佳的教條。）

a gay dog

1【中古英語】喜歡和女人廝混、尋樂的男子。

2【現代英語】（亦做 a gay-dog）同性戀的公狗；畏懼女人，或被女人所畏懼的男子。例如：One that is a gay-dog cannot be gay with a bitch.（同性戀的公狗無法跟母狗一起樂起來。）

Dog don't eat dog.

1【諺語】狗不吃狗：盜亦有道之意。

2【俚語】（亦做 Dog don't eat dog without wearing condoms.）狗與狗不口交（除非戴保險套）。意謂即使狗類亦知保持口腔衛生——引伸有「狗類尚且貪生，況乎人也」之意。

Isle of Dogs：狗島，地名。

1 位於英國泰晤士河左岸之一半島，在倫敦東區萊姆屋與布萊克沃爾兩區域間。據說因英王愛德華三世在此飼養獵狗而得名。

2 位於太平洋西側之一島國，其居民嗜食狗肉、狗鞭，深信能強身補血。其國歌第一句曰：Dog don't eat dog, but we do.（狗不吃狗，但吾黨吃。）此島另有一較不為人知之名：Formosa（佛謀殺）。

Dog Star

1 天狼星，即 Sirius，為大犬座（the Big Dog）主星。

2 奧斯卡金像獎於一九九八年起增設之獎項，全名為「年度狗星獎」（Dog Star of the Year），首屆得獎者為一名男演員，他在《狗父，第四集》（*The Dogfather, Part IV*）中飾演一隻狗老大，率領手下一〇一忠狗，勇敢以利齒咬破監獄圍牆，救出囚禁其中的五名黑社會領袖。該男演員曾於一九九三年在狗島國因醉酒遭警方盤查，瘋狗般以牙齒咬傷兩名警員，偵訊時誑稱自己罹患愛滋病，令在場警員大表震驚，紛紛走避。

（一九九四）

INK PUBLISHING

讀者服務卡

您買的書是：______________________________

生日：　　年　　月　　日

學歷：□國中　□高中　□大專　□研究所（含以上）

職業：□學生　□軍警公教　□服務業

□工　□商　□大眾傳播

□SOHO族　□學生　□其他 ______________

購書方式：□門市 _____ 書店 □網路書店 □親友贈送 □其他 _____

購書原因：□題材吸引　□價格實在　□力挺作者　□設計新穎

□就愛印刻　□其他 ________________（可複選）

購買日期：_______年_______月_______日

你從哪裡得知本書：□書店　□報紙　□雜誌　□網路　□親友介紹

□DM傳單　□廣播　□電視　□其他

你對本書的評價：（請填代號　1.非常滿意　2.滿意　3.普通　4.不滿意）

書名_____ 內容_____ 封面設計_____ 版面設計_____

讀完本書後您覺得：

1.□非常喜歡　2.□喜歡　3.□普通　4.□不喜歡　5.□非常不喜歡

您對於本書建議：

感謝您的惠顧，為了提供更好的服務，請填妥各欄資料，將讀者服務卡直接寄回或傳真本社，我們將隨時提供最新的出版、活動等相關訊息。

讀者服務專線：（02）2228-1626　讀者傳真專線：（02）2228-1598

廣	告	回	信
板橋郵局登記證			
板橋廣字第83號			
免	貼	郵	票

舒讀網「碼」上看

235-53
新北市中和區建一路249號8樓

印刻文學生活雜誌出版有限公司　收

讀者服務部

姓名：＿＿＿＿＿＿＿＿＿＿ 性別：□男 □女

郵遞區號：＿＿＿＿＿＿＿＿

地址：＿＿＿＿＿＿＿＿＿＿＿＿＿＿＿＿

電話：（日）＿＿＿＿＿＿＿＿（夜）＿＿＿＿＿＿＿＿

傳真：＿＿＿＿＿＿＿＿

e-mail：＿＿＿＿＿＿＿＿＿＿＿＿＿＿＿＿

INK

輯三

詠嘆調
——給不存在的戀人

1994

So long as men can breathe, or eyes can see,
So long lives this, and this gives life to thee.

——William Shakespeare

I：夏夜微笑

1

在音樂廳聽克里夫蘭弦樂四重奏，舒伯特，莫札特，德弗乍克，近乎完美的聆賞經驗。而我不曾想過要把這美好的一夜濃縮成一張ＣＤ。我只想把它停格成一張照片，一張你的照片，因為你和音樂一樣美好。

2

閱讀約翰．巴斯，一個勇健而充滿實驗精神的創新者。他說一般人以為實驗只是冷冷的耍弄技巧，但他覺得藝術創作的技巧其價值一如性愛的技巧：有心而無技跟有技而無心一樣是不足的；我們要的是深情的妙技。

3

困難的小說，讀起來卻不覺有礙。因為你正在閱讀約翰．巴斯。

武滿徹，沉靜中飄動香氣的音樂，單純而詩意的流動：

「仰視藍天，雲朵如棉絮飛過，負載哀愁。憶及童年的我，因頑皮而受責，我哭了……」

「地球是圓的，蘋果是紅的，沙漠是大的，金字塔是三角形。天是藍的，海是深的，地球是圓的，它是一顆小星星！地球是圓的，蘋果是紅的，俄羅斯是巨大的，俄羅斯的三弦琴是三角形……」

「別了，結霜的窗玻璃上孤寂的臉孔……莎喲哪拉，在你身體某個深處，愛情顫抖如枯樹。莎喲哪拉，隱藏髮中的手指羞紅動人如石頭。莎喲哪拉，我在你裡面，你在我裡面。莎喲哪拉，在你裡面我繼續我無止盡的尋覓，尋覓一個房間……」

圓形與三角形的歌，紛紛開且落的櫻花。

4

你穿過我正在閱讀的小說走進我。它們變成一堆不相關的紙。連結它們的如今是夢一般的情節，虛構的你身體的輪廓，虛構的你呼吸的聲音。我小心翼翼地翻移新寫好的書頁，看到你繼續行走在密集的字裡行間，用一根頭髮串起整頁的字母，用一聲嘆息換取所有的驚嘆號。我知道我正在閱讀創作中的你，正在思索你書寫的顏色、氣味，像一條河從一頁流到另一頁，像一樹花在夜裡次第開放。我知道我正在閱讀我們自己的小說，虛構的你身體的輪廓，虛構的你呼吸的聲音。我知道你在那裡：一本你和我共同創作的時間之書。

5

你，遙遠而親近的你啊，你究竟存在於夜的那一個角落？
何種色澤的香料或巧克力醞造你欲望的額頭？
你是書寫者或被書寫者？
你是閱讀者或被閱讀者？
你是食慾或是食物？
你是歌者或是歌？

6

三個樂念貫穿這首以渴望和猜疑為主題的詠嘆調：玻璃杯，火車，車牌號碼。
你捽破玻璃杯，耐心地把飛散四處的碎片從房間的每一個角落撿回來，鉅細靡遺，如同收拾一顆破碎的心。你穿過擁擠的車廂，尋找所愛的人的身影，穿過城市的大街小巷，尋找潛在的情敵的車牌，如果不幸地，像彩券中獎般你遇著了，握在手上的仍將是一個不忍捨棄的玻璃杯。

一個碎玻璃杯，照見愛，也照見嫉妒，迴旋閃爍如魔術燈籠。

7

吹掉地圖集上的灰塵，跨過夢的邊界，讓我們走入夏夜的微笑：「遠去吧，悲傷與煩惱，憂慮與不安，這裡是只有欲望之所，隱藏著戲耍與愛。在這裡只要享受人生，遊樂是我們唯一的工作。只有頭腦的愛，全是形式。若不墮入情網，哪裡還有人生？」

「夏夜的微笑有三次，」柏格曼在電影裡如是說。在微笑與微笑間，行將老去的年輕戀人，歌唱行樂吧。

8

青春與愛的音樂，致命的浪漫主義——蕭邦第一號鋼琴協奏曲。

從十幾歲到現在，不知道聽過多少回相同與不同的演奏家年輕時錄下的此曲的唱片或錄影帶：阿赫麗希，波里尼，崔瑪曼，布寧……但這一次，猝不及防地，在午後的小耳朵上，聽到熟悉親密的旋律晶亮地流瀉出，驚顫之外，只能竊喜。一個我全然陌生的年輕的女鋼琴家。她的琴音，清麗中包含無限的幽怨。素樸而不造作的表情，更襯托出音樂的純粹力量。

安娜．瑪麗可娃，一九九三年慕尼黑音樂賽鋼琴首獎，來自俄國，猝不及防地把我帶回對你的思念。

9

為了剪輯幾首教過的歌給學生們看，重新拿出 Peter, Paul & Mary 成立二十五週年的演唱會錄影帶。他們從招牌歌 "Puff, the Magic Dragon" 唱起，歌本身的意涵加上歲月添加進去的意義，使得動人心弦的詞曲變得更加動人心弦。當年的少者、壯者，現在變成壯者、老者，坐在觀眾席上一起聆賞歌唱。Peter 跟大家說，說話的語字有時會說謊，但歌唱的語字不會。他希望總統候選人以唱歌代替競選演說。

那是八年前的錄影；歌裡頭那條象徵童真的神奇龍一直活在我的心中。

你第一次聽他們的歌時，也是十五歲嗎？二十五年後，今天在課堂上聽我放這些歌的國中生將是我現在的年紀。

回到純真。

10

幾年前給你聽呂炳川、許常惠採集的台灣原住民音樂，你似乎不覺特別感動。但現在一個叫 Enigma 的外國樂團，把其中一首阿美族歡聚歌搖滾成他們的新歌，並且拍成ＭＴＶ闖進歐洲流行歌曲排行榜後，你突然覺得那音樂動聽極了。

阿美族音樂樣式之繁富，旋律之多變化，實為島上各種族之冠。他們有許多漢族所沒有的卓越唱法，其中最迷人的是自由對位的複音唱——這首以虛詞母音唱出，二聲部自由對位的歡聚歌即是一例。這首歌本來收在許常惠錄製的膠質唱片《阿美族民歌》裡，絕版多時後，赫然出現在法國世界文化之家出版的ＣＤ《台灣原住民的複音歌曲》裡，又忽然東冠西戴，舊曲新唱，回流台灣。

Return to Innocence。

有些東西似乎要經過一番翻轉，才會體會到它們的好處。音樂譬如是，愛情譬如是。

11

渴望的祕密在於不確定地擁有——或接近——喜悅的事物。祕密的渴望，朦朧的欲望。在似有非有之間，在似懂非懂之間，逐漸接近、獲得神祕的喜悅。並且是孤獨地。而非光天化日之下與眾人共食分享習慣的事物。

在小耳朵播出他之前，我根本不知道有帕拉傑諾夫這個人。這位用影像寫詩的俄國導演。我連續三個子夜，我在螢光幕前讀他的影像，不管聽不懂的俄國話或者猜不透的日文字幕。我喜歡他，喜歡他打破陳規，前衛而古老的呈現方式。《石榴的顏色》說的是亞美尼亞詩人莎雅汀的故事。《阿錫柯萊》說的是另一位行吟詩人的故事。但這些電影裡並沒有很多劇情，我們看到的是充滿民俗與魔幻色彩的詩的影像。帕拉傑諾夫自己就是一個詩人，一顆石榴，飽滿而豔麗地噴出多彩的流汁。

12

此時最合適的也許是魏本的音樂，精簡、凝聚，點描的音畫，或者音話。如他的老師荀白克所說：「把整部小說，化做一個姿勢，把喜悅，化做一聲嘆息。」

我們的故事需要一整部小說來說它。但此刻，我只想把它化做一聲嘆息。你要選擇什麼作品？我選擇作品九，《弦樂四重奏六短曲》：第一曲四十一秒（根據茱利亞弦樂四重奏的錄音），第二曲二十七秒，第三曲二十三秒，第四曲四十九秒，第五曲一分十五秒，第六曲三十五秒。你要問這本小說的主題嗎？那你就聽無編號的《為弦樂四重奏的徐緩樂章》，魏本一九〇五年後期浪漫主義如夢似幻的少作。

13

說說荀白克吧。

如果只能選一個作品的話，我自然選作品十，有女高音獨唱的《第二號弦樂四重奏》。

這是一首劃時代的作品。不只因為它第一次在弦樂四重奏上加上人聲，更因為它打破了兩百年來的調性傳統，在終樂章出現無調的音樂語言。荀白克把這首曲子獻給移情別戀，又重回懷抱的妻子瑪席爾德。

我要你聽的是根據葛俄格的詩〈連禱〉與〈忘我〉譜成的三、四樂章。特別是第三樂章。我曾經在絕望的早晨一遍遍聽它，發現它甘美如泉水。這首歌祈求解脫激情，殺死渴望：「深深的憂傷包圍著我，主啊，我再度進入你的屋宇……借我你的冰涼，弄熄火燄，滅絕一切希望，賜我你的光……殺死我的渴望，關閉我的傷口，帶走我的愛情，賜我你的和平！」終樂章〈忘我〉第一句詩說：「我呼吸到另一個星球的空氣。」說的是無調音樂的新世界嗎，或者是激情死滅後新生的清明的狂喜？

荀白克想要成為創新者，而不是追隨者。

14

對於「新維也納三傑」剩下的一位，你的選擇又是什麼？

貝爾格的歌劇《伍采克》自然很偉大，融表現主義的狂亂、荒謬與不因無調音樂走失的感性、悲憫於一爐。悼念馬勒遺孀可愛的女兒曼儂的那首《小提琴協奏曲》，聽後也是讓人驚動不已。但為了你的緣故，我要一遍遍播放《抒情組曲》。貝爾格在這首弦樂四重奏中使用十二音技法，早為世人所察知。但一直要到一九七七年，此曲寫成半世紀後，人們才從重見天日的手稿及貝爾格親筆加註的一份樂譜上，發現它原來是獻給一位已婚女子韓娜·傅克絲的愛的宣言。

這份宣言是由巧妙的音樂密碼構成的。貝爾格祕密地把兩人姓名的開頭字母H. F.和A. B.嵌入音樂中，並以韓娜的數10，貝爾格的數23為基底，建構樂曲。六個樂章的小節數都是10或23的倍數，第五樂章為兩者的倍數，到處所見的速度指數亦同。貝爾格的學生兼友人阿多諾稱此曲為「潛在的歌劇」，因為它實在是高度戲劇性、極度內省、情感濃烈的作品。最後一個樂章據波特萊爾《惡之華》中〈來自深淵的呼喊〉一詩譜成，貝爾格抄在譜上的是葛俄格的德譯：我向你求憐，我唯一所愛的，從我心陷入的陰暗深淵……

貝爾格把這份加註的樂譜交給他生命中最後十年的祕密戀人韓娜，在樂譜上他寫著：「願它是偉大愛情的小小紀念碑。」

我反覆播放《抒情組曲》，願它是偉大愛情的小小紀念碑。

15

夜是我們的紀念碑：
我給你水，因為夜像一個瓶子。

我給你陰影，因為無限光滑的夜的肌膚。
有人（神嗎？）拔開瓶塞，一次喜悅的驚嘆。
有人以夢探路，顫抖，在陡峭而冷的瓶的表面。
有人攀緣瓶口，呼喊，虛空。
有人循聲張望，失足，到夜的瓶底。
我給你繩子，因為存在不附送階梯。
我給你回聲，因為孤寂沒有瓶頸。

16

但夜也可以像鍋子，一個遼闊無邊的平底鍋，不然我何以輾轉煎熬，反側難眠，直到成為一尾全焦的魚？

17

瓶中稿：「
我對你的愛一定是被上天所眷顧的，因為它們常常發出聖潔的、狂喜的聲音與光輝。
在夜半醒來，一種聲音在呼喚我，寧靜而親密，不似這無眠的日夜裡嘈雜、繃裂的腦的騷動。我穿過二分之一沉睡的城市，到達你的所在。偉大的夜。我到這兒是為了察覺那無所不在的愛的呼吸的。你站在那兒，一身畫片裡明豔欲滴的赭紅。在一夜的工作後，也許你累了，但那赭紅的存在依舊是這夜的中心。讓全世界疲倦的人先歇息吧，歇息，然後用更新的、更鮮活的虔敬讚美你，接近你。

我對你的愛一定是被上天所眷顧的，因為它們不只是勇敢的，它們還是人性的（雖然它的巨大許多人必須退得遠遠才察覺到），神聖的，曠久持遠的。隨著每一個日子，不斷湧現新的力量。

親愛的，如果曠久持遠四個字令人想哭的話，你就哭吧。因為我們的愛一定是被上天所眷顧的，巨蓮般穿過汙泥，升出水面。」

18

佛萊明哥，愛與悲苦的歌舞。西班牙詩人羅爾卡說它是從第一聲哭泣和第一個吻中產生的。羅爾卡的詩，幾十年來不斷被安達魯西亞的歌者傳唱著，從佛萊明哥來，又回到佛萊明哥去。

佛萊明哥大致分為兩類：描寫死亡、痛苦、絕望或宗教信仰題材的「深沉之歌」，以及描寫愛情、鄉村生活或歡樂的「輕鬆之歌」。「深沉之歌」的歌詞簡單，旋律自由變化——

或藉固定形式，或藉富變化的複奏，伴隨眾多的裝飾音與多變的節奏——凡此種種皆需技藝圓熟的歌者方能勝任。因此在充滿戲劇性與表現力的「深沉之歌」裡，歌聲的重要性勝過吉他的伴奏。這點與基本上較簡單的「輕鬆之歌」不同。

聽歌手查諾．羅巴多演唱「塞桂里亞舞曲」（他從小就喜歡唱跟跳羅爾卡的作品），簡單的歌詞，古老的節奏，反覆吟詠，一唱三嘆：

你毫無悔恨地離開我的身邊，
你如今為什麼又來到，為什麼又來到，
跪著請求原諒？

唱片裡舞者頓足、擊掌、搖動響板，熱烈悲情的氣氛，歷歷在目。深沉之歌，發自生命深淵，內心深處的愛，死亡與痛苦之歌。

19

然而我為什麼回想起許久前你寄給我的問候，一張印有巴哈《平均律鋼琴曲》主題的B4的影印紙？

「巴哈的平均律：平而且均」
那是你寫在上面的所有的字嗎？
平
而
且
均
。

20

然後他們問我對「家」的看法。
我說「家」就是一頭豬在一個屋頂下。我覺得從小自己就是那頭豬，而我的父母就是那個屋頂。然而當我長大以後，當我行將，或者已經，為人夫，為人父時，我仍然覺得自己是一頭豬。而不是屋頂。
你也是一頭豬嗎？
那我們是兩頭沒有屋頂的豬了？

21

「以Ｘ為屋頂」的幾種解法。

Ｘ＝別人的屋頂；＝愛；＝包容諒解；＝一時之歡；＝旅社或飯店；＝天空；＝無法無天；＝苦盡甘來；＝陰影；＝不安；＝永恆的等候；＝死亡；＝痛苦；＝渴望；＝心甘情願；＝激情；＝藝術的感動；＝天長地久；＝時間；＝金融卡及信用卡；＝謊言；＝現在；＝未知；＝家；＝我們。

22

海枯石爛的幾種變奏。

英國詩人彭斯在〈紅紅的玫瑰〉中唱說：「我將永遠愛著你，親愛的，直到所有海水枯竭……直到岩石被太陽熔解……」這是異曲同工的盟誓。差別是，詩人所在的蘇格蘭，太陽也許大一些。

樂府〈上邪〉中的女子說：「上邪（＝天啊），我欲與君相知，長命無絕衰，冬雷震震，夏雨雪，山無陵，江水為竭，天地合，乃敢與君絕。」海枯變成江枯，但爛的不只是石頭，而是整座山。

有一首客家山歌說：「坐下來啊聊下來，聊到兩人心花開，聊到雞毛沉落水，聊到石頭浮起來。」石頭會浮起來，一定是裡面都爛空了。這是抗拒「地心引力」的神聖之愛。比利時畫家馬格利特的畫裡，石頭也浮起來，但不是浮在水面，而是浮在天空——一個以城堡為額的漂浮的巨石。

下一次，在你的窗口，看到一顆石頭浮在天空，不要害怕。它們因我不斷上揚的思念而升起。

23

音樂三要素：節奏，旋律，和聲。

貝多芬第七交響曲第二樂章開頭的主題，旋律讓人印象深刻，但你沒想到它一點都不「旋律」：開頭的音在同一個音高上重複十二遍，爬兩階後又原地踏步。變化的只是音長，四分音符與八分音符兩種音符。這只有節奏而沒有旋律的旋律，照樣可以撩起人波盪不已的情緒。

布農族的音樂在台灣原住民族中是極特殊的。因為他們內省的、閉鎖的、著重集體行動的民族性，他們的歌幾乎都是集體的合唱，少有獨唱的方式，內容以農耕、狩獵為主，少有愛情的題材。在構成音樂的三要素中，布農族只重和聲，不重旋律、節奏。聽他們的歌謠並不是聽取旋律，因為每一首歌唱起來幾乎都一樣，也沒有什麼躍動的節奏。他們的音樂之美在於和聲，單純連續的協和音程，聽起來卻宛如天籟：圓滿，和諧，虔敬而和平。

如果愛情像音樂，我願意我們的愛只有簡樸的和聲，不必有起伏的旋律或變化的節奏。一種心境：平行四度或平行五度的親近，寧靜、淡遠的協和。

24

李歐納．柯恩，加拿大歌手，詩人，小說作者。他的歌聲低迷，慵懶，無可救藥的頹廢。但它們曾經像膏油般給陷在痛苦中的我慰藉。能治療頹廢的頹廢的歌聲。特別是那一首〈慈悲的姊妹〉：「噢，慈悲的姊妹，她們不會分手或離去。當我以為我再也撐不下去時，她們帶給我她們的慰藉。而後，她們帶給我她們的歌。噢，我希望你遇見她們，長久飄泊的你啊……」吉他的伴奏簡單而動人，逐漸加進來的鐵琴聲、刮響器以及手風琴，讓整首歌迴旋如旋轉木馬，緩緩旋動發條的音樂盒子。我甚至聽到整個馬戲團在上面旋轉：小丑，大象，破涕為笑的女走索者……

「她們躺在我的身邊，我向她們告解。她們輕觸我的雙眼，我碰到了落在她們布邊上的珠淚。如果你的生命是一片被歲月扯下、磨難的葉子，她們將用慈悲翠綠如葉梗的愛繫住你。」「當我離去時她們仍在睡眠，我希望你很快地遇見她們。不要把燈打開，你可以借著月光讀出她們的地址。我不會嫉妒，如果我聽說她們甜蜜了你的夜。我們並不是那樣的戀人，況且這本來就無所謂。」
　詩與音樂，慈悲的姊妹。

25

詩，音樂，愛情，三位一體的信仰。
欺瞞，虛假，背叛，三位一體的夢魘。
集我的信仰與夢魘於一身的你啊，你如何以方寸之巾，潔淨你龐大而無法分割的一體之兩面？你如何在擦拭你的頸項時，不致讓落下的謊言汙染了夜的眼睛？你如何，在一次次卸下又裝上你多零件的器官、德行後，面不改色地維持它們的優雅、機巧？
施予者。掠奪者。
起始者。終結者。
慈悲的姊妹。
邪惡的女神。

26

很多年前你的筆記：「我只有一個請求，我只希望當故事結束的時候，X能告訴K，否則留K一個人沉迷在故事裡，那是不公平的……」誰是X？誰是K？現在反而是X留在故事的迷宮，留在一大堆不足為外人道的符號、密碼、儀式裡。

什麼是777？什麼是2323？什麼是051ˋ 393ˋ？什麼是365ˋ 060ˇ？

誰知道這些是歡愉與哀愁的化身？誰知道這些是時間與空間的交合？

你寄給我的《貝多芬〈快樂頌〉主題狂想曲》（四手聯彈，for two sheep）是什麼意思：

33 45 54 （pp） 32 11 23 （ff） 32 20

33 45 54 （pp） 32 11 23 （pf） 21 10

誰知道那是最大膽，最有創意的情詩？

我留在故事的迷宮，什麼東西留在你記憶的迷宮？車輪？喇叭聲？腳踏車？電梯？茉莉蜜茶？即使現在——雖然不知道你身在何方——我仍然不敢輕易觸按喇叭，深恐激響深埋在你頭腦裡的千千萬萬個喇叭。

什麼東西留在我們記憶的迷宮？

27

愛帶給我們精力，也浪費我們的精力。

28

所以很多年後，也許會收到你的一封信，發自異國：「讀你的書時，我正陪孩子上第一堂小提琴課。午後的暖陽照在不斷延伸堅實的橘木地板，伴著輕揚溫柔的琴。我讀你沉重的近作，並且為你擔憂。

這些年，我努力縮小自己、平凡自己，在忙碌與不忙碌的日子裡簡單地做個盡責的母親。這些生活裡簡單重覆的步驟幫助我固定思緒。塞尚的海，因為固定，使地活了。

對你，我一直不敢平起平坐。我也許太古式，太陳腐。但我敬你、尊你，並在生命的每一站回首，確定你獨一的位置。

『一隻單純而美的昆蟲別針／在黑暗的夢裡翻飛／在抽走淚水與耳語的記憶裡攀爬／直到，再一次，我們發現愛的光與／孤寂的光等輕，而漫漫長日，只是／漫漫長夜的孿生兄弟……』這些句子一併如貝多芬的〈快樂頌〉，令人哽咽。我深知你已逐步邁向圓熟的藝術之境，並且相信，你能再一次處理生命中迭次而來的瓶頸。

繁複的四季，簡單的家居，是一種福祉。我的生活地盤一向極小，我也只能應付極少的人。惟有對馴服心中的孤寂的猛獸，我須更多的修行。

常常想及你。及其他的人。像死去的人夢見生前遇見的幾朵金水仙，在黑暗的心室閃閃發光。」

29

或者：

「午後。沉厚的雨，沉厚的綠蔭，與大片清涼的空間，一起映在窗前。窗前樹。這些忙碌的樹。才剛發芽，茂密，開花，長果，又為著即將來到的腐朽恭謹垂首。它們熟知儀典的每一個細節，仔細如鋼琴師的手指，遵守每一個樂符的長短、強弱、剛甜。並且沒有困惑地在每一個休止符，停頓。那些樹的附生者，火紅、靛藍、棕色與黑白，飛來飛去，築巢，廢巢，愛，憎，怨，離，直到深冬的雪帳沉睡一切顫動……」

30

而我們都老了：年長的我非常非常非常老，年輕的你非常非常老。留下來的是不老的音樂，詩，畫，還有，也許這些。嫉妒是火爐邊靜止的灰塵。愛跟恨一起在屋角和平地結網，柔弱的蛛絲。而也許我們都還能翻書寫字，非常非常非常老的我拿著年輕時你送的鋼筆，非常非常老的你讀著初認識時我們一起買的《占星術》。而世界在哪裡？而時間在哪裡？

31

天X座與XX座：

「這兩星座具有同情性的吸引力，但是XX較專制，她欣賞天X的美和正義感，天X則在XX身上發現了他所讚賞的美德，XX的性衝動正是天X所冀求的。這種結合值得推薦，因為他們具有許多共同的同情心，天X是柔情善感的愛人，這種接受的特質，很吸引XX那種專制占有的衝動。只要XX的自尊不受到傷害，天X是可以在她身上發現自己所找尋的特質的。」

XX座與天X座：

「天X所需之親愛和歸屬，正是XX也要的，XX將會比較專制，不過這個占有的星座，一定會討好天X，而不會激惱他。天X剛好在XX身上，找到他所要的優點和邪惡，熱情的XX的那種愛，正是天X所想要的特質。在此依然要小心地處理XX的自尊，不過這種努力，是一定有快樂的回報的。」

32

我找到一張你寄給我的東西，我忘了它們是什麼意思：

	1	2	3	4	5	6	7	8	9	0	*p*	*f*	*x*
1	˙ㄉㄜ	˙ㄌㄜ	˙ㄊㄜ	˙ㄍㄜ	˙ㄎㄜ	˙ㄏㄜ	˙ㄇㄜ	˙ㄓㄜ	˙ㄈㄜ	！	˙ㄆㄜ	˙ㄔㄜ	ㄞˋ
2	ㄎㄜˇ	ㄌㄧㄣˇ	ㄅㄧ	ㄕㄥ	ㄇㄛˊ	ㄊㄡ	ㄉㄨㄥˋ	ㄘㄞˊ	ㄕㄨㄤˇ	，	ㄇㄧˋ	ㄌㄜˋ	ㄞˋ
3	ㄑㄧㄠˊ	ㄋㄧˇ	ㄨㄛˇ	ㄇㄥ	ㄗㄨㄥ	ㄊㄡˊ	ㄐㄧㄤ	ㄒㄧㄤˋ	ㄧㄡ	：	ㄩˋ	ㄖㄣˊ	ㄞˋ
4	ㄐㄧㄠˋ	ㄒㄧㄠˋ	ㄇㄧㄠˋ	ㄊㄧㄠˋ	ㄧㄠˋ	ㄆㄧㄠ	ㄉㄧㄠ	ㄒㄧㄠ	ㄐㄧㄠ	。	ㄧㄠ	ㄊㄧㄠ	ㄞˋ
5	ㄇㄧㄥˊ	ㄒㄧㄥˋ	ㄌㄧㄥˋ	ㄐㄧㄥˋ	ㄆㄧㄥˋ	ㄌㄧㄥˋ	ㄓㄡ	ㄕㄡ	ㄇㄡ	？	ㄏㄡ	ㄍㄡ	ㄞˋ
6	ㄔㄨㄤˋ	ㄧˋ	ㄕˋ	ㄗㄨㄟˋ	ㄌㄚˋ	ㄒㄧˇ	ㄩㄝˋ	ㄌㄨˊ	ㄧ	：	ㄨˊ	ㄜˋ	ㄞˋ
7	ㄗˋ	ㄖㄢˊ	ㄕˋ	ㄐㄧㄝˋ	ㄑㄩ	ㄔㄣˊ	ㄙˋ	ㄧㄡˇ	ㄇㄞˋ	﹁	ㄑㄧˊ	ㄌㄞˋ	ㄞˋ
8	ㄅㄟˋ	ㄉㄨㄛ	ㄈㄣ	ㄙㄨ	ㄇㄢˋ	ㄒㄧㄠ	ㄅㄤ	ㄙㄨ	ㄆㄠˇ	﹂	ㄍㄜ	ㄙㄨㄥˋ	ㄞˋ
9	ㄎㄞˇ	ㄐㄧㄣ	ㄍㄨㄥ	ㄎㄨㄞˋ	ㄌㄜˋ	ㄙㄨㄥˋ	ㄐㄧㄣˋ	ㄗㄢˋ	ㄡˇ	﹃	ㄇㄧㄥˊ	ㄅㄞˊ	ㄞˋ
0	ㄊㄧㄢ	ㄓㄣ	ㄈㄨˋ	ㄗㄚˊ	ㄖㄨˊ	ㄏㄜˊ	ㄒㄧㄠˋ	ㄎㄨˋ	ㄇㄥˋ	﹄	ㄏㄨㄢ	ㄒㄧˇ	ㄞˋ
p	ㄌㄧㄤˊ	ㄒㄧㄤˊ	ㄋㄧㄝ	ㄘㄨㄛ	ㄑㄧㄠ	ㄒㄧㄤ	ㄖㄨㄣˋ	ㄑㄧㄥˊ	ㄓㄢˋ	︙	ㄖㄨˋ	ㄏㄠˇ	ㄞˋ
f	ㄍㄨˋ	ㄙㄨˋ	ㄆㄨˊ	ㄌㄨˊ	ㄘㄨˋ	ㄘㄡˊ	ㄘㄞ	ㄘㄠˇ	ㄘㄠˋ	～	ㄘㄨ	ㄑㄧㄚ	ㄞˋ
x	ㄞˋ	ㄞˋ	ㄞˋ	ㄞˋ	ㄞˋ	ㄞˋ	ㄞˋ	ㄞˋ	ㄞˋ	ㄞˋ	ㄞˋ	ㄞˋ	ㄞˋ

33

所有有情的都盪漾成星魚，無憂無懼。

Ⅱ：音樂精靈

1

Big my secret.

「你為什麼對我好？」

因為一個聲音向著另一個相同的聲音說話。因為靈魂找到孿生的靈魂。

這段兩分五十一秒的音樂，今天已重複放了103遍，在我書桌旁的小CD player上。一波波由深藍轉淺藍轉粉紅的浪，以靜妙的身姿，流自信仰的海。

我深信它們的源頭是你。它們在複述、演繹你的情感——流自你的指尖——在早晨，陽光映照的鋼琴前，你和你的音樂精靈。你專注的神情令我心動。你和你的音樂精靈在說話。用風的語言，用花的語言，用星的語言。當你纖巧的右手，張開、觸及那最高處的升F鍵時，我聽到一顆星墜落了。一顆紫色的星，喜極而泣，墜落在粉紅色的大海，幻化做群花群樹的眼淚。

Big my secret.

而我只能做潮濕的岸。
詩為什麼對音樂好？
鋼琴師和她的阿拉貝斯克戀人。

2

阿拉貝斯克，我們的國名。

在週而復始的音樂之浪拍打的岸邊。起始於夜。你和你的姊妹，在黑暗的沙灘，手牽手，用虔誠的詩的朗誦升起我們的國旗：「莎孚克利斯許久以前／在愛琴海邊聽到這聲音，讓他／心中升起人類苦難混濁的／潮起潮落；我們／在這遙遠的北海邊聆聽，／也在這聲音裡聽到一種思想……」然而你們的聲音是無邪的，在這島嶼北部的海邊，穿過亙古憂鬱的大海的音韻傳遞給世界一個單純的字：愛。是的，愛音樂，愛美，愛生命……。我們坐在一百多年前阿諾德在另一個空間坐過的海邊，交換我們的身分證號碼。德布西是我們的最愛，而阿拉貝斯克，最愛中的最愛。阿拉貝斯克第一號，優雅明快的琶音，如雨後閃耀於綠葉上的水珠，如午寐的少婦胸前的項鍊……。你們給憂鬱的人生明亮的腰帶，愉悅的裝飾，精巧的阿拉伯風。

阿拉貝斯克第一號，我們共同的身分證號碼。

3

然後自然是蕭邦。你說，說說各自的最愛。我說，第一號鋼琴協奏曲除外（啊，那一定是我們共同的首選）。你說，敘事曲第一號，夜曲第八號，作品25之1練習曲，幻想即興曲，第二號鋼琴奏鳴曲，英雄波蘭舞曲……噢太多太多了。我說，讓它們並列第一吧，讓所有美好的事物都並列第一。美好的事物是永恆的喜悅，你說，是濟慈說的。我說，你最喜歡第一號鋼琴協奏曲的那一個樂章？你說，第二樂章，甚緩板的浪漫曲，紫色的夜曲，好多星星在裡面掉下來。我說第二號鋼琴協奏曲第二樂章掉下來更多星星。你在沙灘上即席演奏起敘事曲，用手指加歌聲，說這逐漸推移的律動好比層層湧來的海浪，在最高潮處化為繁華的琶音，就像此刻，坐在灘上等流星雨劃過夜空的我們。我說，我特別被他作品33之4，風情萬種的第二十五號馬厝卡舞曲所吸引，還有他的大提琴奏鳴曲也很珍貴，因為蕭邦是鋼琴詩人，要讓他碰其它樂器多不容易啊。你說，蕭邦是個天才，是個可以讓我們徹夜不眠的天才。我說，他也希望人們入眠，想想，每天早晨在他的練習曲聲中醒來是多棒的一件事，特別是舒曼所說像「風鳴琴」的那首作品25之1。你說，啊作品25之1，雨過天青，萬物慢慢甦醒過來的作品25之1，讓我們入眠吧……

4

這個時候，應該聽瓊．拜雅唱拜倫的〈讓我們不要再遊蕩了〉。瓊．拜雅，天籟似的歌聲：「讓我們不要再遊蕩了，夜已經這麼深了，雖然心還是那般地熱著，而月光仍然那般明亮。但劍會把劍鞘磨穿，靈魂也會讓胸膛受不了，心得暫時停下來喘一口氣，而愛自己也必須休息一下。雖然夜本來就是為愛而設，並且良宵苦短，但我們還是不要再在月光下遊蕩了……」

5

醒來後，我坐在窗前，信手翻閱書架上自己的舊作。我流出淚來。我沒想到我二十二歲時的作品是為今日而寫。為許許多多已過或未至的今日而寫。為你而寫。

6

塞尚說「莫內只是一隻眼睛，但天啊何等的一隻眼睛」。你們也只是一隻眼睛，一隻純潔、無邪、直觀的眼睛，一顆心。察覺所有美好的事物。察覺所有事物之美好。你們和一棵一棵樹說話，吸納它們的呼吸，呼叫它們的小名，擁抱它們。你們永恆地珍惜一朵花，一片葉，當它們在枝上，在瓶中，在夢中。啊，甚至當它們一瓣瓣枯萎，掉落在地上，你們把它們纖小的軀體輕輕移進你們的筆記簿，移進你們的藝術史課本，成為新的插圖，成為感情的月曆。你們讓美在你們體內滋生利息。

你們自己就是美。

幾種音樂的行書。

7

巴哈《無伴奏大提琴組曲》，運弓如筆，行雲流水的線條遊戲。自在的行書。圓熟醇美者，傅尼葉，力足神馳，王羲之〈蘭亭序〉或可比擬：天朗氣清，惠風和暢，仰觀宇宙之大，俯察品類之盛，所以遊目馳懷，足以極視聽之娛……。浪漫纖美者，馬友友，如歌詠，如崖岸溪流，轉折洄演，處處風景，試看董其昌〈赤壁詞〉卷：予夢久矣，須臾得寤，悄然而悲，肅然而恐，何翅風流過？跨鶴歸來，赤壁望中如顧……行草之間，美麗的哀愁。至於自由奔放如卡薩爾斯，則近草矣。

貝多芬有兩段音樂令我心醉神迷。第五號交響曲第二樂章以及第九號交響曲第三樂章。這是御風而行，縱浪天體的音樂。第五號交響曲第二樂章，稍快的行板，自由的變奏曲：中提琴與大提琴緩緩齊奏出優美、沉靜的主題，伴之以低音大提琴的撥弦奏，第一變奏由第五十小節開始，在小提琴與低音大提琴撥弦伴奏中，中提琴與大提琴以十六分音符奏出主旋律，這是以舞蹈之姿，在地上模擬天上的飛行，第二變奏自第九十九小節起，中提琴與大提琴以三十二分音符——加倍的動力——奏出飛升的旋律，小提琴與低音大提琴以撥弦伴之，彷彿鼓動風的翅膀，八小節後，旋律更上層天，轉由小提琴接手，中提琴與大提琴撥弦伴奏，低音管與豎笛以忽低忽高的音型推波助瀾，斷奏的音彩彷彿點描，這是御風而行，神妙狂喜的八小節。這十六小節是第五號交響曲中的天梯，讓塵世的我們上達「天聽」，聽到天國的音樂。

在第九號交響曲第三樂章，如歌的慢板，這天梯伸得更長。同樣是雙重主題的變奏曲，此處的旋律卻更加精巧、動人。崇高、清明而抒情的第一主題由弦樂器奏出，豎笛與低音管回聲般在每個樂句末複述最後幾個音符，彷彿說：「豈不美哉？」前後兩次出現的第二主題——第一次由弦樂奏出，第二次由木管變奏——是貝多芬寫過的最動聽的旋律之一，充滿感情地唱出對愛情的憧憬，對天國的想望。第一主題在曲中有兩次華麗的變奏，並且在尾奏的部分再現風情。在第一變奏中，小提琴像波浪般在豎笛的曲調旁彩飾著，以款款深情向心靈傾訴天上之美好，在第二變奏中，小提琴御風而行，流瀉出一連串如痴如醉的十六分音符，旋律極盡工巧之能事，伴以多層的管弦音彩，彷彿推移、伸展著華麗的天國之梯。這是所有音樂中，最令我珍惜的——因它無可匹敵的綺麗的音色，因它融化一切抗拒的純粹、優美。華格納說：「對於意外享受到的、極為純真的幸福的回憶，在這裡再度甦醒了。」

幾種音樂的行書。因為你說書法像舞蹈。

8

翻閱日本二玄社印的張旭的《古詩四帖》與《肚痛帖》，忽然覺得應該找一張爵士樂的CD來放。我拿出Sonny Rollins的《薩克斯風巨人》，對照聽閱，覺得妙哉。即興演奏、爆發力極強的草書的爵士樂，以及落筆如雲煙、神在形先的爵士樂的草書：忽肚痛，不可堪，不知是冷熱所致，欲服大黃湯，冷熱俱有益如何……

9

好的詩人在詩裡讓我們聞到花香，也聞到植物病蟲害，給我們綠葉，也給我們樹的陰影。好的作曲家也是如此。

10

所以，莫札特最令人著迷心動的，並不是那些汩汩而出的甜美的旋律，或者華麗炫目的作曲法，而是在甜美明亮的旋律間不時滲透出的陰影。他晚期的作品時見幽暗的色澤，深邃的情感，這些每每透過半音階樂句，以及在大調音樂中插入小調樂句達成。他常常在表現歡愉的樂段中嵌進半音階樂句，造成獨特的明暗並置效果。這種半音階效果有時巧妙地隱藏著，在半音間插入一兩個全音，但內在張力仍然可感。試聽他K.491、K.466兩首小調鋼琴協奏曲，裡頭有許多動人而富感情的組合：抒情與戲劇的對比，沉思與激動的對比，悲觀與平靜的對比；或者K.488第二十三號鋼琴協奏曲，單純明快然而又充滿詩意的暗示、瞬息變動的色彩——對於第一樂章中流露出的春日照射下的微妙陰影，愛因斯坦曾喻之為「透過彩色玻璃窗所見」，終樂章是活潑而生意盎然的輪旋曲，卻幾度場景突變，插入小調樂句，讓陰影的威脅增強樂曲的歡樂氣氛。

莫札特是深諳對比之妙的作曲家。

11

然而，你們的聆賞是「無陰影」的。並不是不覺陰影之存在，而是不知其為陰影，照樣領受其與光嬉遊之美，如共坐忽輕忽重，此起彼落的蹺蹺板，不必問何端為喜，何端為憂，或置身急旋的旋轉木馬，因過度的興奮，鯨吞一切來不及分辨的共生的感覺。

12

「Big my secret」就是愛的氣味。

13

你聞到琥珀色的孤獨的味道了嗎？在杜巴克（Duparc, 1848-1933）年輕而古老的歌裡。杜巴克一生只寫了十七首歌，卻在藝術歌曲世界穩據大師的地位。他所有的歌都是在二十歲至三十六歲這十六年間寫成，之後到八十五歲死時為止，再不曾寫過一個音符。這十七首歌幾乎是他一生所有的音樂創作，完美主義的他一再修改、毀棄其作品，除了歌曲之外，只留下一首交響詩、一首管弦樂夜曲以及一組（五首）鋼琴曲集。

杜巴克是極度敏感的作曲家，對文學、美術、音樂都具有超前於時代的不凡品味。他崇拜但丁，擁護波特萊爾、魏爾崙，喜歡托爾斯泰的《戰爭與和平》、易卜生的戲劇、法國的素樸繪畫以及東方藝術——日本的浮世繪、能劇以及柬埔寨的舞蹈。他的歌氣質獨特，纖巧、細緻，又具有豐盈的表情和深邃的情感——特別是一種動人肺腑的迷人的鄉愁，讓人聽後久久難以自已。他受到他的老師法朗克以及華格納的影響，但他創作旋律的天賦以及體現詩境、嚙合詩與音樂的能力是獨一無二的。他的歌是豐富自足的小宇宙。聽聽他譜的波特萊爾的〈邀遊〉（波特萊爾在《惡之華》出版時，曾希望有音樂奇才將此詩譜成曲並且獻給他所愛的女子，二十二歲的杜巴克所作正是如此——他將此曲獻給其妻），或者二十歲時譜的拉奧的〈憂傷之歌〉或〈嘆息〉，即可知道他為什麼躋身法國最偉大的歌曲作者之列——羅蘭．巴特在《戀人絮語》裡說拉奧的詩是「糟糕的詩」，但敏銳的杜巴克將之轉化成節制而深情的歌唱。

正是這種敏銳，極度的敏銳，讓杜巴克在三十六歲那年精神崩潰，停止創作。然而他並沒有發瘋，雖然接著他又失明了。他安靜而虔誠地度過餘生。他說：「對於形色之美，我難道不是愛得太多了嗎——上帝難道不是希望我從今而後過一種與祂單獨相處的更內在的生活嗎？」「音樂的喜悅，比之上帝給我的和平，實在不足為道。靈魂之眼比肉體之眼從更高的層面看東西……」

杜巴克，讓我們從低處仰望的狂喜、美絕的孤峰。

14

在你們的美術館看布爾代勒的雕塑。

站在高一公尺半的伊莎朵拉．鄧肯雕像前。然而更吸引我的卻是七步外一座名為〈甕〉的直立的裸像：一個女子高舉、握合雙臂，如一容器。〈甕〉高不及一公尺，但天花板上的燈光，清晰而巨大地把它的影子投射在身後白色的牆上，環握的雙臂圓周更大，更優雅。影子是甕的心事。像此際，站在距你不遠處的我。

來到甕底，便知道我的心事。

15

夏天在一個熱帶的漁鎮，在一個十六年前駐足過，在春天晚上吃過一碗一碗冰豆花的熱帶的漁鎮，我和我輪胎突然被鐵棒戳入，進而癱瘓在公路上的車子，等待回到記憶的軌道。

車上的ＣＤ正播著莎士比亞的十四行詩，第三十首：「當我召喚往事的回憶／前來甜蜜默想的公堂，／我為許多追求未遂的事物而嘆息……」

在正午的炙陽下，打開後車箱蓋，搬開剛買的好幾冊厚重的畫集，取出千斤頂、備用胎。ＣＤ繼續播著：「我為已往的悲苦而再感悲苦，／把以往的痛心的事情／一件一件的從頭細數，／好像舊債未還，現在才償清……」

16

車行十餘公里，一大片有別於島嶼東岸的鮮藍，介於藍與綠之間的閃亮的海。海的對面是山。山的上面是樹，以及葉的波動。風吹時翻白，風定時呈綠色的陽光的樹海。然而沒有兩片葉子同時靜下來，所以你有千千萬萬變化不已的色浪。

17

經過卑南族的村落。卑南，Puyuma，多麼異國情調的名字，然而我卻像回到了家。我心中響起他們的音樂：emayahayam，parairau，temilatilau，婦女唱的〈除完小米草後聚會歌〉，成年男子唱的〈年祭之歌〉，老人唱的〈傳統年祭歌〉……。卑南族與阿美族一樣，慣用五聲音階，音域相當廣，兩族旋律之豐富、優美，殆為島上其他各族所不及。但阿美族的歌謠較熱情而富活力，卑南族則較抒情、平穩而幽雅。卑南族的二部複音合唱，以齊唱的頑固低音答句和八度及自然和弦音的長音對位於領唱的單旋律，雖不如阿美族多聲部自由對位唱法生動多姿，但另有可以媲美布農族的和聲之美。

抒情、平穩而幽雅，如驅車行過卑南濃蔭遮覆的綠色隧道。

18

看NHK早晨十點的「古典音樂時間」。今天播出埃及「光與希望協會」管弦樂團一個月前在東京的演出。這是由全盲的少女組成的樂團。習慣性地打開錄影機，邊看邊錄。她們演奏莫札特、比才、聖桑的音樂，演奏埃及作曲家的作品，也演奏快節奏的哈察都量的〈劍舞〉。相當整齊而感人。但我卻想關掉錄影機。她們的演出對我是太大的負擔。她們千里迢迢帶著樂器到異國演出，讓別人看到她們。她們是悲憫的風景，嵌進了別人的心窗，但異國風景如何裝飾她們的失明的夢？她們如何看到遠東與近東掌聲的不同，善意的殊異？節目很快進入尾聲，安可的曲子是日本民歌集錦，當管弦樂奏出前奏後，台下馬上響起合唱聲：〈夕燒小燒〉，〈七つの子〉，〈故鄉〉……，觀眾們用母語唱出日本。這些埃及女孩微笑了，她們看到了異國的風景，她們看到了異國的光。

19

所以我知道為什麼你在聽完音樂會回來後，會急著向你的小狗講述內心的感動，你在傳你的教，傳愛與美的福音。十三世紀義大利僧侶，阿西吉的聖方濟，在森林中對鳥兒傳教，作曲家李斯特將之譜成鋼琴曲《兩個傳說》中的第一首。即使你是懷疑論者，只要你聽過李斯特音彩閃耀、高貴簡樸的音樂證言，你也會相信奇蹟。

20

自然是最大的奇蹟。飛花落葉，小草露水，風的吹拂……

你說曾經讀過一首詩，十分震撼——一個人以堅定自信的口吻告訴人們：「我的籍貫是～～宇——宙——！」你為他廣博的襟懷感動許久。如今，從林中歸來，你想說：「我的籍貫是～～自——然——！」不，是「我們」的，你說。

21

德布西的牧神是和你們這樣的精靈一起嬉戲的嗎？因為風的拂動，而有旋律。因為光的晃漾，而有和弦——或者說，不協和弦。因為你們的假寐，而有休止符。

音樂的野宴，牧神的午後。

22

葛利果素歌，赤足行走過及膝的水上，用清風丈量天的藍度，用濕意丈量神。

23

梅湘一生用音樂頌讚神，頌讚自然。這位活了八十四歲的作曲家，到八十歲時都還是巴黎聖三一教堂的風琴師——他兼任這個職位長達五十八年。他寫了許多風琴曲，《天國的筵席》、《主的誕生》、《光榮的聖體》、《風琴書》、《聖三位一體神祕之冥想》，以及其它許多天主教、基督教題材的音樂——鋼琴曲《阿門的幻想》、《注視幼兒耶穌的二十種眼光》，管弦樂《昇天》、《為神降臨的三個小禮拜》、《天堂的色彩》、《期待死者復活》、《主耶穌基督的變容》，但這些並不是為教堂儀式而作的教會音樂，而是放在音樂廳演奏，寓信仰於象徵，極端個人化的宗教音樂。在這些作品裡，梅湘大膽地融入異教及異國的元素：古希臘的詩歌韻律，十三世紀印度的節奏模式，爪哇的甘姆藍音樂……，這些並無損於他對天主教的信仰，因為他認為上帝的手觸及萬物，萬物皆可用來回報上帝榮光。

對於神祕主義的梅湘，自然和神一樣奧妙。他從十五歲起就著迷於形形色色的鳥鳴，並且用他的耳朵和傳統的記譜法將它們記錄下來。他是好幾個鳥類學會的會員，終其一生，他不但為每一種已知的法國鳥記下聲音，並且遠赴南北美洲、非洲、印度採集鳥鳴。他奇妙地把鳥叫化做他的音樂，除了直接以之為素材的長笛小品《黑喜鵲》，管弦樂《鳥兒醒來》、《異邦鳥》、《時間的色彩》，以及為鋼琴的《鳥誌》和《花園的鳥鳴》外，鳥叫的弦律在他的作品裡隨處可聞。

這樣的敬神愛鳥——難怪他唯一的歌劇是兼容這兩大主題的《阿西吉的聖方濟》。這部寫成於七十五歲的靜態的歌劇，規模宏大，動用了一百二十人的管弦樂團（包括三台單音電子琴——ondes Martenot——梅湘作品裡特見的一種具有顫抖的音效的樂器），一百五十人的合唱團，外加獨唱者。這部三幕八景的歌劇總結了貫穿梅湘一生作品的幾條主線：狂喜的神祕主義，鳥叫，以及取法東方的配器法和節奏模式。梅湘的學生，作曲家布列茲說梅湘「教我們觀察周遭事物，並且悟出『萬物』皆可成為音樂」。

梅湘的音樂是造化之美的客觀體現，來自萬物，又回歸頌讚那創造萬物的神。

24

梅湘也歌頌男女之愛。

一九三六年，二十八歲的梅湘寫了歌曲集《給咪的詩》，獻給結婚四年的妻子小提琴家黛博絲（咪是她的暱稱）。梅湘的父親是有名的莎士比亞法文譯者，母親是詩人。梅湘的歌用的幾乎都是自己的詩，他說：「我寫詩時心中總是響著音樂，大部分時候是同時產生的。」詩與音樂對梅湘是二而為一之物。九首《給咪的詩》頌讚夫妻之愛，並且以之反映耶穌與教會、神與人的結合。

在一九四五到一九四九年間，梅湘寫作了三件以愛與死為主題，他名之為「崔斯坦與伊索德三部曲」的作品：《哈拉威》，《圖蘭加麗拉交響曲》和《五首疊唱》。《哈拉威》即秘魯印第安蓋楚瓦語「愛與死之歌」之意，是將崔斯坦傳奇移枝於秘魯神話傳說的聯篇歌曲集，用了許多秘魯的歌謠以及鳥聲做素材（梅湘曾說世上最美的旋律蘊藏於秘魯。）梅湘所寫的詩充滿強烈的超現實味道，他還添加了擬聲字，模擬舞者腳鈴以及咒語的聲音。梅湘頌讚戀人們的激情，也將之提升到與天地同寬。

《圖蘭加麗拉》一詞則來自梵文，結合「圖蘭加」（時間之逝）與「麗拉」（愛的過程；創造，繁殖，毀滅）兩字，梅湘自己表示含有「愛之歌，對喜悅、時間、運行、節奏、生與死的讚歌」等意思。這首以印度節奏為本的交響曲，長八十分鐘，共十樂章，由環環相扣的戀歌組成，龐大的管弦樂團包括鐘琴、電顫琴、鋼琴與單音電子琴，氣勢磅礡，彷彿要吞納整個世界，是一首頌讚性愛，充滿豐盈色彩與感官之美的樂曲。禁慾主義者如布列茲甚至稱之為「妓院音樂」。這首交響曲對年輕聽眾深具吸引力，最好的演奏錄音也往往出自三十幾歲的指揮家之手。梅湘不曾寫過芭蕾音樂，但這首曲子在一九六八年被編成芭蕾在巴黎歌劇院演出（另一首被編成芭蕾的則是《異邦鳥》！）。

三部曲最後一首——為無伴奏合唱團的《五首疊唱》，也是據印度節奏寫成，是送給他的學生，鋼琴家羅麗歐的情歌，歌詞除了梅湘自己寫的法語詩外，還包括梅湘用自己發明的語言寫成的詩行。梅湘的妻子因精神病入療養院，至逝世為止。羅麗歐後來成為他的第二任妻子。她也是梅湘音樂最忠實的詮釋者，構築「彩虹」音響的音樂精靈。

25

象徵主義詩人藍波說：「我發明母音的顏色！——A黑色，E白色，I紅色，O藍色，U綠色。」抽象主義畫家康定斯基一本正經地把顏色和形狀之間的關係科學化：與30度角對應的顏色是黃色；60度角，橘色；90度角，紅色；120度角，紫色；150度角，藍色。他認為正方形兼容冷熱的特質，使人想起紅色——一種介於黃藍之間的顏色。而等邊三角形有三個活潑、剛強的角，使人想起黃色。銳角具攻擊性，是熱的黃色，角愈趨向紅色直角，熱度就愈低，之後愈來愈趨近冷，直至到達150度這個鈍角——一個具有曲線意味，終將趨於圓的典型的藍色角。

梅湘從小就具有色聽的感覺，聽到聲音就會聯想到顏色，這使他在二十幾歲就發展出他特有的「移位有限的調式」，每一類蘊涵不同的顏色，譬如他認為第二類調式「在某些紫色，某些藍色，以及紫藍色間流轉，而第三類調式對應的是一種帶有紅色與黑色味、且帶有些許金色的橘色，以及一種像蛋白石般發出彩虹光澤的乳白色」。在《天堂的色彩》這首樂曲，他甚至明白地把各種色彩的名稱標示在總譜上，以便指揮有此幻想，將之傳達給樂手——真是神祕的象徵主義者！

你也有你自成一套的感覺共鳴。你說你的老師N是不規則形的塊狀，且每塊顏色都不一樣——色彩非常鮮豔，偏向紅、綠，非常活躍地組合在一起，而你的朋友F是柔和的粉紅、粉黃、粉橘色的組合，上面有線條柔軟的花兒，且帶有淡淡的香味。你呢，你自己呢？你在德布西《牧神的午後》裡聽到褐色、黃色及綠色，在《阿拉貝斯克》第一號聽到由河流中浮出，五光十色，互相穿叉、層疊的彩色泡泡。

那我們的國旗是不斷變換、幻化的夢的圖象了？

26

聶魯達在他的《回憶錄》裡，如是描述他所居住的南太平洋黑島的春天：

「春天以蔓生的黃色展開它的行動。萬物都覆上了不可勝數的金黃的小花。這矮小、火力十足的作物開滿山坡，爬過岩石，一直向海邊挺進，甚至冒生於我們平日行走的小徑中央，好似向我們拋下戰書，以證明它的存在。那些花長久忍受隱匿的生活，貧瘠的大地棄絕它們，讓它們寂寥地久藏地底，而今它們似乎找不到足夠的空間去安頓那豐沛的黃。

這些淡色的小花很快地燒盡，被另外一種濃烈的藍紫色的花取代。春天的心由黃轉藍，又轉紅。這些數不清的、細小的無名花冠是如何交互興替的？風今天抖開一種顏色，明天又吹醒另一種顏色：春天在這寂寞的山坡不斷地變換國旗——各個共和國輪流以入侵者之姿誇示它們的旗幟……」

春天的國旗沒有固定的顏色。

27

聽蔡小月唱南管，御前清音，嫋嫋流自異國製的ＣＤ，散入尋常百姓的我家。宛轉甜美，如其名，小月之姿，在今夜，懷君未眠的秋日今夜：「風落梧桐兒，惹得我只相思，惹得我只相思怨，忍不住苦傷悲。阮不是，不是惜花春早起，只是愛月夜眠遲……」

28

買到一張令人驚奇的ＣＤ：德布西彈德布西。留聲機發明前的錄音，錄於再現鋼琴打洞紙卷上，一九一三年，德布西五十一歲時。相信這是現今唯一找得到的德布西的獨奏錄音。經由「再現鋼琴」再現出來的琴音，相當真實，細膩而乾淨，真難想像是機器的自動演奏，而不是手的演奏。唱片的第一曲是〈特耳菲的舞姬〉，德布西《前奏曲》第一卷第一首。我忽然想到年少時曾經用德布西的標題寫了幾首詩，有一首就是〈特耳菲的舞姬〉——但不曾收在詩集裡。我現在用再現鋼琴的情緒重現這首少作：

在那裡遊蕩一個背魯特琴跟詩的少年
在那裡，那株掛著月亮的桂樹底下
特耳菲的舞姬們把酒灑了一地
跟著恍恍惚惚的月光
愛說謎語的都拖著長髮，不停不停地甩頭
並且除了憂鬱跟又深又黑的眉毛什麼都不想
但他怎麼知道
他怎麼會懷疑那些婆娑的桃金孃常青藤不是身體
他怎麼會？那般細膩逼真的描寫
微笑，浮雕，種種神祕的事端
在那裡特耳菲的舞姬們把酒灑了一地
在那裡，一個少年他的魯特琴跟詩

29

詩，音樂，愛情。周而復始的輪旋曲主題。

少年聽雨歌樓上（雨滴如彩色玻璃珠滾動於紫水晶輪盤）；中年聽雨客舟中（雨滴如夜半鐘聲穿過記憶的玻璃色紙滲透入夢）；而今聽雨僧廬下（雨滴如午後蜻蜓點水飛過教堂彩色玻璃）。

聖三位一體神祕之冥想。

30

蘭嶼雅美族的歌謠相當原始，基本音階是大二度加大二度的三音旋律，以及大二度或小二度的二音旋律，音域極窄，最多只在四度之內移動。也就是說，他們的音樂「跳格子」遊戲，最多只有四格，但常常只用到兩、三格，並且很多時候是原地跳躍，久久才移動到上面或下面的格子。這種單旋律吟誦式的唱法，既無大跳動的旋律，也無複雜的節奏變化，外人聽之或覺單調，但對雅美族人而言卻寬如天地，可以隨歌詞的改變形成各種類的歌：捕魚歌、農耕歌、放牧歌、船祭之歌、粟米豐收祭之歌、新屋落成歌、情歌、搖籃歌……

簡單的豐富：小島大海，執一馭萬的極簡藝術。

31

音樂的黎明：
我是魚，我是鳥，
翻身變形，
在空中拆解
黑暗的海的紗布。

32

Big my secret.
揭開它，如同揭開祕密的香氣。
如果你是夜，如果你是瓶子，蘊藏在裡面的是整座海洋的欲望與記憶。
如果你是風，如果你是鏡子，閃爍在裡頭的是整座天空的目光與睡意。
揭開它，如同揭開一層肌膚。
一層肌膚，隔離我們，也連結我們。
彈指即破——輕輕地——呵護它，也信賴它，因為它是精靈們祕密的禮拜堂。

因為它是夢的暗房。

Big my secret.

33

來到甕底，便知道我的心事。

Ⅲ：腹語術

1

我將在豪雨中的T城失去你，那一天早已走進我的記憶。我將在T城失去你——而我並不恐懼——在某個跟今天一樣的秋天的星期五。

一定是星期五，因為今天（星期五）當我提筆寫這些的時候，我的手肘不安得厲害，而從來從來，我不曾感覺像今天這樣的寂寞。

我們精通戲法的腹語術師失去了愛情，每一個人都狠狠地錘他，雖然他什麼也沒有做。他們用笑聲重重地錘他，重重地，用冷語：他的證人有星期五，手肘骨，寂寞，雨，還有路……

2

你在十五年前邂逅楊納傑克，因為他迷人的聯篇歌曲集《一個消失男人的日記》。你在島上的音樂雜誌率先介紹了這個作品，還有他的歌劇（那時你的卡蜜拉仍然沉睡在另一個世界）。你一直很喜歡他的弦樂四重奏，特別是七十四歲辭世那年寫的《親密書》。你在你的散文集裡寫了一篇談他的同名文字，以及另一篇將他的管弦樂狂想曲《塔拉斯布爾巴》嵌入標題，向他以及所有的創作者致敬的狂想曲。你甚至把你厚厚的詩集定名為《親密書》。楊納傑克六十歲後認識了小他三十八歲的古董商人之妻卡蜜拉，激發了他汩汩不斷的熱情與創作靈感。他寫了六百多封情書給她——包括最別緻、永恆的一封：第二號弦樂四重奏《親密書》。

你的卡蜜拉現在在哪裡？

3

警告逃愛（特徵——舌端有浪，做案後眼眶泛藍，會隱身術……）：

你無故離我而去，置我的五官四肢七情六慾於不顧。見報後速與我破裂的心聯絡，否則訴諸筆端，歷史相見。仁人君子若有知其下落而通報者，當酬以新印的悲歌一集……

4

縱使你不在這裡，

縱使你離我遠去，

你仍在我的腹內。
只要我願意，
你隨時復活。

5

我記得，我記得許多事情。

我記得波特萊爾街轉角慢慢走路回家的女孩；我記得米羅山上一夜閃爍不停的星光；我記得羅丹湖畔的寒氣與溫泉；我記得風眠寺前的海邊濤聲；我記得冬季制服裡面露出的紫色毛衣；我記得隨夏風飄動的藍色裙子；我記得秋天時穿的橘色外套；我記得深藏不露的墨綠色的內衣；我記得蹲在小人國城堡前拍照的大女孩；我記得在大都市美術館撥長途電話的興奮的少女；我記得你不在時靜靜搖動的綠樹的光與影；我記得時間和它的鞋帶；我記得遠方……

6

Dear Y：

即使你從遠方回來，恰好與我相遇，仍然不能阻止我的憂傷。憂傷，在噩夢乍醒，輾轉失據的子夜。憂傷，在一身冷汗，虛無驚懼的清晨。所有的資產在不被諒解時都變成負債。我很疲倦。我不願意崩潰、腐爛。然而我正在腐爛中……

7

淚水。夢想。花朵。綠蔭。愛和哭泣。春日。珠網。橋和流水。窗。屋頂。傾斜的微風。高飛的樹。豐腴的音樂。瘦的椅子。不誠實的鏡子。黃粱。香味。啞吧的夢。硬的書。野薑花。螢火蟲。歌聲。木棉。波光。海的影子。大象。搖椅。嬰孩。嬰孩的氣味。哭泣。愛和哭泣。距離。晨光的距離。斷了的橋。失了鞋子的腳。棉被。魚。藍色的玻璃。太小的傘。吃不完的午餐。流不盡的眼神。夢的顏色。孤獨的島。金色的水仙。沒有四季的島。詛咒的愛人。溫柔。痛。千瘡百孔。歌聲。絕路。石頭。灰濛濛。淅。瀝瀝。

8

Dear L：

你的信給我相當程度的安定作用，平淡中散發出一種普遍性的定力——大概就像你所說的塞尚的畫吧。反覆閱讀，很是喜悅。

正在寫一本札記體的《詠嘆調》，如背後影印所見——我用它來平衡自己最近內在的失衡。打算寫100則，分三部分：33+33+34，已寫了二分之一多。唉，是一種洗禮——洗滌作用，儀式。先讓你看影印的這十四則，下次再把其餘的寄給你，也許可以較清楚地呈現一些東西。我自己到目前為止也還不知道這本書會有什麼發展，它們整體的意義又是什麼。我在第一部分拼貼了兩則你的來信。我以為這是創作，而不是暴露隱私，你下次看了也許就知道了。

很久沒有拿筆寫信，寫時的膽怯、笨拙，不下於你。這樣慵懶的颱風天，其實還是有一些明快的喜悅的，譬如坐在桌前跟你寫這封信。

9

讀者買這本書是因為Ａ：它的副標題是「給不存在的戀人」（特別是「戀人」兩字）——某某大師有一本《戀人ＸＸ》（翻譯本），在此地知識分子人手一冊，某某女士有一本《ＸＸ的戀人》，久居暢銷書排行榜不下；Ｂ：因為它輕薄短小，每則所記不過數百或數十字，又附庸風雅地談了一些困難或容易的音樂或藝術——消遣之外，似乎可兼做音樂、藝術欣賞指南；Ｃ：這些文字在報紙上發表的時候，插圖非常漂亮。

出版社印這本書是因為Ｄ：這個作者的散文集比詩集滯銷情況不嚴重些；Ｅ：作者保證初版賣不完的書他全數購回。

你找這本書來看是因為Ｆ：你想看看我到底在書裡頭寫了你什麼——有沒有嘔心瀝血

歌讚你？有沒有心有不平醜化你？有沒有暴露出你想窺探的我的心路歷程？

因為Ａ，我要加強有關愛情或戀人的描述。

因為Ｂ，書末最好附錄相關ＣＤ推薦（廠牌、編號、表演者……）。

因為Ｃ，這本書印刷時應該盡量配上漂亮插圖。

因為Ｄ，我必須堅稱這本書是散文，而不是詩或評論，或虛構的小說。

因為Ｅ，我必須努力在書出後，做一些相關的促銷動作（上廣播節目；上電視節目——如果人家要你的話；增強在報章雜誌的曝光率——最好能擠上影劇版）。

因為Ｆ，我必須小心翼翼地把你的缺點化做優點，把我的苦悶裝飾成美感。

10

Dear L：

那天的電話有點突然，但它幫住我縮小、安定了最近的我內在不安、頹敗的版圖：一向憑藉熱情、渴望支撐自己的我，突然發現事情反其道而行，自己又無法立即用簡單、寧靜的方式面對它，整個人於是癱瘓了。

數十年來，我未曾離開過這個島嶼。一直自我地在我的世界旅行全世界，在我的城複製所有的城。這一次，遭遇這樣的困頓，最知己的幾個學生彷彿儀式般都跟我碰了面，談了話。

我不是李叔同，但李叔同很像也是在四十前後變成弘一。過去幾年，我的創作力大致可算旺盛，但我太仰賴他人——仰賴從別人身上獵取熱情，獵取愛，而所謂熱情，所謂愛等等常常又是無常的。而我卻一直不曾警覺到此。

這些年來幾次在困頓時讀你以前的文字，興起尋你之念。我也不知是要尋你，或是尋生命裡某種純粹、持遠的力量。但我知道我正在梳理自己混亂了的交通系統；我正試圖接通斷絕了的一些生命網路。

11

失物招領：

維也納愛樂交響樂團演奏會票根兩張。

國語作業簿（中．高）一本。

凱蒂．蕭邦短篇小說一篇（英文，影印，前三頁單字已查好）。

XX大學英文系德文2期中考試題一紙。

XX大學研究所八十X年度招生簡章一份。

激匠派髮廊五折優待券一張。

TDK六十分鐘錄音帶一卷（內錄中、英文歌曲數首，A面外殼藍色原子筆標曰「我願意」)。

孔雀咖啡捲心餅(小包)一盒。
博士倫隱形眼鏡藥水半瓶。
7-11 購物發票三張。
XX 醫院婦產科掛號證一張。
粉紅色絲瓜布沐浴巾一條。
愛佳大飯店烏龍茶包兩包。
耳屎(?)2.1 公克。
掌上型俄羅斯方塊一台。

12

製造方塊的幾種方法:

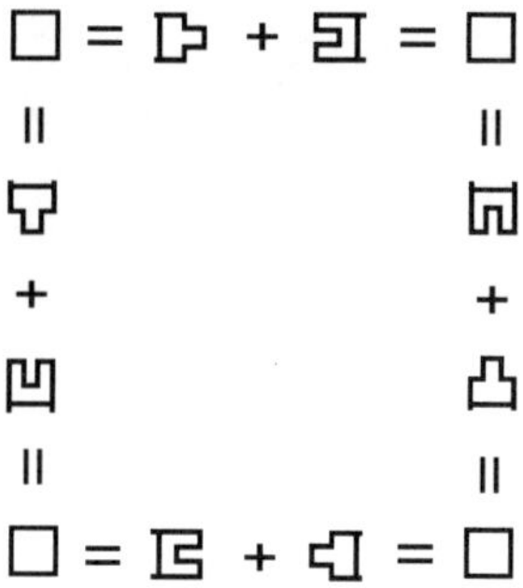

13

Dear M：

看了整個〈音樂精靈〉，你說你哭了，一遍遍在鋼琴前重複彈奏那首「風鳴琴」，直到成為潮濕的琴。你說這個作者好孤獨啊，那麼濃烈的情感，那麼含蓄的表達。「來到甕底，便知道我的心事。」你說整個〈音樂精靈〉好完整喔，從 Big my secret 到 Big my secret，深深隱藏的心事。

你好像拿了一個透明的大石頭，打破了我的水缸，讓水流出來，但同時又奇妙地維持了水缸原來的形狀——甚至裡面的水，在不斷流出後，依然飽滿如昔。

你一定彈了一百零三遍的「風鳴琴」，在今天，在我感覺另有一種潮濕而飽滿的孤獨的今天。

我會在十月三日把整本《詠嘆調》寫完，紀念我們的國慶。啊，十月三日。

14

希望這本書有一個起碼的情節或故事大要的讀者可以如是觀：這本書的作者在書的第一部分虛構了一個（？）「不存在的戀人」，這個戀人是他信仰（「詩，音樂，愛情」）的來源，但一如現實世界裡所有被認定的永恆的戀人，她（他）們都是不永恆的——會讓人受苦、猜疑，會和現實衝突，惟有在失去她（他）後，她（他）才能永恆地存在，永恆地被擁有。

在第二部分，作者轉向另一個虛構的戀人告白：在這幾乎是他自己的化身（和他同月同日生——「孿生的靈魂」——書裡頭沒有明指出），音樂精靈般的純真戀人身上，他找到了沒有衝突的精神的交流。但他不確定這孿生的戀人（或者他自己），是不是能全然領受他的心事，為他卸下錯綜複雜的祕密負擔。

因此，在第三部分，他繼續和這些，以及其他存在、不存在的戀人、友人，以及他自己，交談。希望曾經有過的美好事物，能夠永恆地被詠嘆、擁有。

15

Dear L：

多麼希望多聽到你的聲音，但電話裡我只聽到自己急躁地說著話，唉，沒辦法，一直聽到時間一節一節地侵入、壓迫。

前幾天，一個讀書性的電視節目來這兒訪問，問了幾個問題：一、你作品裡「時間」的意念；二、對中年的看法。「時間現在」不斷地窺視、威脅著我，以種種形式：水滴聲、陰影的河流、指針、鐘擺（以及它們的表兄弟姊妹）、風吹草動……「時間過去」凝結成記憶——一座曲折的鏡子的迷宮，重組、再現一個虛構了的真實，在其中現實世界的缺憾獲得了補償，愛與恨的對立消融……當個人的記憶與群體的記憶——或者歷史，交融相疊的時候，詩和生命開始有了一種厚度，一種化解小我哀愁、孤寂、苦難的抽象力量。至於中年，雖未至而心有戚戚焉。（理論上，我自然已是中年，但「實際上」，不是。）這兩年的確在學習「割捨」，但多不容易啊，特別是一向強調「渴望」、「熱情」、百科全書式吸納的我。

我大概會在半個月內把《詠嘆調》寫完。寄給你看的四分之三，如果可能，就給我一些意見吧。你的生活，你在紙上呈現的你的感覺、思想、形態，一直清新有力地靜靜地亮著：很好的距離，很好的亮度和自在。

像電話中你的聲音，那般節省而好。

16

最後，霧來了。
行走在樹尖，白肚細腳的蜘蛛，
用吐氣的的網，收走樹和湖亮麗的外套。

17

由於相信可以永遠共享，他們不曾重複買過相同的ＣＤ，唯一一張各自擁有的是女歌手Ｃ唱的台語老歌。那是為了分手後，彼此能一遍遍溫習綿綿的舊情嗎？「男子立誓甘願看破來避走，舊情綿綿猶原對你情意厚，明知你是輕薄無情，因何偏偏為你犧牲，啊……不想你不想你不想你，怎樣若看黃昏到，就來想你眼淚流……」

18

我願意用一生的作品換一首有血有肉的台灣歌：舊情綿綿、港都夜雨、望你早歸……洪一峰、楊三郎、葉俊麟、那卡諾……

Dear N：

感謝你在中秋夜讓我聽到男歌手C唱的《暗淡的月》，你說你最喜歡唱片裡散發出來的那種台灣人的流氓氣概，特別是借日本歌填詞的那首〈溫泉鄉的吉他〉：「啊……想起彼當時，咱也來洗溫泉，快樂過一暝，今夜孤單又來叫著你名字……」我不確定你說的「流氓氣概」究竟何指，但我從十幾年前大學畢業以來，即喜歡讓我的學生在課堂上唱那些台語歌曲，特別是國三的男生，當他們在應付聯考的每日晚修空檔大聲唱出〈秋風夜雨〉或〈港都夜雨〉時，你真是聽到一種衝破鬱悶、意氣風發的台灣男性的流氓氣概：「海風冷冷吹痛胸前，漂浪的旅行，為著女性廢了半生，海面做家庭，我的心情為你犧牲，你那味分明，啊……茫茫前程，港都夜雨那味停。」我相信那些十幾歲的男生沒有一個是流氓，以後也不會是流氓，但他們在那些可以唱歌的黃昏，用台語齊唱出生命中早早埋藏的悲情。

那些歌是個人的記憶，也是群體的記憶。

19

思慕的人：

你也在那樣的黃昏唱過，或聽我唱過，流氓氣概的歌嗎？

20

口簧琴是泰雅族音樂中非常重要而特殊的樂器。他們用它來傳達訊息，交談，伴奏舞蹈，也演奏音樂。單簧的口簧琴，琴台和簧片都是竹製，多簧的口簧琴，通常則都是竹台金屬簧。由於音量不大，適合人與人之間近距離傳話談心，特別是年輕戀人們面對面難以啟齒時，就用它來互相傾吐愛意。所以，雖然其他原民族也使用口簧琴，但泰雅族的口簧琴別具一種親密而迷人的風采。例如，邀請戀人散步，他可能會拉奏一段

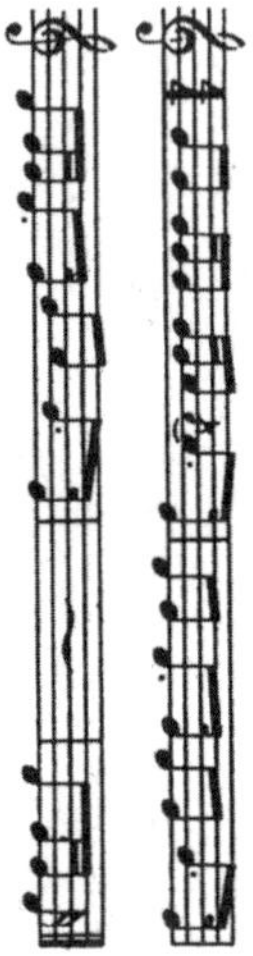

（呂炳川採譜）

或者

而當女方回以

大概就是表示同意求愛了。

泰雅族是多情歌的。山谷之間，星月之下，年輕的戀人，年老的戀人。

21

後來者把這個作者的創作生涯分為「前熱情」與「後熱情」兩個階段：他們所用的「熱情」實際上源自這個作者在但丁所謂「在人生旅途的中路」——但丁初寫《神曲》的年歲，所寫的五首〈擬泰雅族民歌〉中的第一首。

這個作者的〈擬泰雅族民歌〉其實並不很泰雅族，因為他當時對泰雅族的認識非常有限。但是他的「熱情」是真的，雙重的真。研究K據時代島嶼邊緣文字垃圾史的學者將發現，這個作者後半生的創作起自五首〈擬泰雅族民歌〉，起自「熱情」。

令這個作者羞愧也興奮的是，這些詩後來被譜成曲，被太魯閣峽谷前面泰雅族國中女生吟唱。

22

梅湘的音樂翻新了我們對形式的概念，他揚棄了古典的動機發展手法，不再理會那套借主旋律的呈示、發展、再現等等，演繹音樂戲劇的舊招；他追求一種馬賽克（鑲嵌畫）式的音樂結構，讓塊狀、不連續的音樂節段猝然並置，彷彿組合五顏六色、高高低低的嵌片，透過大大小小音樂色塊的對比、對稱或對峙，達成統一與平衡。以文學為喻，他的音樂並不求情節、動作的發展、連貫，而情願讓某些氣氛、色彩、情境以靜態的圖樣反覆再現，在塊狀與塊狀間呈現戲劇張力。

馬賽克就是mosaic。我詠嘆馬賽克效果。

23

一茶是日本俳句詩人小林一茶的名字。

一茶是台灣詩人X的一首詩。

一茶是用春天的寒意煮夏夜的微笑秋日飲之。

一茶是把你的心事泡在我的杯裡。

一茶是你到我之間的距離。

24

於是我知道
什麼叫做一杯茶的時間

在擁擠嘈雜的車站大樓
等候逾時未至的那人
在冬日的苦寒中出現
一杯小心端過來的，滿滿的
熱茶
小心地加上糖，加上奶
輕輕攪拌
輕輕啜飲

你隨手翻開行囊中

那本短小的一茶俳句集：
「露珠的世界；然而
在露珠裡——爭吵……」
這嘈雜的車站是露珠裡的
露珠，滴在
愈飲愈深的奶茶裡

一杯茶
由熱而溫而涼
一些心事
由詩而夢而人生
如果在古代——
在章回小說或武俠小說的
世界——
那是在一盞茶的工夫
俠客拔刀殲滅圍襲的惡徒

英雄銷魂顛倒於美人帳前

而時間在現代變了速
約莫過了半盞茶的工夫
你已經喝光一杯金香奶茶
一杯茶
由近而遠而虛無
久候的那人姍姍來到
問你要不要再來一杯茶

25

在七星潭海邊看阿美族歌舞，偉大而藍的天，偉大而藍的海。年輕的女子們穿著五彩紅豔的傳統衣飾，男子們裸著上身，年長的婦女們白衣黑褲，一起在歌聲中擴大、縮小，成為浪中之浪，領唱，應答，領唱，應答……

無名、無時間的舞者。偉大而藍的天，偉大而藍的海。

26

秋：「

臨街
公牛澄黃的角
刺破葉的尖端
漸漸流出
初夜之血
刺破月的氅篷
夢般熟悉
冰冷的蹄角
圍困在齒輪的花園
最精細
最精細的角落

落下落下
落下因撞擊散落的色彩
落下落下
落下繁花
承接強暴的股腹

因而流出憐憫之淚
啊，這凶殘而撫慰的季節
驚覺
「一頭野豬正環伺」

27

我們的戀愛也許才剛剛開始。

28

Dear M：

你居然也給《詠嘆調》的每一則塗上了顏色，你說它們就像馬賽克一樣，由一塊塊大大小小，看似無關聯的嵌片拼構成一幅色彩躍動、光影交疊的大畫。每一部分是一個大色塊，色塊與色塊間呼吸相通，又各具個性。你說就像梅湘，也像點描主義，但是以「塊」為點的「粗」點描主義。

我自己也給它們塗上了顏色。從心情出發。結果有點像顏色的賦格——捷克畫家庫普卡（Frank Kupka）般的音樂建築。

29

所有的東西都被濃縮成一個畫面，一張你的照片。

那一天，當我躺在那兒反覆端詳那張我最喜歡的你的照片時，你一定覺得很奇怪（因為我的喜歡，你把它框在鏡中放在床頭）。你一定在想，如果喜歡，就把它拿走，不就一勞永逸了嗎？然而我並沒有拿走，並沒有拿走任何一張你的照片，我知道所有美好的東西都是帶不走的（如今想起來，我的反覆端詳是一種儀式了？）。我沒有帶走那張照片，然而因為記憶，因為愛，我真正擁有了它。風簷獨立，笑意盎然。那是最後一夜／頁嗎？（我願意為你我願意為你我願意為你忘記我姓名……）我沒有帶走你的笑容，沒有帶走你，然而因為時間，我沒有失去你。

30

找到一張你寄給我的紙片：「寄上某種植物的果實，如果不懂的話，就去問生物老師吧。」

是別名相思的紅豆嗎？還是別名哀愁的相思豆？

31

永恆的大街：

波特萊爾莫內米羅李可染夏戈爾林風眠羅丹歐姬芙蕭邦死詩人學會普契尼波里尼伯恩斯坦韋伯李梅樹陳進東山魁夷普魯斯特吳爾芙喬哀斯卡繆魯迅錢鍾書陳映真……

32

小說家O在他的電腦裡開了一個以二十五位數字為檔名的隱藏檔（他不知道電腦其實只閱讀前面八個數字！），詠嘆、追憶和她相處的種種情事。多年後，他忘記了這個檔名——雖然他試圖從跟他或她有關的一切數字重組這個號碼——他的祕密永遠消失在他的電腦裡。但他不知道他的電腦和我的是連線的：那些語字，早已化做沼澤、池塘、青蛙、魚、花、浪，被我吞進腹中。

33

苦惱而清澄的海

呼吸
呼吸
呼吸

愛

34

在你裡面我繼續我無止盡的尋覓，尋覓一個房間……

（一九九四）

輯四

想像花蓮

1995~2015

張愛玲和我

張愛玲和我有什麼關係？當然沒有。

但當這位七十五歲，特立獨行，在作品中酷戀月色的女作家，孤寂地陳屍美國寓所的消息在中秋夜傳回島上，並且引發一波又一波讀者與作者切身的哀悼與追憶後，我不禁再一次問自己：「大家都跟張愛玲有關係，你獨獨和張愛玲沒有關係嗎？」我用力思索了好幾分鐘，找來她寫或寫她的一切書籍，苦讀、重讀、快讀了兩日夜，然後，總算不再怕人會笑我落伍地告訴自己：「張愛玲當然和我有關係！」

張愛玲和我有什麼關係？我，一個在台灣寫詩的人。張愛玲是和一個在台灣寫過詩的人有過一點關係。在散文集《流言》裡的一篇〈詩與胡說〉張愛玲寫說，她第一次看見路易士的一首詩〈散步的魚〉，頗覺其做作，後來讀了他的〈傍晚的家〉，覺得非常滿意，因之「不但〈散步的魚〉可以原諒，就連這人一切幼稚惡劣的做作也應當被容忍了……」路易士就是五、六十年代在台灣詩壇領一時風騷的紀弦。我自然不是紀弦。

張愛玲和我有什麼關係？有的。張愛玲出生、成長於上海市街，我也是從小就生活在上海街上，只不過我的是花蓮市的「上海街」。上海市街和上海街有什麼差別，我因為沒有到過上海，就不得而知了。張愛玲倒是來過花蓮，並且，我相信，看過我的上海街。一九六一年，四十一歲的張愛玲來台灣訪問，隨她所欣賞的年輕小說家王禎和到花蓮一遊。那幾天，張愛玲就住在王禎和中山路家裡。照片為憑，在我負責編務，今年春天剛出版的洄瀾本土叢書④《觀光花蓮》裡，有一張張愛玲和王禎和和王禎和母親在他家附近金茂照相館合照的照片，上寫「張愛玲小姐留花紀念 50.10.15」。這是我見過最美麗的張愛玲的照片，也是張愛玲和台灣土地發生關係的唯一印證。民國五十年，我七歲，雙十節過後幾天，小學二年級的我和父母親看完電影，從天山戲院右轉中山路，我彷彿看到一位高瘦時髦的女子，從東部書局隔壁樓上走下。天山戲院，東部書局，中山路……這些都是王禎和小說裡最常出現的場景。但我不知道，高中畢業那年，我經常跑去看書並且找他們女兒聊天的這家書局，門前曾經留過一位要被萬人迷、萬人窺的女作家的鞋印。高中畢業那年夏天，我在王禎和受到張愛玲青睞的處女作〈鬼・北風・人〉中寫到的「滿布密密叢叢的掀天大樹」的花崗山上的書展裡，買到香港今日世界社出版，林以亮編選的《美國詩選》（林以亮就是張愛玲遺囑裡委託他處理遺稿的宋淇！）。詩選的最前面是張愛玲翻譯、評介的愛默森與梭羅的詩選。這些，和今日世界社另一本《美國現代七大小說家》裡新批評大師羅勃・潘・華倫所著，張愛玲譯的一篇海明威論，是我最早接觸到的張愛玲筆下的產物。它們是相當明晰、潔淨的文字，頗不同於上大學後在台北買到的文字濃豔、淒美的張愛玲短篇小說集。也許因為這種「參差的對照」，我很難把張愛玲二、三十歲寫的小說和散文當作「全部」。也許因為這樣，我從來不是一個「標準的」張迷。

張愛玲留花期間，曾在王禎和四舅安排下，到「大觀園」逛了一下。大觀園，王禎和說是「甲級妓女戶」，但大觀園其實是酒家，就在我家後面南京街與仁愛街轉角，距我家不到二十公尺。小學五、六年級到老師家補習完後，經過大觀園，總要和同學爬到門口樹上，窺探彩色玻璃窗內酒客與酒孃飲酒作樂之景。我家周邊的幾條街風月場所林立，「大三元」、「高賓閣」、「夜都會」、「滿春園」……耀眼的招牌在華燈中互相輝映。我每晚看著盛妝的女子從我家門前走去上班，在深夜帶著醉意和客人在我家門前的媽祖廟口吃宵夜、唱歌、打香腸，隔天又看到卸妝的她們來廟裡拜拜，或者出來洗頭、聊天。這是一種真正的「參差的對照」。她們進出舞台，上班像演戲，下班卸妝，回到更大的生活。這樣的上海街，和張愛玲筆下耽溺、沉淪的上海「海上花」世界是頗不相同的。我常常覺得張愛玲小說中的人物生活太「戲劇化」，使用的話漂亮得像是小說對白，戲劇台詞。從中山路到仁愛街，張愛玲一定會經過陳克華住的南京街。呱呱落地不到半個月的陳克華（陳克華十月四日生——我十月三日，王禎和十月一日，張愛玲九月三十日）當時家在南京街橋頭，剪落臍帶不久的他在張愛玲路過時也許正注視著自己的肚臍。不知是不是這個緣故，長大後的陳克華文字中時見張愛玲的影子。

要不是因為作家雷驤為了拍攝張愛玲的紀錄片來到花蓮，我和張愛玲的關係可能就到此為止。一九九四年六月，雷驤的中國「作家身影」攝影隊來花蓮重尋張愛玲的身影。那一晚，深夜，我替他打了個電話，找了一個跟張愛玲一樣身材瘦長、跟王禎和一樣台大外文系畢業的我的學生在第二天扮演張愛玲。但在那之前我打了一個宿命的電話。這神祕、宿命的電話改寫了我一生裡某些重要的事情。這是張愛玲和我之間真正有過節的地方。這年暑假，我完成了一本《詠嘆調》，並且臨時起意寫了一首詩參加那年的時報文學獎。文學獎揭曉那天（十月二日），我在報上看到得到新詩首獎的自己的照片，報紙中央則是張愛玲的照片。她以《對照記》得到終身成就獎。這又是一次宿命的、歧義的「參差的對照」。

我和張愛玲一樣，沒有出席那一年的頒獎典禮。我在得獎感言裡寫說：「我只是要告訴自己——也告訴她們——我有充分的耐性等待某些事物。」她們應該／當然不是張愛玲們，雖然張愛玲晚年真的很有耐性——有耐性到收到最親近的朋友的信好幾年後，才打開來看（甚或依然不看！）。張愛玲早在她所嫁的第一個男人別她而去時，就已經很有耐性了。她告訴他：「我已經不喜歡你了。你是早已不喜歡我了的。這次的決心，我是經過一年半的長時間考慮的……你不要來尋我。即或寫信來，我亦是不看的了。」半世紀前的這段話我一直到幾天前才在《今生今世》這本書裡看到。夠有耐性的了。難怪《詠嘆調》前引莎士比亞的詩說：「只要人們能呼吸或眼睛看得清，／此詩將永存，並且給予你生命。」張愛玲的戀人，因張愛玲的文字，而美名，或者惡名，長存。

至於當晚我打電話給誰，以及那個人和張愛玲有何關係，為了媲美張愛玲的耐性，我想把答案寫在明信片上，寄給時間。至於時間什麼時候會收到我的信，或者它要不要翻讀我的信，就不是我，或者張愛玲，所能過問的了。

（一九九五）

尋找原味的〈花蓮舞曲〉

——重唱郭子究半世紀名曲

郭子究（1919-1999）是相當傳奇的音樂人物。他只有國小畢業，卻憑著熱情與天賦，摸索出一條自己的音樂之路。他在花蓮中學擔任了三十四年的音樂老師，以其強調讀譜、視唱能力的獨特教法（花中學生音樂課都要先通過「La La La……」節奏視唱這一關），循序漸進引領無數學生進入音樂殿堂。又以身作則，以親譜的歌曲為教材，讓學生在親切學唱中自然領受音樂之妙。說他是「花蓮音樂之父」一點也不為過。他的學生畢業後，分布各地，每愛傳唱他的曲子，他最動人的一些作品，譬如〈回憶〉，〈花蓮舞曲〉，〈你來〉……，遂由花蓮名曲變成凡有台灣人處皆得聞的台灣名曲了。

我在花中求學的六年（1966-1972），幾乎都在郭子究的歌曲聲中度過。初中時我喜歡用口琴、直笛吹奏《郭子究合唱曲集》中的曲調。升上高一後，這些歌和《世界名歌一〇一首》中的歌，成為我和幾位沒事喜歡湊在一起三重唱、四重唱的同學們的最愛。高二，加入學校合唱團，一邊游走於各聲部，體會郭老師歌曲中之妙不可言的和聲，一邊練唱郭老師一節節新譜出來、準備做為我們參加省縣音樂賽「祕密武器」的新歌。我們那一屆郭老師譜的是〈山中姑娘〉，歌詞來自一本《世界名歌一一〇曲集》中拉策羅（E. di Lazzaro）所譜的義大利名歌〈山村姑娘〉（Reginella Campagnola）的中文譯詞。高三沒有音樂課，但我清楚地記得，在面對聯考壓力的那些日子，郭老師優美的旋律不時穿過我的喉頭和心頭，給我極大的慰藉。在台北讀大學那幾年，他的歌更成為我思鄉的解藥。我自己從中學起就喜歡聽古典音樂，並且狂熱地蒐集唱片和相關書籍，做其信徒、鬥士，迄今樂此不疲，執迷不悟，想來郭子究老師難推其責。

郭子究的作品中我對一九六七年譜成的〈你來〉情有獨鍾，覺得典雅清麗，委婉多姿，充滿詩意，是詞曲配合度最高、百唱不厭的一首傑作——「你來，在清晨裡悄悄的來，趁晨曦還未照上樓台，你踏著滿園的露水，折下一枝帶露的玫瑰……」——詞是花中當時另一位音樂老師，美麗高瘦的呂佩琳女士先寫的。譜曲時郭子究人在台中為人修琴，思家心切，寫信給其妻問「你來嗎？」心有所感，因以成曲。但對於另一首標著「陳崑、呂佩琳作詞」的郭老師的名作〈回憶〉，以及「林錦志作詞」的〈花蓮舞曲〉，久唱之後，總覺得詞曲之間不知道什麼地方不大對勁。初中時初學〈回憶〉，唱到「連珠淚和鹹揣繡征衣」一句，覺得歌詞好困難喔，一點都不像眼前這位前額微禿、隨和平易的台灣籍男音樂老師。旋律沒有問題，簡單易唱，非常非常好聽（好聽到多年後民間送葬的西樂隊把它拿來跟其它世界名曲一樣當做輓歌演奏），並且如作曲者所說「具有濃厚的鄉土風味」，但是歌詞文謅謅了些，很難讓人跟身邊的生活情境配合。小調、五聲音階的〈花蓮舞曲〉我初聽就覺得有花蓮的味道——特別是阿美族的味道——歌曲中間鋼琴間奏部分，分明是阿美族人跳舞、歌唱的姿態、節奏，難怪當年在口琴上一遍遍吹它，覺得很像把蘊藏在自己體內的某種力量很過癮地宣洩出，但是當歌詞裡出現像「當你離儂出征去，奴家的衷心誠意」或「儂在這裡，長祈禱」一類字眼時，就會讓身處花蓮的我懷疑：這是花蓮的歌嗎？

郭子究作品裡這種「不倫不類」的駁雜感三十年來一直困惑著我。一直到去年春天，有機會參與花蓮文化中心「藝文家建檔計畫」的工作，閱讀、聆聽郭老師自己剪貼的資料以及口述的錄音帶，並且幾次與郭老師深談後，胸中的謎團才獲稍解。

原來，目前為止大家耳熟能詳、國語發音的〈回憶〉、〈花蓮舞曲〉兩曲，並不是郭子究當初創作的原貌。出生於屏東東港，在牛背上長大的郭子究，年少時從姊夫吹的口琴及當送貨員時日本客戶有的一把吉他初識音樂之神祕，後又無師自通地從教會唱詩班的樂器學會了豎笛和小喇叭，以之吹奏聖詩。一九三七年，以西洋樂器鼓吹「皇民化運動」的文化劇團來到東港，初次見到小提琴、薩克斯風等樂器的郭子究，被悠揚的旋律迷住了，自願隨團學藝，巡迴各地。在打雜之餘，偷抄樂團師父樂譜，苦學得一些演奏和編曲技巧，並且寫作了一首做為宣傳劇插曲的〈防諜歌〉。這首處女作當時在島嶼南北被萬人競唱。離開劇團後，輾轉來到高雄，在酒家教唱、伴奏，隨後遇上了影響他至深的小提琴老師林我沃先生。一九四一年，郭子究參加了官辦的「新台灣音樂講習會」，結業後獲頒一紙「師匠」證書。一九四二年，他隻身抵達花蓮，先在一間酒家「東薈芳」教唱，後遇企業家林桂興，為他組織「花蓮港音樂研究會」，於一九四三年二月二十八日成立，請他擔任講師教授音樂。會員百多人，包括管弦樂隊、輕音樂隊、中西樂團、舞蹈團等。一九四三年八月十二日，郭子究在「花蓮港音樂研究會」於花崗山昭和紀念館舉辦的第一回音樂演奏會中發表了一首〈手風琴三重奏〉，以及一首日本詩人西條八十作詞的〈母の天國〉，由李英娥獨唱——這是今日大家熟悉的郭子究歌曲中最早寫出的一首。這場音樂會，據當時日文《東台灣新報》形容，有近兩千名聽眾到場，「無立錐之餘地」，聽此歌後情緒如「甘美之坩堝」沸騰不已。〈回憶〉與〈花蓮舞曲〉則發表於一九四四年四月二十九、三十日研究會在太洋館（後來之花蓮戲院）舉辦的藝能演奏會上。〈回憶〉當時的曲名為〈思ひ出〉，並沒有歌詞，和另一首由郭子究編曲的台灣古謠〈百家春〉一起以「新台灣音樂」之名，在節目上半場由包括三弦、揚琴、小提琴、手風琴、鋼琴、吉他等中西樂器合奏出。這首曲子本來是為研究會員講解附點音符，順手在黑板上寫出的一串音符，後來潤飾成曲，驚覺充滿思念家園與親人之情，因以為名。一九四八年，他請同在花中任教的國文老師陳崑填詞。福建來的陳老師把它填成充滿古典情懷的閨怨。一九六五年，為了學校合唱團參加比賽，又請呂佩琳老師就原曲後奏部分填入新詞。所以這首郭子究的招牌歌原來是在台灣風的曲調上披加了兩層外省腔的歌詞，聽起來有點像穿平劇或崑曲的戲裝唱歌仔戲，但它還是傳遍了海內外。

〈花蓮舞曲〉在節目下半場由研究會管弦樂隊伴奏，合唱團演唱，研究會女子部舞蹈演出，當時的曲名叫〈荳蘭の娘〉（〈荳蘭姑娘〉），唱的是日文歌詞，由會員張春輝（1922-1995，筆名「三和輝三」）所作。張春輝生於台中大甲，九歲時隨父母遷居花蓮，花蓮港公學校（今明禮國小）畢業後隨兄長經商，並自行研究有關攝影方面的技術，十八歲在黑金通（今中山路）開設三和照相館，為當時花蓮唯一由台灣人主持之照相館。他交請郭子究譜曲的詞以花蓮市郊荳蘭（今田埔）阿美族村落為背景，生動捕捉住土地的色彩、氣味，以及愛人遠行出戰的阿美族少女的豪情與思緒。藝名「星野峰雄」的郭子究當時正任職於「農業實行組合」（農業合作社），奉命組織荳蘭年輕女子為「女子挺身隊」，下田耕作，以免農田因男子盡皆應召出征而荒蕪。每天，郭子究和她們同作息，用音符把聽到的阿美族歌聲記錄下來，更用手風琴為她們伴和。她們原是喜愛歌舞的民族，悲傷時歌舞，歡樂時也歌舞。鮮明的舞姿一一躍上郭子究的腦海、樂譜，轉化成永恆的律動。他當時租住在市郊農舍，附近小溪蜿蜒，駐有部隊，郭子究每日被部隊起床號喚醒，水聲接著入懷，這也是為什麼後來〈花蓮舞曲〉前奏中會出現號角聲似的三個音符，以及琤琤琮琮如水流的音型。郭子究大概在一九五〇年代初向花中國文老師林錦志講解〈荳蘭の娘〉日文歌詞，並且請他翻成中文。除卻前述「儂」、「奴家」一類用詞，廣東來的林老師中文歌詞相當簡潔，頗能掌握原詞的色彩形象，只是私自添加了一些「反攻大陸」時期習見的「愛國情操」（譬如結尾的「但願國泰年豐，且待凱歌歸來時，團聚融融」），把原來歌詞生動呈現出的阿美族人以達觀、熱情面對生命悲喜的情境扭曲了。因為這個原因，我花費了相當的時間，向郭老師問得他原來覺得「沒有什麼價值」的〈荳蘭の娘〉原始曲詞，多方請教後，把日文原詞加上羅馬拼音整理出，並且不自量力，將之譯成新的、可以唱的中文：

囀る鳥の　なまめく羽を
微風輕く　撫でて行く
荳蘭の朝ハイホハイハ　ハイホハイハ
君の征く日に真心こめた
祝ひの言葉　數數胸に
何故か震へて　遂に消え
檳榔の實の　熟れる薫りに

お月様にやり　微笑む
荳蘭の夜　ハイホハイハ　ハイホハイハ
君の武運を　皆で祈り
乙女の汗べ　今年も稔る
今宵は歌へ　うんと踊れ

*

吱吱喳喳鳴囀的鳥，明亮豔麗的翅膀喲，
在輕飄的微風中，舞弄飛動，
荳蘭的早晨。嗨湧，嘿喲，嗨洋，嘿喲。
當你離別的那一天，滿懷的真情誠意，
祝福你的話語，千千萬萬在心底，
奈何顫抖不已，終竟又消失無影。

檳榔的果實，成熟飄芳香，
月亮也露著微笑，

荳蘭的夜晚。嗨湧，嘿喲，嗨洋，嘿喲。
我們在這裡祈禱你，戰場上好運久長，
用我們少女的汗，換來今年也豐收，
今夜且盡情地歌唱跳舞。

我並無意否定那些從大陸來台灣的外省老師們的貢獻。他們的存在給這個島嶼注入了新活力。我懷念在花中讀書時遇到的那些外省老師：從青島來，教地理、國文，並且是我初中導師的綦書晉老師（他曾經熱心指導郭老師準備國文，幫助他順利通過中學音樂教師檢定）；從山東來，教地理、歷史的張愛雲老師；從福建來，教國文的陳震華老師；在國文課兼教英文的張家輝老師；在公民課兼教音樂的林世鈞老師（他們兩位也為郭老師的歌提供過詞）；從海南島來，在學生作文比賽長一頁餘的得獎作品後面，品題上千言、七八張稿紙不能止，自署「海南王彥」的王彥老師……他們用各自的鄉音在太平洋濱上課、唱歌，唱新譜的海岸之歌。這種不協調的協調自然也是一種「族群融合」，一種混血、新生，一種無法磨滅的歷史的真實。

我沒想到在離開花中二十幾年後會幫郭老師整理、重印他的合唱曲譜。這本訂名為《共鳴的回憶》的新版郭子究合唱曲集，除了收入前已印出之曲譜，並且加入了他最近二十年的新作——包括他自己用台語作詞，紀念他岳父李水車傳道士的六首〈水車之歌〉，以及他抬愛我，在年初用我兩首短詩譜成的〈白翎鷥〉與〈童話風〉；集末還附錄了一首花蓮另一位前輩作曲家林道生囑我作詞，以大家熟知的「La La La……」節奏視唱開始，融郭老師七首名曲於一爐，向郭老師致敬的〈海岸教室〉——這些，連同新湧現的原版、新版曲詞，都將在今年六月花蓮文化中心以郭子究為主題的數場文藝季音樂會中演出。

〈花蓮舞曲〉是部分兩部合唱，〈回憶〉、〈你來〉是四部合唱。有人說這些歌是花中校友的識別證，但這句話只說對了一半。會唱這些歌其中一部旋律的，應該到處都是；會唱這些歌其中兩部旋律的，也不見得就是花中校友（像我的小說家朋友張大春，就常常假冒為花中校友，跑到花蓮忽而第一部，忽而第二部地和我們合唱）；唱這些歌時，上上下下，游竄於各聲部而自得其樂的，大概就是真正的花中校友了。

「回憶」的共鳴有多遠？許多人把〈回憶〉當做花蓮縣歌（雖然官定的〈花蓮縣歌〉的確是郭子究所作）；原住民教會把〈回憶〉的旋律採用為聖歌；在海外，異鄉，有人聞郭子究的歌而落淚。郭子究的歌自然是多元、駁雜的。然而，我想，當它們跟土地，跟生活，跟記憶緊緊相扣的時候，也就是它們最純粹、動人的時候。所以我試著把郭子究的〈回憶〉填入他母語的歌詞，在今夜——不管你是不是花中校友，不管你是不是花蓮人——請你打開喉嚨，打開回憶，一起來追尋、重唱原味的島嶼之歌：

美麗春天花蕊若開，乎阮想起伊。
思念親像點點水露，風吹才知輕。
放袂離，夢中的樹影黑重。
青春美夢，何時會當，輕鬆來還阮？

思念伊，夢見伊，
往事如影飛來阮的身邊。
（往事如影往事如影飛來阮的身邊）
心愛的人，你之叨位，怎樣找無你？

美麗春天花蕊若開，乎阮想起伊。
思念親像點點水露，風吹才知輕。
放袂離，夢中的樹影黑重。
心愛的人，何時才會，加阮再相會？

（一九九六）

極簡音樂

1

在一個不怎麼塞車的城市中生活，我騎腳踏車或開汽車旅行。向西，最遠是七星潭或布洛灣。向東，是太平洋上的海市蜃樓。有時我也驅車入縱谷，在島嶼中央的山脈和濱海的山脈之間翻看根據雲、樹、阡陌，同一主題變奏的不同風景，這時我聽到的是布拉姆斯的交響曲，深秋的音樂，特別是第四號，第四樂章，有三十段變奏的帕薩卡里亞舞曲。對生命與死亡冥想的縱谷，布拉姆斯，煩惱，苦悶，絕望，衝突，喜悅，期盼，沉默，縱橫交織的七情六慾。我從布拉姆斯想到葉慈。年輕的布拉姆斯戀愛新寡的克拉拉．舒曼未果，多年後轉向舒曼次女茱麗求婚又未成。葉慈二十四歲遇才色雙絕的愛爾蘭女伶莫德．龔，為其傾心不已，數度求婚被拒，終其一生在詩中對其念念不忘；五十二歲的葉慈在向莫德．龔的女兒伊索德求婚失敗後終於抱憾與通靈有術的海德麗絲結婚。我又想到兩年前遇到的兩位五專女生M與E，她們相親相愛如一對樹林中的仙子。二十歲不到的M居然告訴我她最喜愛的是布拉姆斯的第四號交響曲。今年暑假又遇到E，她告訴我M已離她遠去，而她如何試圖從重重苦痛中走出而暫時未果。

這些都是秋天的果實，苦惱的，金黃的，沉重的生命的果實。所以我決定改弦易轍，選播約翰．亞當斯（John Adams）的《快速機器上的短暫旅行》，反覆堆疊的簡單音型，快速爆發的節奏，推動我離開這城市，這塵世。充滿溫暖音響與精力，不流於單調、機械的「極簡音樂」。

布拉姆斯說的：「生命從我們身上偷走的比死亡還多。」

2

「極簡主義」追求極度簡化的作品構成，始見於一九五〇年代美國的繪畫與雕塑，反對抽象表現主義的主觀情感表現，偏愛客觀以及單純的（特別是幾何式的）造型——幾根日光燈管齊整、對稱地集合一處，同樣大小的正方體框架反覆堆疊，就是所謂的雕塑品了。六〇年代，開始顯相於音樂，特色是旋律、節奏、和弦型態近乎一成不變地重複再現。音樂變化太慢，以致聆聽者必須對最有限的細節投注最大的注意力。

極簡主義者據說從生命本身得到啟發。人生在世，無時無刻不在變化，一時間卻難以察覺——譬如天天見面的家人或朋友，彼此間是察覺不出每日的變化的，但如果多年不見再相逢，歲月寫在彼此身上的音符就很明顯了。如果說音樂是時間的藝術，那麼極簡音樂就是雙重的時間的藝術。

我也有我的極簡主義，四十年來生活在這濱海的小城，不曾離開過這個島嶼一步。我每天傍晚穿著拖鞋，騎著腳踏車在它有限的幾條大街上遊蕩，然後回到上海街和我的父母一起吃飯。在每日相遇的我的眼中，我的父母永遠如昨日年輕，雖然理論上我們被要求一日比一日老去。

不穿拖鞋的時候，我穿涼鞋——或者更準確地說，腳後跟沒有鞋帶的拖鞋似的涼鞋。穿著涼鞋到學校教書，到官府辦事，到音樂廳聽音樂，由春到冬，四季如一。我有一首詩這樣寫：「涼鞋走四季：你看到——／踏過黑板、灰塵，我的兩隻腳／寫的自由詩嗎？」我穿構造簡單的涼鞋、拖鞋，一方面為了抵抗香港腳，一方面因為自在、方便。拖鞋，腳踏車，山，和海，這就是小城生活的我的極簡音樂。外人走進來也許覺得奇怪（前後兩次，電視台來訪談我的寫作，都從我腳下開始拍起），他們把最大的注意力放在最有限的細節上。

我的學生看我每天幾乎都穿同樣的衣服、鞋子去上課，一定覺得很單調。我自己並不覺得。我感覺巨大的精力和耐力，週而復始地在每日生活的軌道上拔河著。溢出來的是無法承受的水花，「低限而燦爛」的音樂。

在一個簡單如棋盤，旋轉如唱盤的小城。

布洛灣在太魯閣峽谷，溪畔與燕子口之間，泰雅族語「回聲」之意。走到這個台地，泰雅族人聽到迴盪天際的生之音響。

3

有時是死亡的呼吸。或者，揮之不去的絕望的低鳴。

你在他們身上聽到同樣的生命的回聲，為致命的女性而受苦。Femme fatale。葉慈的莫德．龔。女子M之於女子E。「他人，因為你當初違背／那重誓，變成了我的朋友；／但每次，我面對死亡，／每次我攀登夢境之崔巍，／或是興奮於一杯美酒，／猝然，我就瞥見你臉龐。」這是余光中的翻譯。回聲把葉慈被撕毀了的「重誓」翻譯到滴水穿石的時間在每個人心中鏤成的峽谷，而後，化作嘆息。

M是音樂精靈，美與純真的疊影，至少在我兩年前見到她時。E與M曾經「真誠而毫無保留地相親著，並且因著相似的質地而更加珍惜彼此」，但，E繼續寫說，M「終究是屬於陽光下的孩子」，而E自己「身上早潛藏著陰影斑駁的胎記，隨著成長的揭露越發加深它的色澤」。逐漸適應於黑暗的E，「依舊從一而終地深愛著」M，而M「卻已因著察覺這光影色澤的差異開始感到迷惘與懷疑……」E不懂，為什麼那在她們「如孩童般天真時便已透明且茂盛生長的愛，一旦置放在為使人類幸福的道德尺度下，竟顯得如此複雜、扭曲和醜陋？」

甜甜是她們共同的名字：「兩年多前的一個清晨，當我倆因著徹夜靈魂對話的美好超過了幸福的飽和度時，近乎無法承受的甜蜜使我們決定要為你我取個只屬於彼此呼喚時的暱稱，甜甜——」甜甜——攬鏡自照的美的回聲。因失去M，「用右手食指的尖端瘋狂地在細瘦的左腕劃出一片紅腫如玫瑰花瓣的烙印」的E，在她的「親密書」裡向記憶之鏡索影，用痛苦兌換喜悅，用死呼喚生。

M與E。我。我們。布洛灣。

4

二十世紀藝文界最顯赫的 femme fatale 也許是愛爾瑪．辛德勒（Alma Schindler, 1879-1964），作曲家馬勒（1860-1911）的妻子。

但愛爾瑪不只是馬勒的妻子。貌美而富文學、音樂天賦的愛爾瑪，在一九〇二年以二十三歲之齡嫁給大她十九歲的馬勒前，已曾讓兩位傑出藝術家為其傾倒著迷：世紀末幻想派繪畫大師克林姆（Klimt, 1862-1918），以及她的作曲老師（也是無調音樂鼻祖荀白克的老師和姊夫）柴姆林斯基（Zemlinsky, 1871-1942）。婚後，愛爾瑪放棄了自己的作曲生活，成為不安而自我的馬勒創作的支柱和動力來源。馬勒很多作品都是寫給她的情書——出自對她的愛；出自對失去她的恐懼：《五首呂克特詩歌》中的〈如果你愛的是美貌〉，第五交響曲透明優美的稍慢板第四樂章，第六交響曲第一樂章高揚飛翔的第二主題，規模龐大、以歌德《浮士德》終場詩篇做結的第八號「千人」交響曲（馬勒把此曲題獻給她時說「這難道不像是婚約？」，又說「每一個音符都為你而寫」）……馬勒將自己鎖在自己的音樂城堡，未能在兩性生活上盡力，終導致愛爾瑪另結新歡，於一九一〇年結識了小她四歲的格羅皮厄斯（Gropius, 1883-1969）。馬勒找來這位後來創辦了著名包浩斯學校，開啟玻璃帷幕牆、幾何形體等「國際風格」的年輕建築師，要愛爾瑪做一選擇。愛爾瑪別無選擇，因為馬勒是她「生命的中心」。馬勒未完成的第十號交響曲手稿最末巨大、顫抖的字跡，見證了馬勒晚年飽受煎熬的心靈：「為你而生！為你而死！愛爾瑪！」

愛爾瑪在馬勒死後第五年（1915）嫁給格羅皮厄斯。但一九一一至一九一四年間，她卻和小她六歲的表現主義畫家柯科西卡（Kokoschka, 1886-1980）迸發了激烈的愛，她成為柯科西卡靈感的泉源，柯科西卡為她畫了多幅畫像，以及暴露他們親密關係的雙人像。分手後，柯科西卡自願入騎兵隊參戰，受重創，身心俱頹的柯科西卡畫風益發狂亂，顏料厚塗，線條扭曲。一九一八年，他定製了一具和真人一樣大小的娃娃——栩栩如生的翻版愛爾瑪——嘴巴會張開，有牙齒，有舌頭，有頭髮，皮膚「摸起來像梨子」，甚至有生殖器，有恥毛，以之為模特兒畫了一幅《藍色的女人》（他為這幅畫作的習作據說高達一百六十張），一九二二年又畫了《畫家與娃娃》。

一九二九年，愛爾瑪與小她十一歲的表現主義詩人、劇作家、小說家威爾弗（Werfel, 1890-1945）結婚，並輾轉於一九四〇年移居美國。威爾弗於一九四一年寫出他有名的小說《聖伯納德之歌》，翌年改拍成電影獲得五項奧斯卡獎。可嘆的是，前年英國出的一本不錯的藝術辭典，講到威爾弗時居然把愛爾瑪當成馬勒的女兒。

前幾天檢視最近從小耳朵錄下的東西，在一部關於荀白克的紀錄片裡赫然見到這些領一時風騷的人物，透過演員，一個個出來說話：柴姆林斯基，柯科西卡，愛爾瑪……影片裡彩色、鮮活的愛爾瑪比起書上看到的一些黑白照實在美豔許多。

格羅皮厄斯說：「心智像傘一樣，最好的時候是打開的時候。」

愛爾瑪是全開的女人——打開自己，也打開她戀人們的傘。

（一九九六）

5

七星潭不是潭，也沒有七顆星，很簡單，它在小城之北，為有弧形海灣的漁村，我下午剛去過，才回來。

偷窺偷窺大師

巴爾蒂斯（Balthus, 1908-2001）是畫家中的偷窺大師。我自己一直很喜歡閱讀西方現代美術，也一直以能邂逅新歡、買到新畫冊為樂。但我卻是在近三十歲時，才在《新聞周刊》（*Newsweek*）藝術專欄裡偷窺到這位偷窺大師的畫，並且很氣憤自己從大學以來購買、閱讀的那幾本進口現代美術史或辭典為什麼沒有出現他的名字或畫作。

我看到的他的第一張畫名叫《美好時光》（*Les Beaux Jours*, 1944-46），畫面中央一個十來歲，思春期的小女生（今天他們所說的「幼齒」），上身衣裳半開，右肩裸裎，酥胸微露，裙子撩起至大腿以上，斜躺在一張鴛鴦椅上，持鏡端詳自己的媚姿，畫面右邊，一個肌肉結實，侏儒似的男子，跪在壁爐前撥火。午後的陽光自簾幕厚重的窗戶滲入，將房間浸淫在非人間的氛圍裡。這張畫一點也不傷風敗俗——既不暴露三點，也無不雅動作——卻明顯地散透著一種祕密的淫蕩。無邪的童真和成人的色慾神祕地交界著，這也許就是人類最美好的時光吧！那侏儒似的男子也許是畫家自己，背對著我們撥弄著慾火，撥弄著創作之火。如果這是一幅「畫家和他的模特兒」，巴爾蒂斯顯然以半張半掩的童真為其寫生的祕密花園。

這樣的妙齡少女，這樣的曖昧房間，不斷出現在他的畫作中：《有貓的女孩》（1937）裡椅子上的少女手抱頭後，撩起的綠裙下白內褲顯露在張開的腿間；《泰莉斯做夢》（1938）裡同樣坐姿的少女手抱頭上，紅裙與白內褲對比更鮮明；《凱蒂讀書》（1968-76）裡少女的裙子撩得更高，專注讀一本令人好奇的書；《白裙子》（1937）裡紅髮少女襯衣半解，厚實的乳房欲破胸罩而出；《吉他課》（1934）裡女教師右乳袒露如劍拔弩張，一手猛握少女頭髮如鎖弦，一手緊扣少女性器附近大腿如彈琴（這幅畫在一九三四年初展時造成「醜聞」，被指為色情畫）；《愛麗絲》（1933）裡的少女一腳踩在椅上，褻衣下微微露出的性器如花瓣初啟，如花瓣上的露水垂垂欲落；《房間》（1952-54）裡一位女侏儒用力推開窗簾，讓陽光流瀉在斜躺於椅上的裸女雙股間……。常常有一隻貓出現在這些畫的一角——做為幸福童真的見證者抑或偷窺的共謀？巴爾蒂斯自稱「貓王」（他有一張以此為題的自畫像），一個不斷學習新詭計，隨時機靈地掩蓋自己的足跡，拒絕長大的貓童。波特萊爾說：「天才可以任意回到童年。」巴爾蒂斯也許就是這樣的天才。

波蘭貴族之後，雙親也是畫家的巴爾蒂斯，於一九〇八年（閏年）的二月二十九日生於巴黎。幼年、少年的他隨失去祖國的雙親流轉於法國、德國與瑞士之間。畫家波納爾（Bonnard）、德蘭（Derain）、馬爾克（Marc）、馬蒂斯等都是這家人的好友。一九一七年，巴爾蒂斯的母親巴拉迪娜與丈夫分手，帶著兩個孩子先到伯恩、後到日內瓦居住。一九一九年七月，詩人里爾克（Rilke, 1875-1926）到瑞士旅行，結識巴拉迪娜，開始進入母子們的生活。眷戀著巴拉迪娜的里爾克，愛屋及烏，與孩子成為忘年交。他跟巴爾蒂斯通信，如兄如友。早慧的巴爾蒂斯，無師自通（他一生沒有進入任何美術學校），十三歲時讀到《莊子》喪妻鼓盆而歌等故事，畫了一系列插圖，里爾克見了訝其才能，鼓勵他追求自己的藝術之路。同年，巴爾蒂斯為走失的愛貓畫成連環畫《咪仔》（*Mitsou*）四十幅，里爾克更為其作序並料理出版事宜。

　　里爾克覺得巴爾蒂斯每四年才出現一次的生日是一種幸福，使他得以溜進年歲的「縫隙」，他進入其間，脫離時間的軌跡，走入一個「不受世事變遷法則左右的王國，在這裡，我們失落的事物（譬如「咪仔」）……兒時玩壞的娃娃等等，重新聚合了。」里爾克勸他「不要消失在那『縫隙』，……只在睡夢中窺探一番即可」。他相信巴爾蒂斯「一眼便可望見它，甚至有幸瞥見其他的光華」，「三月一日一早醒來，你會發現自己滿載美好而神祕的紀念品。你不會自我歡宴，你會大方地和他人分享——細述痛切的感受，向他們描繪你這難得一見的生日的盛景……」里爾克覺得這大半時間存在於另一個世界的謙遜的生日，使巴爾蒂斯有權享有不為我們所知的許多事物：「我願你能將其中一些移植到我們的世界，讓它們在多變無常的季節裡仍能順利生長。」巴爾蒂斯一生真的穿過「縫隙」，將自己置放在一個與少女、洋娃娃、貓為伍的幽密世界，並且透過畫布，讓我們窺見那神祕世界的光華。

看過一九八三年十一月十四日的《新聞周刊》後，我彷彿在牆壁上找到了一條縫隙，開始搜尋巴爾蒂斯的畫作、形跡。然而頂多在新進的百科全書或美術辭典上讀到內容相近的幾行描述，若有畫例，多半是那幅《美好時光》，或是同期《新聞周刊》上印出的另一幅——《街》（1933）。但這也足夠我享用了。我猜想這個島上大概沒有其他人注意到這面牆，以及它的縫隙，所以我盡情地，舒緩地，享受獨自偷窺的樂趣。《街》這幅畫彷彿夢幻劇或傀儡戲，在一條跟義大利形上畫家吉里訶（De Chirico）筆下街道一樣玄祕的街上，九個夢遊似的人物（包括餐廳前廚師造型的招牌），或胖或瘦，或高或矮，或男或女，疾走，徐行，俯身，靜立，轉頭，遊戲於畫面的不同角落，交織成一齣極具張力、耐人尋味的無言劇。這是一幅熱鬧的街景，幽閉的氛圍卻一如室內；畫的是尋常生活，但裡頭的人物卻彷彿從各自的夢境走出，各行其是，互不相干。這樣的孤寂、疏離的活力，這樣的既熟悉又陌生的真實，令觀者覺得困惑，不安，好笑。畫面左邊，一名少年強抱少女，右手伸向她下體。這幅畫的買主是美國的梭比氏，他將之懸在客廳，卻苦惱地發現畫中少年右手的位置成為他九歲兒子及其同伴們興奮、注視的焦點。他詢問畫家是否可以稍做修改，出乎他意外，巴爾蒂斯答應了。

我苦求一本英文巴爾蒂斯畫冊而不可得。一九八九年九月，在一本本地美術雜誌上居然看到一位名叫「邢嘯聲」的大陸人寫的巴爾蒂斯訪問錄，這名「共匪」跑到巴爾蒂斯瑞士住處和他促膝長談，相見恨晚！文前還刊出多頁巴爾蒂斯畫作。真令人生氣！他這一寫，全台灣不都認識巴爾蒂斯了嗎?我的牆壁,我的縫隙,還要做什麼?一九九三年八月,在《新聞周刊》又讀到巴爾蒂斯在瑞士回顧展的報導,登出的兩幅畫,一幅是《美好時光》,一幅是新完成的《貓照鏡Ⅲ》——同樣是攬鏡少女,但照鏡的是貓。在此前後,我忍痛買了兩本法文的巴爾蒂斯畫冊。對於不諳法文文法的我,翻查字典,望文生義,那些法文字還是牆壁上很動人的縫隙。

一九九五年八月,一件令我無法忍受的事情發生了——巴爾蒂斯的畫居然來到台北展出。這,這不是太羞辱我了嗎?要和那些凡夫俗子在大庭廣眾下「共享」我的祕密喜悅?那些本來連巴爾蒂斯怎麼拼都不知道的媒體爭相談論他的作品。這畫展,我絕不去看。

但我還是去了,因為我發現這次來的只有二十二件他的作品,並且沒有幾件是重要的油畫或蛋彩畫。那天,跟著擁擠的人潮進入美術館,在寬大的展覽廳看到巴爾蒂斯的畫零星地掛在牆上,我覺得很欣慰。那些我覺得最迷人、最私密的巴爾蒂斯畫作,真好,都沒有出現!這些來看熱鬧的,他們是偷窺不到我的巴爾蒂斯的。

巴爾蒂斯說他的畫展目錄導文最好這樣開始:「巴爾蒂斯是一名我們對其一無所知的畫家。現在,讓我們看他的畫吧。」舉世滔滔於各種主義時仍堅持畫具象畫的這位藝術家,自然也有些經歷。他曾應小說家馬洛(Malraux)之請,任羅馬法蘭西學院院長十六年。畢卡索買了他的畫,稱他是「二十世紀最偉大的畫家」。但他還是喜歡離群而居,孤高地留在他的世界，偷窺人生。

這兩年又買了幾本巴爾蒂斯畫冊（有一本中文的還是前面那位「共匪」在大陸編輯出版的）。這些畫冊堆高了我的巴爾蒂斯視野。但我發現，最動人的巴爾蒂斯，還是那些掛在我的心底，從我的牆壁縫隙中偷窺到的！

（一九九七）

防空洞同盟

防空洞同盟是沒有向任何政府註冊登記的祕密結社。它是一個組織鬆散的團體，它的成員間甚至互不相知，但是仍可經由一種奇特的，對於不可承受的生命的巨大的空洞感的共同反應、防禦，隱晦地辨認出。

我本來也不知道自己是其中一員。兩年前某一天，當島嶼國會女職員透過報紙指出她們在國會女廁所尿尿或屙屎時，隔間的木板底下經常伸過來一隻鞋頭擦亮如鏡子的男性的腳，並且強烈懷疑屬於某位國會議員所有，並且一位自稱防空洞同盟發言人的人打電話向電視台表示那隻腳和鞋子是該同盟的驕傲後，我才知道，一直想用出考卷、改週記用的寶藍派克鋼筆在女廁所牆壁鑽一個小洞的我，老早就入盟了。我不知道我在國會殿堂上的同志叫什麼名字，當我讀到這則消息時，我心頭湧起一種混合著喜悅、同情與緊張的感覺。我很清楚他這樣做是為了要以勇往直前的腳的一擊，刺破生命的空洞，在發光的鞋面閃現一個比真實還永恆的人體的映像時，獲得一種祕密的舒適、解放，化解無所不在的人類的不安全感。

我認識一位小說家，他的文字準確潔淨如詩，他在電腦上反覆修改他的作品，彷彿擦拭、磨光一面鏡子。他的不安，他的企求獲致平衡、完美，使他在說話時不時插入標點符號似的清喉嚨的乾咳聲——然而卻是一堆與語意或文法不甚搭配的標點。甚至於不說話時也是如此。他的喉嚨裡並沒有痰，他的喉嚨裡有的是印在鏡子上的虛幻的黑點，他不斷地清除、擦拭。這無所為而為的咳嗽標誌著他的存在，穿過不安的空氣為他構築一個可以藏身其中的透明的防空洞。只有在入睡以後，他才是安靜的。

我認識一位在市政府擔任股長的男子，他的左臉有一顆玫瑰色的痣，痣上長了一撮長逾七公分的黑毛。他每天的工作是批公文，呈公文，發開會通知，開會，整理會議記錄。他坐在他位於地下室的辦公桌前，右手振筆疾書，左手悠緩地搓著痣上的毛，七公分的黑毛在他心上愈搓愈長，彷彿雲梯不斷上升，穿過一樓人事室的鐵櫃，四樓檔案室的牆壁，一直到達光與愛的所在。這時，他臉上露出如嬰兒般的笑容，他天堂裡的防空洞，我想，是用玫瑰築成的。

我認識一位婦人，她年輕時是眉清目秀的美女，但她似乎害怕對號入座的五官沒有在她臉上坐對位子，不時皺起鼻子，猛旋兩三圈，讓五官玩「大風吹」遊戲，以確定它們各在其位。她的鼻子在空中打轉時畫出一座隱形的、袖珍的防空洞，讓她及時把不安和疑慮塞進去。她沒有女兒。她有一個孫女，隔代遺傳，也是眉清目秀。讀小學的她，起先跟她祖母一樣，也是眨眨眼睛，皺皺鼻子，張張嘴巴，後來慢慢發展出她獨特風格的防空洞，常常趁父母不注意時把手摀在鼻子上，猛然深吸，彷彿存在她掌心的是一個取之不盡、用之不竭的氣味的無底洞。

我認識一位女檢察官——我一位高中同學的妻子，她從小就具有正義感，極力追求秩序以對抗虛無、混亂的人生。幼年時她與鄰居女童們在家門口遊玩，見她們指甲裡包藏黑黑的汙垢，立刻拔刀相助，拿起自己的髮夾為她們——除害。沒事，她三省吾身，以己為鏡，咬嚙、撕拔、搓磨她手上腳上臉上一切不平、不潔之作物。她喜歡乾乾淨淨。乾乾淨淨做人，乾乾淨淨做事，乾乾淨淨做愛。我的同學有一次告訴我們，他的妻子必整整齊齊摺疊、放置好每一樣她解下的衣物——從裙子、內衣到手帕、襪子，才肯與他上床，甚至於翻覆之際，不幸扯斷了秀髮，她必停下，將那一根或兩根髮絲摺疊整齊，方肯再戰。自律律人，人人有責。還有什麼比撥亂反正更具充實的快感？

我有一位小學同學，見書本上金字塔矗立大漠，常嘆宇宙之無垠、人類的卑渺，從初中起他就勤挖自己的耳屎，聚沙成塔，將之存放於一透明的瓶子裡。每次有新礦出土，他必慎重其事，以鼻審視之，然後對比舊藏，玩味再三。當別人因為青春期、因為中年期覺得生命索然時，他胸中卻有一座古埃及帝國。他的一位表弟，則喜歡蒐集從小到大自己身上各處傷口結疤後剝落的痂，痛定思痛，層層相疊，讓他覺得自己住在一座最堅實的防空洞裡。他表弟的一位表弟則喜歡在入浴時置米達尺一根於浴缸旁，遇自己水中放屁，迅速測量所造成之氣泡大小。氣泡是空洞的，然而數字是真實的。

我認識一位消防隊長，他因為所住的小城沒有天天火災，不克時時為民服務而時感生命空虛。他不抽煙，但他喜歡為別人點煙，當火柴或打火機在他指下亮起火焰，他的生命即刻又熾熱起來。當他一口氣用力吹熄手中的火焰（啊，即使是小小的火焰），他有一種置之死地而又生的的完滿感。每天，他擦拭消防車上的警鐘、噴嘴和他的消防盔時，他想到的不是火，也不是水，而是一粒在城市屋頂跳來跳去的紫紅色的乒乓球。他不知道為什麼。我也不知道為什麼。

我不知道散布各地的我的同志們為什麼不像扶輪社、青商會或退職調酒師聯誼會般定期舉行年會。我只知道每個人也許都試著用自己的方式，為我們的組織，為這個逐漸失卻重心與標的的世界，盡力。那一天走出女中側門與那人擦身而過時他告訴我，因為對組織的愛，當他在濱海的街上對著女生宿舍窗口翻露下體時，他感覺自己強壯得像一根貼滿「神愛世人」、「天國近了」、「你不可通姦」等箴言的電線桿。這世界，他說，需要信仰。

（一九九七）

校勘大師

校勘大師並沒有什麼顯赫的學歷。他出生於我們這個有八十餘年歷史的共和國誕生的第三年。半生戎馬，為國奔馳，歷任軍中大、中、小、分隊長。他的最高學歷是「軍委會委員長行營軍官隊修業一年」。他隨著他所愛的黨和軍隊，在他所愛的祖國變色後，抱著一顆創痛的心，踏著陰暗的影子，飛奔到這個島嶼。幸好他唯一崇敬的委員長接著也逃來這島上，策勵反攻復國大計，在國防部裡成立了總政治部，印發各種政治教材，頒發三軍將士閱讀，並且舉行週考、月考、期考。他讀完了《國父遺教》、《領袖言行》、《政治常識》、《精神教育》、《軍人魂》、《民族正氣》、《漢奸必亡》、《勝利之路》、《軍紀的話》、《荒漠甘泉》等書後，將書中的錯字錯句，分別列表油印，寄給他所有認識的人或機關團體，請他們將錯誤更正。於是接到不少回信及獎勉函札，總政治部且將其「錯字建議勘正表」印發三軍一體更正。從此堅定了他以校勘報國的心志。

四十年來他主動閱讀了有關四大領袖——他唯一崇敬的國父、他唯一崇敬的委員長、他唯一崇敬的經國先生、他唯一崇敬的登輝先生，以及當今行政院長的文獻不下千萬言。讀後列出勘正表送總統府、行政院參照改正。又數次為文指出國立編譯館所編教科書中之訛誤，為國家未來的棟樑扶正學習的棟樑，從而受邀參與教科書編務（他們會在付印前寄一份四校稿請他校對，以免書出後勞他向各大小報刊投書），頗受尊重，影響深遠。他經常受委託校勘當今政要、財團領袖的專書、自述或情書、菜單等重要文件，獲得了一份可貴的交情。為了推廣校勘之功，精研校勘之學，他號召同志成立「校勘學研究委員會」，隸屬於「中國詩經研究會」，全銜是「中國詩經研究會校勘學研究委員會」，由主管官署正式核頒「印信」。他並且獨力創辦每期厚達兩頁的《校勘雜誌》——每月九日出刊（迄本文寫作前兩個月止已出刊二六〇期），按月出刊，從未脫期。每期零售新台幣伍圓，訂閱一年陸拾圓。他唯一崇敬的監察院長ＸＸ先生曾劃撥新台幣貳仟圓，指明係用作訂閱費。按：年訂費陸拾圓，這筆錢應是訂閱《校勘雜誌》三十年的費用，這是《校勘雜誌》少有的政要訂戶，因之使我們的校勘大師倍感光榮。

「校勘學研究委員會」設主任委員一人，委員若干人（目前禮聘委員共二十一位），其餘副主任委員、顧問、秘書等人員均無定額。另設秘書長一人。委員除出席定期委員會、大家掏錢聚餐、發表文章外，均為榮譽無給職。主任委員連選得連任，從第一任迄今都是兼任《校勘雜誌》社長的我們的校勘大師。以一個（如今已退休的）小小軍官，成立了一個冷門的校勘學學術機構，針對著領袖的文獻鉅構，做文字文學上之專業校勘，敢問誰與爭鋒？答案是：「只此一家，別無分號。」

我們的校勘大師為了奉行他唯一崇敬的委員長生前的訓毀（「凡書中沒有講明的道理，或有錯誤，都要徹底研究，求得其正，用客觀的態度來研究和批評所讀的書。」——見《委員長言論彙編》卷六，二十三頁）以及逝世時的叮嚀（「復興民族文化」——見《萎員長遺囑》），特別將他多年來發表於各報章雜誌的研究心得編印成精深、博大，厚達數十頁的《校勘應用學》一書，並且作為他在XX文化學院教授的「校勘學」一科唯一指定的教科書。我有幸曾經翻閱這本不世出之奇書，深為其高人一等之奇想所育樂。裡頭的篇章讓我印象深刻的譬如：〈《委員長祕錄》第二冊讀後感〉，〈《委員長祕錄》第三冊讀後感〉，〈台北街頭酒家茶室招牌的錯字〉，〈校勘學簡介〉，〈我讀完了 國父全書！〉〈XX公司董事長尊翁XX公諱XX訃文校勘〉，〈對〈對〈糾矯國立編譯館《高中國文》第四冊錯字〉一文之糾矯〉的糾矯〉……其中最令我肅然起敬的是一篇（連標點在內）長達千字的弘文〈中華民國憲法讀後感〉，最精華的部分謹錄如下：「憲法的神聖與莊嚴，是任何人都不可否認的。我為了重視憲法，所以字字行行的細讀了好幾遍。它是中央文物供應社五十五年二月發行的影印本。按出版物的要訣——四精來說，它還只有精稿、精編、精印。至於精校一項，尚有商榷之處，例如：一、『第十六條，人民有請願，訴願及訴訟之權』的『權』字下面，要加標點符號的『。』；二、動員戡亂時期臨時條款文中，將『戡』字誤植為『勘』字共有七處，這當然是不對的囉；三、臨時條款第五條，『在戡亂時期』的『戡』字上面，要加『動員』二字纔對……」啊，他治學之用心，識見之幽微真是以管窺天、見微知著、錙銖必校、五臟俱全！

為了向我們的校戡大師致敬，並且進一步激發其展現「仰之彌高，鑽之彌尖」的校戡技藝，我特別在這篇文章裡安排了幾個錯誤，等候他銳眼扁正。我將在收到他的「錯字建議戡正表」後，笑法他所崇敬的機關團體、達官顯要，發送給他一封感謝、獎勵之函。

（一九九七）

四季

他現在坐的地方是小城的一家咖啡店。落地的玻璃窗內一張木頭桌子，清潔明亮的光。窗外是小小的庭園，以及如歌的雨。

他以前很少到咖啡店，因為他不喝咖啡。他的學生大學畢業後回到小城，頂下了這家名叫「四季」的咖啡店，經常和他們聊天的他於是常常出現在這裡。

這家咖啡店放的音樂，從古典到現代，從西方到東方，從爵士樂到這小城自己的原住民的歌謠——很像一間唱片行，幾乎都是他熟悉的。因為十幾年前那些學生一個個走進、走出他家裡小小的、很像唱片行的客廳，聽音樂，聊天。咖啡店書架上擺著他自己和其他幾個住在這小城的作者的書，給人看，也賣。前一任店主時即已有之。

他坐在這家咖啡店和他的學生、朋友聊天，彷彿在家裡，又不是在家裡。窗內是清潔明亮的光和音樂，窗外是如歌的雨。德布西的《版畫》，雨中庭園。

咖啡店是去年秋末頂下來的。秋天，冬天，春天，現在已經是初夏了。

他坐在一家名叫「四季」的咖啡店。他坐在一個空間，也坐在時間。

（一九九七）

想像花蓮

我的花蓮港街地圖是繪在記憶與夢的底片上的，一切街道、橋樑、屋舍、阡陌……皆以熟悉、親愛的人物為座標。穿過地圖中央的是一首音樂，一首河流般蜿蜒，沒有起點終點，沒有標題的音樂。你說是七腳川溪。你說是砂婆礑溪。你說是花蓮溪。你說是立霧溪。

穿過我童年的是一條大水溝。這條水溝流過我就讀的明義國小時，似乎還是清澈的。過了詩人楊牧家住的節約街，過了中正路，溝上加了蓋，住了做小生意的人家，溝水就開始變濁了。中正路是王禎和小說裡經常出現的街道（王家就在中正路、中山路交會處），〈香格里拉〉裡貼著五顏六彩電影海報，高聲播著「這美麗的香格里拉，這可愛的香格里拉……」的廣告三輪車，就是沿著中正路緩緩移動的。從中正路，東流二十公尺，就是小說家林宜澐生長的中華路。三十年前，天一亮，走過中華路，你一定可以看到穿著內褲、汗衫，四季如一，在慶和鞋行門口運動的他爸爸。他爸爸是明義國小棒球隊非正式的後援會長，只要擊出全壘打，就送最新最帥的「中國強」球鞋。一九五八年，市長盃棒球賽冠亞軍賽前，有一場臨時加演的「阿胖」大戰「阿瘦」趣味賽，胖子隊在七局下半林宜澐爸爸擊出一支滿貫全壘打後反敗為勝。有圖為證，我的朋友邱上林編的《影像寫花蓮》裡就收錄了兩張小說家提供的照片。三十年前，日本撒隆巴斯女子棒球隊來花崗山野球場友誼賽，小說家的爸爸在滑壘時用力過猛，扭傷肩膀，嬌滴滴的撒隆巴斯隊員馬上撲過去貼上一塊撒隆巴斯。

過中華路，東流二十公尺，就是我住的上海街。再東三十公尺，就是詩人陳克華住的南京街。從這裡開始就是所謂的「溝仔尾」，小城的紅燈區。百年來，這附近懸掛過多少酒家，Café，貸座敷，茶室，妓院的招牌，我無法確知：祇園，泰雅，花家，花屋敷，東薈芳，君の家，東屋，黑貓，寅記樓，江山樓，朝鮮亭，山水亭，天仙閣，高賓閣，夜都會，滿春園，春香，新麗都，夜來香，大觀園，大三元……。王禎和《玫瑰玫瑰我愛你》裡寫的美軍光顧的酒吧一定就在這裡。陳克華有一首〈南京街誌異〉寫私生的混血兒：「我看見我降生在這樣一條街子：／因為三千哩外的越戰／而暴發起來的吧兒巷——／……我看見我體內揉雜著兩種衝突的血液／當南京街不著痕跡地從良／我成為一隻精蟲誤入的見證，／那些善良清白的鄰家孩子喊我：／哈囉ＯＫ嘰哩咕嚕。／我總是溫柔地回答：／幹你老母駛你老母老雞巴。」我的同學朋友家，居然無一人營此業，但我父親一位明義國校高等科同學家就是東薈芳，正是我中學音樂老師作曲家郭子究初來花蓮教唱之地，酒家後來遷到成功街、忠孝街交角，原國姓廟所在處，但離奇地在一次地震後失火崩塌，後又鬼話不斷（有人信誓旦旦說聽到日據時代自盡的酒女的歌聲），至今仍為空地。楊牧家原本在南京街底過和平街處，隔著另一條水溝，彷彿另有其山風海雨，一代儒者、詩文家駱香林住的「臨海堂」就在這條溝邊。

這些街道是我慣常走過的地方，是我的波特萊爾街，我的「不如一行波特萊爾」的人生。

溝水再東一百公尺，是詩人陳義芝出生的重慶街。再東，就是太平洋了。

如果我站在一九三九年，我住的上海街應該叫稻住通，而圍繞王禎和家的應該是筑紫橋通和黑金通。筑紫橋通上有一條木造的筑紫橋，跨米崙溪（之前叫砂婆礑溪，後來叫美崙溪）連接新舊市區。溪水過筑紫橋，流過朝日橋、日出橋，便到海了。如果選擇一格底片沖洗花蓮，所有花蓮人應該會同意把鏡頭架在米崙山上，對準這一系列橋，對準海。一九七六年在我國中一年級班上，父親是退役軍人，母親是阿美族人的「楊狗」，在他的日記上用充滿錯別字與不準確注音的中文告訴我他乘著自己做的竹伐在拂曉時順米崙溪而下與日出相遇。筑紫橋在終戰後改建為水泥的中正橋，去年因為擴建，封橋。整個小城好像患了感冒，塞住了一個鼻孔。前幾天，為配合到臨的縣市長選舉，執政的K黨趕緊挖清鼻涕搶著通行，在橋的兩側插滿候選人旗幟。

如果我站在一九三〇年，站在一張參與霧社事件警備任務歸來的太魯閣族原住民的照片裡，我也許會登上那輛編號「花９６」，寫著「恆興商會」四字的卡車，向擠在上面的他們問什麼是「兇蕃」，什麼是「味方蕃」。卡車後面是最熱鬧的春日通（後來他們所說的復興街），台灣銀行出張所在左邊，東台灣新報社在右邊。十年後，一位名叫龍瑛宗的台灣青年將會來到這個出張所工作一年多，並且在日文寫成的文章裡記錄他在薄薄社祭典裡被阿美族朋友拉進去跳舞，在愈圍愈大的圈圈裡感覺自己的靈魂和其他靈魂交融在一起，記錄他在縱谷的溫泉旅社，對著酒後月下的龍舌蘭，忽然想到自己的存在：「太平洋上一個渺乎其小的孤島台灣的東部地方，就在那裡的海岸山脈，這一刻正有我這個人在走著……」照片裡的春日通一直通到照片外小說家楊照外祖父許錫謙開設的商行：許錫謙，一九三一年組台灣經濟外交會花蓮支部，一九四六年任三民主義青年團花蓮分團宣社股長，一九四七年二二八後，被發現陳屍南方澳海邊。我在一九三五年駱香林領導，成員包括駱香林門生、記者、醫生、水果販、煙花女子……的「奇萊吟社」所印詩刊《洄瀾同人集》裡看到二十歲的許錫謙名字也在新入社社員名單內。春日通再過去是通往海邊的入船通，我出生的木瓜山林場宿舍就在這裡，靠近一九四七年成立的更生報社。

如果我站在一九二四年，站在更生報社前面的小廣場，我也許會看到擔任東台灣新報社長和花蓮港街長的梅野清太從他樹影搖曳，綠意盎然的宿舍走出來，他和熱愛東台灣的《台灣パック》雜誌主編橋本白水剛剛發起成立「東台灣研究會」。我知道我會讀到他們以月刊形式發行，前後歷八年半，出刊九十七期才會停止的《東台灣研究叢書》。我會在第十七、二十期讀到緋蒼生寫的〈東台灣へ〉，在第六十六期讀到台北三卷春風寫的〈臨海道縱走記〉，在第八十一、八十三期讀到柏蕃彌的〈太魯閣入峽記〉。之前，橋本白水自己早寫過一篇〈東台遊記〉，他描述在花蓮停留時的感受：「詩人可以從一根草看出自然的妙趣，從一朵花發現宇宙幽玄的真意，……但我非詩人，亦非文人，遺憾無法以妙筆描繪天地間鮮活之事實。汪洋大海有浩波，渺茫蒼穹無數光體羅列……皆造物者之幽趣也。這天地之幽趣即人生之幽趣……每次我見到東台景物，更加深此感矣。峻峰，海濤，皆天地之幽趣。而傳自太古的水籟山精，依然不停地流來流去。外面雖有變化，但萬物卻古今一無增減，所謂不生不滅，不增不減……」在秋天的太魯閣，他遇見在深山中當警察的他的同村友人，兩人相擁，遙想故鄉年少嬉遊之景，亦喜亦愁。我知道後來我也會讀到從新竹來的駱香林寫的〈太魯閣遊記〉，這篇文章會被選入中學國文課本，並且因宏偉的結構與鏗鏘的字句，被誤為古人之作。我也會讀到楊牧寫的〈俯視——立霧溪一九八三〉，讀到陳列寫的〈山中書〉、〈我的太魯閣〉，甚至讀到我自己寫的〈太魯閣．一九八九〉。緋蒼生〈東台灣へ〉中將這樣寫：「……花蓮港廳三移民村中，聽說以吉野村最富庶，它距離花蓮港街約僅一里……村中的人種稻、甘蔗或煙草，還有多種副業的生產，可以拿到花蓮港街去賣。……吉野村有一見到就覺得很美的直角街道，還有很小的神社及教會、青年會集會所、郵局、雜貨店、煙草葉乾燥所等。農夫們的家屋大多是純日本式的建築，有寬廣的庭院，種著花草或果樹；樹下雞群咕咕找著飼料，……村外可見一望無垠的煙草田。……村中有想發明飛機的人，有想發明自動割甘蔗葉的鐮刀的人，也有製造香蕉乾成功的人……」我不知道這些發明家的夢會不會實現，但我知道六十年後，生長在另一個移民村豐田的一位名叫吳鳴的客家青年，將以筆為鋤，在稿紙上再現他「豐饒的田園」：「來年孟秋白露，甘蔗長得更高大濃密了，父親說，要剝蔗葉甘蔗才會長得好。悶在蔗園裡，斗笠前緣紮一塊塑膠線網避免鋒利的蔗葉割傷，棉布手套因葉殼包裹蔗汁留滯的水而濕透，黏黏膩膩的好不難受。剝下的蔗葉捆好載回家，堆在稻埕上，寒露後農事稍閒，就用這些蔗葉翻修家裡的茅草房子……」自動割甘蔗葉的鐮刀似乎還未發明……

入船通通向船舶來到的花蓮海濱。一九二五年，在南濱，吐著充滿煤油味濃煙的宮崎丸在離岸百餘米的海上等著接貨的小駁船緩緩靠近。花蓮港還沒有港口。你聽到海浪在歌唱，虛詞母音，一如不遠處傳來的阿美族歌聲。Hoy-yan hi-yo-hin ho-i-yay han hoy-yay ho hi-yo-hin hoy-yay。一八五七年，漢人三十餘名，由噶瑪蘭移居花蓮溪口，建茅屋十五、六戶，以耕以耨。他們在夢中聽到歌聲翻騰如海浪，濺濕新織的鄉愁。一八一二年，從宜蘭來的李享、莊找，也聽到這聲音，他們以貨物布疋折銀五千兩百五十大元，向荳蘭、薄薄、美樓、拔便、七腳川五社阿美族人購得「荒埔地」一塊，名曰「祈來」，即「奇萊」——阿美語「澳奇萊」之音轉——阿美族自稱其聚居之地為「澳奇萊」，意為地極好。在契約上蓋指印的有中介人巴弄，見證人曾仔夭，以及五社的頭目廚來、武力、末仔、龜力、高鶴。這「東至海，西至山，南至覓厘荖溪，北至豆欄溪」的奇萊就是花蓮。移墾的漢人們在岸邊見溪水日夜奔注，與海浪衝擊成縈迴狀，遂驚呼「洄瀾」。這是一個凝聲音與形象於一體的名字：洄瀾。花蓮登陸在花蓮海岸。然而更早，當花蓮還睡在辭典裡部首的森林，大洪水已把跟廚來、武力說同樣語言的兄妹們的獨木舟，從神話的海洋漂流到眼前的海岸。

與入船通垂直相交的兩條街現在叫北濱街和海濱街。熟悉原住民音樂的作曲家林道生，他的父親林存本一九四〇年帶著家人從彰化遷到花蓮，就住在這裡。林存本在彰化與賴和住處甚近，經常出入賴家。一九三〇年代，在《台灣文藝》以及楊逵主編的《台灣新文學》雜誌上皆曾見其作品——帶有虛無主義與頹廢主義傾向。來到花蓮後，除工作外甚少外出，亦不見作品發表。一九四七年五月因腦溢血病逝。同年二二八形成的政治氣壓，導致家人將其文稿、藏書全部燒毀，只留下極少數的殘篇、札記，見證日據時期台灣新文學與後山似無實有的瓜葛：「他的眼睛充滿著說不出的恐怕。跟著他們的進退旋轉，他看著人臉上的人理，被獸慾趕走了。他曉得兩個打仗的都忘記他在這裡了。他現在沒有顧念他的人了。人的莊嚴和自制力都逃避到他這沒用的身上，不敢露出臉來。」「這才是他頭一次曉得殺生的快樂，強殺弱的無恥快樂。他異常的高興。這種殺生的快樂一過，他立刻又回復神經，感覺到四周的寂靜。」「他往前找路，把許多袋鼠攪醒，四面逃竄。這地面上生物多得了不得。他心裡奇怪，怎樣尋常白天經過，一些生物都看不見，但是到了現在夜裡，各樣事情都變換轉來——生物竟這樣的活潑發達。他覺得這種境地從來沒有到過，心裡爽快甜蜜，異樣舒服，細細去領會這自然的生趣。」

自然的生趣，宇宙的奧祕。一八九七年正月初七日地震。三月初三日地震。一九〇五年八月二十八日五級地震。一九一〇年一月二十一日五級地震，花蓮港廳舍焚毀。一九一三年一月八日五級地震，餘震一百一十五次。一九二〇年六月五日五級地震，房屋全毀二二七棟，半毀二七二棟，餘震三十八次。一九二五年六月十四日五級地震，房屋損毀三三九棟，前震三十四次，後震三十八次。一九五一年十一月二十五日連續五級地震，房屋全毀二一五棟，半毀四六九棟，餘震至十二月底共一〇七次。一九九五年一月二十四日，東京大學恆石幸正博士在日本地震學會研究發表會預言台灣東部將於三月二十日發生芮氏地震儀規模五點六的地震。消息傳來，小城居民人心惶惶，各級學校、機關、團體紛紛舉行震災演習。恆石博士親自飛來花蓮參觀指導。旅遊業生意大受影響，唯有一家賓館推出「地震搖搖樂」套房大受歡迎。民眾搶購「地震安全守則六十條」貼紙，各種避震祕方紛紛出籠，其中流傳最廣的是吃湯圓，而且必須吃七粒。熱心人士大聲疾呼全國同胞一致吃湯圓，以「團結的心」、「黏黏的愛」黏住即將晃動的兩大板塊。具有特異功能的花蓮市民林期國更發揮愛國精神，反駁日方預測，預言三月二十日地震將發生在東京，並且震垮三十層的高樓。

如果我站在一九九七年，站在一場將秋日的樹影傾斜了的有感地震發生後的第二天，和我新教的國一學生一起遠足，我們將走下花崗山，穿過本來是木造，後來改建成水泥又改建成鋼架並且易名為菁華橋的朝日橋，到達早晨的米崙山公園。我們將看到楊牧和他高中同學一起留影過、由神社改建而成的忠烈祠，登上台階，走向我和我的女兒一起坐過的旋轉木馬。在一塊搭蓋著鐵皮屋頂的水泥地上，我們將看到米高梅社交舞俱樂部的社員們，雙雙對對，婆娑起舞。他們大多是老人，另有幾個中年女子。他們穿著極乾淨之衣服，極年輕之心情，優雅迴步，靜靜沉思。探戈，華爾滋，勃魯斯。我看到兩位女士雙頰緊依，相擁慢舞。她們一定認識很久了，一定相愛很久了。旁邊一位身材頎長的阿美族婦女，正熱切地跟她的舞伴學習新舞步。我看到退休的地方報攝影記者，他靦腆地伸出右手，擁著新認識的女舞伴，彷彿輕輕貼著時間的快門。我看到二十年前在大三元上班的男子，伸出雙臂，抱虛空獨舞。他一定在迴轉時重新攬住了棄他而去的她的腰，一定在俯身時觸及她的眼，她的唇。他空虛的兩手擁抱了一切。迴旋，迴旋，時間的舞圈愈圍愈大。我看到被孩子們訕笑的瘋女人「捧錫鍋」與「阿毛鬃仔」也加入舞蹈，自殺多次的 Café Tiger 的萬里子君，黑貓茶室愛唱〈溫泉鄉的吉他〉的豔紅，悉索米旗手許仔，鐵匠木山，雄貓姬姬，棒球隊長……他們全都在那裡。

穿過我的花蓮港街地圖，在時間中旅行的音樂溪流，沒有標題，一如海浪的歌唱，沒有歌詞，沒有意義——或者即使有，一切歌詞、名字，一切人物、事件，都只是音符的附質：虛詞母音。

（一九九七）

幻想即興曲

1

幻想即興曲。當然是蕭邦。唱片封套是粉紅色的（或者應該是粉紅色的），翻版的松竹唱片。一張十元。買多的話一張可以減為九元。但不是我的。是我小學同學的高中同學借我的。她們讀女中。

那年我十八歲，即將從濱海的中學畢業。對西洋古典音樂的喜好跟對中國古典文學的喜好一樣，方興未艾。在午夜，寫長長長長的信（並且編頁碼），用藍色的信紙，黑色派克墨水——當然，派克鋼筆。信裡頭引經據典。詩經怎麼說。陶淵明怎麼說。某一闋宋人的詞怎麼說。浪漫主義在那個時候的定義是過了（晚上）十二點還不睡覺，並且不是為聯考；或者，獨自一個人騎著腳踏車到海邊看海，看海，看海。你坐在榻榻米上的書桌前振筆疾書，很辛苦——因為經典很快要被引用盡了——也很幸福。蕭邦的幻想即興曲一遍遍陪你在夜裡迴轉，特別是中段那如歌、動人的旋律：

那時候你當然還沒有找到這個樂譜。但是你腦中、筆下、信紙上、信封上、黏貼上去的兩塊五限時專送郵票上……都是音符。

青春。愛。貧乏、平庸人生中，崇高與美的呼喚。

當然，你知道並不是蕭邦的幻想即興曲才是蕭邦。當然你知道，並不是只有蕭邦才是浪漫主義、只有浪漫主義才能給貧乏、平庸的人生一層夢的包裝紙。然而你始終讓一張借來的翻版唱片盤據心中。

大學畢業後回來教書，為了給那些朝夕相處的國中生拷貝一些入門的曲子，我買了一張錄有幻想即興曲的ＣＤ。我跟他們說那是我最喜歡的曲子之一。那些學生，有男有女，不一定同個班級，時常交換聆聽他們有的錄音帶、ＣＤ。有一個人的蕭邦錄音帶，反覆聆聽，居然聽斷了。有一個升上國三要聯考了，居然向父母要求買鋼琴，開始拜師學藝。當中有位女生，鋼琴彈得不錯，大家有時候會到她家聽她彈琴。她升上高中後，有一次又約大家。她打開琴蓋，坐在琴前，那首幻想即興曲居然從她指下流瀉出。看到唱片、錄音帶裡的曲子，忽然化作具體的音符，翻騰於眼前的白鍵黑鍵間，真令人驚喜——特別當彈琴的是你認識的人。她說她一直很想練好這首曲子，彈給我聽。我記得第一次她和同學到我家，看到我住在低矮老舊的木頭房子，驚訝地說：「我以為老師住在一間白色的大房子，外面是藍天碧海，還有白色的雲！」她這樣想，因為她覺得我在課堂上跟她們談到的音樂、文學、藝術都那麼美。我帶她們到我家門前的媽祖廟，廟前是凌亂的攤販和垃圾。

我幾乎很少為自己去重放這首曲子。但如果像水龍頭般打開音樂就流進來的「小耳朵」頻道上，恰巧有人演奏，我就不客氣地讓自己享受奢侈的傷感了。我曾把錄到的蕭邦鋼琴賽首獎俄國籍布寧演奏的幻想即興曲，放給跟我接近的學生看。他很快地成為我們的新偶像。那年秋天，布寧來台灣演奏，國家音樂廳第十六排，一字排開坐下，正是從不同地方趕來的我的學生們和我。難道我們的國中課程還沒有上完？他們都已經是大學生了。我忘記那一夜的曲目是不是有蕭邦的幻想即興曲，但我相信布寧為我們演奏了幻想即興曲。

幻想即興曲。回到濱海的小城當國中導師，三年一輪，送走一批批學生。前九年，寫過兩本詩集的你寫不到十首詩。你即興地教書、罵世、橫眉、俯首，即興地擠出機智和奇想的牙膏，在孩子們齒間留下幻想的味道。而後九年，他們燒掉你為學生們編的校刊，不讓你當導師。你讓你的筆當唱針，在稿紙上迴轉，歌唱。九年裡，你完成了二十本書。

現在，他們又要讓你當導師。你重新早早起床，參加改良過的升旗典禮，在國旗歌響起時看學生舉手貼額，對著眼前的牆壁向看不到的國旗敬禮。學生們覺得很好笑，隊伍排得歪歪斜斜。你不忍責備他們。才兩個禮拜，你故態復萌，已經讓那些新生聽他們喜歡或不喜歡的阿美族民歌，安德魯．羅．韋伯，巴哈，葛利格，Enigma……。你知道十一號謝仲景每天早修遲到，因為他媽媽每天早上七點半才開始起床化妝，化完妝後才載他到校。你知道二十八號蔡佳玲很胖並且身上有一種味道，小學時候常被同學笑。你知道三十五號王維婷，小學四年級參加鋼琴比賽，擊敗過得第二名的你的女兒。

我又拿出那張幻想即興曲CD。那天，在學校門口那家大飯店後面的停車場，我獨自坐在車內聽這首曲子。中段如歌、動人的旋律剛響起，忽然傳來十公尺外校園的鐘聲。我遲疑著不知要不要把它聽完。全長五分四十九秒。幻想即興曲。學生們在等我上課。

2

而突然你發現，你的女兒長大了。不是因為在你隔壁房間，幾週來，她反覆練習、彈奏一首接一首蕭邦的圓舞曲，讓你覺得幻想的蕭邦終於落籍在你的戶口名簿，帶著幾個翻頁時容易從樂譜上失足跌下的音符——而是因為你看到十三歲的她在一篇名叫〈夜曲三章〉的文章裡寫到了蕭邦：

「我戀愛了。

是蕭邦。打從第一回聆聽他的鋼琴曲，我便愛上了他。

巴哈的音樂對話，莫札特珠玉似的旋律，貝多芬帶有光輝的剛毅，德布西富有東方情調的印象音樂，不同的曲風，不同的美感。然而對蕭邦，我有一份獨特的情感。他的音樂甜美中帶有哀愁，高貴中帶有淒涼，每每令我心動不已。

他用樂曲表達他的心情。波蘭舞曲中激昂的愛國情懷，馬厝卡舞曲流露出的鄉愁，圓舞曲中傳遞出的愛意與感傷，以及晚期作品中隱含著飽受病痛煎熬的失意落寞。聆賞他的音樂，我感受到他的悲苦、喜悅與憤怒；透過琴鍵，我與他對話。

但我卻不能夠真正了解這位多愁善感的紳士。我羨慕崇拜他的音樂天賦，卻無法明瞭他繁複的內心世界；我在練習曲〈革命〉中聽到他的悲憤，卻體會不出華沙被占領時他激動的情緒；我從書中看到他的戀愛故事，但我不了解他為何會愛上長他九歲又備受爭議的喬治桑；我可以感受到他在一八四七年升 C 小調圓舞曲中表現出的愁思，可是我不知道他和病魔奮戰時內心有多麼恐懼不安……

有人說蕭邦的音樂只局限於鋼琴上，不夠多元，也有人批評他只重視音樂美，缺乏深度，但我不以為然。他使鋼琴有了靈性，有了魔力，他懂得鋼琴的心情，替鋼琴抒發了她的情感，賜予了鋼琴生命，就如魯賓斯坦所說，他是『鋼琴的詩人，鋼琴的心，鋼琴的靈魂』……」

有一個老師看到這篇文章，說這個學生抄了很多她這個年紀不能理解的資料。但我知道她沒有抄資料。蕭邦不是用抄的。蕭邦用聽的，用彈的，用感覺的。

3

一九九九年夏天，我離開從來沒有離開過的島國，到有鬱金香和風車的國度參加一個國際詩歌節。回途，繞道巴黎，走馬看花兩日夜。在羅浮宮，疲憊地穿過一間又一間展覽室，在一堆激亢的德拉克拉瓦當中看到那張蕭邦像。沒錯，那是你。一八三八年的油畫。我停下來，覺得鬆弛而舒適，彷彿回到家。

沒錯，就是你。弗瑞德瑞克．蕭邦（Frederic Chopin, 1810-1849）。就是你，蕭邦——不管翻成什麼語言——你的名字每一天都是詩。

（一九九九）

父土

從小到大，在旁人眼中，有些事我似乎與眾不同。大學以前的我，不喜歡跟親戚打招呼。除了「媽媽」之外，連「爸爸」都沒喊過，更不用說其他二三四五六等親了。長輩們常以利誘我，說，譬如，叫一聲「阿公」給一百塊。我從不就範。我可以用「間接敘述」提及阿公如何，二叔如何，但要我當面喊他們，絕無可能。為何如此，我也不知道。但我從小如此，一如我從小就不參與家族任何年節的祭拜、聚會，不跟他們去掃墓，吃喜酒或生日餐宴。

所以我自然也不曾跟著他們，勞師動眾，回原居地祭祖、探親，祭拜那些不曾見過的死人，探訪那些不曾聽過的親人。

我父親十四歲時，跟著我的祖父、祖母、外曾祖母，以及我的一干叔叔、姑姑們，從宜蘭遷來花蓮。從小，老是聽他們講羅東，提三星，卻一直不清楚他們這些人從宜蘭什麼地方來到花蓮。有時又聽他們說要去礁溪掃墓，或者某某親戚要從冬山來。宜蘭在花蓮之北，我知道。大學時到台北讀書，坐蘇花公路在蘇澳換火車北上，這我也知道。北迴鐵路通車後，坐火車上台北，蘇澳新站之前是南澳，之後有羅東、宜蘭、礁溪、頭城，海上面有一個龜山島，這些都在宜蘭，這我也知道。但我還是不知道三星、冬山在哪裡，不知道我父親所來自的鄉土是什麼樣貌，一如我從小到大都不太在意父親在想什麼或者他對我有什麼想法。幾天前，為公視拍「文學風景」影集的女導演在攝影機前問我：「你作品裡母親的形象強烈，父親的形象相對模糊，是否也是一種對父權或威權的反抗和批判？」我說我不曾有被父親壓抑的感覺，相反地，我似乎一直無視於父權的存在，一如我從小對世俗禮教的視若無睹。

父土對我是陌生的。這也許是為什麼，當我三十歲，生下女兒，初為人父時，我覺得自己很好笑，覺得自己很不像自己——「成為一個父親？」

父親的世界對我是陌生的。

從小，他讓我印象最深刻的是他的字，有時候用鋼筆寫我的名字在課本封底或練習簿封面。更多是在十行紙上，一行一行遊走而下。這些字相當工整，合而觀之，覺得忽大忽小，但平衡得很好，環肥燕瘦，相映成趣，好像是平假名化或草書化的楷體字——非常秀麗而有個性。假日時他會用新買的 Honda 50 載母親和我們三兄弟到郊外玩——多麼有效的六〇年代，一輛小摩托車同時坐五個人！花蓮市的美齡公園、忠烈祠，吉安鄉的王母娘娘廟……我書架上一本小相簿證明這一切為真。或者我們會坐火車——東線小火車——回母親的娘家玉里，或者探訪在電力公司服務，每隔幾年沿著鐵路線調來調去的舅舅——光復、瑞穗、富里火車站的月台都曾留下我們的家庭照。在林區上班的父親出差到台北時，有時也會帶我一起去——依然是照片為證：松山機場，圓環的旅館，兒童樂園……。還有一張照片是國小四年時我和弟弟在花蓮市博愛街竹庵酒家內水池旁的合影。父親的寫字桌上有一個書架，我在書架上看到的除了他不時買的日文版《讀者文摘》外，就是原來在花蓮港木材株式會社工作，戰敗後回國的日本人留給他的一些日文書。這些書多跟林業有關。小學六年級時我從中找到一本類似叫《小學數學大全》的書，精裝本，厚厚的。我翻了一翻，雖是用我不懂的日文寫成，但居然看得懂。我記得我把裡面的題目從頭到尾都做了，覺得台灣教的算術還比日本難呢。這是我第一次讀「外文書」，非常奇妙。高中畢業後我又在裡頭發現一本日文的《西洋音樂史》，我辨認圖片，找到史特拉汶斯基等人，驚訝這本發黃的舊書裡怎麼藏了那麼多我渴慕的現代音樂資料。

我從小大概就是一個自以為是，自行其是的人。自以為我就是我的家教，不需父母管我，也不太覺得他們對我有什麼影響。我跟他們在同一個屋頂下生活了三十年，近十多年來雖然沒有同住一處，但住的地方相距不到五百公尺。我只有在寫作、閱讀或看「小耳朵」節目遇到有問題的日文資料時，才會想到我的父親，請他幫我翻譯一下，雖然他未必真懂。我懂就好，我總這樣以為，他只要當我的字典或翻譯機就好，在我需要時。所以我記得十行紙上他幫我做的那些片段、零散的翻譯。記得（譬如上個禮拜）有事要上台北，找不到人載我到火車站時，會打電話叫他來載我。七十多歲的他騎著他的 Vespa 載著四十多歲的我。機車波、波、波的走著，我坐在後面，戴著他帶來的安全帽，他坐在前面，不時吐出一些話語。那些話語飄散在風中，隔著安全帽，我完全不知道他在說什麼。我喔、喔的敷衍著。到了車站，我下車，拿下安全帽，交給他收好，他似乎還想要跟我說什麼。我走向車站，說回來時有需要再跟他聯絡。

我不知道他和我的世界有什麼要聯絡。

退休後在家，他常說要寫回憶錄。我想寫就寫嘛，反正閒著沒事。前些時候他花了一些時間編寫了一本《我們的家族》，還託人打字，影印成冊，送給他的弟妹們。二十頁A4影印紙記錄了我祖父母以及外曾祖母的生平大事，敘述了家族由宜蘭遷來花蓮的經過，並且把他兄弟姊妹各家庭成員的資料羅列在內，還附一張陳家祖先在宜蘭礁溪龍潭公墓內的墓碑位置圖。

我幫他校對了一下文稿和圖稿。我當然不會去掃那些墳墓。根據我父親所記，這個家族日據時代祖居地乃在台北州宜蘭郡宜蘭街宜蘭字乾門一四五番地，即今日宜蘭市內。由今日礁溪鄉福嚴護國禪寺北側小道路右邊樹林第三棵樹進去可看到一「山東盧墓」，再進去即可找到寫著「爽娘姚氏」與「保娘林氏」字眼的我的曾曾祖母與曾祖母之墓。在護國禪寺前面的公路北行右轉可到一小山丘，上有我曾曾祖父與曾祖父之墓，墓碑上橫寫「南靖」（據我父親說應該在中國福建南部），直寫「顯考清山阿喜陳公之墓」，我的父親註解說清山是他曾祖父之名，阿喜則為其祖父，日據時代戶籍資料記載名為陳甚，可能光復後誤錄為阿喜。陳甚也好，阿喜也好，不管喜不喜歡，他就是我的曾祖父。

父親的這本小冊子說我的外曾祖母游李晚於一八九一年生於宜蘭冬山，丈夫早逝，她的女兒，也就是我的祖母游阿蟳生於一九一〇年，一九二六年與當時十九歲的我的祖父陳水木結婚。在太平山擔任運材機關車司機的我的祖父於三十二歲時單獨前來日人經營、待遇較好之花蓮港木材株式會社任職。我的父親及其弟妹們仍與我的外祖母、祖母等留在宜蘭，同住在羅東郡三星庄三星字月眉三五番地。「房屋是木造，用台灣瓦蓋，位於三星市場後面，因與一家碾米廠比鄰，碾米時間，空氣會汙染，所以很少開大廳的門，大部分時間都由靠水溝與田園的後門出入，以免灰塵吹入家中，可說是光線與通風狀況都不甚良好的破舊房屋。」

一九四三年七、八月間，宜蘭地區發生數十年來最大的一次颱風。三星附近的紅柴林堤防被大水沖毀，民房被水沖走，死傷慘重。當時十四歲的父親建議我的外祖母立刻往建築牢固的附近市場內避難，一家人躲在豬肉攤下度過驚恐又難耐的長夜，翌日回家一看，房屋已倒毀，慶幸及時走避，卻也無家可歸。遂於同年遷至我祖父的勤務地花蓮，租屋而住。

我複述這兩段我父親在小冊子裡的敘述，主要因為我覺得這本《我們的家族》太瑣碎、平凡、無聊，我將之去蕪存菁，算是廢物利用，合乎現在環保回收的概念。半個月前，我隨本地一個環保團體前往宜蘭做二日遊。我買了一本彩色精印的《宜蘭深度旅遊手冊》，蜻蜓點水，快馬加鞭地深度旅遊了一番。我坐在朋友的車子裡，從羅東到宜蘭，從冬山河到雙連埤，欣賞了（根據書上所說）在自然方面：一、山林之美，二、湖泊之美，三、溪流之美，四、平原之美，五、溼地之美，六、海岸之美；以及在小吃及特產方面（這也是書上所說）：一、糕渣，二、粉腸，三、膽肝，四、金棗，五、李子糕，六、牛舌餅，七、物仔魚羹。那一夜，我住在冬山河邊的民厝裡，想到這附近就是我外曾祖母、祖母出生之地，想到我的父親、祖父、曾祖父曾經奔波在這塊非常綠色的土地上，流下，可惜，沒有顏色的汗或淚，我是有一點感動。

相對於之前每一次都是坐在自強號或莒光號車廂，隔著玻璃窗看風景疾馳而過，這次我算是腳踏實地，親臨其境。如果我細心打探，我也許可以問出六十二年前為剛滿週歲的我的四叔治病，誤把他的右大腿動脈切斷，使他一隻腳萎縮，無法走路的那位羅東有名的陳醫師診所在哪裡。如果我耐心考察這個地方圖書館裡或圖書館外的廳誌縣誌郡誌鄉誌墓碑口碑紀念碑，我也許可以尋訪出九十年前背著不能人道的她富家子弟的丈夫，在外面生下我的祖母和她的兄弟的我的外曾祖母李晚，是跟哪一個有種的男子有染？他們在哪一間旅社、木屋或茅舍偷情？在哪一塊草地、水田或沼澤野合？

這塊我父族所來自的土地對我既陌生又熟悉。它存在於我的不在場，存在於我不確定的記憶，以及想像。因疏離而引起我的親近，好奇，因虛幻而真實。一如我的父親之於我，或者有一天，我之於我的女兒。我杜撰、虛構了它的疆界，它的年雨量、平均溫度、氣壓，鳥獸誌、文物史，它傳賢不（必）傳子的禪讓政治。

父親跟我之間很少談過什麼。在家裡吃飯，我們是一家人圍著一張桌子，我總是第一個吃完並且離開，最後一個吃完的總是母親，這中間我們家人很少交談。這樣的吃法我覺得很自在，很方便，很有效。我大學畢業回來教書後，他賭輸錢跟我要錢，我總是說有本事賭才去賭，並且舉我自己為例，說我從不賭博欠錢或沒錢賭博。我還是給了他錢。我跟他說賭博除了輸還有贏。

他當然也想贏。贏得做為他的兒子的我對他的尊敬，看重。贏得他對什麼東西都顯出一付不屑樣子的兒子的歡心。一如逐漸老去的我也想贏得早就步入青春反叛期的我的女兒的注視。注視父親的世界。

那一天，星期日，我就讀高一的女兒又在餐桌上寫她的書法作業。我走過，發現她正在臨歐陽詢的《九成宮》，一筆一畫，還蠻像個樣子。我知道她這一寫要一兩個鐘頭。我走到前面客廳，打開音響，把三張不同演奏者演奏法國作曲家薩替（Satie）鋼琴作品的ＣＤ分別放進我的三個唱盤。我選一些他們都彈了的曲子接續播放，我先放France Clidat彈的，再放Pascal Rogé，再放很慢很慢的Reinbert de Leeuw，然後換上一張「維也納藝術樂團」爵士樂風的演奏，一首接一首，播完又重來，彷彿週而復始，不斷再現的圖案：《三首吉姆諾培迪》（*3 Gymnopédies*），《六首格諾新內斯》（*6 Gnossiennes*），《在最後之前的思緒》（*Avant-dernières pensées*）……短短的曲子，非常奇怪的曲名。

薩替稱他的音樂是「家具音樂」或「壁紙音樂」，意指演奏時人們並沒有專心聆賞的音樂，家具或壁紙般存在於我們周遭，我們在其中走動，呼吸，咳嗽，沉思，嬉笑，睡眠，憂傷……卻不覺其存在。

三年前，我的女兒從我的父親、我和她先後讀過的小學升到我任教的國中（她也許不知道她祖父是她母校日據時代高等科的畢業生），我們每天在同一個校園作息，她始終不曾出現在我的教室聽我上課。她一直想考音樂系，放學後花了頗多時間學琴、練琴、修習樂理，校內校外繁瑣的課業讓她少有悠閒之心，我反而不能隨意、自由地教給她東西，像過去二十年來我給我的學生的。

我在客廳反覆播放唱片，不時提高音量，自言自語說這是薩替的作品，家具音樂，我寫過這樣一首詩。我希望間接幫助她增長她需要的音樂知識。我的女兒在餐桌上寫毛筆字。隔著一堵壁紙破損的牆，她也許聽到飄散、沉落於屋內的我的話語或薩替的音樂，在多年以後的某一天，忽然又記起這樣一個午後，她的父親，薩替，家具音樂。也許聽若未聞，視若未見，因為這些果然是太日常、太熟悉、太習慣的家具／音樂——如此具體，又如此空無。一個熟悉又陌生，親近又疏離的世界。

每一個人都是其他人的壁紙。每一個家人都是其他家人的家具。在存而不在，又無所不在、永遠存在的記憶的房間。我們知道又不知道的父土。

（二〇〇〇）

花蓮飲食八景

花蓮先賢駱香林（1894-1977）先生，生前樂山樂水，能詩能文，曾於一九四九年手訂「花蓮八景」，與詩友反覆吟詠之，復請國畫大師溥儒繪製花蓮八景圖，對花蓮之美的體會具有承先啟後的定音作用。此八景曰：「太魯合流，八螺疊翠，築港歸帆，澄潭躍鯉，能高飛瀑，紅葉尋蹊，秀姑漱玉，安通濯暖。」（其中「八螺」、「躍鯉」兩項，乍看以為是螺肉鮮炒、活魚多吃之類的烹調新法，後來才知指的是美崙山、鯉魚潭。）我四肢不勤，疏懶成性，不能踵繼前賢，上山下海，捕捉風土民情之美，惟五官皆在，口舌仍能動，乃見賢思齊，杜撰「花蓮飲食八景」，略述花蓮生活風情，並一逞／陳「口舌」之快。

我的朋友小說家林宜澐常常大放厥詞，說花蓮並不好玩，只是好住。此話傳來傳去，網路上竟有謂是陳黎說的。查我僻處花蓮，甚少離鄉遊歷，實無能力斷言花蓮——與外地相比——好不好玩，好不好住。半世紀來在此生長居住，我只熟習我熟習的事物，好我之所好，惡我之所惡。我只知道在這麼一段不長不短的時間裡，哪些東西是自己還喜歡的；在吃喝拉睡、單調重複的生活軌道上，哪些是還能引發自己興味的場景。我的「花蓮飲食八景」記的是二十一世紀初我在花蓮領會的飲食場景，我不敢保證它們個個長立不朽，永不倒閉。但如果你看了這篇文字，趕緊坐火車，坐牛車，坐飛機或坐傳真機來花蓮，我想應該還來得及恭逢其會。此八景（依雲朵爆奶度排序）分別是：

一、美侖園景午餐／午茶
二、花間茶堂坐談人間
三、藍藍冰涼肥美沙西米
四、松園黃昏餐風飲茶
五、和南寺素食水色星光
六、豆子舖涼甜紫米粥
七、民國路蹲嘗一口餡餅
八、邊走邊吃紅豆麻糬

美侖飯店開業十餘年，在美崙高爾夫球場旁，是花蓮第一間五星級飯店，原本是松樹林立之地。英文名稱 Parkview Hotel。坐在一樓西餐廳或二樓中餐廳，果然可見萬坪草地及許多松樹。對此綠意盎然庭園，在午後飲茶、用餐，實人間一樂也。一樓西餐廳原本有一高十米、長四十米，敢說台灣唯一的落地大玻璃窗，去年颱風來襲，將六塊大玻璃碎成無數小片，整修後玻璃窗猶在，但已被框架成一百二十等份。每次與父母妻女在此午茶，覺得真是不可多得之奢侈，不只因為造價千萬的大玻璃，更因為窗外那無價無常的天藍雲白山青草綠，窗內圍桌暫繫的倫常。我更喜歡在二樓中餐廳用餐，因為客人更少，而奢侈依舊。這裡的糯米雞、紅豆糕等是我的最愛。詩人洛夫去年從加拿大回國，在這兒與我爭吃芝麻球。捷克漢學家，年紀小我多多的吳大偉（David Uher）博士來花蓮遊玩，我帶他來此午餐，他說先前隨哈維爾總統來台訪問，開口擔任翻譯外，也吃了不少東西，覺得沒有比這快意、舒適的場所。我以美侖園景為花蓮飲食首景，非因其五星發光，而是因為草地上若有似無的光與影。我有一首三行短詩：「母親說過年到外面吃飯，跟回家／幾天的弟弟。我們到外面吃飯／看窗外明亮的草地，天上的雲」，寫的就是這倫理之窗，小津安二郎之味。

在花蓮，最容易找到我的地方就是茶舖，特別是兩間寫著「花間茶堂」的王記茶舖。新開的一家近我任教多年的花崗國中，人潮不絕。日日出入其間，我倒沒有注意有什麼特別之花。只要在花蓮，你就是在花間，在人間。花間一壺茶，獨飲誰願意？當然是兩三好友，加三四點心，外加一室嗡嗡的人聲／人生。最近一年，常坐火車到外地講詩，也光顧了一些茶舖，我敢說沒有一處的珍珠綠茶、酸梅紅茶勝過此間。這兒的綠茶調配、搖晃得恰如其分，茶有味而爽口，杯中粉圓涼、Q、甜而不膩。偶而一塊綠豆凸或蘿蔔酥餅，回味無窮。回到花蓮，一下火車，最想吃的就是一杯珍珠綠茶。它賺我的錢，我賺它生之況味，瞬間之歡愉。

來花蓮，如果沒有到太魯閣，簡直沒有來花蓮。對花蓮人來說，到太魯閣就像進出廚房（台語所謂「行灶腳」）一樣。但廚房裡有什麼，除了人盡皆知的溪谷、峭壁——那些萬斧亂砍、四處懸掛的巨大石頭砧板，一條千刀齊斷，依舊蜿蜒細流的無管自來水？我喜歡在太魯閣國家公園遊客中心後面的台地上，或坐或臥，看天闊山高，看一群黑鳥忽然進入我的視窗，在天藍與山藍間恣意飛翔，腳下是出了峽谷後豁然開朗的立霧溪床。飽餐了山色水色，離開台地，到太魯閣口附近的藍藍小吃店，吃沒齒難忘的沙西米。這裡的生魚片冰涼、肥美，沒有牙齒照樣完美入口，據店主人說每日從附近的七星潭漁場送來。有一次去晚了，居然沒了，徒留馬年生的我的兩排長齒，上下咬切。店裡的吻仔魚煎蛋頗特別，用的是立霧溪出海口特產的小魚，口感有別於一般海吻仔魚。生魚片入肚，回花蓮市路上，可繞到七星潭，將猶在的餘味／魚味，與海風共享，放生回大海。

我曾說過，如果選擇一格底片沖洗花蓮，我要把鏡頭架在美崙山上，對準入海的美崙溪。而最佳位置就在美崙山上的松園別館。我好幾次邀朋友們來此談詩念詩，希望很快地能夠在這個日據時期留下來的幽雅建築與松林間，開辦一個年年舉行，有蟬聲蛙鳴海風星光的「太平洋詩歌節」。女詩人李元貞高中畢業後即離開花蓮在外讀書、教書，前不久回來松園念詩，面對數十年不見的松樹，尚未啟齒，淚已滿面。這是她少女時代的祕密基地。午後，來此餐風飲茶（「一杯有松針的下午茶」）看海清談，直到黃昏，保證你放下五官，身心飽滿。

我不習慣素食，雖然花蓮有幾家素食餐廳口碑甚佳，我還是視若畏途。但在鹽寮海邊小山上的和南寺，我吃了兩次讓我讚好的素餐。到鹽寮，十有八九是到面海的幾家餐廳大啖龍蝦九孔，何以和南寺的素食讓肉食者如我難鄙？曰：秀色人情可餐。兩次用餐都受詩人愚溪之邀，席間他夾菜、倒茶不止，妙語如缺席但宛在眼前的豬油滑溜。他超級熱情卻讓人一點不覺肉麻，除了因餐桌上無肉作祟外，跟他的愚憨、好客有關乎？他多次宴請詩人朋友，獲得據說可與三星級飯店媲美之表揚。但何只三星？那一天，吃完晚餐，走出廂房，在大家頭上熠熠發光的恐怕有千百顆星。何其素美的花蓮的夜啊，偉大的海就在旁邊。那銀暗的水色在我第二次上山舉箸時轉為明亮的藍，讓我在一首書寫中的詩裡寫下「海與天的床榻如此重，藍色如此輕」兩句。水色，星光，還有兩次都吃到的煎麵線，讓我覺得人儘可以詩位素餐。

從小到大，我總覺得奇怪，出外吃西餐、中餐，為什麼不能先吃或只吃那些好吃的飯後甜點，就像音樂會為什麼不能先演奏或只演奏那些好聽的安可曲？我喜歡吃甜點，上台北到「泰平天國」這樣的泰式餐廳用餐，為的就是吃它兩碗「椰香紫米」。花蓮也有口味相近的滇緬料理店，可惜飯後送的甜點太小碗而且紫米太少。所以我踏破涼鞋在後火車站富祥街上找到一家乾淨、可愛的「豆子舖」：他們的紅豆紫米粥涼甜、大碗又好吃。我連吃了好幾天，訝異的老闆娘和我聊天，我才知道她平常就喜歡煮這些東西給住在附近的姊妹們吃，才在自家樓下掛牌營業。我拜託她把我當做她的家人，務必要為我把店繼續開下去。

花蓮市民國路上有許多賣吃的店攤，最常去的是祖師廟附近一家山東餡餅店。主人是一對勤奮和善的夫妻，妻子擀麵、包餡，先生爐上烘焙，從開車設攤到租店販賣已近十五年。日售四、五百粒，每粒餡餅在爐上翻轉四、五次，一天要翻兩千餘次，十五年超過一千萬次，先生的手因此受到職業傷害，工作時右手拇指與中指間會疼痛。難怪吃起來滋味特別好。人生最「痛快」的就是把自己的快樂建築在別人的痛苦上。吃著這被一隻因翻轉餡餅千萬次而受傷的手烘焙出來的美味餡餅，能不爽嗎？我通常蹲在路邊吃這一粒十元，一口即盡的餡餅。但千萬不要吃太快，因為裡面的肉汁很燙。我嘴邊有個疤痕，就是吃太快，燙傷留下的。這算是「餡餅的正義」嗎，把舌頭的快感建立在嘴巴的災難上？

民國路上還有一樣東西值得一提，就是十餘年前被我寫進散文（因而聲名大噪？）的「麻糬」。這幾年花蓮街頭滿是「XX麻糬」、「YY麻糬」一類的招牌，幾乎快成為公害了。看到觀光客提著一袋袋印著商店標記的麻糬，覺得真制式而俗濫。東西多了，還有什麼稀奇？花蓮的紅豆麻糬其實還蠻好吃。以前上下課，路過麻糬店，總會停下來掏幾個硬幣，買一兩個來吃。所以麻糬還是可以買，可以吃，但只要少少一兩個，並且就在路上，邊走邊吃。這才是花蓮主人，而非「台客」的風格。

有一家美食小鋪（這是第九景嗎，或者輪到下一屆重選時再說？），門口貼著一付對聯，說「誰非過客，花是主人」。也許只有「花蓮」才是花蓮這塊地，這個名字，這個概念的主人，在上面來來去去，張口饒舌的都是過客。但還是要逞「口舌」之快，起碼一陳我陳某人斯時斯地陳口爛舌之快，即使不免陳腔濫調。還能做什麼，如果不叫我們的嘴巴、舌頭說和吃？

（二〇〇六）

誰是黃真伊？

——韓流當道讀「時調」

這些年來，從主辦奧運會、世足賽，到連續劇、電影、電子電器產品外銷，「韓國」忽然成為時髦的字眼，成為全球各地民眾注目的對象。這一股「韓流」什麼時候湧進家家戶戶的廚房、客廳、電腦螢幕，沒有人能說清楚。我只知道在我住的小城，像我家前面沒什麼人走過的一條小街，最近就飄起了好幾面白底紅藍陰陽標誌的太極旗，我還以為是時局蠢蠢欲動，又有人藉機開廟，安定人心兼搜刮香油錢，請教有學問的人，才知道那是韓國國旗。原來，這裡開了一家韓國菜餐廳。

前兩個月報載繼轟動一時的《大長今》之後，韓國電視台正籌拍以韓國古代妓女／詩人黃真伊為題材的歷史連續劇。知名女星李英愛、全智賢、河智苑、金泰熙等，競相爭取演出此一角色。最後由演過連續劇《茶母》的河智苑出線飾演「伊」人，準備十月中首播。又說，另有電影版《黃真伊》，改編自北韓作家洪錫中二〇〇二年獲南韓文學獎的同名小說，由《秋天的童話》演員宋慧喬擔任女主角，也正積極進行拍攝工作，預計年底上映。同時，音樂劇版《黃真伊》，也從數百名競爭者中選出歌手文慧媛和徐貞賢演唱黃真伊，十一月底起將在首都首爾公演一個月（歌劇版《黃真伊》早在一九九九年於首爾「藝術的殿堂」推出，二〇〇〇、二〇〇一年先後在北京、東京公演）。顯然，黃真伊成了二〇〇六年下半韓國的文化圖像。

誰是黃真伊？

根據我在數年前選譯的一本世界情詩選中對黃真伊作品的譯註：「黃真伊（？-1530），韓國李朝時期女詩人。別名真娘，京畿道開城人，為進士之女，開城名妓，貌美多才，善詩書音律墨畫，與宋純等當時文人、碩儒以詩酒交流。她的一生頗富傳奇，曾誘惑在天馬山修道成佛的知足禪師，讓他破戒；又誘碩儒徐敬德（1489-1546）不果，與之結為師徒。與徐敬德，朴淵瀑布並稱為『松都三絕』。她作有大量『時調』（可惜流傳下來的只有六首）與漢詩。作品基本上以描寫愛情為主，擅於借助自然現象，巧妙描繪愛情。藝術手法奇特、含蓄，頗類十七世紀善用曲喻的英國玄學詩派，讀後讓人回味無窮……」當時為了搜羅有特色的各國情詩，我上網找尋資料，訂購新書，遍覽（已有之）群籍，重複讀到她的幾首「時調」跟生平大要，驚為天人，即刻費心譯了兩首。適友人謝明勳同為中國文學博士的韓籍妻子張貞海女士來花蓮小住，我趕緊出示譯稿，向其請益。我記得在花蓮美侖飯店一樓西餐廳，當我脫口念出我譯的第一句詩時，她即刻以韓語背出第二句，讓我彷彿受電擊。她說黃真伊，「韓國的李清照」，她中學老師的最愛。韓國中學課本裡選有她的詩。以李清照比，意謂黃真伊是韓國女詩人之冠，但我不解為何出身上流家庭的她會走入妓院。她的回答同樣讓我嚇一跳，至今猶然心動。

黃真伊為妓的理由眾說紛紜，許多許多年來，各種稗官野史文學戲劇作品不斷鋪陳出新的情節，其原型大致如下：十五歲時，黃真伊絕美的相貌引發鄰近一位青年對她痴戀，因階級有別，無法成真，男子遂相思抑鬱而死。出殯日，棺材經過黃真伊家門前忽然停止不能動，黃真伊聞訊，即以自己最珍愛的襦裙覆蓋其上——當天張貞海女士跟我說的是她當場脫下身上所穿的紅裙——棺材於是動了。受儒教制約尤烈於中國的古代韓國自然不能接受如此驚人之舉。黃真伊——一說因青年之死自責，一說因此事解除了與另一貴族青年之婚約——遂出走為妓。

黃真伊與鄰居青年階級有別，妙的是有的說女尊男卑，有的說男尊女卑。這都是因為她生平如謎。我的譯註說她生年不詳、死於一五三〇年，我也看到其他說法，說她約活於一五〇六至一五四四年（這剛好是李朝中宗在位期間），或者一五〇二至一五三六年。一般認為她大約活了三、四十歲，與歷史劇名女醫大長今同時代，但比她稍晚生。她出生的開城在今北韓南部，近南北韓邊界，當時名為松都，曾是李朝首都。她的父親（黃進士）屬於韓國傳統身分制度中最高的「兩班」（貴族、地主、士大夫）階級，而她的母親有說是姓「真」，出身富裕家庭，也有說是盲女，或盲人之女，屬於最低的「賤民」階級。其母是側室，庶出的黃真伊因此身分低降，鄰居青年若屬兩班，那就是男尊女卑。也有說因為其母是賤民，根據「從母法」而走上妓女之路。

據說她父親有次在路上，見橋下清澈水邊有漂亮女子在洗濯，向她要水喝，女子以水瓢分飲之，一瓢水如是結合了兩者，生下當代無匹之佳人。據說黃真伊從小熟知禮儀，七歲習千字文，九歲能讀漢文經書、作漢詩。從目前留下來，認定是她作的幾首漢文詩來看，她的確是漢詩、時調皆長的天才詩人。她的時調尤其讓人驚豔。

時調（sijo），形成於十二世紀末，是韓國最通俗、富彈性，且易於記憶的韓語詩歌形式，每首由三行組成，任何題材幾乎都可入之。韓國人將一首時調分成初章、中章、終章三部分，首行是「起」（陳述主題），次行「承」之（發展主題），第三行通常出現引人注目的句法變化，透過主題逆轉、矛盾、解決、評斷、命令、驚嘆等手法，讓詩轉趨主觀，給讀者一個難忘的結尾（「轉合」）。此「起承轉合」的意義結構頗似傳統的中國詩。但相對於傳統中國或日本詩須遵守嚴格的詩律，時調作者可以比較自由地調整每行詩的音節數或組合方式。

時調大略有平時調（標準時調）、連時調（由數首平時調組成）、衣時調（中型時調：多半將第一行加長）、辭說時調（長型時調：三行都加長，特別是第二行）等幾種。其中最普遍、最主要者乃平時調，每行十四至十六音節（分成四組，形成四個停頓），每首共約四十五音節。時調二字首見於十八世紀學者申光洙的筆記《石北集》中的「關西樂府」，說「時調唱」始於當時的歌者李世春（「一般時調長短來自長安李世春」）——指的主要是音樂而非歌詞。如今所說的「時調」一詞，是韓國新文學先驅崔南善（1890-1957）於一九二〇年代開始使用後——他寫有時調集《百八煩惱》（1926）、編有時調選《時調類聚》（1928）——才流行開來的。李朝時期（1392-1910）前半，時調的作者大多是士大夫和歌妓，十八世紀以後則平民亦能作。

十六世紀是韓國文學的黃金時代，亦是時調作者輩出的時期。一般男性書寫的文學史裡，大詩人的頭銜總是落在幾個男性作者身上。但翻閱了幾本韓國時調選，我覺得其中最出色者當屬黃真伊。先舉當年在美侖飯店與張貞海女士連吟的那首時調為例：

青山裡的碧溪水啊不要誇耀你的輕快，
一旦流到滄海你將永遠無法再回來，
明月滿空山何不留在這兒與我歇息片刻。

這首詩是黃真伊的名作，因為詩背後還有迷人的軼聞：詩中的「明月」是黃真伊的妓名，

「碧溪水」則指她所喜歡的一位李朝宗室（筆名「碧溪守」：韓語「水」與「守」音同）。張貞海女士告訴我，有一天兩人相逢窄橋，碧溪守想要躲避她，黃真伊即興作出了這首詩，將兩人的名字嵌入其中，既挑逗他也調侃他。一語雙關，情景交融，貼切坦率，堪稱妙作。一方面，青山、碧水、明月這些客觀景物被抒情地主觀化，產生一種全新的象徵性，是一首私密而媚人（來「明月賓館」開房間休息）的誘惑詩；另一方面，抽象的時間被具體空間化，以瞬間流逝的溪水比喻通過永恆自然（青山）的變動人生，是一首誘導眾生抓住時間（carpe diem），及時行樂的勸世詩。我讀到的故事說碧溪守是一個高傲自負，認為真正風流者是無需女性的男人。有一天，一行人鳴響馬鈴路過黃真伊住處，在樓閣盼望的黃真伊，拉上簾幕靜靜唱出此詩，讓頑固至極的儒教主義者碧溪守心旌動搖，終於拜倒明月帳下。有人稱黃真伊為詩聖，說她即興、飄逸的詩風可媲美李白。

黃真伊另有兩首時調，同樣使用青山、綠水的意象：

青山是我的思想，綠水是我愛人的愛。
雖然綠水奔流而過，青山依舊不變。
莫怪綠水邊跑邊哭——他忘不了青山。

*

山依舊是山，而流過的水永不相同。
它晝夜不停流動，逝水怎麼能重返？
人傑如流水，一去不復回。

這是前面春光乍現的「逝者如斯夫不舍晝夜」主題的秋日變奏。第一首的「綠水」也許還是碧溪水，略略悲涼的氛圍中仍可感受女詩人自信、俏皮的口吻；第二首如流水的「人傑」可能指特定者，也可能指一切人中豪傑，這是閱人（或閱水）無數的青山明月的大哉嘆乎？

黃真伊的詩奇想迭現，像點石成金、化利空為利多的煉金術師或理財大師，底下這首時調最能彰顯她的創意奇才：

我要把這漫長冬至夜的三更剪下，
輕輕捲起來放在溫香如春風的被下，
等到我愛人回來那夜一寸寸將它攤開。

冬至是一年晝最短夜最長之日，漫漫長夜獨眠難熬，詩人異想天開，把時間變成空間，要剪下一段冬夜儲存起來，等愛人回來，取出延長春宵。將利空價賤的冬至夜三更存進「春風銀行」，連本帶利，等候來年換取一刻值千金的春宵——這樣的詩人豈不是理財投資專家？比諸英國玄學派詩人唐恩（John Donne, 1572-1631）許多大膽精準的巧喻（譬如把分離又聚合的夫妻比作圓規的兩腳），黃真伊實在不遑多讓。差別是：她比他早一個世紀！

與黃真伊並列「松都三絕」的徐敬德是當代偉大的理學家，是那個時代少見的不仕的讀書人。他出身貧窮的兩班家庭，不能接受完整教育，僅在私塾習得能讀漢文的程度，然而無師自通，潛心書籍與自然，成一家之學，為理學注入新風氣。因母親規勸，幾次應考皆列榜首，但始終不就官職。於開城設花潭書齋，講學研究，被稱作「森林中的大儒」。這個學識豐厚、人品孤高的男人，是男性征服者黃真伊一生唯一沒有征服成的男人。黃真伊反過來被其奪了魂魄。兩人結了一生的師徒關係，同遊自然，但不免有憾。我們可以從徐敬德僅存的兩首時調窺見一二：

心啊，我問你一個問題：何以你永遠年輕？
歲月積累在我身軀，你同樣地也應老去。
如果我強要跟隨你的節拍，我怕要被人訕笑。

*

我心愚蠢，我做的每一樣事皆蠢。

誰會到這遙遙的萬重雲山尋我？
然而風中的落葉聲讓我想起她——也許，是她。

「人老心不老」是許多天真者的通病（或通利？），碩學如徐敬德明知應該乖乖老去，卻「力不從心」，讓強烈的心跳，強烈的生之欲望左右著。真簡單而深刻的時調！第二首詩裡的「她」據說指黃真伊。隱遁山林的他，明知不太可能有人來訪，聽到落葉聲卻還愚昧地想像是伊人的腳步（啊，我颯颯的墜落聲是美麗的錯誤，我不是伊人，我是一片片落葉）。這兩首詩讓我們看到原來儒學家也是人，原來內心衝突得這麼厲害，也這麼可愛。黃真伊有一首時調，似乎是對徐敬德的答覆：

我何曾對你不信任，對你無信，
當月沉三更，絲毫未見人到來跡象？
我怎能阻止那秋風中飄蕩的落葉聲？

這首時調的微妙在於既可視為黃真伊對徐敬德「候伊不至」的解釋（她說她不曾無信，有約必赴，但如果他沒有與她相約，怎可責怪颯然響地的落葉惱了他的胸懷？），也可視為黃真伊「候君不至」而起的苦惱（她盼望他如期出現，但直至三更仍未見蹤影，她無法阻止無情的落葉聲一而再、再而三地讓她誤以為他已來到）。真是一對互相苦惱的師徒：黃真伊欲亂大倫而解放其身，徐敬德卻不亂大倫而鬱結其身！

黃真伊之所以成為傳奇，除了貌美、膽大外，還由於多才多藝。詩之外，她在韓國音樂史、舞蹈史也占有一席之地。她擅長演奏玄琴（geomungo），有好幾闋認定是她寫的曲子被保留至今。她以絕代之姿，奔放之軀，舞弄、顛覆了被儒教倫理綑綁的男性的窘境。據說她曾自稱佛門弟子，夜叩在天馬山「知足庵」面壁十年（或說三十年）的知足禪師之門，為他跳了一段舞，像莎樂美在希律王面前跳七紗舞般，讓修道成「生佛」的知足禪師頓然知覺自己身體某些部分之不足，「凍未條」破戒。那夜黃真伊跳的舞，人稱「僧舞」，是韓國民間舞蹈中極重要之「妓房舞蹈」的代表。韓國舞蹈，主要不過手臂一抬，腳尖一踮而已，但反而困難。黃真伊誘僧的場面，至今不斷被搬上舞台，我在網路上看到韓國舞者的表演，著古代妓女鮮豔衣飾，動作簡單，姿態妖豔。

黃真伊一一俘虜了當時的名士高官，留下一件又一件供後人閒談、改寫、複製、轉寄的公開檔案。她有一首漢詩〈奉別蘇陽谷〉，是她以才貌服男人的另一顯例。蘇陽谷（1486-1562）是當時高官，做過判書、大臣，也出使過北京（1533）。韓國書上說「蘇陽谷世讓，少時以剛調自許，曰：為色所惑者，非男子也。聞真才色絕世，與朋友約，曰：吾與此姬同宿三十日，即當別離，不復一毫繫念，過此限，若更留一日，則汝輩以吾為非人。行至松都，見真，果名姬也，仍與交歡，限一月留住，明將離去，與真登南樓飲宴，真少無辰別之意色，只謂曰：與公相別，何可無一語，願呈拙句，可乎？蘇公許之，真即書一律曰：『月下庭梧盡，霜中野菊黃，樓高天一尺，人醉酒千觴。流水和琴冷，梅花入笛香，明朝相別後，情與碧波長。』蘇公吟詠，嘆曰：吾其非人也。為之更留。」看了這樣的紀錄，真希望自己也不是人。不是人，做入笛的梅香，琤琮的水流，在黃真伊的詩裡。「流水和琴冷，梅花入笛香」：琴之冷與情之熱對比，各自虛幻；花之香與笛之音交融，飄渺虛無。這是比講求感覺交鳴，強調朦朧、暗示的象徵主義詩還早的象徵主義詩！

黃真伊無憾地留下了蘇陽谷，但在另一首時調裡卻看到她顯然有怨：

啊我做了什麼，居然不知我會如此想他！
我如果叫他留下，他怎麼會走呢？
我頑固不靈，叫他走，痛了我。

這首詩的對象不知是誰，但讓我們看到一個傾城傾國的佳人，一個「致命的女性」（femme fatale），照樣有的愛的猶豫、矛盾。她另有兩首漢詩，讀後令我嫉妒不已。一首叫〈半月〉：「誰斷崑崙玉，裁成織女梳，牽牛一去後，愁擲碧空虛。」把半月說成是用崑崙山美玉裁成的梳子，被銀河會後寂寞孤單的織女丟到碧空中，真是曲喻、巧喻。牛郎不在，誰適為容，還要梳子幹嘛？短短二十個字，彈無虛發。另一首叫〈夢〉：「相思相見只憑夢，儂訪歡時歡訪儂，願使遙遙他夜夢，一時同作路中逢。」初讀讓人想起擅寫夢的日本九世紀和歌女作者小野小町，以及中國樂府〈子夜歌〉裡的那些「儂」言「歡」語，但黃真伊詩的魅力不止來自感性的詞語，更出於架構整首詩的知性能力與機智。你坐著夢來找我時，我正好坐著夢去找你；能不能下一次做夢時，我們約好同時出發，以便在中途相逢，不再互相撲空？

黃真伊「晚年」據說與她所愛的名歌手李士宗有過六年的同居生活，約定三年在李士宗家，三年在黃真伊家。六年後，男方期待「續約」，但黃真伊選擇漂亮地分手。這似乎是現代男女試婚的先驅。黃真伊歿年不詳。傳聞她遺言自己死後不入棺，要做螞蟻、烏鴉、鳶的餌。她的墳墓至今仍殘留著，在開城附近的長湍。晚於黃真伊的詩人兼小說家林悌（1549-1587）是豪放不羈之士，往平壤任職途中，曾在松都大路邊黃真伊塚上憑弔，當場寫成一首時調，後來被朝廷責備：

你睡著了，或只是在青草叢生的幽谷休息？
你的紅顏安在，只留白骨於此嗎？

我舉杯，但悲哉，無人替我斟酒。

林悌應該未及在黃真伊生前目睹她的丰采，但南方的士人與北地的歌妓在一杯虛擬的酒裡相逢。林悌的小說多採擬人化的寓言形式，極富藝術性。他喜歡在脂粉堆裡廝混，辭去官職，浪跡名山，以詩酒澆愁。除了黃真伊，他還寫詩給另一名歌妓：

北地天清，所以我未帶雨具上路。
但雪落山上，寒雨遍灑田野。
今日我遇寒雨，今夜我將凍僵在床。

這首時調名為〈寒雨歌〉，巧妙地把他所愛的歌妓之名「寒雨」鑲在其中。寒雨兩次出現，由實入虛，繼而虛實交加。據說酒席上的美女寒雨，即刻做了一首時調回他：

你怎麼會凍僵在床？怎麼會辛苦難眠？
有我鴛鴦枕，翡翠衾，今夜你不會受凍。
今日你遇寒雨，今夜你將溶化在床。

這樣的機智、妥貼、魅力，不輸林悌，也不輸黃真伊。在韓國時調選集裡，可以讀到好幾個像寒雨這樣不知道生卒年、不知道生平枝節的歌妓們的零星作品：梅花，洪娘，紅妝……她們也許是被埋沒了的黃真伊。

而誰是男性時調作者中被文學史凸顯的「大詩人」？最常被提到的名字可能包括鄭澈，尹善道，金天澤，金壽長……。金天澤作有七十餘首時調，編了第一部古典時調選《青丘永言》（1728）；金壽長留下時調約一百二十首，也編了一部同樣收有五百多首時調的選集《海東歌謠》（1763）。

韓國時調的題材，除了前面讀到的黃真伊等人詠嘆的愛情、別離、怨慕外，還包括戀主忠君、進學修德、三綱五常、教誨警戒、致仕歸田、安貧樂道、江湖閑情、行樂人生等，與傳統中國詩頗類似。鄭澈（1536-1593）就是一個深受儒教影響的詩人。他擔任過許多高官要職，但不時捲入政爭，時顯時隱。他留下約百首時調，作品簡潔典雅，涵義豐厚，用詞驚人，筆觸尖誚，公認是數一數二的大家，雖然不乏教忠教孝的字句。他另有歌辭（長歌）《思美人曲》、《續美人曲》，原為政治失意時思君（主）之作，但因優美深情，被當做男女戀歌傳誦。此種雙關詩意，頗有屈原香草美人之風。底下譯三首我覺得不俗的他的時調：

噢老者，容我替你背負重擔。
我還年輕，岩塊對我也是輕的。
年老已夠悲，何苦再添負擔？

＊

路旁兩尊石菩薩相對而立，無衣無食。
雖然它們受風雨霜雪吹襲，
我羨慕它們不識別離之苦。

＊

若我能深入我心，將之剪成一輪明月，
高懸於浩瀚的星空，
我便能到臨我愛人的居處，將其照耀。

第一首見人之所未見，言人之所未言，相當獨特。第二首當是在仕隱間掙扎的他，內心偶現之呼喊。第三首「明月」之巧思，可懸於黃真伊「明月滿空山」與「漫長冬至夜」之側，而鄭澈之月輪，一光二用，既可照其愛人，也可榮耀國君。

尹善道（1587-1671）留下來的時調有七十七首，宦途上所歷辛苦衝突不下於鄭澈，許多人覺得他的時調在鄭澈之上（我欣然同意），是韓國第一。他有〈五友歌〉，詠水石松竹月，由六首組成，是所謂「連時調」，底下為第一首：

你問我朋友有幾？水與石，松與竹。
月升東山上，令我心歡喜。
有此五友伴，何需其他求？

他最偉大的作品，當屬四十首時調組成，描寫漁夫生活，分成春夏秋冬，每組十首的連時調《漁夫四時詞》。與〈五友歌〉不同的是，這組時調每首在一、三行之後多了兩行暗示漁船操作的「疊句」——第一句隨詩的進行而有所變化，第二句則始終是模擬錨鏈與划槳聲的「齊格衝，齊格衝，喔噓哇」。舉「春」第一首與「冬」第一首，見其飽滿鮮活的藝術表現：

日照後山，霧散前方海灣。
船前進，船前進！
夜潮退盡，早潮漸次湧進。
齊格衝，齊格衝，喔噓哇！

沿著海岸，野花一路亮到遠方村落。

＊

雲破光瀉，冬陽暖且亮。
船前進，船前進！
天地凍結，唯大海恆常。
齊格衝，齊格衝，喔嘘哇！
一浪接一浪，如絲綢無限開展。

尹善道一生大半失意，幾番歸隱，思透過山水，求進退間的平衡。他有一首時調讓人想起辛棄疾：

我生性疏懶，上天知之甚詳。
千萬人間事中，他只指派我一樣：
管山，管水，莫讓俗人侵擾。

稼軒只是「管竹管山管水」而已，尹孤山多管了一層，不准凡人接近。此詩也許故作曠達，不若十六世紀畫家詩人李霆（他是李朝世宗的玄孫）的一首時調自然：

河流在秋夜暗了下來，水波漸息如欲眠。
我把魚線拋入水中，但愛睏的魚兒不願上鉤。
我空船而回，滿載捕獲的月色。

在韓國現存約三千六百首古典時調中，超過百分之四十是無名氏作品。部分原因在於：在韓字發明（1446年）之前，大多數時調都經由口耳相傳；部分則因時調的創作，往往是內心強烈感受遇瞬間靈感而成，故容易造成作者不明。另外，有許多時調批評政治或社會現實，有許多時調以愛情為題材，內容大膽，唯恐觸犯儒教禁忌，故選擇匿名。我不知道上面這些作者有沒有以「無名氏」之名留下其他作品，但我讀到的韓國無名氏時調，讓我驚覺它們的作者是世界上最突出、最常出現、壽命最長的一位。自然，他們並非姓「無」，名「名氏」的同一位，但這些佚名的詩作，質樸、鮮活地呈現了人類共同的情感——愛的渴望，猜疑，嫉妒……

冷啊，讓我進入你懷裡；沒有枕頭，讓我以你的臂為枕。

我口乾舌燥，讓我舌頭貼著你舌頭入眠，
夜裡當潮水湧進，讓我在你的肚下渡船。

*

照在我愛人東窗的明月啊，
他是獨眠，或者有女在抱？
請明明白白告訴我，這事攸關生死呢。

*

風啊，不要吹；風雨啊，不要來。
道路濕濘，我不專的愛人可能就不來了。
但一旦他來到我家，發它一場連綿九年的大水吧！

第一首既大膽又委婉，最後一行韓語原詩用了一個雙關語，本作「……讓我划你的Pei」。當初我將此句念給張貞海博士聽時，她說：「好色哦！」原來「Pei」在韓語中指「船」或「肚子」，乃同一字。此詩以「急救」之名，行救援「性急」之實，令人莞爾。第二、三首分明可見一愛恨分明，以及喜怒無常的「我的野蠻女友」。

我思索你為何送我那把扇子。
猜想你要我用它煽滅心中之火。
扇子怎麼做得到，當淚水都熄不了火時？

*

愛情像什麼？是圓？是寬？
是長？是短？可以用步伐測量嗎？
它長不足以綁我，強度卻足以碎我心。

*

昨夜，風吹落滿園的桃花。
一名僕童拿著掃帚準備將它們掃除。
落花依然是花啊：何不就此住手？

*

山谷中小溪旁，我鑿下一塊岩石蓋小屋。
月光中耕作，雲朵裡躺臥。
天與地喚我，說：「讓我們一起老去。」

前兩首，天真的口吻裡有複雜的愛的煩惱，是精準的詩的度量衡。後兩首，灑脫自在，與落花同體，偕天地共老：處處有情，處處適意的生之逍遙遊。還有一首，每行字數較多，顯然屬「衣時調」或「辭說時調」：

新婚夜大發脾氣，新婦扔碎了六個瓦缽。婆婆問：你要賠它們嗎？
新婦答：你兒子把我從家裡帶來的容器搗得四分五裂，無法修補。
將我的損失與那些瓦缽相衡量，半斤八兩正好一筆勾銷。

此首十六世無名氏作品（有人加標題「憤怒的新婦」），非常生動有趣。乍看莫名其妙，細讀讓人會心微笑。詩中的新娘對男女之事彷彿不解（或故作不解），以打破夫家瓦缽洩「破瓜」之「憤」。內容大膽鮮活，卻以迂迴、樸拙的方式呈現出。把女性器官比做「從家裡帶來的容器」，實在是巧妙的暗喻。新婦之憤也可能是新婦之樂。專業新婦如黃真伊，應該也會盛讚此婦深諳量稱拿捏、交易談判之道。

也許因為「真伊流」即將來襲，前幾天我上網搜尋查視，發現有上百網頁轉貼了我先前譯的黃真伊兩首時調以及注釋，但居然沒有一個標明是誰譯注的。真絕！也算是「松都三絕」外的一絕！「三絕」其實是黃真伊大膽、自信的自我讚揚，指的是朴淵瀑布的「絕勝」，徐敬德的「絕倫」，以及黃真伊自己的「絕色」（網路上有人根據資料推斷黃真伊身高一六四公分，瘦肩細腰纖手，體重四十九公斤，皮膚乳白色，腰圍二十五吋）。紅顏白骨。今天我們無法再見黃真伊的美色，但透過她的詩，她的生命傳奇，透過白底黑字的紙上或電腦書寫，我們更鮮明地感知她的存在，她的魅力。黃真伊如果活在今日，從她的美貌、膽識，從她詩中顯現的機智、才能，我們可以判斷，她一定不會當妓女，絕對是好幾家旅館、銀行、金控公司的總裁（啊，陳敏薰？我們是赫赫有名的明月春風集團呢！）。

明月滿空山，何不來我黃真伊的詩裡歇息片刻？

（二〇〇六）

蟲蟲同學會

蟲蟲們離開學校很多年了，大家很想開一次同學會，聚一聚，聊一聊。回想那段求學的時光，大家都覺得好不快樂！——啊，很不快樂！為什麼？

當年蟲蟲們讀書，一年有四個學期。每學期有三個月，註冊、開學後，上課兩個禮拜就放「四季假」了：春假，兩個半月；夏假，兩個半月；秋假，兩個半月，冬假，兩個半月——都不用來學校。在學校每週只上兩天課，星期六與星期日，其餘五天全部放假。蟲蟲們最討厭放假了。上學的時候，因為老師們講課大都很無聊，蟲蟲們聽了頭昏昏腦沉沉，一個一個趴在桌子上當瞌睡蟲，懶惰蟲，非常舒服，非常幸福。不用做作業，不用做測驗卷。每天早上四節課，八點鐘到校參加升旗典禮，唱完蟲蟲國歌（也是蟲蟲黨歌和校歌），聽蟲蟲校長轟隆、轟隆訓話後，就開始上課。每節課十五分鐘，下課時間四十五分鐘——啊，為什麼下課時間比上課時間長，這問題困擾了許多來校參觀的外賓，後來他們都明白了。原來下課時間也是點心時間，蟲蟲們被引導到一列列不同的餐桌前，享受各國美食：固體、液體、氣體，中式、日式、韓式、泰式、英式、法式、義式、俄式、巴拉圭式、烏拉圭式、衣索匹亞式、拉脫維亞式、克羅埃西亞式、阿爾及利亞式、新喀里多尼亞式、沙烏地阿拉伯式、巴布亞紐幾內亞式、聖文森及格瑞那丁式……各種美味、各種類型的餐點隨便大家吃。常常因為吃的太多，吃的太快，吃的太雜，蟲蟲們肚子受不了，搶著上廁所，所以必須有「充分」的下課時間，讓它們方便，讓它們「衝糞」——悠閒地把一堆堆糞從肚子裡衝擠出來。

從早上到下午，每節下課都是如此。放學前，蟲蟲們填好一張很大張的「今日食物喜惡調查問卷表」後，再唱一次蟲蟲國歌，看著蟲蟲國旗冉冉下降，就回家了。大家都很喜歡上學，喜歡唱那一首四個字、四個字連在一起的蟲蟲國歌：

散民主義，吾蟲所宗；
以吃建國，以便大同。
吃爾多士，為民前鋒；
夙夜匪瀉，注意衛生。
素食葷食，不挑不空；
一心一德，貫徹食終。

在學校上課很自由，很公平，很快樂，沒有固定座位，每隻蟲各據一張書桌（其實應該算是床舖），大家隨便坐，隨便臥。除了「螞蟻」、「蝴蝶」、「蜘蛛」、「蜻蜓」、「蜈蚣」、「蜥蜴」、「蝙蝠」……等，因為生來是連體嬰，必須兩位一體，併桌共處外，其餘的蟲——不管是體型龐大的「虬」、「蛟」、「螭」（它們都是「龍」家小孩），「蛇」、「蟒」、「虺」、「螣」、「蝮」（它們都是「蛇」家兄弟），體型中等的「蛙」、「蛭」、「蟹」、「蜮」，或者體型細小的「蚊」、「蚋」、「蠅」、「虻」、「蚤」、「蝨」……，大家都是一蟲一位，位位等值。沒有月考（因為一個學期只有半個月），一個學期只考一次，每次成績單發下來，第一名都是「蠹」（每次考一百分，難怪人家稱它「書蟲」！），最後一名都是「蠢」（啊，真笨，不但沒得分，還被倒扣！），其它的蟲，因為全都交白卷，全都得零分，所以並列第二名。啊，真是輕鬆愉快的學習！

但放假就讓蟲蟲們不快樂了。不管是上課兩天之外週休的五日，或者一年四季四次假期，蟲蟲們都被要求到各機關行號、商家民家，打工實習。說是「建教合一」，「知識」跟「行動」密切配合，現場印證在校所學「食品營養學」、「賞味期限學」等等理論。連體同學「蟑螂」專門跑便利商店、雜貨店、糕餅店，嚼食那些過期的食品。另一個連體同學「螞蟻」，特別愛往糖廠或糖果店見習，體會不同甜滋味。有些同學分配到比較高難度的任務，潛入飯店、餐廳，商家或民家閣樓、地窖，考察是否囤積太多貨品，發霉發爛了——這種任務最適合「蛆」同學、「蠅」同學它們。還有一些從小對奶類油類過敏的同學，被派去各級民意代表，縣市首長，行政、立法、司法、考試、監察院長，總統、副總統等的官邸、豪宅裡，去檢驗他們的金庫、保險庫、內褲、拖拉庫（也就是人們所說的「卡車」）……裡，是否窩藏了不為眾知的民「脂」民「膏」。這些都是很辛苦的工作——想想看，有些「好搜刮者」樓高幾十層，蟲蟲們要爬多久才上得去啊。工作一天，回家馬上變成睡蟲，再沒有體力看連續劇或動漫。啊，只有工作而無休閒，簡直成為糊里糊塗、辛苦一天又一天的糊塗蟲了。放假是放「假的」喔？難怪蟲蟲們回想起來，都覺得好「不快樂」！

這次同學會，寫信、打電話、發email，國內國外連絡，前後費了好幾個禮拜。愛吃的蟲蟲們當然選在母校對面那間五星級大飯店聚會了。那天，蟲蟲同學們，不管有錢沒錢，不管事業、學問有無成就，大家都盛裝與會，想讓昔日同學們對自己刮目相看。畢竟，「輸蟲不輸陣」啊。多年不見，有些蟲蟲變得認不太出來。首先是那些連體同學們，一方面因為這幾年醫學進步，一方面因為受到電視上「統獨問題」辯論的影響，居然都跑去動手術與它們的另一半分割開來，尋求獨立了。所以，「蟻」沒有亦步亦趨地跟著「螞」進來，「蝴」也沒有和「蝶」一起飛進，「蜈」和「蚣」也沒有一體成形地蠕動進場。啊，大環境變了，個「蟲」也變了。

許多蟲蟲跑去對岸大陸發展，這次據說集體包機直航回來。它們的身體都明顯變瘦，跟以前大不相同。譬如「蠔」同學變成「蚝」，「蠶」同學變成「蚕」，「蟲」同學變成「虫」，

「蠆」同學變成「虿」，「蝦」同學變成「虾」，「蠣」同學變成「蛎」，「蟣」同學變成「虮」，「蠐」同學變成「蛴」，「蟶」同學變成「蛏」……，都瘦身、簡體有成，判若二蟲。最誇張的是「蝟」同學，從大陸回來居然變成「猬」——從「虫」類變成「犭」類——啊，變成一條狗了。另外還發生了一件離奇的事，「螘」同學和「蟻」同學，到大陸發展後居然變成一模一樣相同的蟲——「蚁」，真是太靈異了！

餐後，蟲蟲們一起在飯店大廳合拍一張紀念照（有幾位同學趕不及參加這次盛會，大家還是把它們的位子留著）。這真是歷史性的一刻！平常習於牽絲，熱心張羅的「蠿」同學（它的連體兄弟叫「蜘蛛」）後來把這張照片寄給大家，不但變成大家的最愛，有一位昆蟲學家看到了，還把它放大、掃瞄到布上，成為他的早餐桌巾：

虭虮虯虰虱虳虴虷虹虺虻虼蚅蚆蚇蚊
蚋蚌蚍蚎蚐蚑蚓蚔蚕蚖蚗蚘蚙蚚蚜蚝
蚞蚡蚢蚣蚤蚥蚧蚨蚩蚪蚯蚰蚱蚳蚴蚵
蚶蚷蚸蚹蚺蚻蚼蚽蚾蚿蛀蛁蛂蛃蛄蛅
蛆蛇蛈蛉蛋蛌蛐蛑蛓蛔蛖蛗蛘蛙蛚蛛
蛜蛝蛞蛟蛢蛣蛤蛦蛨蛩蛪蛫蛬蛭蛵蛶

蛷蛸蛹蛺蜕蛾蜀蜁蜂蜃蜄蜅蜆蜇蜈蜉
蜊蜋蜌蜍蜎蜑蜒蜓蜘蜙蜚蜛蜜蜞蜠蜡
蜢蛲蜇蜥蜦蜧蜨蜩蜪蜬蜭蜮蜰蜱蜲蜳
蜴蜵蜷蜸蜺蜻蜼蜾蜿蝀蝁蝂蝃蝆蝌蝍
蝎蝏蝐蝑蝒蝓蝔蚀蝖蝗蝘蝙蝚蝛蝜蝝
蝞猬蝠蝡蝢蝣蝤蝥虾蝧虱蝩蝪蝫蝬蝭
蝮蝯蝳蝴蝵蝶蝷蜗蝹蝺蝻螁螂螃蛳螅
螇螈螉融螏　螐螑螒螓螔螖螗蚁螚螛
螢螝蚂螟萤螣螤螪螫螬螭螮螯螰螲螳
螴螵螶螷螸螹螺蝼螼螽螾螿蟀蟂　蟃
蟄蟅蟆蟈蟉蟊蟋蟌蟑蟒蟓蟔蟗蟘蟙蟚
蟜蟝蟞蟟蟠蟡蟢虮蟤蟥蟦蟧蟨蟪蟫蟬
蟭蛲蟳蟴蟵蟷蟹蟺　蚁蟼蟾蟿蠁蠂蠃
蝇蠆蠇蠉蠊蠋蠌蝎蛴蠑蠓蚝蠕蠖蠗蠙
蠘蠜蠝蜡　蠠蠡蠢蛎蠤蠥　蠦蠨蠩蠪
蠫蠬蠮蠯蠰蛊蠲蠳蚕蠸蠹蛮蠼蠽蠾蠿

這桌巾，據說後來被一位不太會寫詩的詩人看到了，居然觸動他的靈感，把簡體的蟲蟲塑身回肥體，變成他最為人傳誦的一首詩，詩名叫「孤獨昆蟲學家的早餐桌巾」。

每次，看到這張照片（或桌巾？或詩？），蟲蟲們總會對自己，對過往時光，對蟲蟲學校的老同學們產生新的思考。幾天前，尾尖的「螢」火蟲突然發現到，這張照片裡有會飛、會跳的昆「蟲」，有會在地上走動的爬「蟲」，但怎麼會有「蚌」、「蚵」、「蛤蜊」這樣的軟體動物混進蟲蟲學校呢？更不可思議的是，連「蛋」、「蠟」、「融」、「虹」這些根本不是動物的傢伙，也冒名成為它的同學！

夜裡，它夢到了虹。也許，天上的虹是一隻七彩的蟲變成的，或者它的「虹」同學的祖先，是天上的虹掉到地上變成的蟲。

（二〇〇八）

五片

卡夫卡

旅行到布拉格時，最驚奇的發現是這城市除了信用卡、金融卡、捷運卡、電話卡、鑰匙卡、遊戲卡、記憶卡……外，還發行、販賣一種「卡夫卡」，據說可以幫助愛國者卡住他們國家的公卿大夫，使其雖違規而不犯法，雖駭俗而不驚世，或者幫助拘謹的中產階級卡住他們的牙科大夫，使其不任意拔牙或開消炎藥，或者幫助太太們卡緊她們的丈夫，讓他們快速卡進可敬的權位，以及更重要的，忠貞不出軌之位。我因為身上帶的歐元紙鈔換硬幣時被卡在兌換機裡，無法及時在出關前在機場免稅商區自動販賣機購買一張回來送給我太太。

牧神

早晨太蒼白，尚未全然發育，像我們青澀的童年或尷尬的青春期。下午多寬大啊，伸長日腳，在水邊假寐，等候風搖動樹葉，搖動樹影，或者起身，與寧芙們一同嬉戲，追逐陽光的金羽毛。黑皮膚的夜猶然在歌劇院的地下室練習發聲，還沒開始它們無調的歌唱。

人面人身在兩朵雲之間。羊角在切分音的方向。羊蹄，羊尾巴點踏出一大片羊蹄甲。我喜歡兩三點的午後，安靜的進行曲，慵懶的舒展。

夜夢

做夢夢見現實生活中被你討厭之人，夢中用身體遮你護你，免受暴民亂棒之打。你矍然而醒，呼吸緊促，胸口疼痛，餘悸猶存。痛，不是因為棍棒之陰影，而是現實中自己樹立了許多假想敵。你突然覺得這世界可愛，一切可愛，決定接受人生之種種不悅，因為白日即使不快，你猶可以清醒對應之，但在夢的世界，潛意識的世界，你完全無法做主。你不想下半夜繼續在夢中難過，因此甘心化敵為友，跟這個世界，跟自己和解。

春日

春日午後，在便利商店門口，看到一個高中男生，穿著球鞋，短褲，流著汗，在單車旁，仰頭喝一瓶鋁罐裝可樂。這是多麼刺眼而難忍的事啊。他衣服上騷動的紅色，他汗水裡恬不知恥的熱力，以及年輪數倍於他的你內心的憤怒，都隨著那易開罐的開啟，瞬間爆開。難怪一九三六年花蓮港廳「紫陽花歌會」出版的短歌集《黎明》（あけぼの）裡，那位你不認識的日本女子山口伊勢子七十幾年前在花蓮寫下這樣的短歌：「正是柳樹／生新枝的／春天／而我的青春／卻一逕走過去」。

空

空是最好的存在狀態——一無所有，充滿可能。無牽無掛，無憂無懼，又無所不包，無所不在。這真是一個好東西。每個人都想進入它，卻每每不知道它在哪裡，找不到空門，不得其門而入。空鐵定是一個建築，或者至少——一種空間感。我看「空」這個字：穴中之工。它是一種工作，一種工程，挖空，掏空，向虛無挖掘。最大的穴譬如白宮、皇宮或總統府，在那裡上班，閒閒沒事做，輕輕鬆鬆，殺時間。最小的穴譬如女體所有，在那裡工作，最飽滿的虛無。

這是一聲的破音字的空。但可惜絕大多數人，絕大多數時候，都沒空（四聲！）讓自己放空，享受空。

（二〇〇八）

小鎮福金

我們這島嶼邊緣的小鎮福金，依山傍海，風景優美。雖然人口不多，但鎮民們很少人知道我的祖父是個醫生，一如很少人知道我的醫生祖父也是個小說家。

很少人知道我祖父是醫生的原因是：雖然這鎮上的人都知道他是個醫生，但他們卻不知道他是我的祖父。我祖父的診所在小鎮最大的一條街上，寫著「楊小兒科」四個字的招牌高掛在二樓窗外，幾十公尺外就可看到。左邊是小鎮最大的天使飯店（招牌的字用行草寫成，遠看像「大便飯店」），對面是小鎮另一個醫生的診所：「馬耳鼻咽喉科」。小鎮居民不知道楊醫師是我祖父的原因是：他們不知道他是我父親的父親。小鎮居民不知道他是我父親的父親的原因是：他們知道我父親有一個父親，是酒鬼兼賭鬼，喝了很多酒，欠了很多錢，然後不見了。好心的楊小兒科醫師讓我父親認他為養父，不時鼓勵他，幫助他，我父親生下我，楊小兒科楊醫師就成為我的養祖父。小鎮居民不知道楊醫師是我父親的養父，自然也不知道他是我的養祖父。

我對我的醫生祖父的記憶大部分來自我離開小鎮前往北部大城讀大學前。我的父親與我住在離楊小兒科診所兼寓所幾百公尺處，但我不時會在不上課時到楊小兒科找看診完的我的楊祖父，聽他講故事。我的祖父是天生的小說家，故事源源不斷，他懸壺濟世之餘，常騎著他那台 Vespa 摩托車，四處蒐集民間故事，走訪人跡罕至的原住民部落，和老者閒談。他醫術不錯，態度親切，每個病人從進來看診到拿藥出去，時間都相當長，因為小鎮居民都知道他可以讓病人用精彩的故事抵付醫藥費。常常有人帶著全家大小一起來看病拿藥，連說了好幾個故事，直到賓主盡歡，欲罷不能，依依不捨道別。在我充滿愛心的祖父眼裡，每個病人都是等待關照的「小兒」，所以他除了替小孩看病，也替大孩、老孩看病。我祖父常說故事給我聽（有的還重複說過好幾遍，但每一次都加了一些新東西），卻很少看他發表作品。他總是說他正在寫，還沒寫完。

祖父告訴我，我們小鎮的名字本來不叫福金，而是叫「大巴塱」，是原住民語，意思為「白螃蟹」，因為昔日此地有許多白螃蟹。做為島上最早實施地方自治的鄉鎮之一，本鎮一向以長期選出悉屬右翼政黨的鎮長以及鎮民代表而知名全島，且是鎮上居民們最引為傲之事。但有一年，不知怎麼搞的，居然選出一位左翼思想濃厚的無黨籍鎮長，他一反過去右翼鎮長們由右到左的書寫方式，規定全鎮路標、門牌、店招、匾額⋯⋯一律由左到右書寫。所以本來大家習慣用國語念為「大巴塱」的鎮名，反方向書寫後，就被已徹底以右為先的鎮民們念成「塱巴大」——啊，不好意思，聽起來有點那個⋯⋯（你們都知道島上最多人說的方言裡「塱巴」指的是什麼！）這尷尬的鎮名，讓鎮上男女老幼都覺尷尬，特別是鎮上幾所學校的師生們。本來讀起來很有氣勢的「大巴塱國中」、「大巴塱國小」，現在寫出來變成「中國塱巴大」、「小國塱巴大」。很嚇人呢。鎮民代表會罷會要求更改鎮名，經全體鎮民（包括未成年者）投票後，選出大家覺得大吉大利的福金兩字為新鎮名。

我曾問祖父可以不可以給我看他寫的小說稿，他嘆一口氣說都付之一炬了。幾年前小鎮大街傳出火警，總部就在診所斜對面的「福金消防大隊」救火不及，火舌從鄰舍延伸到診所院子，把他夾在舊病歷表間的一大疊小說稿都燒掉了。我沒看過他的小說稿，倒看過他手寫的病歷表。除了前面一頁病人姓名、出生年月日、住址等用中文填寫，其餘都是潦草難辨、密密麻麻的外國字母。我曾經很認真地在那一堆密碼中指認出最常出現的兩個字：Lao Sai。我查了鎮上圖書館裡所有的外語字典與醫學辭典，都找不到這個詞。一直到有一天我吃了太多小鎮西瓜田裡過量生產免費供應的新品種無子西瓜進而腹瀉後，我才恍然大悟原來說的是「漏塞」——拉肚子也。

比較起來，我的楊祖父覺得，「大巴塱」時代小鎮的消防隊效率反而高些。儘管當時只是小編制的「大巴塱消防小隊」，但一有情況，隊上所有消防車（也就是兩輛消防車），會即刻出動：一輛是消防隊長親自駕駛、載滿隊員的大消防車，一輛是副消防隊長駕駛的小消防車。已故的，令人尊敬的副消防隊長歐又得，是傳奇的原住民勇士，他駕駛的消防車就是他自己。他的性器非常長，出門時必須把它纏在腰上四、五圈以上。平日我們小鎮不管有無颱風，遇到大雨經常淹水，但一旦發生火災，急需噴水救火時，消防栓又往往故障或突然斷水，這時靈巧、機動的歐又得副消防隊長的消防車就派上用場了。只見他脫下衣服，把一圈一圈膨脹起來的水帶從身上解開，急速朝火勢最猛烈處噴灑。圍觀的鎮民們大聲叫好，主動排好隊，接駁把一瓶一瓶礦泉水或啤酒遞上，深怕他膀胱裡的水乾涸了。靠著這小而猛的消防車，「大巴塱」時代小鎮遭受的火災損失是全島各鄉鎮中最低的。

小而猛可說是本鎮特色之一。祖父診所對面的「馬耳鼻咽喉科」，規模雖小，卻也活力四射。馬醫師覺得耳、鼻、咽喉相通，心理與生理也相通，所以他診所內全天播放音樂，藉由耳聽音樂，從精神面協助對身體的治療。他最喜歡讓病人聆賞的是他的遠房親戚，作曲家馬勒的交響樂。他跟大家解釋馬勒的音樂，說他的每一首交響曲就是一個「世界」，無所不包，混合著怪異、恐懼、諷刺、興奮、狂熱、喜樂等各種對立的情緒，錯綜糾結，而人只是呈現音樂的器皿，我們的身體不過是天地造化吹弄之器，在我們身體的小世界，在我們的耳鼻咽喉中，整個自然界都發而為聲。聽進馬勒的音樂，人的一切衝突、苦難、病痛，便不藥而癒，迎刃而解。古典音樂之外，他有時候也放〈牛犁歌〉。他說耳鼻咽喉相通，牛馬也相通，馬勒有益身心，牛犁歌也是。真是小而猛的微型綜合醫院。有一次一位七十歲、視力不佳的鎮民，誤拿「三秒膠」當眼藥水，導致右眼皮緊緊黏住，家人立即送他到鎮上唯一眼科「左眼科」急救，但老者堅決不進去，因為他認為這位據說是清朝明將左宗棠後裔的左眼科醫師，只會看左眼，不會治療右眼。家人只好帶他找馬醫師。馬醫師說得好，耳、鼻、咽喉和眼睛是相通的，找我沒錯。那一天，他特別播放海頓的神劇《創世紀》助診，當合唱團壯麗地唱出「上帝說，要有光，就有了光」一句時，馬耳鼻咽喉醫師正拿著薄薄的刀片，輕輕劃開老者的右眼皮，讓其重見光明。

我的醫生祖父在我出外求學、工作的那幾年間，關閉了他的診所，只留下招牌，跑到秀姑巒溪口附近一個我們也不清楚的地方當隱士。他自然不知道我們小鎮鎮長在左派右派幾次輪替後，換了一位非左非右的洋派。我們的喬治富鎮長曾經負笈海外（據說是加勒比海一個前英國殖民地國家，跟我們一樣的海島小國），上任後對推動小鎮與世界接軌不遺餘力，發誓將小鎮建設成一個無汙染、無暴力，具國際觀、後現代觀的觀光樂土。他鼓勵住在較偏遠地區的小鎮公務員與學校師生，捨汽車、摩托車，改騎山豬上班、上學。全鎮大街小巷畫滿了隨時可用的一格格「停豬位」。為了讓全世界更清楚看見小鎮福金，他綜合各種羅馬拼音系統，漢語、原住民語拼音法，列出幾個候選的英文譯名，經鎮民代表會熱烈討論表決後，決定採用 Fuc-King 這個名字，並且在與外界通聯的各重要衢道，廣設迎賓招商的中英文對照路標、招牌。最常見的是這樣的招牌：「歡迎你——來福金！／Welcome You—Come Fuc-King！」他主張招牌、標語要簡潔、有力，吸引人，而且琅琅上口。他發揮外語專長，親自擬定了主打的Slogan（也就是標語或口號之意）：「福金是天堂。來福金，安適你的身心！／Fuc-King is Paradise. Come Fuc-King and Get Relaxed!」果然大有效用。不但吸引了大批觀光客前來拍照留念，甚至還有不少人順手牽羊，把路標、招牌偷回去當紀念品，讓喬治富鎮長不時呼籲觀光客要手下留情。

我們小而猛的鎮長最驚人之作是邀請來世界排名前十大的匹茲堡愛樂管弦樂團，到砂石車不停穿越的小鎮連綿西瓜田中，搭台舉行一場可以容納三萬人免費觀賞的露天音樂會。這是世界創舉！贊助全部經費，準備和喬治富鎮長合作把西瓜田變成黃金商圈的「滄海桑田土地開發公司」董事長如是說。全鎮居民都到場了，夾雜在眾多慕名而來的外地客中。當匹茲堡愛樂管弦樂團首席指揮利百代．林肯（咸信是熱愛自由的前美國總統林肯的嫡系子孫），緩緩舉起指揮棒，準備帶領一百二十位團員演奏柴可夫斯基《尤金．奧尼金》中的波蘭舞曲時，我們小而猛的鎮長忽然衝上台說：「等等，等等，我要代表小鎮福金頒發七彩石給大指揮家做禮物！」鎮長幕僚們好不容易把大石頭搬上又搬下台，利百代．林肯大師再次緩緩舉起指揮棒準備演奏，同樣小而猛的滄海桑田董事長又衝上台，說：「等等，等等，我要頒發小鎮最美麗的西瓜紅玫瑰石給大指揮家做禮物！但石頭太重，先放舞台下，來，我們跟鎮長合照一下……」哇，這是音樂會還是選舉造勢大會？真是世界創舉！

利百代．林肯大師第二首演奏的是柴可夫斯基的《一八一二年序曲》。當樂曲進行到砲聲出現的結尾段落，我們喬治富鎮長突然站起身來，右手一揚，舞台後方天空隨即爆出五顏六色一串串煙火，五分鐘，十分鐘，十五分鐘，一發強過一發……舞台上枯坐久久的團員們氣得紛紛離席，沒有人想要演奏原本排定的下一首柴可夫斯基的《悲愴交響曲》。一切已經夠悲愴了。拿著長長樂器的巴松管樂手，一邊走一邊念著：「Fuck you, Fuc-King!」我們小而猛的鎮長看著高潮後噴精似升空四散的煙火，亢奮地說：「Fuc-King small town is great！」他的意思應該是：小鎮福金很屌，很棒！

（二〇一〇）

台灣四季，海邊詩濤

I 台灣四季

《台灣四季》是我與上田哲二合譯的日據時期台灣短歌選。

二〇〇七年十一月，上田哲二受邀參加在花蓮松園別館舉行的太平洋詩歌節，這是我第一次遇見這位與我同年生、專研台灣現代詩的大阪大學博士。他後來又來花蓮，在一次演講中給大家看了幾首日據時期在台日人寫的詠嘆台灣四季的短歌，讓我興趣盎然，邀他合作把這些可愛的三十一音節日語詩譯成中文。

這些短歌為什麼讓我興趣盎然？原因有二。第一，多年來自己對日本文學中俳句、短歌這兩個短小詩型頗為著迷，也閱讀、翻譯了一些包括像松尾芭蕉、小林一茶、小野小町、和泉式部等傑出俳句、短歌詩人的作品，久之，對於寫詩的我也形成一種滋養，觸發我用類似詩型書寫當代生活。我的《小宇宙：現代俳句二〇〇首》即是此一情境下的產物。我很好奇，上一世紀初期來到台灣居住的日人，怎樣用既定的詩型，書寫他們眼中相當新鮮、不同的這島上生活的種種情事。怎樣用陌生的眼光，體現出新的感性？其次，近年來大家都同意台灣現代詩源頭有二：日據時期台灣新文學運動，以及二、三〇年代中國大陸新文學運動。做為一個在島嶼台灣生長的寫作者，我覺得現在看到的那些日據時期寫成的中文或由日文譯成中文的新詩，大多很乏味。我很想知道，是不是另有一些作品，不管是本島人或日本人所寫，不管是以中文或日文寫成，在隔了七、八十年、一百年後的今天，讀起來仍讓人覺得有趣？由於上田哲二兄的引介，我得以由淺入深，窺見收於此書，這些二十世紀初期書寫台灣，且書寫於台灣的有趣詩作。

這本《台灣四季》前五輯所錄短歌皆譯自尾崎孝子（1897-1970）的讀詩筆記「台湾の自然と歌」（台灣的自然與歌），收於其一九二八年五月台北出版的《美はしき背景》（美麗的背景）一書。此書共收八篇「隨筆」，「台湾の自然と歌」之外，還有六篇隨筆體小說及一篇遊記。「台湾の自然と歌」選錄、評介了一百三十四首短歌，這些短歌乃歌誌《あらたま》（Aratama，璞、粗玉、新珠之意）同仁於大正十三年至昭和三年間（1924-1928）發表之作。一八九五年日人據台，最早刊行的俳句、短歌雜誌可能是一九〇四年的《相思樹》（俳誌），以及一九〇五年的《新泉》（歌誌）。《あらたま》由濱口正雄（任主編）、八重潮路、國枝龍一等創刊於大正十一年十一月，前身為濱口正雄、松下久一所辦的《リラの花》（丁香花）。這本至終戰之年始停刊的歌誌《あらたま》（1922-1945），與大正十年創刊的俳誌《ゆうかり》（尤加利，1921-1945），被文學批評家島田謹二譽為日據時期「台灣文藝雜誌的兩橫綱」。

本書前五輯出現的二十五位短歌作者，男性十五位，女性十位，職業包括醫生（八重潮路）、教師（藤澤正俊、輿水武、妹尾豐三郎、國枝龍一、美波光二）、警察（野下未到）、編輯（濱口正雄）、財務局人員（平井二郎）、銀行行員（松浦武雄）、家庭主婦（尾崎孝子、八重留子、山岸百合子）、學生（樋詰田鶴子、樋詰千枝子、樋詰露子）等，其中六位還是一家人（本名樋詰正治的八重潮路，和他太太留子，及四個女兒：百合子、田鶴子、千枝子、露子），書寫範圍除了台灣北部外，還包括台中、台南，以及原住民地區，可謂成員多樣，場域廣闊。尾崎孝子將詩作分成春、夏、秋、冬四部（外加雜部），顯然是依循日本十世紀《古今和歌集》以降，和歌／短歌選集體例。台灣的四季未若日本內地分明，對應於傳統和歌，居住台灣的這些短歌作者在詠嘆台灣四季及其風土景物時，顯然多少得另闢蹊徑或別出心裁，在短歌慣例、法則許可的範圍內，挖掘新的題材，呈現新的體會。當時日本內地中央歌壇、俳壇居於主流的詩人，頗有人以為亞熱帶台灣的四季，充其量合起來只是日本內地的夏季，台灣短歌、俳句因此算不上是短歌、俳句。然而本書這些短歌作者，似乎以眼見為信，用心表達他們所體察的台灣四季細微的變化，以及外來的他們在此所遇的新奇景物與感受，由是形塑了新鮮有趣的台灣短歌色彩和形象，讓後世的我們讀起來猶覺有味。

《あらたま》是日據時期台灣最大的歌誌，且於本島多處設有分社。在台南縣立文化中心一九九四年出版的《郭水潭集》一書年表裡，呂興昌教授說住在台南佳里的郭水潭（1908-1995），於一九三〇年「加入『新珠短歌會』（あらたま）為會友，並發表短歌於該會歌誌」。我不確定「新珠」兩字是否就是「あらたま」的正式翻譯。《郭水潭集》裡有一篇郭水潭寫於一九五四年的〈台灣日人文學概觀〉，談及在台日人出版的俳句、短歌集時，列出「あらたま」歌會兩本歌集：《攻玉集》（1927，創刊五週年紀念刊），以及《台灣》（1935，創刊十三年同仁歌選）。在談及小說時，他提到了尾崎孝子的自傳小說《美はしき背景》，稱其為「後起之秀」的閨秀作家，作品「簡潔而優婉」，是少有的「水準比較高的小說」。評選本書前五輯短歌成「台湾の自然と歌」的尾崎孝子，當年三十一歲，詩與小說兼擅，可說是才女。她所選的一些短歌，的確也讓同住台灣的我們耳目一新。台灣的植物、動物、天候、田野、民情……，對久居島上的我們，每因習以為常而不覺為奇，在新來台灣的日本詩人眼中、心中，卻是充滿驚喜。他們的詩眼、詩心，陌生化、新鮮化了台灣四季自然之美，豐富了台灣詩銀行的美感庫存。讓我們看見日常的不平常，透過幽微的詩意體察到生活場景中細小的變化：

下了好幾天的／春雨：／秧田的／綠色變得／近藍（藤野玉惠）

紫色的花／盛開：／苦楝樹／嫩葉的顏色／靜了下來（平井二郎）
紅紅的木棉花／數量日日增加／早先開的花／顏色／更加濃烈（上山義子）
是否從梅雨的／假寐中醒來？／幼小蟋蟀的叫聲／在拂曉的庭園／響著（植村蘭花）
雨罕下的／這個山麓／樟樹的嫩葉／每搖一次就聞到／隱約的香味（尾崎孝子）
夏天將近的／天空景象：／梅雨期將盡／樹林翠綠／而鎮靜（野下未到）
可愛的島上少女／髮間插的／玉蘭花／如今正看到它們開綻（小倉敏夫）
從火車窗戶／眺望／這城市：／合歡行道樹／目下最盛（國枝龍一）

我沒想到平常隨便看到的植物、動物，隨便吃到的水果、菜蔬，隨便碰到的田野、街景，都可以入詩成為喜悅：

花莖／越伸越長：／龍眼花開的／季節越來／越近（中村英子）
金露花的／籬笆／顯著擴張／每天早上我／觸摸著它出門（妹尾豊三郎）
棕櫚果實／成熟的時節：／朗朗而叫的／白頭翁／正在啄食（藤野玉惠）
絲瓜／日日明目張膽／伸長／越過屋簷／爬上屋頂（松浦武雄）
壁虎的叫聲／可愛：／屋外的風／正逐漸轉成／狂風（國枝龍一）

剝了皮的柚子／香味濃郁／雖還沒熟／卻試著／吃了（藤野玉惠）

學生帶來的／文旦／在我兩隻／手上／冷而重（美波光二）

水波／柔和，／烏龜浮現／池面的日子／近了（植村蘭花）

悠悠地／在田野裡／邊走邊吃草的／水牛／背上停著鳥（樋詰露子）

吃著多汁的／芒果／簷廊上／初聽／晨蟬的鳴叫（平井二郎）

多汁的芒果，讓許多以前未曾吃過它的日人為之著迷，雖然汁液可能會濺上衣服，留下痕跡。平井二郎的芒果詩，讓我想起山本孕江在一九三六年八月號《尤加利》俳誌提到的一首二溪所作的俳句：「大家來喔，光著身體來喔，吃芒果！」生之愉悅皆躍然紙上。妹尾豐三郎的金露花詩也很可愛：金露花即台灣連翹，經常被當作樹籬，當老師的他每天早上觸摸著它上班——這首短歌用觸覺描摹、暗示草木逐日豐實、萬物鮮活有力的春之盛景，我們不只看到花開，還可以摸到季節的味道。

有些短歌延續日本「物之哀」文學傳統，以敏銳、纖細的心，憐惜、讚嘆台灣四季人間、自然之美，及其短暫。這些感情古今中外如一，詠嘆台灣就是詠嘆世界，不管用中文、日文，或者沒有文字的原住民語言：

在此新土／春天再次／來到：／木棉花／接二連三開著（藤澤正俊）
山腳下／紅木棉／花影龐然：／哀傷之春／正酣盛（藤澤正俊）
留住／細雨的滴落：／哀傷啊這／波浪般下垂的／白色藤花（尾崎孝子）
仙人掌花盛開／白而且大／月夜裡／觀賞／寂寞亦大（尾崎孝子）
只於月夜／開放／悲哉／美不過一夜的／曇花（平井二郎）
月橘花香／滿室，／月橘花期——／唉，卻／如此短（尾崎孝子）
白天在後院／響起的／蟬聲：／我感覺它／變弱了（小夜更天）
晨霧之白／流去的／溪間，／傳來／湍瀨之音（輿水武）
月光遍照：／今宵／蕃山幽谷／溪流聲／清澈（輿水武）

藤澤正俊是從寒冷的日本長野縣來的老師，在日本，櫻花是春天的象徵，在台灣一年異鄉生活後春又來臨，詩人本能地以為面對的應該是櫻花，沒想到卻是同樣鮮紅的木棉花，花雖有異，憐花惜春之情一也。這首詩也是思鄉之作，一如本書其他許多首短歌，書寫在台日人鄉愁及對遠人的思念（包括回日本後對台灣的思念）：

月光／朦朧：／暫時不覺／身在／南國（八重潮路）

旅居此地／久矣，不覺／身在他鄉：／萩花開放時／依然讓我思鄉（八重潮路）
春至，／欖仁樹芽葉／含蕾／無可說話之人／屋舍空寂（藤澤正俊）
二月天空／泛藍／芒果花開得／燦爛：／在你那裡（藤澤正俊）
傍晚／她也許在／芒果花的／樹陰下／獨自沉思（藤澤正俊）
高山族住處／重巖疊嶂／如今真感到／從遠方／來到此地（野下未到）

有些短歌發揮閑寂、詼諧之趣，以幽默、恬適的筆調調節、鬆弛生活的單調、僵硬，或以輕妙的筆觸點描出生活中令人莞爾的一景（有幾首寫公學校學生的短歌讓擔任國中教師多年的我特別覺得有趣）：

夏夜／暑熱如籠囚身，／打開門和隔扇／安穩地／入眠（平井二郎）
月橘／花香，／入夜／門不忍閉／任其飄入屋來（平井二郎）
晨起／飲茶，／看見一隻／小鳥在喝／樹梢上的露滴（菊地徹郎）
路遙／讓人疲勞，／台車上／削著／柚子的皮（野下未到）
被責備而／哭著回家的／吳炎木／今天已忘記／又騷動起來（川見駒太郎）
腳下泥土／傳來的涼意／讓人覺得親密：／跟學生一起／拔蘿蔔（川見駒太郎）

學生們／一模一樣／仿效我言詞／的癖好／讓人憐惜（川見駒太郎）

這些在台日人所寫短歌有些真是靈巧高妙，平淡中蘊含精妙的設計，耐人尋味。譬如平井二郎這首「雨穿過／杜鵑花叢落下／雖然杜鵑花／依舊花落／如雨」，花之雨與雨之花交織，構成一幅曼妙的亂針刺繡，雨穿過杜鵑花叢落下已美，而杜鵑花依舊花落如雨，毫不吝惜地讓美上加美；或者植村蘭花這首「紅熟的野草莓／紅豔欲滴：／伸手摘取時／下來了／一陣雨」，用蒙太奇手法把兩個畫面疊在一起：我們先看到紅熟的野草莓紅豔得似要滴下水，伸手欲摘時，一陣雨真的覆蓋過前一個畫面落下，非常凝練動人。

這些短歌讓我相信，日據時代台灣文學史裡還藏著許多美妙的詩作，等我們重新揭示。

*

一九九七年，為了我參與策畫的第一屆花蓮文學研討會（這是島上第一次以地方文學為名的研討會），我寫了一篇〈想像花蓮〉，企圖描摹、追索花蓮文學（或者這島嶼文學）的源頭和線索。島上原住民，以其歌聲、舞姿，在大地上、山谷間，留下沒有文字的詩的形象、韻律。我無法在紙上捕捉、再現，這些口傳、心傳，用身體、用生活書寫的最早的島嶼文學。

我只能透過有限的史料，追尋到一些，六、七十年前，書寫花蓮或書寫於花蓮的非漢語文學。一九四一（昭和十六）年，生於新竹的龍瑛宗，來到台灣銀行花蓮出張所工作，一年間以日語寫下十多篇以花蓮為背景的詩、小說、散文，一九四二年回到北部，轉任台灣日日新報編輯。一九二四年，擔任東台灣新報社長和花蓮港街長的梅野清太，和《台灣パック》雜誌主編橋本白水發起成立「東台灣研究會」，以月刊形式發行了歷八年半、共九十七期的《東台灣研究叢書》。我在〈想像花蓮〉一文中錄下幾段我請家父中譯的一九二〇、三〇年代日人描繪花蓮的散文。我當時心裡揣測，這些在台日人應該也有詠嘆花蓮的詩歌留下吧？對美、對自然、對文學、對音樂的感受，古今中外應該皆然。我在一九九六年寫的〈尋找原味的〈花蓮舞曲〉〉一文中，提到我的中學音樂老師郭子究，於一九四三年八月「花蓮港音樂研究會」舉辦的演奏會中發表了以日本詩人西條八十的詩〈母の天國〉譜成的歌曲。郭老師保存的一截當時日文《東台灣新報》說有近兩千名聽眾到場，「無立錐之餘地」，聽此歌後情緒如「甘美之坩堝」沸騰。島嶼邊緣花蓮居民對詩、對音樂反應如此，何以不見更早的詩歌文獻？我翻轉著這發黃的剪報，想像也許在同份報紙的另一個版面會有詩歌作品出現。但後來發現《東台灣新報》並沒有文藝欄。

此次，和上田哲二合作翻譯日據時期在台日人所寫短歌，我得以重翻史料，赫然發現一九二〇、三〇年代的花蓮港，早有俳會、歌會，俳誌、歌誌存在。郭水潭〈台灣日人文學概觀〉一文，即列出了一九二六年成立於花蓮港的あぢさゐ（Ajisai，紫陽花）歌會於一九二八年出版的短歌集《豐秋》、一九三六年出版的短歌集《あけぼの》（Akebono，黎明），以及一九二〇年成立於花蓮港的俳誌社《うしほ》（Ushio，潮）於一九三九年出版的《花蓮港俳句集》。我輾轉從圖書館、從網路上影印到這些我想像、期待多年的舊花蓮詩選集，內心震顫不已。（與我在花崗國中同事過，後來到日本攻讀歷史博士，學成回國後受我之邀在第一屆花蓮文學研討會發表論文〈日治時期文學中的花蓮印象〉的鍾淑敏，早在此文中引島田謹二著名的《華麗島文學志——日本詩人の台灣體驗》，簡述一九一〇年代末成立於花蓮港的「大樹吟社」及其同仁雜誌《うしほ》概況，但鍾淑敏沒有舉列任何詩，竟使愚鈍的我錯失更早碰觸日據時期花蓮日人詩歌的機會！）《豐秋》與《黎明》兩本歌集為當時任職於台灣日日新報花蓮港支局的渡邊義孝所編，《花蓮港俳句集》為其妻渡邊美鳥女所編（在第一〇八頁，我讀到美鳥女一九三三年寫給梅野清太的三首俳句）——這本俳句集從大正八年至昭和十三年（1919-1938）間發表的六千多首俳句中選出一〇三六首，島田謹二說《潮》這本俳誌，「所擁有的實力，在大正後期的台灣俳壇占第一位」。二、三〇年代花蓮詩風之盛若是，怎能不趁機顯微一二。我於是提議為《台灣四季》增添一輯「東台灣之歌」，從歌集《黎明》及渡邊義孝一九四四年出版的個人歌集《八重雲》中選譯四十一首短歌，讓讀者一窺日據時期花蓮詩貌。這幾本短歌集、俳句集的作者，人數眾多，而且幾乎都住在花蓮。歌集《黎明》中入選的作者有三〇四人，收短歌七百五十多首。紫陽花歌誌創刊於一九二七年，出版歌集《黎明》時已發表短歌三萬首，九年間會員所寫短歌逾三十萬首，我們所譯只是萬分之一。

「東台灣之歌」最後八首短歌譯自渡邊義孝的《八重雲》，寫於一九三八年，因此這本《台灣四季》六輯一百七十五首短歌，皆為寫於一九二〇、三〇年代的在台日人作品。前五輯出現的許多詩歌題材或元素，亦見於「東台灣之歌」一輯中——島嶼四季之美、自然之奇，物之哀與青春短暫之嘆，鄉愁與憶舊之情，對小學生與小孩諸般情境有趣的捕捉，對原住民鮮明生活之印象：

檳榔葉聲音／騷動不停，／二樓上／見秀姑巒溪／在月光下閃耀（沼邊一樓）

遠遠可見的是／農場的甘蔗芒／以及／雲霧縈繞的／新高山山頭（松久靜江）

隔壁籬笆上／木瓜正成熟／冬陽下／一隻綠繡眼／啄食著（宮崎豐人）

走過陣雨中的／峽路／古墓上看見／枯萎的／白百合花（山本莫秋）

正是柳樹／生新枝的／春天／而我的青春／卻一逕走過去（山口伊勢子）

衣薄／袖冷／暮光裡／偶然想起／已故的朋友（寺師ひろのぶ）

暴風雨後／鳳凰樹上／濃密的黃葉／灑滿／我的書桌（大對寅助）

父親一直到死前／猶稱讚的紅梅下／我拿著／湯灌用的水／走過去（松本秀蘭）
春日晝長／祖父踩在／稻田裡的影子／還在水面／搖曳（宮竹鈴雄：追憶）
一直等著／不嫌山路／海路之遙／而來的／訪者（城菊雄）
古舊／無人看管的／城址／如今變成牧童／遊玩的地方（日永光雄）
小陽春的／午後／儘管大聲／授課／卻沒有反應（長岡朶水）
為了節省水費／一直／沒換池水／如今睡蓮／繁殖（青山末吉）
勇而無謀／離家出走的／孩子，面對／迢遙的鄉野路／怨恨我（藤野恪三）
初春／原住民住屋前／庭園向陽處／有二隻狗／好似在看家（土手原蕉風）
田邊空地廣場上／跳舞的原住民／羽毛頭盔／在秋陽下／發出純白光澤（松久靜江）
整夜／舞踊不停的／原住民／如今腳步零亂／依然跳著（松久靜江）
穿過翻滾的／波浪／原住民／拿著拉網／出現了（宮川澤水）
責蕨的／原住民婦女／背著籐籠／裡頭插著苦楝花／盛開的樹枝（田中志賀子）
確實愁啊／無論是夢是醒／在熱戀／山桔梗之花／讓人心跳不已（渡邊義孝：能高峽谷）
一隻蝴蝶飛翔於／自樹葉間灑下的／陽光中／琉璃的翅膀／清澈：秋天（渡邊義孝）

另有一些短歌，將東台灣特有的地理、人文色彩生動地表現出——譬如頻繁的地震，壯闊的海岸，名山勝景，閑適詩意的生活……：

地震劇烈／小孩發抖／一直請／家人／搬家（松居留治郎）

感覺有地震／夜半醒來／半睡半醒間／想到／生病的妻子（田代豊）

白浪／澎湃洶湧的／海岸邊／潮退後，暗礁／顯露無遺（渡邊義孝）

洗過用海水燒的／熱水浴後／納涼的陽台上／爬滿了／海蟑螂（前島蓼花）

暮色遲緩／山峽的旅店／遠眺可見／三錐山／映照著落日（若林微風）

山行十日／山脊上／百花豔放／不知是夢／或真（渡邊義孝：昭和八年六月奇萊主山縱走回顧）

今日／有生命的／我，在山上／被茅草／包著安睡（渡邊義孝：昭和十年四月二十九日三錐山登攀）

能高山峰／積雪變小／天空／悠閒地／放晴（近藤正太郎）

在森林裡／看到對面／木瓜山麓／被淡淡的霞彩／籠罩著（美坂とよひろ）

微暗的樹林中／疑似斷絕／卻繼續／伸延著的／黑黏土小徑（渡邊義孝：米崙山）

枯葉蛺蝶／在幽暗澗谷的／野薔薇上／息翅，似乎／垂手可抓（渡邊義孝：溪川）

楊梅／深紅色病葉／散落的／石徑：／我踏過去（渡邊義孝：溪川）

對面的山峰／冒出雲端：／旺盛的／夏日中／光影漸暗（渡邊義孝：鯉魚池）

煌煌發亮的／奇萊主山的／襞褶，隨／漸薄漸去的雲／變得紛亂不清（渡邊義孝：能高峽谷）

在大理石岩壁／底層凹陷的／懸崖上，／摘了幾枝／玉山抱莖籟簫（渡邊義孝：能高峽谷）

俳句會／要添些野趣／我在下梅雨的／庭園／摘了鳳仙花（渡邊義孝）

納涼會當夜／城市靜悄悄：／聽見花崗山上／歌曲／迴響（西村つま子）

東台寺山門／日暮之鐘——／以為已敲畢／響盡……而／迴響又起（久永哲也）

聽著唱機／把青蔥切碎／秋日／夕暉／靜謐無聲（崎原しづ子）

米崙山正對面／舉行的／我們的歌會上／傍晚的微風／徐徐（小野佑三郎）

這些短歌近距離描寫我生長居住逾半世紀的花蓮，有些就近在眼前，甚或就是我每日生活的一部分，讀之更讓我心動：鯉魚池即鯉魚潭，小學起遠足、郊遊必到之處；東台寺即今東淨寺，就在我教書三十年的花崗國中旁；米崙山即美崙山，米崙山的歌會不就等於我們三不五時在美崙山日據時期舊建築松園別館的詩歌聚會？能高山、能高峽谷——這不就是我小學校歌第三句（「北倚能高峰，面臨太平洋」）中，讓幼時的我困惑的能高峰嗎？幫我推敲這些短歌的家父，在讀到美坂とよひろ寫的木瓜山後，油然憶起六十多年前的往事——十七、八歲的他，二次大戰期間服務於花蓮港木材株式會社木瓜山作業所，經常深入原始森林內，測量樹寬，目測高二、三十公尺以上，樹齡達千百年的天然生針葉樹。居住在海拔三千多公尺森林中，根本不怕敵機會來空襲，物質雖然缺乏，卻宛如活在世外桃源。木瓜山的美，百年來何嘗變？霞靄依舊，依舊在詩人楊牧一九九五年寫〈仰望〉一詩時，以不曾稍改的「山勢縱橫」，以「偉大的靜止撩撥我悠悠／動盪的心……」。

渡邊義孝夫妻編了三本花蓮的短歌、俳句選，可說是二、三〇年代東台灣詩壇的靈魂人物。渡邊義孝生於一八九八年，父母於明治二十九年（1896）來台，他則於明治三十九年後長住台灣。明治三十九年至大正三年（1914）間住在基隆，十五、六歲時開始寫作短歌。大正四年後住在台南，更加熱中寫作短歌，將近百首作品訂成一冊，由畫家友人繪封面並題字。二十歲後進入《台灣新聞》社工作。昭和元年（1926）至花蓮，任《台灣日日新報》花蓮港支局記者，創立紫陽花歌會（一開始除他以外別無歌作者參加）。昭和二年四月，歌誌《紫陽花》發刊，如前所述，至昭和十一年已發表短歌三萬，作者逾三百。昭和十三年，調往台東任《台灣日日新報》台東支局局長。翌年一月，妻子美鳥女因久病呈昏睡狀態，至二月十二日死去（《花蓮港俳句集》是她死後出版的）。昭和十八年四月，調回台北本局工作，次年（1944）元旦出版歌集《八重雲》，收短歌六一二首，大約是其已發表歌作（約兩千首）的三分之一。在昭和十四年十月號台灣時報「東部台灣特輯」中，人在台東的渡邊寫了一篇〈西風之窗〉，回想他行走過的東台灣景緻：太魯閣與木瓜溪之秋，瑞穗溫泉與秀姑巒溪，花蓮海岸，台東新港，知本溫泉，大武太麻里……，文中不時引用古代《萬葉集》或「紫陽花」同仁的短歌。渡邊義孝可說是對詩，對這島嶼懷抱熱情的人。

渡邊於戰後遷居到日本關東群馬縣，我在網路上日本舊書店書目中看到他於昭和二十四年（1949）出版的一本《新しい短歌とその作りかた》（新短歌及其作法），出版者仍是あぢさゐ（紫陽花）社。想來，他戀戀／念念不忘台灣短歌經驗。

*

詩之為物，生活、生命之反映，詠嘆四季，詠嘆人情，古今同一事。《古今和歌集》漢文序談到詠歌之必要時，說：「人之在世，不能無為，思慮易遷，哀樂相變。感生於志，詠形於言。是以逸者其聲樂，怨者其吟悲。可以述懷，可以發憤。……若夫春鶯之囀花中，秋蟬之吟樹上，雖無曲折，各發歌謠。物皆有之，自然之理也。」這些說法和中國古代詩學——譬如鍾嶸《詩品》序中所說「若乃春風春鳥，秋月秋蟬，夏雲暑雨，冬月祁寒，斯四候之感諸詩者也」——相通，也和當今詩人或半世紀前詩人所感所發，別無二致。日據時代來台詩人以日語詠嘆台灣四季，與古代詩人以漢語、以日語詠嘆四季，與今日島上居民以漢語、以原住民語詠嘆清風明月，其有別乎？人間四季，詩歌一事。美妙的是如何在異時異地以異質語言衍異相同的主題。我們翻譯《台灣四季》，如是，也是以異求同，以詩心比詩心。

日語短歌原是五—七—五—七—七，三十一個音節構成的詩型，我們翻成中文時雖分成五行，但已不考慮其音節數。我與上田哲二合譯這些日據時期台灣短歌的方式大致如下：先由上田在台北據日文原詩初譯成中文（雖是初譯，處處可見上田兄推敲、斟酌詩意之用心），一輯一輯將譯稿和原詩email給我，我再和家父一起斟酌、推敲，成第二稿，之後再邀他來花蓮，兩人當面討論有疑或不妥處，如此反覆多次，直至定稿。我發現上田哲二不只與我同年，某種程度上也跟我一樣，同為好奇兒與工作狂，差別是我是無力的工作狂，而他精力充沛。

從日本來台居留二年，在中研院中國文哲所從事博士後研究的他，對台灣以及台灣詩的愛，大概不會輸給這本日據時期短歌選裡的作者吧！

附錄了四十一首日據時期花蓮日人短歌的《台灣四季：日據時期台灣短歌選》出版後，我與上田哲二又從一九三九年出版、渡邊美鳥女所編《花蓮港俳句集》中，選譯了一〇二首日據時期花蓮日人所寫俳句。《花蓮港俳句集》，前面說過，是大正九年（1920）九月在花蓮創刊的俳句雜誌《うしほ》（潮）的同仁詩選，此俳句社前身為「大樹吟社」，約於大正七、八年間成立，聚會多在大樹山（今花崗山），因以為名。選錄一千多首俳句的這本《花蓮港俳句集》，可說是目前為止所知花蓮文學最早的文獻。這些日據時期花蓮日人所寫俳句，在原書中分「大正年代」（自大正八年至十五年，共二八九首）、「昭和年代」（自昭和元年至十三年六月，美鳥女後記中說五八〇首，我統計共七四七首）兩部分，依春、夏、秋、冬之序分輯列出。我曾將部分中譯發表於花蓮地方報《更生日報》上。一九四七年創刊，至今逾一甲子的《更生日報》，社址就在舊名大樹山的花崗山下。據島田謹二在《華麗島文學志》中〈「うしほ」と「ゆうかり」〉（「潮」與「尤加利」）一文所說，大樹吟社以當時「鹽水港製糖會社」花蓮港出張所長勝部櫻紅為中心，主要成員包括大樹山附近東台寺住持天田凡仙，《東台灣新報》社長齋藤東柯、記者豐田票瓜，「朝日組」社長古賀山靜（古賀山青），鹽糖社員深野白雉等，由深野白雉任編輯，並請日本內地俳句名家飯田蛇笏評選。花蓮港航路的「撫順丸」事務長大野きゆう、船醫林一杉（本田一杉），「開城丸」機關士山家海扇隨後也加入，從海上聲援《うしほ》俳誌。以「うしほ」（潮）為吟社刊行的俳誌名，自然因為花蓮港（花蓮）面臨太平洋，狂瀾怒濤總咫尺可見，居民生活與海息息相關，吟社之名因此也由「大樹」改稱「うしほ」。

在《花蓮港俳句集》序中，古賀山青提到，參與決定此書編選方針者除渡邊美鳥女與他外，還有武田花涯（本願寺住持）、江頭梅白（住鳳林）、渡邊秋人（即渡邊義孝）等。他說：「前有浩蕩的太平洋，後有合歡、奇萊、太魯閣大山等萬尺以上群山如巨人聳立。我們視其為心中的家鄉，詠嘆此鄉土之自然人事，集大正、昭和凡二十年間之俳句於此，名之為『花蓮港俳句』。本集之作家概居住於花蓮港，除極少數為花蓮港以外之人，因某些關係而加入『うしほ』社。」相較於昭和十年（1935）始見成立的花蓮漢人傳統詩社「奇萊吟社」，大樹吟社以及《潮》俳誌可謂花蓮最早的文學社團與文學刊物。

大正初年台灣俳壇多追隨「新傾向句」風向，《潮》俳誌同仁則承繼了日本中央俳壇高濱虛子一派守「定型律」的傳統俳風，如渡邊美鳥女在《花蓮港俳句集》後記中所說，大正七、八年間澎湃起社後，「播下以寫生為旗幟的正統俳句之種子」，在寫實的基礎上，「以純樸的心，持續描繪珍愛原始山野的原住民，以及田園風景」，從創社開始，即以入選高濱虛子編選的日本內地《ホトトギス》（杜鵑）俳誌為詩社成員努力的目標。大正九年九月發刊的《潮》俳誌第一號，厚僅十六頁。大正十一年（1922）一月出版的增大號，厚四十餘頁，可謂《潮》的極盛期。同年四月，勝部櫻紅離職回東京，夏天時編輯深野白雉也從花蓮港被調遷至馬太鞍的大和工場，失去兩大支柱，大正十二年（1923）八月，在推出以齋藤東柯為首的八頁雜詠小冊子（第三十號）後休刊了。昭和二年（1927）十二月出版復刊第一集，由古賀山青評選、渡邊美鳥女編輯，至昭和三年（1928）十二月第十三集後又暫停。昭和八年（1933）十二月又續刊，至昭和十二年（1937）十一月的第五卷第三集止。

島田謹二文中最有趣的是抄錄了一段本田一杉的回憶文章〈等待《ホトトギス》的人們〉，生動地呈現了大樹吟社成員們在花蓮南濱，焦急等候基隆來的定期輪船載來最新一期《ホトトギス》俳誌的情形。當時的花蓮尚未「築港」，仍無碼頭。大阪商船株式會社的「撫順丸」在沒有棧橋和防波堤的南濱岸邊下錨停泊，船客或乘坐舢舨，或涉水步行，或由原住民背負上岸，衣裳每被飛濺的水花打濕。船公司和運送店的白衣人員從海邊小屋走出，散立水邊。熙攘的人群中，有兩名男子頭戴安全帽站在岸邊，頻頻以旗語打信號與船上人員交談。這兩人是深野白雉與連續幾期落選的古賀山靜。他們迫不及待想知道究竟誰的作品被選入五月號的《ホトトギス》：「五月號的《ホトトギス》到了沒？」「已經來了。」「入選的有誰？」「海扇、東柯各一首。」「剩下的？……」「有你的一首。」在岸上打旗語的深野白雉，聞此訊，樂得即刻猛揮旗起舞。「再來，快一點。」「一杉、花涯等人都落選。」「山靜的俳句呢？」「稍候……唉呀……山靜入選了。」「是『募集句』這一欄嗎？」「是『雜詠』，靠近卷首第七位……有四首入選。」在確認自己作品入選之後，先前灰心地坐在岸邊抽煙的古賀山靜高聲歡呼，將安全帽拋向空中，顧不得帽子會滾落原住民婦女群中，逕自手舞足蹈起來，海濱的浪花嘩啦啦地拍擊岸邊濺起飛沫。而後他跳到堆放著貨物的舢舨上，好像怕誤讀旗語的訊息，非得趕到輪船上親眼看到《ホトトギス》才安心。「山靜君萬歲！」舢舨中、船上、陸地上響起歡呼聲。「うしほ萬歲！大樹吟社萬歲！」相隔九十年，大樹吟社成員們對詩的熱情，栩栩如生，如在眼前。

我們譯的《台灣四季：日據時期台灣短歌選》出版後，隔海引起歷史人類學博士，日本湘北短期大學野口周一教授的注意。生長於群馬縣的他透過親戚，尋訪到住在群馬縣的渡邊義孝後人，陸續寫了幾篇長文，探討「歌人渡邊義孝的生涯與作品」。二〇一一年三月他來到花蓮，在我和上田哲二陪伴下走訪了相關地點，企圖追察當年生活在這裡的日本短歌、俳句作者們的蹤跡。

渡邊義孝與大他十一歲的美鳥女可謂「姊弟戀」。據野口周一文中所言以及渡邊義孝昭和十五年（1940）在台東編輯、出版的美鳥女遺作《みどり句集》中的「故人小傳」，美鳥女明治二十年（1887）出生於長崎，十四歲（1901）入東京女子師範大學，二十歲（1907）與青柳三郎結婚，來台，住台北。二十二歲（1909）任職小學校時，脊椎骨疽發病，療養兩年，成為不治之病。二十五歲（大正元年，1912）以後七年間，數度回東京，與多位女作家交遊，厭惡文壇醜狀，決意回台，為半身不遂之痼疾苦惱，乞援於宗教。三十二歲（1919）因投稿小說，認識任職於《台灣新聞》社、時年二十一的渡邊義孝，視其為「年輕的救世主」，渡邊義孝也視她為「思想上的指導者」而敬愛之。大正十年（1921），三十四歲的美鳥女與青柳三郎離婚，和渡邊義孝同居，在台中霧峰經營香蕉園。翌年（1922）兩人一起在台北經營、編輯《婦人與家庭》雜誌，同一年，渡邊義孝與父為子爵、夫為台灣總督府高官的岩滿千惠（1896-1936）戀愛、私奔，當時某報以全版刊出「某高官夫人與年輕詩人戀愛繪卷」，半年後，在美鳥女允許下回到其身邊。《婦人與家庭》在大正十三年停刊。大正十五年（1926）九月，渡邊義孝重新出發，任《台灣日日新報》新成立的花蓮港支局記者，美鳥女與其一同遷居花蓮港，在古賀山青牽引下入俳句寫作之門，又師事齋藤東柯、飯田蛇笏等名家，專心於《潮》俳誌復刊編輯的工作，渡邊義孝則籌組短歌社團，於十二月成立「紫陽花歌會」。美鳥女在花蓮港前後十二年多，昭和十三年（1938）十月，渡邊義孝調任《台灣日日新報》台東支局局長，昭和十四年（1939）一月十七日，久病的美鳥女依依不捨地離開花蓮，前往台東，二月十二日，以五十二歲之齡死去，法號「春光院釋尼妙麗大姊」。她編輯的《花蓮港俳句集》在昭和十五年三月由古賀山青在花蓮出版發行。

為了幫助自己或讀者體會這些日據時期花蓮日人俳句的時代感、時間感，我依創作年代序重新排列我們譯出的「花蓮港俳句」，一〇二首如下：

（1）惜春，以春意事母，我迎娶嬌妻——古賀山青（1919）

（2）寒風，佛壇燈亮了，紙拉門——大野きゅう（1920）

（3）〈船上遙望花蓮一首〉

大南風中，遙見我家椰子樹綠葉騷動——勝部櫻紅（1921）

（4）春寒，遠看人小，收割後的甘蔗園遼闊——勝部櫻紅（1921）

（5）〈花崗山棒球爭霸戰一首〉

比賽結束，薄月高懸，銀合歡之天——橋口白汀（1921）

（6）摘著水芹，肩膀上陽光溫暖——橋口白汀（1921）

（7）春日將盡，森林中看到一片花海——古賀山青（1921）

（8）在臥室柱上，與燈爭輝的月亮——古賀山青（1921）

（9）春潮浸其腳，竹筏夫，向前划——大野きゅう（1921）

（10）野草開花滿地，沙上紫色濃——大野きゅう（1921）

（11）山莊裡，煙靄再次瀰漫的山茶花——大野きゅう（1921）

（12）被連綿的秋雨淋濕，水牛在搖尾巴——山家海扇（1921）

（13）走出機械室，仰頭，一片銀河——山家海扇（1921）

（14）假寐的孩童，額上白白的天花粉——田中忠女（1921）

（15）白茅草輕快地後仰，蝴蝶停於其上——豐田票瓜（1921）

（16）新樹，被月光浸濕，閃閃顫動——豐田票瓜（1921）

（17）微熱的石橋上，站著休息納涼——武田花涯（1921）

（18）梅雨中的港口，一下輪船即見倉庫——山本孕江（1921）

（19）梅雨的海上，纏著藻草的船纜鬆弛垂下——齋藤東柯（1921）

（20）敏捷輕快，登上竹梯子，為了摘椰子——齋藤東柯（1921）

（21）〈台灣女孩以雪白的玉蘭花為簪，香氣馥郁〉

少女在編草帽，一朵玉蘭花插在髮上——齋藤東柯（1921）

（22）春飯，紅燭漸殘，日子亦是——齋藤東柯（1921）

原註：春飯是台灣人過舊曆年時，以碗盛裝祭神的飯。

（23）來往行人漸稀：夜市上，青橘子——深野白雉（1921）

（24）〈勝部櫻紅氏離去，繼任者尚未到來一首〉

草深，空蕩，暮春的大邸宅——深野白雉（1922）

（25）死貓被吊在樹林裡，冬雨其濛——中村五求（1922）

原註：台灣人有「貓死吊樹頭」之習。

（26）摘繡球蔥花，居然留下一個大洞——平田逆螢（1922）

（27）島民，在土階上放著賞月的椅子——古賀山青（1922）
（28）晚霞映天，忙完廚事，潑灑水之舞——山家和香女（1922）
（29）白百合花瓣，蠟一般將燈光反射回——豐田票瓜（1922）
（30）黎明，桃花滿地，土色深黑——大野先人（1922）
（31）月升悄悄，蕃社正熟睡——江頭梅白（1922）
（32）瓠瓜花妝點，盼得不至於出醜的肌膚——齋藤東柯（1922）
（33）秋櫻啊，不久就會有明月皎照的天空——齋藤東柯（1922）
（34）冬夜，關帝廟巡邏頻頻——中村五求（1922）
（35）羗仔的叫聲，在冬夜山谷中迴盪——宮本瓦全城（1922）

譯註：羗仔，即山羌，似鹿而小，是台灣最小的鹿科動物，雄山羌頭有短角。

（36）夕暮中蜘蛛節節上爬，椰子似乎熟了——齋藤東柯（1923）
（37）泥塊上，蛛網間的露珠明亮——吉田生紅（1923）
（38）大雨，抹消群山，直達野茱萸——豐田票瓜（1923）
（39）小麻雀，還沒注意到停在這裡的我——古賀山青（1923）
（40）大風，惜字塔裡餘燼復燃——三浦素山（1923）

原註：惜字塔，中國人尊敬文字，將文件聚集而焚燒的地方，台灣各地可見。

（41）雲影移到川上：蓼花——江頭梅白（1923）

（42）值水車班，灌木叢間月亮隱隱可見——江頭梅白（1923）

（43）苦楝花散落，水缸上斗笠為蓋——江頭梅白（1924）

（44）春日山路，向我打招呼的一位原住民婦女——古賀山青（1924）

（45）風湧黍穗間，月光如流的夜——江頭梅白（1926）

（46）耕地上的陽光，冷冷地消匿——江頭梅白（1926）

（47）漢人老街月朦朧，日本笛聲響——江頭梅白（1926）

（48）冬夜，遠遠地消逝，小火車的燈——中川鬼一（1926）

（49）秋耕，在舊蕃社的遺跡上——吉田百葉（1927）

（50）除夕夜，兄風箏弟風箏，疊在一起——齋藤東柯（1927）

（51）〈阿美族人舞蹈四首〉

跳舞前的擊鼓聲，開始響起了——渡邊美鳥女（1927）

原註：阿美族人將二三尺長之木材，刳成如木魚般發聲之器，作為部落通報之用。

（52）圍成一個圓圈跳舞，黃昏的羽毛頭盔——渡邊美鳥女（1927）

（53）風吹椰子樹，盛裝的舞者正前往舞場——渡邊美鳥女（1928）

（54）鈴鐺聲響，月眉山下有人在跳舞——渡邊美鳥女（1928）

（55）〈阿美族人舞蹈〉
戴著羽毛頭盔，彎腰鑽過芭蕉葉——上岡里公（1928）

（56）〈阿美族人舞蹈〉
與頭目並肩觀看大夥兒跳舞——前田比呂登（1928）

（57）〈中華民國人的送葬行列〉
裸體的男子，雙手擎舉著青天白日旗——渡邊美鳥女（1928）

（58）〈車行臨海道路〉
羊腸臨絕壁，一灘春色——渡邊美鳥女（1928）

（59）〈太魯閣峽谷〉
無力振翅，墜落峽間的一隻蝴蝶——渡邊秋人（1928）

（60）蓑衣掛在田埂樹上，一陣雨下——古田八束穗（1928）

（61）秋耕，跟著大人出力的一個小孩——齋藤東柯（1928）

（62）美麗的韓國草，神不在的陰曆十月——齋藤東柯（1928）

譯註：陰曆十月稱做「神無月」，據說此月，所有神社的八百萬神靈應大國主（出雲國主神）之命聚集於島根縣出雲市的出雲大社。所有神社的神靈都在出差中。

（63）黃鶯鳴叫的榕樹後，大海開展——武田花涯（1928）

（64）北風強烈，好不容易走到蕃社的草叢——武田花涯（1928）
（65）寒風，摟在懷裡的病雞乖乖靜靜——古賀山青（1928）
（66）用麵包樹葉子盛放祭品，賞月節——深堀迷子（1928）
（67）〈訪問美鳥女士時所作〉
以光接待，主人點走馬燈，遠迎客人——河內秋女（1929）
（68）〈阿美族人舞蹈〉
舞罷，在樹下脫下的羽毛頭盔——上岡里公（1929）
（69）抱著小貓開汽車，車動貓也動——古賀萩女（1930）
（70）秋耕，小牛搖著脖子上的鈴鐺——中川鬼一（1930）
（71）〈東柯夫人登美驟逝，主人守夜中得空來訪，彼此落淚〉
漆黑的夜晚遇雨，把傘奉借給客人——渡邊美鳥女（1930）
（72）問我「這個字如何」的妻子，啊松之內——齋藤東柯（1932）
譯註：在日本，元旦至七日或十五日稱「松之內」，其間家家門前有松枝等裝飾。
（73）把稻穀散曬滿地，神不在的陰曆十月——神野未生怨（1932）
（74）說著快下雨了，急忙趕著牛的原住民婦女——松尾靜花（1932）
（75）彼岸會：聽見你敲的鐘聲——渡邊美鳥女（1933）

譯註：彼岸會，日本佛教用語，以春分與秋分之日為準，前後各加三日，計七日間所舉行之法會。彼岸為涅槃界，即指從迷惑之此岸到覺悟之彼岸。

（76）傾斜的河燈，隨波浪閃耀晃動——勝部櫻紅（1933）

譯註：盂蘭盆節（七月半）晚上，有放河燈之習。

（77）盆燈籠和句碑都亮了，讓人歡喜——河內秋女（1933）

譯註：盆燈籠，盂蘭盆節時用的燈飾；句碑，刻有俳句之石碑。

（78）在臘月的子夜靜寂中，出生的嬰兒——武田花涯（1934）

（79）〈自車窗遠望木瓜山〉

元旦的天空，纜車的姿容依稀可見——江頭梅白（1935）

（80）春天，飼養山羊，病弱的我，還在用被爐——中島田夫（1935）

（81）乾涸的河岸上，機槍吐出火——松尾靜花（1935）

（82）說著快下雨了，仰頭看見山上的芭蕉——松尾靜花（1935）

（83）水積聚在麵包樹葉子上，蟄伏過冬——松尾靜花（1935）

（84）啊，濤聲迴盪的臘月的街巷——神野未生怨（1935）

（85）〈為當驅逐艦長的家弟出港送行〉

冬天的風箏：啊雖是童顏，他當艦長——船田松葉女（1935）

（86）椰子樹葉後面，廣東煙火升空——船田松葉女（1936）

（87）小米祭，吹笛的是一位原住民美男子——神野真津女（1936）

（88）燦爛地，泊船的燈亮起，在北風中——神野真津女（1936）

（89）雪光閃耀的遠山皺褶裡，鐵杉黝黑——渡邊秋人（1936）

（90）焚風裡關著門，玩具店——小田野靜江（1936）

（91）〈聽英國先帝大葬實況廣播後三首〉

地球凍結，大僧正在祈禱——渡邊美鳥女（1936）

（92）我也在默禱，火盆旁邊——渡邊美鳥女（1936）

（93）九霄雲外響起的名鐘，凍結了——渡邊美鳥女（1936）

（94）不用麻煩生病的妻子，除夕這一天——古賀山青（1937）

（95）獨木舟裡也有小蝌蚪在成長——小川耕圃（1937）

（96）〈昭和十二年六月十六日恭迎東久邇宮殿下乘飛機到花蓮港遊五首〉選三

梅雨的山上飛機轟鳴，流淚不已——渡邊美鳥女（1937）

（97）絲瓜花，黃豔光燦，飛機愈來愈近——渡邊美鳥女（1937）

（98）且借夏窗明亮眼，倚我不如意身——渡邊美鳥女（1937）

（99）〈追悼古賀荻女士二首〉選一

置放悲傷話筒的，梅雨的窗邊——渡邊美鳥女（1937）

（100）燒山後灰塵飄降下來，雲雀高飛——上岡里公（1937）

（101）〈昭和十二年十月二十七日支那事變中占領大場鎮一角消息傳到時，花蓮港神社正舉行宵宮祭〉

小燈籠為秋夜的山頭插上簪釵——渡邊美鳥女（1938）

譯註：每年秋天於神社會舉行為期兩天的獻燈祭典，第一天稱「宵宮祭」。

（102）冬雨裡，擦著櫥窗的藍色男子——小田野青穗（1938）

我反覆閱讀這些俳句，彷彿覺得這些詩人不是我未曾謀面的陌生作者，而是音容俱在，舉手投足，歷歷在目的詩友或親友。這些俳句中出現的景物，許多是從小到大我不斷與之擦身而過的。透過我自己幾十年來習於搜尋、瀏覽日據時期花蓮舊照片的目光，以及半世紀多來活動於小城花蓮，特別是花崗山一帶的「現場感」，我可以感覺他們真的是住在更生日報附近那些日本房子裡。曾與我和鍾淑敏同辦公室的前花崗國中老師孫世嘉，她家在更生日報社前，有著大庭院、防空洞的大宅，是曾任鐵路局花蓮管理處長的他父親的宿舍。一九九六年，為我的詩〈花蓮港街．一九三九〉攝製影像時，還特別進去取景。一九二一年，勝部櫻紅乘船海上，遠望花蓮港自宅，「大南風中，遙見我家椰子樹綠葉騷動」（見上列拙譯第3

首），南國夏日風情躍然紙上；一九二二年，他退休回東京，和他同製糖會社、同吟社的深野白雉，看到勝部櫻紅「草深，空蕩，暮春的大邸宅」，幽幽地在等候新的主人（拙譯第24首）。「誰非過客？花是主人。」我一直覺得梅野清太、勝部櫻紅、齋藤東柯這些人，上個世紀前葉一定就住在孫世嘉家那樣的房子裡。而神野未生怨一九三五年說的「啊，濤聲迴盪的臘月的街巷」（拙譯第85首），依然是走在今日更生日報附近海濱街、北濱街、五權街、復興街……聞著海味的我們深深感覺到的。一九三三年六月，台北《あらたま》歌誌主編濱口正雄，來花蓮訪老友渡邊義孝，他與渡邊夫婦一起喝啤酒、談詩，看著他們用劣質的長條紙寫詩，互相朗吟，樂而不疲的屋子，說不定就在花崗山下。

這些俳句描述日據時期花蓮日人的日常生活與內心世界，他們見到的台灣本省／外省人生活習俗，色澤鮮明的原住民禮俗歌舞，為花蓮的風土人情、山海田園之美定音定影，為在野性、大氣、險峻的山海間，頻仍的地震與颱風間，悠閒、自在、真率的生命氛圍定味定位。日據時期從新竹移居花蓮的漢詩作者駱香林，在這些日人離開花蓮後的一九四九年，提筆訂下「花蓮八景」，和詩友們反覆詠嘆——太魯閣，花崗山，花蓮港，鯉魚潭，能高山，瑞穗溫泉，秀姑巒溪……。但日據時期來到花蓮的俳句以及短歌作者，早在他們的作品裡，以一張張寄給時間的詩的明信片，為花蓮的八景、八十景、八百景……蓋下郵戳。

我彷彿看連續劇般，察覺俳句與俳句間、詩人與詩人間，幽微的人情、故事、關聯、互動。

出生於一八八七年，本名古賀朝一郎的古賀山青，是日據時期花蓮重要的企業家。他三十八歲（1919）寫的俳句，「惜春，以春意事母，我迎娶嬌妻」（拙譯第1首），告訴我們他新婚了。一九三〇年，我們看到他詩中的嬌妻古賀萩女「抱著小貓開汽車，車動貓也動」（拙譯第69首）。三〇年代的花蓮，抱著寵物，開私家車的貴婦似乎是令人羨慕的。一九三七年，當古賀山青說「不用麻煩生病的妻子，除夕這一天」（拙譯第94首）時，我們驚訝地發現，原來這樣的貴婦，一如大多數貴或不貴的婦女，也要做家事，即使身體不適。更令我們驚訝的是，古賀萩女在這一年一病不起。她的詩友渡邊美鳥女，失神於「置放悲傷話筒的，梅雨的窗邊」（拙譯第99首），追念她。這四首俳句連在一起，真是靜靜的，悲傷的，生命的四格漫畫。

齋藤東柯在花蓮住了二十年，俳風素淡而富深情。島田謹二、飯田蛇笏等高士都對他多所讚美。一九二一年，他看到台灣女孩以玉蘭花為簪，寫了一首「少女在編草帽，一朵玉蘭花插在髮上」（拙譯第21首）：被玉蘭花香收編了美髮的少女，正以同樣生之芬芳編藺草為美帽；而看到台灣人在春節時以碗盛飯祭神，他寫了一首「春飯，紅燭漸殘，日子亦是」（拙譯第22首），嘆時光之緩緩消逝。一九三〇年，東柯的妻子登美驟逝，守夜的東柯得空至渡邊家，美鳥女與之相對垂淚，「漆黑的夜晚遇雨，把傘奉借給客人」（拙譯第71首）。這一年，東柯告別花蓮回日本，十一月因胃癌住入京都帝大病院。一九三二年元旦過節期間（「松之內」），他寫了一首「問我『這個字如何』的妻子，啊松之內」（拙譯第72首），我乍看以為他再婚，細想應是思亡妻之作。這是何等節制的深情啊，顧左右而言他。六月他過世，遺稿《東柯句集》於翌年十二月付梓，飯田蛇笏作序。

島田謹二說渡邊美鳥女恐怕是「台灣產生的最大的閨秀俳人」。我直覺如此。她與渡邊義孝相互競技。渡邊義孝一九二八年寫太魯閣峽谷的「無力振翅，墜落峽間的一隻蝴蝶」〈拙譯第59首〉，讓人驚嘆。而讀美鳥女同年寫臨海道路（今蘇花公路）的「羊腸臨絕壁，一灘春色」（拙譯第58首），以及一九三八年寫花蓮港神社（今花蓮忠烈祠）的「小燈籠為秋夜的山頭插上簪釵」（拙譯第101首），寥寥幾刀，形象精準鮮明確立，令我自嘆弗如。長年罹病，痼疾讓她苦惱，也讓她心細。河內秋女一九二九年訪美鳥女，寫了「以光接待，主人點走馬燈，遠迎客人」（拙譯第67首），不良於行的她，不能以身體貼近客人，至門口親迎，只好以走馬燈代己，遠遠地以光接待。這是何等「體貼」的主人與客人啊，以詩心相體會。一九三七年六月，日本東久邇宮稔彥王來台視察，這在當時是一大盛事，十六日座機飛到花蓮，不能擠在現場歡迎的美鳥女，只能在家聽飛機聲，想像，目迎：「絲瓜花，黃豔光燦，飛機愈來愈近」（拙譯第97首）；「且借夏窗明亮眼，倚我不如意身」（拙譯第98首）——倚靠夏窗，讓目光跳脫不如意的身軀，抵達夢之所在。以「起不了」的不遂之身，遂其寫作、編書之心志，為我們留下這麼多動人的詩句。對這樣的女子，我只能說：了不起！

*

海岸七疊。這動人的東台灣海岸蘊含著多少疊或軟或硬，或白或藍的海的面紙、手紙啊。多少詩句，言葉，隨一張張波浪的面紙、手紙抽出，又祕密地，環保地，回收、新翻為下一輪的面紙、手紙，愛的書信，以漢語，以日語，以葡萄牙語，以西班牙語，以沒有文字、眾聲喧嘩的種種原住民語……。二〇〇九年二月，我走過花崗山下雨後的東淨寺，聽到四分之三世紀前迴盪於神野未生怨詩裡的同樣的濤聲。うしほ。Ushio。潮。詩的浪濤。我寫了一首〈海濱濤聲〉，記錄我聽到的詩濤，記錄我們「心中的家鄉」：

春日，大街，海風

「大濤のひゞく師走の巷かな」
七十年前出版的《花蓮港俳句集》裡
你這麼說。濤聲從你書寫此詩的
昭和十年一直迴盪到現在，並且
將之翻轉成我聽得懂的中文：

「啊，濤聲迴盪的臘月的街巷」
　　　　　　　　我走在春日街上，海風習習
「神野未生怨」是你的筆名或
本名？中國人編的花蓮縣誌裡
沒有你的名字，大公無私的搜尋引擎
張網撈你，從時間之海浮現的唯
一片空白。這缺憾無人抱怨，自然
神也未生怨。濤聲迴盪的春日
　　　　　　　　我走在市場邊銀行前的街上
這街在你的時代叫春日通，通向
我出生的入船通，通向襁褓中
外曾祖母抱著我看海的戰後的海濱街
父親帶我去他上班的木瓜山林場（啊
在你那時叫花蓮港木材株式會社）
辦公室，就在這條被稱做大街的
春日通，你也許就在附近工作

> 春之日，大街，海風

也許在如今變成銀行的東台灣新報社
也許在市場所在的花蓮港廳，也許
在我後來任教三十年，花崗山下
那所花蓮港尋常高等小學校
你的前輩橋口白汀在山上看完
野球賽後，為高懸的薄月，搖曳的
銀合歡寫了一首俳句，冬雨裡
藍色男子在兩條街外擦著櫥窗

> 海的味道隨風翻過山頭又過街

在你為迴盪的濤聲發出喟嘆的
兩個多月前，渡邊美鳥女士在
不遠處米崙山神社宵宮祭中看到
小燈籠為秋夜的山頭插上簪釵
她也許也認識秋日夕暉中聽著
唱機把青蔥切碎的寫短歌的

崎原しづ子女士，她們說不定
一起聽過花崗山上東台寺山門
日暮之鐘——以為已敲畢響盡……
而迴響又起，夾著週而復始的濤聲

　　我走過東淨寺，雨後，街道乾淨閃耀
如一再被書寫，變奏的我們的詩句
我們一直等著不嫌山路海路之遙
而來的訪者。來涉溪（枯葉蛺蝶
在幽暗澗谷的野薔薇上息翅，似乎
垂手可抓），漫吟，狂歌，整夜
舞踊不停的原住民如今腳步零亂
依然跳著。午後光耀，你看見穿過
翻滾的波浪，他們拿著拉網出現了

　　風，翻動春日的海如一頁頁歌本
我們在米崙山正對面舉行歌會
舉行詩歌節，在松樹盤錯的松園

以不遠的海為名，傍晚的微風徐徐
偉大的海給我們一台榨汁機，以迴盪
的海波，松濤，以螺旋狀的記憶
幫我們把夢的廢鐵，生之硬塊搖晃成
以風傳送，以舌以頰以耳共舐之果汁

　　地震讓大街上的搖搖冰搖得更春天

那些強悍而拒絕融化的，我們將它
撫摸成詩，成五顏六色的糖果，卵石
在載你們還鄉的船離去後的入船通
我未來的姑丈，在木材株式會社
改成的東部防守司令部他辦公室裡
拿出一個罐子，把一粒粒健素糖

　　啊春天，合法而健康地淫蕩

依序倒在我姑姑，叔叔和我手中
越軌，雜合的滋味。因海風的鹹
而益發甜。車行臨海道路，羊腸絕壁

一灘春色，國家公園候補地終於從
備取進為正取，在太魯閣一隻蝴蝶
因美，墜落峽間，無心或無力振翅

春日，大街，海風

（二〇〇八／二〇一一）

音樂家具

三十而「立」。我說過，我和我太太在我們三十歲那年孕造了我們的女兒，所以她的名字是兩個「立」——立立。臨盆那天記得是在暑假。我載肚痛的太太與岳母到醫院待產，等了半個下午還沒有動靜，我實在受不了——一、受不了漫長無聊的等候；二，受不了年紀小小（才過三十呢），就要抱著哇哇落地的小孩當爸爸。我請求我太太讓我暫離醫院到麻將桌上待產。俗話說「娶某前，生子後」，意思是說結婚前，或生子後，賭博包贏。我愛賭博，也愛贏錢，雙喜在望，何樂而不為？感謝我太太寬宏大量，當晚我在牌桌上兜了幾圈後，忽然自摸連連，若有神助。我一面收錢，一面脫口而出：我的女兒來到世界了！

來到世界的我的女兒即刻使我家人口總數激增一半，由兩人變成三人，並且一國兩制，家中兩個女生、一個男生一邊一國。從牙牙學語，到識「之無的有」、「ＡＢＣＤ」等字與字母，女兒隨母親在房間裡說故事、玩遊戲、做功課，做父親的我鮮有越界插入的餘地。我平日在校為人師，口沫橫飛，鼓動別人的孩子涉獵古今經典、追逐新奇事物，對自己的女兒卻一年復一年如家具壁紙，從壁上觀，少見行動。最大的功勞不過是有時奉我太太之命，接讀小學的我的女兒回家，兩人隔一牆壁一同作息，雖然念茲在茲，卻少有對話。我太太憐我有虧父責，鼓勵我戴罪立功，說女兒上了國中以後，由我接棒教養。但如今我早已過半百之年，女兒也早從我教書的國中畢業，一路讀完碩士班，準備出國續讀作曲博士，回想父女間的互動，雖歷歷（或立立）在目，卻也屈指和趾可數。最清楚的是她升國中前暑假某日，我在擺了一堆書的桌前，東翻西翻，和她講了忽東忽西忽古忽今一堆文學音樂美術事，那是迄今為止對她唯一的「講課」。我常在茶鋪與一二好友，譬如邱上林，喝茶聊天，一聊數小時，飲罷起身，每向女兒與我女兒同年的友人說：「今天和你說的話，大概有好幾噸重；我跟我女兒這輩子說的話，加起來恐怕不到五十公克！」

或許是個性或多年寫詩習性使然，我傾向於以比喻、暗示代替明說。像當年我太太懷孕，同事問我是否有其事，我只回答「內人內有人」。我不習慣以口舌向親近的人直接示愛，喜歡化當下流瀉的話語為比較迂迴、抽象的文字，音樂。如此，家人如家具，視若未見，有言無聲，既親且疏。過去二十幾年，我是向我女兒說過一些話，但都是一些寫在牆上，默不出聲的壁話，壁畫，或家具音樂。她當下也許沒有聽到，但就像家具一樣，有一天注意到時，也許就發聲了。

我向她說的話寫在我的一些詩和散文裡。她八歲時，我去明義國小等她放學，每一個穿相同制服的孩童都太像了，找不到她，我突然嚇了起來，回來後寫了一首三行詩：「回到童年的國小接我的女兒／幾千個相同的學童從操場湧過來：／迷失在鏡子花園的一隻蛺蝶」。同年我寫了一篇〈立立的音樂生活〉，全然沒想到有一天她會選擇作曲做為專業。文末我說聽她在鄰室彈琴，覺得和她在樂曲中「迂迴而單純的」相逢了：單純，因為音樂始終自身俱足；迂迴，因為她也許要等二十年、四十年，才會聽到或回應她父親的話。

但未必如此迂迴。因為在她成長過程中，她似乎也不斷留下一些沉默的家具，等我聽到聲音。她離家在外求學後，她小時睡覺、讀書的房間就併為我作息空間的一部分。前些日子天寒，我關上房門小睡，聽到有東西掉落聲，睡醒後發現是多年前立立貼在門後的一張紙條，在這張「五年級下學期數學測驗卷」背面，她用鉛筆畫了四個黑點，彷彿兩對眼睛，另外是幾條平行線，旁註「X年X月X日眼睛高度」。我用尺量了一下：從「86.8.27」到「87.6.21」，她足足長高了四點七公分。她在家時，我沒注意到她「一暝大一寸」的聲音，她出外後，透過存在那兒她的家具，我聽到童年的她向我說的話。牆壁有耳，有嘴唇，眼睛。

我也聽到她長大後製作的一些家具。有的顯然是對我的回話。她大學時作了兩個歌樂作品，以我的詩為詞，一首是我題為〈無伴奏合唱〉的詩，她作成七聲部無伴奏合唱，一首是她作成給女高音與鋼琴的〈滑翔練習〉。此詩我以年輕時譯的秘魯詩人瓦烈赫（Vallejo）一首詩開頭一句「在我們同睡過許多夜晚的那個角落」為主題，分別拆解、放置在每節詩第一行，有如「隱題詩」。我詩中並沒有把瓦烈赫的詩句明白、完整寫出。我沒想到作曲者在音樂創作上居然巧妙地先運用如滑翔般的一長串半音下行音符，呈示出瓦烈赫原詩句的主題，再接著於每節詩開頭，以字詞在主題句中所對應的音高開始樂句。我不知道她的音樂作品好或不好，但我聞得出裡頭有她自己的氣味，創意，個性。

作曲家史特拉汶斯基稱他的法國同行拉威爾是「瑞士錶匠」，因為拉威爾的音樂優雅、精巧、客觀如玩具或工藝品，充滿機智、創意，但絕少直接暴露自己的情感。拉威爾說他喜歡仿造品、贗品勝過真貨。這也是迂迴的匠心嗎？以家具仿製家人，以文字、音樂仿製家具。文字與音樂是我們父女給彼此或世人的家具，親密書信——啊，既親且疏。

家具自然是家人間共用或互通之具。她二十歲那年寫成了一首為薩克斯風獨奏的《荼蘼姿態》，叫我幫她去影印樂譜，我看到她在曲前列的文字，驚覺我的散文集《立立狂想曲》裡那個國小女孩一夕間變成大人了。她引阮籍詩「委曲周旋儀，姿態愁我腸」，寫說「荼蘼姿態。含苞。盛放。腐朽。開到荼蘼花事了。荼蘼過後，韶華勝極，無花開放。」她把花之「燦爛」與「腐爛」，如是強烈鮮明地並置於她的曲中，讓我驚心。兩年後有一天香港《字花》雜誌約我以「爛」字為主題寫一篇文字，我坐在電腦前很快地寫了一首四十九行的詩〈荼蘼姿態〉。她大學和碩士班畢業時兩次舉行作品發表會，我將相關資訊連同與我詩作有關的幾首樂曲和解說貼在我的「陳黎文學倉庫」網站，她覺得小題大作。我陸續又把幾首我喜歡的她的其他樂曲貼上，她看到了，打電話給她媽媽轉告我尊重她的創作權，速將之移下。唉，要她聽我的話真難。

這兩個月又聽到我太太在房間裡嘰哩呱拉跟我女兒講話，但是在電腦前，透過Skype。為了立立出國讀書事，她們天天熱線討論研究計畫等資料的撰寫與英譯。我被指派幫忙製作一張DVD，把四首立立音樂作品輯錄在一起。我在樓下客廳我的視聽工業工廠進行這項工程，復運用電腦影音編輯功能，添加解說、字幕。四首中有三首是她在國內得獎之作，另一首，名曰《小宇宙》，是她去年受託創作的打擊樂作品，樂念來自我現代俳句集《小宇宙》中三首詩，但無絕對關係，選用定音鼓與古箏為主要樂器，鋪陳動、靜兩種對比元素。我與我太太觀看此曲錄影時，應該都暗自感嘆我們的女兒真的長大了。樂曲第二段對應的拙詩是：「我等候，我渴望你：／一粒骰子在夜的空碗裡／企圖轉出第七面」，她讓打擊樂手在定音鼓上擺大、中、小三個磬作空碗，以鋼珠數粒為骰子，搖、擊、摩、撞出，時發自珠，時發自磬，時發自鼓，時珠磬交鳴，時鼓磬共響，時珠磬鼓齊發聲，各種空幽的宇宙，或小宇宙，之音。

語不驚人死不休。樂人與詩人翻新語言，追求陌生化效果的苦心原來如一！輯錄的《相變》是一首為二十一弦箏的獨奏曲，但一點都不是我們想像的「國樂」。一如《小宇宙》一曲，她把傳統古箏轉成打擊樂器，重新定弦，在《相變》中效法凱吉（John Cage）在鋼琴上所為，在箏弦上「預置」迴紋針、衛生紙、長尾夾、鈴鐺等物，演奏中並使用弓、彈力球、紙張等輔助工具，創造新的聲響，以不同音色表現物質三態（固態、液態、氣態）間轉化的過程。去年十月，台北「十方樂集」有一場此曲演奏與討論會，是「台灣現代音樂論壇」系列第二十九場。此論壇第一場始於八年前，討論盧炎作品，他是我女兒作曲老師洪崇焜的老師，也是我的忘年交，我忝列末座參與對談，因為曾為盧炎寫過一本音樂傳記。多年前盧炎、洪崇焜把我的詩〈家具音樂〉、〈腹語課〉等譜成曲，我邀他們來花蓮演出時，立立才十一歲。

她獲得台北市立交響樂團四十週年團慶管弦樂作品徵選獎的《洄瀾》，以花蓮舊名為題，描繪海浪與溪水碰撞激盪、波瀾迴旋之貌，並融入風聲、鳥鳴、雨水、浮雲、落石等自然景象，曲中將花蓮作曲家郭子究所作歌曲〈你來〉旋律片段，透過混合、變形等手法隱藏於內。此曲先後有「北市交」在中山堂及「樂興之時管弦樂團」在太魯閣音樂節演奏錄音，但無錄影，我只好從十五年前與友人合作的一部向花蓮與郭子究致敬的影片中，擷取近四十格畫面，用PowerPoint軟體將影音合體，又把立立為此曲寫的解說分插在適當畫面。說也奇怪，聽的時候原先覺得抽象、模糊的音樂，在家鄉景物映襯下突然變得鮮明可感，連一向敬畏現代音樂的她媽媽，看了都說「我懂了」（啊，就像一輩子看不懂我的詩的我的母親，有一天翻閱我的日譯詩集讀到與她有關的詩時忽然落淚一樣）。我自認愛鄉、愛樂、愛女有功，沒想到我把DVD快寄給我女兒，她居然打電話給她媽媽，罵我不該把她的音樂俗化成「看圖說故事」。我夙夜匪懈，為女前鋒，後果如此，情何以堪？

夾在兩人之間的她媽媽相當不安，她知道這一對父女太像、個性都太強了。我即刻重錄了一張修訂版寄給我女兒，另一方面愈挫愈勇，變本加厲，花了五天工夫，把家裡藏的立立作品影音剪輯製作成一張包容十首樂曲、附中英文解說／字幕、長逾兩個小時的《陳立立作品集》。我希望一次到位，讓這袖珍、易移動的音樂家具陪著她到海外求學，讓外國人一見如故，讓異鄉的她賓至如歸。我不能說這些作品是獨一無二的，但裡面有汗、有淚、有爭吵聲、有靈感、有夢……她二十一歲時寫了一首弦樂四重奏《Li》，以她的名字「立」（Li）的發音為中心，衍生出「麗」、「力」、「唳」、「粒」四字作為四個樂章名稱。麗，力，唳，粒，人生不就如此？最美好的一些，最難堪的一些，最鮮活的一些，最想要抓住的一些……。當我聽到第四樂章她讓樂手們用撥弦奏（pizzicato）流瀉出一粒粒樂音時，我真想笑，也想哭。真是粒粒／立立皆辛苦。

有一天，在海外，隔著這一片光碟，這複製的家具，這薄薄一面金屬牆壁作息的她，也許會忽然想到，或聽到，牆壁另一端她父親清喉嚨的聲音……

（二〇一一）

非想像花蓮

二〇一一年十月，我著手寫一篇名為〈非想像花蓮〉的文字，做為進行中散文集《想像花蓮》的末篇，因為此集首篇題目就叫〈想像花蓮〉。文章還沒寫成，我右手出了一些狀況，不能使用鍵盤，中斷了我的寫作，在電腦檔案裡留下了這幾段文字——

上個月底，我從下個月即將舉行「太平洋詩歌節」的松園別館開車出來，經「魯豫小喫」準備往文化局參加花蓮文學獎評審工作，右轉時，車子不慎擦撞到一位騎機車的原住民婦女，她連人帶車倒在地上，表情痛苦。我即刻以手機撥叫救護車且報警，接下幾個小時，我人分裂為三，既要在現場回答警察詢問，又要趕去附近醫院急診室探視傷者，又要速速移動到不遠的文化局評審。評審完畢衝回醫院，急診完的傷者仍躺在床上，告訴我她頭暈胸痛手腳難施力。她是低收入戶，雖然醫生說不需住院，但這幾天她沒辦法打工賺錢養兩個孩子了。她剛上高職的大兒子穿著新校服靜立一旁，幽怨的眼神裡隱隱有一絲怒意。這一擦撞，把我從「想像花蓮」，文學、文字的花蓮，撞進「非想像花蓮」，現實的花蓮，邊緣、弱勢族群的花蓮。

四十幾歲的徐女士住在花蓮榮民之家附近。在我今年六月出版的詩集《我／城》裡，有一首以開店逾半世紀、戰後來台榮民們經常光顧的麵店「魯豫小喫」為題的詩，提到「精忠七村，影劇四村，大陳一村的／伯伯們走進這／朦朧的鄉愁中取暖／他們的阿美族鄰居／他們的泰雅族妻子／他們說台灣國語的兒子……」。連續幾天，我果真穿過書中詩句，到夾於大陳一村與大陳二村間阿美族社區裡的她家去看她。她丈夫小她六歲，是外省榮民與阿美族混血，五年前因病過世。這阿美族社區十多戶人家，許多實為十九世紀躲清兵追殺混入阿美族的撒奇萊雅族，她父母即是。社區內有一教堂，她父親生前是裡面的牧師。社區房子多半是水泥牆加鐵皮屋頂，遇大雨，雨聲響亮如千槌擊頂，屋內雨滴很有耐心地落下。每次去時，住在隔壁的她的兩位表妹都在。三十幾歲的她們，結過婚，但現在都單身，八十幾歲的父親早年在榮工處任管理員，母親是徐女士的姑姑，在生她們兩姊妹前，生過七個小孩。

我多次前去探望徐女士，除了關心病情外，主要是幫她向我投保的保險公司爭取賠償。當天救護車送她到醫院急診，院方幫她做了X光與斷層掃描的檢驗，醫生開的診斷證明說：「輕微腦震盪，頭部挫傷，左胸壁挫傷，左肩部挫傷，左側第七肋骨疑似骨折。經初步治療後即換藥後出院，病患宜門診追蹤複查。」這樣的敘述很難讓保險公司付更多錢。徐女士回院複診，拿了新的診斷證明：「左胸壁挫傷，病患宜休養三天。」我到訪時，她的兩位表妹大多在她住處玩電腦遊戲，我驚訝小小的屋子裡竟然有兩部電腦，她們說是社福機構送的。我跟她們聊天，問她們名字，發現兩人雖為親姊妹但姓氏不同。原來，他們生父姓江，一九四九年國府敗退後隨部隊來台，與謝姓軍中袍澤情同手足，約定誰先結婚生子，就將所生第一個兒女送給未結婚的對方撫養，以免絕後。湖北籍的她們的父親娶了撒奇萊雅族的她們的母親，生下她們，因此姊姊姓謝，妹妹姓江。妹妹瘦白，姊姊粗壯而黑，但從小即頗會唱歌，國中二年級時，參加「五燈獎」花蓮區選拔，名列第二，因無旅費北上而不克現身電視。某大唱片公司曾欲與其簽約，資助其就讀國光藝校一半費用，亦因家中無錢供其就學而作罷。兩姊妹現在皆無業，姊姊育有一子。我因自己的疏忽造成別人身體之痛，在兩姊妹及徐女士多方明示、暗示之下，先後包了幾次紅包表達我的歉意。保險公司業務人員知情後，要我以後由他代為出面處理即可。我相信他是一個有能力而誠懇的保險業者，因為徐女士在獲得滿意的理賠後，再不曾打電話向我抱怨。

在「撞」入大陳一村與大陳二村間她們戲稱為「大陳三村」的這個原住民社區前，我不覺得我寫過的一些文章純然是憑空而生、想像的花蓮，也不覺得自己不知民生疾苦，活在非現實的花蓮。我自己或別人的家族、親人皆有難念的經，皆有不忍揭開或卒讀的荒謬經文。二十多年前，我曾半真半偽寫過一篇〈素娥願〉，預告父母從大陳島撤退來花蓮、住在大陳一村的我的朋友素娥，將辭中學教職，展翅赴美逐夢，我的文章弄假成真，幾年後，她果然到美國讀了一個碩士回來。想像與現實間的距離，其實不會遠過大陳一村與它鄰近的「大陳三村」間之距。我的二姑和長她多歲的我的外省姑丈就住在「魯豫小喫」旁的精忠七村，生下三個名字中分別有智、仁、勇的兒子；一如我家三兄弟，我的三個表弟並非個個都成智、成仁、成勇。影劇四村裡住著不少我教過的學生，他們長大後有沒有從事影劇事業，走鋪著紅地毯的星光大道，我就不得而知了……

在這些文字之後，我本來計畫寫以前到現在，我在花蓮遇到、看到的一些或悲或喜之事。我想寫十年前另一次車禍：我開車回家，在距家門口二十公尺的十字路口綠燈左轉時，撞到一位騎摩托車直行的女士。這位陳女士住在吉安鄉太昌村，平日有時在朋友開的服飾店幫忙，是單親媽媽，也有一個就讀中學的兒子。她大腿骨折，住院手術後必須打著石膏在家靜養數月。每次偕友人到她家探視，我都很愧疚，覺得自己沒有資格損傷他人身體或左右其命運。在當時投保的保險公司作業態度和過程，讓我覺得他們是冷血、精算、缺乏人情的生意人。在保險公司斡旋下，透過調解委員會，我與陳女士達成和解。保險公司賠償她二十萬元，但另請我付五萬元慰問金，除了先前我主動致上的數萬元「壓驚」紅包。我想寫因父母近親通婚而弱智的我的堂弟妹們，男的見棄於社會，女的在國小、國中時就被鄰居性侵。我想寫我忘了其名，以「小魔」為暱稱的我的學生，她國中時寫詩得校內文學獎，常找我聊天，畢業後依然如是。她高中、專科輾轉讀了好幾所學校，過了二十五歲的她現在一所私立大學讀心理系。她的確是一個魔樣的女孩，國小時即跑到自家樓頂想跳樓自殺，國中畢業後不斷割臂自殘。她給我看她的手臂，果然是雕刻著無數十字的肉身教堂。她喜歡養貓，玩COSPLAY，她的生活三守則是吃得下，睡得著，笑得開；與異性交往的「三不主義」是不吵，不鬧，不任性。她最大的心願是當驗屍的法醫或殯葬社的禮儀師，曾跑到棺材店，請求老闆讓她試躺一下棺材。我想寫早晨花蓮從我住的街開始的和聲練習：鐵門拉開後，是一聲長長的「早哦」，對面水電行年輕的老闆娘，然後是我太太載我女兒的摩托車聲，然後是邊跑邊吃紅茶的遲到的國中女生，然後是清喉嚨的聲音，一短一長，我自己的。過棺材店轉彎照例是國民小學的升旗典禮，整齊排列的小學生舉手向擴音器裡的國旗歌敬禮，不用升旗的合唱團在角落的音樂教室虛詞母音，發聲練習後，開始唱歌。照例在山東豆漿店門口被剛出爐的肉餅堵住，騎單車的老頭以自由速度的踏板音繼續前進，無視高音譜上的紅燈，第一個從載滿台灣啤酒的卡車走下的，果然又是吹口哨的阿美族司機。用丹田吐納，提足，推掌，電力公司大樓前打太極拳的員工。黃澄澄的陽光是慢慢流出的鼻音，穿過大街小巷和行道樹疏疏密密的陰影共鳴，在豁然開朗處轉彎，換氣。山丘上，米粉羹貢丸味猶在的鐘聲正催我上課……。我想寫夜晚花蓮「溝仔尾」風化區橋邊賣手帕、內衣、情趣／舒爽用品的浪漫主義者朱樂天，他說：「你們說我是一個樂觀主義者，坦白跟你們說——居住在這世界太容易了！太容易有一場小小的戀愛，太容易有一些小小的感冒，太容易受到美麗謊言的誘惑，太容易受到悲傷事物的感動。我有一條手帕，潯陽江頭帶回，擦過一夜琵琶彈落在我臉上的音符和淚珠，擦過小城那卡西電吉他伴唱的酒後的心聲。大弦嘈嘈如急雨，小弦切切如私語，一條手帕包容古往今來的鬱卒與沉悶。這些大珠小珠落下的是在座各位客人真情的流露。石頭會爛，請你要相信我，酒若入喉，痛入心肝。你說我記憶錯亂，語無倫次，我沒醉我沒醉沒醉……我不是講古賣膏藥兼搞群眾運動的吳樂天或寫詩的白樂天，雖然我身上心上不乏鐵打損傷的痕跡。我也曾為時弊民瘼開過藥方，我也曾為種田或賣炭燒雞排的老翁少婦示威請願，但花非花，霧非霧，我情願發明一種噴霧式花香肌肉鬆弛劑，讓稅重慮多的百姓身心快樂。我不曾為什麼樂聖寫過什麼快樂頌，我倒曾想做一首五百行的長愛歌，歌頌天長地久的身／心之愛。你們說我是一個樂觀主義者，坦白跟你們說——居住在這世界太容易了……」。我想寫在花蓮海濱大道藝品店裡工作的那些台灣妹、大陸妹們，如何伸三寸不爛之舌為六寸、九寸，對著一輛輛遊覽車載來的各地大陸客，爭先恐後搶著推銷貓眼石、玫瑰石、台灣玉、七彩寶瓶……，半哄半騙地以十數倍於成本的售價成交，還讓客人說：「花蓮很美，跟你一樣，我會再來。下次來大陸，一定要來找我哦！」……

沒想到二〇一一年十一月「太平洋詩歌節」後，我身心的變化，讓我必須借他人之手，在電腦上先寫成底下的文字。這些文字頗長，逾一萬字，因為它們紀錄了現實的我在「非想像花蓮」半年多來，「與群妖諸痛共舞齊妖治」的生活——

《妖／治：二〇〇首再生詩》是我第十二本詩集，不知幸或不幸，純然是一本意外之作。有一種紙叫「再生紙」，回收、利用舊有之紙，重製成新紙。《妖／治》裡二〇〇首「再生詩」寫於二〇一二年三月至六月間，也是利用、回收既有之文字，重組、再生成新的詩。

二〇一一年十一月上旬，我參與策畫的第六屆「太平洋詩歌節」結束後次日，我右手、右背突然劇痛，至家附近診所求診，醫生告知為筋膜發炎，服藥、復健一週，情況未有明顯改善，轉赴小城大醫院神經內科，醫生仍診斷為筋膜炎。我主動求其開類固醇止痛藥，免衍為慢性病糾纏，服藥一週，漸有起色。因仍往返奔波授課、演講、使用電腦，不知充分休息，致臂、背時痛，但疼痛稍緩，尚能接受。仍日日復健、服診所所開之NSAID（非類固醇止痛藥），一心期盼康復之日快快來到。至年底，有友人自外地來，與其在茶舖坐談三小時，右臂又劇痛，苦不堪言。尋中醫針灸數日，未見其效，忽憶昔日學生家長兼樂友，前往其診所請教。他未多詢問，鐵口直斷為頸椎六、七節間長「骨刺」，照X光並轉診大醫院做頸部「核磁共振」檢查，果然。大醫院骨科主任謂無妨，服藥即可。我服樂友醫師所開之止痛藥十天，右臂不再疼痛，至附近診所做復健時，告以骨刺事，醫生增加「頸部牽引」項目。

某日開啟電腦，右手移動滑鼠，食指竟有觸電之感，發現前四根手指麻痛，尤以第四指為烈，始知被俗稱滑鼠手、電腦手的「腕隧道症候群」所侵。焦急中又前往大醫院神經內科求診，做「神經傳導」檢測後，醫生說數據顯示在正常邊緣，腕隧道疾尚屬輕微，頸部骨刺亦未壓迫到右臂，多休息即可。中學時，我最不喜歡健康教育、生物等科目，此次發病，讓我學到了許多醫學名詞。我告訴一位朋友我得到了腕隧道症候群，他說：「晚睡覺症候群？你每晚都幾點睡？」

手、背發病以來，我不時以電話問詢在台北的好友，醫師作家莊裕安意見，至聽我手指發麻，他亦豎白旗嘆曰：「麻」實為棘手難纏之事。至診所復健，醫生又添右手指掌「蠟療」項目。如此至二〇一二年一月農曆春節前後，手麻似漸有改善。但我怕此生再不能自由使用電腦，一心想求去麻之道，又至大醫院神經外科問診。態度不耐的醫師草草幾句打發，安排我續往該院復健科看診，年輕、出道不久的復健醫師微笑和善地聽我敘述病痛史，囑我到隔室製作右手副木，睡眠、休息時戴之，以護「腕隧道」，並說如用電腦可用左手幫忙。回家後，我全心無疑聽從指示，用左手使用滑鼠且收發手機簡訊，不出三天，左手也被腕隧道症候群攻陷。我記得那是在二月三日，我有事赴台北國際書展（那是目前為止我最後一次離開花蓮到外地）。台北淒風苦雨，路上獲知波蘭女詩人辛波絲卡去世消息，海內外多家媒體以電話或email問詢我對其人其詩看法，左右手發麻的我一概婉拒，對這位我翻譯且深愛，也是諾貝爾獎得主的詩人有不祥之聯想，突生惡感。

我從小不喜典禮、儀式之桎梏，手麻以來，日常生活各種儀式漸多，固定赴診所做單調、日增的復健項目外，每日晨起、夜眠前皆至家中浴室進行以熱水浸泡雙手二十分鐘之「浸信禮」，雙手笨拙擺置外，還以手機倒數計時。夜中就寢，雙手緊繫副木，如手銬加身之囚犯兼忠貞教徒，雙手交叉於胸前，以虔誠祈禱之姿態尋求入眠，不敢造次亂動。結果發現手掌受到保護，但右手臂因睡姿僵硬反不時出現零星痛點。手疾帶給我之肉體疼痛，我不敢說大，但實不小。更讓我覺得煩燥、不耐的是諸多心理負擔，每日各時段不斷反識、體察自己的疼痛狀態，不改三十年國中老師惡習，在心中為其登錄分數，分析比較。早起浸泡熱水後，晚睡的妻子仍在睡眠，我一人獨自出門，邊吃早餐，邊為自己新的一日身心狀態評分，分數稍退，每即陷入憂鬱。診所復健醫師見我焦慮，另開鎮靜之藥，供我需時使用。

二〇一二年一月下旬農曆春節時，與家人在外聚餐，餐廳之筷子較家中為重，右手舉之，第四指甚痛，用餐時間又長，內心甚為不悅，焦慮、憂鬱如影隨形。雖然幾個月後回想，此類麻痛只不過是杯弓蛇影，無需大驚，乃相對小事。但當時的我，的確如莊裕安所說，「病識感」太重。又因從小好命、「惜皮」，不做家事，少遇病痛，一旦遇到讓我痛苦之病，如遇妖魔，竟不知如何與之共存。

別人至診所牽引復健，大多不出一週疼痛即漸有改善，我拉了一個月脖子，第四根手指麻感依舊，頸部、背部肌肉反因緊張，時生不適之感。又往大醫院復健科，此次主任醫師親自出馬，明白告知電腦族如我輩，隨便上網搜尋，即可知腕隧道症候群為何種不樂觀也不悲觀之物。再麻，大不了動之以兩分鐘手術，即可告別其害；但如繼續執行先前工作，舊疾可能立刻復發，周而復之循環。建議我頸部牽引至一個月半，如仍未見效，即可棄之。

此次手、背劇痛，推斷原因，自然是右手長期使用，過度勞累所致：三十年教書生涯，在教室裡大拍講桌、認真體罰學生；在牌桌前洗牌、砌牌、摸牌、數錢；在電腦上寫作、翻譯，上網搜尋、傳輸資料，更新、擴充自己的網頁；在錄影機前錄製、剪輯、分軌日本「小耳朵」的音樂、舞蹈、歌劇等節目，並翻譯、添製相關中文字幕，大量拷貝自己苦心製作之DVD，廣送識與不識，四分之一世紀時間在我家樓下客廳沉迷於我的視聽工業……。二〇一一年十月，瑞典詩人特朗斯特羅默（Tomas Tranströmer）獲諾貝爾獎。他得獎前，我中譯過他的一些詩，在國內發表，得獎後，我在網路上搜尋先前未讀過的他的一些詩歌，對照瑞典文原作及不同版本英譯，連續數週在電腦上邊讀邊譯，日以繼夜驅動滑鼠；同一時間，又大量翻譯日本女詩人與謝野晶子《亂髮》裡的短歌，比對書上與網上中日文資料，電腦上同開數視窗推敲狂譯，譯成後，立即將日文原作與中譯丟上網站；又因授課、演講所需，將自己製作的半百詩與音樂的影片上傳到YouTube……。這些都可能是彼日早晨醒來後發現自己右肩背疼痛，開車、上網皆不便的近因之一，至於什麼是壓垮手臂的最後一根稻草，就如同那些時日我譯成的特朗斯特羅默最近一本詩集的標題——《巨大的謎》——不得而知了。

雙手痛痲於任何人都是苦事。對二十年來日夜啟用電腦瀏覽、做事的當代生活者，對於出版過數十本書的寫作者如我，不能使用電腦的空虛，實為生命中不可承受之輕。令人意外的是每下愈況的病痛情節。二月中旬，我與有豐富服精神科藥經驗之昔日學生在家門前一百公尺「星巴克」見面，一小時後走出咖啡店，左腳突然拉傷。X光片顯示膝關節完好，但上下樓梯會痛，行走平地則不會，唯覺膝蓋卡卡。一派醫生主張我應活動如常，讓膝關節活絡開來，一派醫生主張我應讓腳靜養休息，避免惡化之，我聽從後者，並推至極致，囚居家中數月，鮮少下樓出門，不但左腳未見改善，右腳隨左腳之少動，也在四月底在床上做熱敷時突然縮筋受傷，情況不明。

　　自今年二月以來，我幾乎不曾再使用電腦或提筆寫字。三月初，上海一家出版公司欲出版我與內人張芬齡譯的辛波絲卡詩集簡體版，請求增譯一、二十首詩。我原本因「腕隧道症候群」與「對諾貝爾獎詩人的恐懼症候群」而抗拒，後來覺得每日困在樓上自哀病痛，何不如藉此轉念，突破生活僵局。我與張芬齡很快地完成了十五首詩的初譯，由她打字列印出，再行討論、修改。某日晨起，自覺精神不錯，見張芬齡仍在睡夢中，乃鼓起勇氣，自行綁護膝，下樓徒步至一個月裡未曾再去的傷心地「星巴克」吃早餐。餐後回家上樓，我竟打開電腦上網搜尋、追查波蘭文原詩之意，致「腕隧道症候群」已大有好轉的右手突又惡化。三月中旬某夜開車，突然胸間一陣絞痛，本以為心臟出事，後醫生告知是右背和右手拉傷，牽連肋間神經陣痛。從此我跌入身心交瘁之幽谷，手疾腳疾外，胸口各處不時疼痛，訪心臟、胸腔各科醫生，皆稱器官無問題，推斷或係憂鬱症上身，自律神經失調。

這段期間，我身心痛苦，而張芬齡從早到晚照顧我，其辛苦實數倍於我。我腳疾，上下樓梯綁護膝因雙手乏力，出入皆需由她幫忙代勞，更不用提煮飯、看診、聽我叫苦抱怨、幫我弄東弄西等瑣事。這幾個月中，我身心元氣大為萎縮，頗有生不如死之感。我因自己焦急好動、力求完美的劣習，無法寬忍小病痛而遭致更大的病痛上身；因個人之性格與無知，抗拒病痛、衰老、時間之變化，反讓焦慮、沮喪、躁鬱綑綁我心，讓身心陷於自囚之困境，飽嘗前所未有之苦。

我從小給人的印象——列舉或褒或貶的相關詞——不外是好動、靈活、反應快、敏感、不拘小節、桀驁不馴、天不怕地不怕、性急、焦躁、傲慢、叛逆、要求完美……，但此次遭逢接二連三病痛之折磨，一向被認為行事態度「輕慢」的我，真的如我二〇〇九年出版的第十本詩集《輕／慢》標題所示，必須讓自己輕，慢了。許多友人或醫生都勸我要放慢、放空、放輕、放鬆。我太太甚至譏我：「你不是一向大膽、狂傲嗎？遇此小病怎麼都沒有顯現你叛逆的個性？」蓋我天不怕、地不怕，但怕死、怕病、怕痛也。去大醫院胸腔內科檢查時，醫生是我昔日同學，他問診逾一小時，只用手和聽筒診斷，即說我胸腔沒問題。我問呼吸時或困難有無藥物可治，他答以「放鬆」兩字。「放鬆」兩字，我會寫，也很好寫，但要叫性急的我做到，實比登天或要不敢吃奶品的張芬齡吃牛奶還難。

以往身體正常時，島嶼南北演講、評審，每年活動百場，不覺疲累。年初腳傷以來，不得不放鬆、放空自己，婉拒國內外一切邀約。唯二〇一一年十一月，已答應今年八月參加愛荷華大學「國際作家寫作計畫」，順便去柏克萊大學看攻讀作曲博士的我的女兒。十二月底，英國方面邀我代表台灣參加今年六月底於倫敦舉行之奧林匹克詩歌節（Poetry Parnassus），二〇四奧運參賽國每國一詩人與會，堪稱英國史上最大之詩歌活動，我亦答應前往。如今因手疾腳疾兼心憂，不得不取消兩行程。我從小住在花蓮市上海街，但從未去過上海。上海的出版公司邀我赴上海、北京參加辛波絲卡中譯詩集發表會，知我手腳不便，說不需簽書，只需說幾句話，大家很想與我一會，帶我四處看看。本來以為可以一圓在「上海」街上走來走去之夢，一如在我熟悉的花蓮「上海街」上，但我連桃園機場都無法獨力抵達，如何到上海？

放空、放鬆、放掉這些外在活動或名利，不算困難，但要讓內心淨空、靜安，對我卻是一大功課，一張我不斷寫錯答案、分數不及格的大測驗卷。我不斷被懊惱、悔恨、回想所困，雖人盡皆知時光無法倒退，往事無法逆轉，但我仍時時在心裡閃現「早知道當初……就好了」、「要是那時不……就好了」之念，以為這是最快讓自己痊癒之道，可以在瞬間回到正常的過去。

過去數月，接到我電話騷擾、哀訴的我的朋友、學生，應不在少數。腳傷以後，憂病自囚，每日鎖在樓上床鋪的時間十數小時，晨起聽到附近國中七點半響起的德佛乍克新世界交響曲

〈念故鄉〉的旋律，就讓我痛恨。從小聽慣且喜愛的這些樂音，竟成為我所聽過的最傷悲的上下課鐘聲。我躺在床上，害怕我太太備好早餐上樓的腳步聲會忽然響起。我知道又要起床與她兩人坐在樓上書桌前用餐，日日不變地向她抱怨病痛或回溯病因。餐後吃藥，吃完藥後回到床上，等候下一次用餐與吃藥，週而復始，直到晚間服鎮定劑或安眠藥入眠。其間唯一的戶外活動大概是到醫院或診所看診、復健。我最常掛在嘴邊的口號是「度日如年」、「長夜漫漫」、「痛不欲生」、「生不如死」。遵醫師所囑，我太太騎摩托車載我至大醫院對面復健用品店購買所售之「居家牌」復健用品，供我在家中床榻熱敷。浪子回家／居家，竟以如此無奈、不堪之方式，真是諷刺。

朋友見我從不安於室的過動兒，變成無事可做、徒增沮喪的「居家」宅男，建議我聽聽音樂，看看DVD和書。說老實話，我樓下客廳數十年來積累成千上萬CD、DVD、錄影帶，在家或在外為無數學生或民眾舉辦影音聆賞之活動。如今身心俱傷，食不知味，視聽無趣，一想到或聽到、看到我年少以來一心追求的音樂與詩，對照今昔，就暗自哭泣，半年來難計其數。記得第一次是去年年底，我受邀至家附近國中演講（那是半年以來最後一次演講）的前夕，在家中剪輯多個版本“Over the Rainbow”一曲的演唱錄影。當“Somewhere, over the rainbow, skies are blue. And the dreams that you dare to dream really do come true…”歌聲一響起，我立刻狂哭不已。我追夢、逐夢多年，也試著為學生們鋪展夢與知識的地毯，我不知道我們的夢是否已圓，但我確知眼前自己身體有憾。三月間，我的胸腔科醫生同學教我以「放鬆」兩字化解呼吸的困頓，我回家貼壁而坐，靜默，深呼吸，淨空雜念，這第一役似乎小有成效。當晚我在樓下客廳，挑出近十張3B（巴哈、貝多芬、布拉姆斯）的CD，為自己舉行一場「療傷系」音樂欣賞會。都是我熟悉的一些曲目：貝多芬《華德斯坦》、《暴風雨》等鋼琴奏鳴曲二、三樂章雨過天青、轉苦為甘、由猛烈趨抒情的甘美吟唱；布拉姆斯《第三交響曲》第三樂章曾被Jane Birkin翻唱成"Baby Alone in Babylone"的略稍快板夢幻的旋律；皮耶絲彈的巴哈《第二號法國組曲》，Anne Queffélec彈的巴哈《第二號組曲》；顧爾德彈的《郭德堡變奏曲》；郎帕爾吹的巴哈《長笛奏鳴曲》……。我無法記清或分辨當夜眼中是否有淚，只記得當波里尼與吉列爾斯彈出的奶蜜般的樂句，顧爾德有稜有角又自在的諸般變奏沁入我心時，我的嘴角幾次擠出似哭非哭的怪異微笑，在我憂傷的心之上。那一夜，沐浴睡眠前，我以郎帕爾空靈的巴哈A小調無伴奏長笛奏鳴曲作結。我知道我無法夜夜為自己安排這樣的音樂會，長夜漫漫，熟悉、珍愛的音樂更長。最近一次落淚，則是在寫完《妖／冶》第六輯中取材自二十年前寫我女兒的〈立立的牆壁〉一文而成的第十二首「情趣詩」時，想到去國一年學音樂的我的女兒即將在六月回台灣過暑假，面對一個與她離家時大不相同的父親，不禁悲從中來，但依然期待能化苦為（快）樂或（音）樂。

三月初，有一天起床後，照例發呆無事，在書架上隨手拿了女詩人達菲（Carol Ann

Duffy）的詩集*Rapture*。她是今年奧林匹克詩歌節諮詢委員。我與張芬齡計畫在詩歌節中共同主持一場「寫作工作坊」，與英國朋友們分享寫作圖象詩、現代俳句和隱字詩（erasure poetry）的經驗。我在達菲詩集中看到一首三十六行名為“Love Poem”的詩，用左手拿鉛筆圈選詩中一些字詞與標點，依序串成一首新的短詩，排成三行，恰好是五—七—五，十七個音節，既是一首英文俳句，也是一首隱字詩。這是《妖／冶》這本詩集中，我限於手疾，不能使用電腦或提筆寫作，無計可施，困頓中以此「半自動寫作法」圈字而成的第一首詩。

莊裕安有一次在電話中說我可以把《馬太受難曲》的「受難」（passion）轉成「激情／熱情」，另一種passion，化生命之苦為藝術的生命。我初聽覺得是戲語。三月中旬開車胸間突然絞痛後，迄今為止是我此生最難熬的一段日子。我記得事發時是週五晚上，當夜我手、背痛得無法以任何姿勢入睡，被迫開始服安眠藥。週一，天未亮，張芬齡在我右肩、右臂劇痛發出的哀叫聲中驚醒，不到六點就騎車往大醫院掛號。當我再度現身神經內科醫生面前時，他似乎有點不悅，告訴我醫院裡比我更嚴重待診的病人很多。我說我真的痛得無法入睡。他開給我七顆「千憂解」，一日一顆。電腦螢幕上顯示，主要用途：「重鬱症、糖尿病週邊神經痛」。天啊，這不是過年前我的花蓮友人，精神科醫師林喬祥開給我的解憂去鬱之藥嗎？差別是他要我日服兩顆。神經內科醫師說：不要怕，這藥與憂鬱症無關，幫你止痛。我清楚記得年初在網路上搜尋此藥資訊時，許多網友列出的相關副作用，有人還驚悚地問說：這是治病之藥，還是致病之藥？我把林醫師開給我的「千憂解」當作紀念品，放在我的書架上。但走出神經內科的當天早上，我即刻以電話向他陳述現況。他簡短地說：「Take action，趕快吃藥！」當天下午，他在大醫院恰有門診，張芬齡陪我一起去看他。交談四十分鐘後，他轉向張芬齡說：「大嫂，要辛苦你了！」我覺得此話大有深意，有很深的憂傷的顏色，但又帶著一些粉紅或淡黃色的溫柔的慈悲。我有一種穿著一件透明舞衣，緊貼著皮膚，直到成為我身體的一部分與虛空共舞的預感。我問好友，同是精神科醫師的王浩威意見（他在二十年前曾給我一盒「百憂解」，我把它當作紀念品，放在我的書架上），他以簡訊回答：「強烈建議！但你可能對藥效的期待會有極大的壓力。」

我吃了第一顆後，極力抗拒，不但身心無感，反覺更加焦慮。我打電話請教年輕詩人、精神科醫師鯨向海，他很耐心地向我說「千憂解」像中藥頗溫和，斷藥亦不難，要我不必在乎病名，藉它止我目前之痛即是，如果不放心，可以先日服一顆。我服了三天，憂鬱、焦慮、疼痛依舊，不得不投降，打電話再向鯨向海求援：「你可以把我當成你遠距離的憂鬱症求診者，如果如此，該如何？」他說：「就依林醫師之意，日服兩顆。」醫生們都說服此藥二週後會逐漸顯現效果，我服了數週，未明顯感覺其效，反出現一些副作用：便祕，尿道變窄，頭暈……。「千憂解」於我彷彿是「千憂結」，讓我的憂思越纏越緊。想到莊裕安的鼓勵，毅然從書櫃裡找出一本老舊的中文版聖經，翻至新約馬太福音第八頁，在夾雜諸多「耶穌」

字眼的書頁中，努力圈字組合成一首八行的詩，即是《妖／治》第一輯〈四首根據馬太福音的受難／激情詩〉（標題譯作英文大概是“Four Poems of Passion According to Mathew”）的第一首。

我稱這些詩為「再生詩」，既再生馬太福音已有之文字，也企圖再生、復活自己身心的力量。與先前圈達菲詩而成的〈〈情詩〉翻新〉不同的是，《妖／治》前八輯的詩雖也是圈前人或自己既有之作再生成新詩，但卻並非依序串成，而是重新組合而成。這些詩一方面是「半自動寫作」，一方面也是受到節制、規範的一種格律詩。我規定自己只能從某頁或某幾頁中圈選一些字重組成一首詩。詩之魅力在於其跳躍、飛騰、出人意表的想像，二十世紀超現實主義或達達主義提供寫作者一個巨大、非邏輯的想像的跳板，但我早就發現傳統格律詩對平仄、韻腳、字數的要求常常不是給詩人限制，反而是提供他們一個大膽、超乎尋常的選字、寫作的新可能。如是，限制反而成為一種自由，格律反而成為一種解放。這本詩集書名本來曾想過要用「病之華」，呼應波特萊爾一八五一年出版的詩集《惡之華》（「惡之華」三字，法文原文為Les Fleurs du mal，其中mal一字除了「惡」之外，還有「病」、「痛苦」、「錯誤」等意），如莊裕安所言，轉病痛之苦為藝術的花朵，在疼痛上建立創作之快樂，一種病態之「痛快」。後來定名為《妖／治》，一方面順著我先前詩集《輕／慢》、《我／城》之脈絡，一方面我覺得《妖／治》一名更具生命力與張力，既是病妖來治煉我、試煉我，也是做為病者與創作者的我，試圖以生命與藝術之力治煉、治鍊住這些病妖。我期待這些「再生詩」，這些燦開的「病之華」，能具有一種妖冶、異色之美。我，一個詩人，一個乩童，藍波（Rimbaud）所謂的「洞察者」（voyeur），藉文字起乩，與群妖諸痛共舞，在紙上舉行我一人之文字轟趴／home party，一個回家的浪子孤獨而喧囂的想像的盛宴。

四月間，我坐在床上翻閱馬太福音，感覺背後的檯燈不時閃爍，以為是接觸不良，順手將燈關上，抬頭，見天花板上吊燈一閃一閃，我問張芬齡是否看到吊燈閃爍，她說沒有。我直覺我的眼睛出了問題，次日往眼科診所點散瞳劑檢查視網膜。小診所醫生謂無問題，但建議我去大醫院進一步檢查。當晚散瞳劑作用消退後，我拿起前日所看之書，發現字跡模糊，顯然我的視力在瞬間衰退。我完成了四首「受難／激情」詩，激情的眼睛也跟著受難。過幾天，我從書架上取出字體較大、看得比較清楚的梁實秋譯的莎士比亞十四行詩集，從中選出十四首，每首圈字組成一首「十四字詩」，請張芬齡幫我打字。她把詩稿列印給我時，我抬頭見吊燈又在閃爍，我知道眼睛又出問題了，立即到街上的眼鏡行驗光。兩天前，他們以電腦驗我右眼近視一二〇〇度，此次去度數不變，但要配上一三五〇度的鏡片方能見前日所見。我打電話給同鄉詩人，眼科醫師陳克華，他說：「如果視網膜沒問題，可能跟中樞神經、服精神科的藥有關。來台北，我替你仔細檢查吧！」我又打電話給鯨向海。他說：服「千憂解」第一週，可能會出現瞳孔放大、視力模糊的現象，停藥後，應可復原。我無力北上，聽從陳克華所囑，就近在花蓮的大醫院看診。眼科主任和悅地為我安排多項檢查，但仍無法確診。三週後，他在一張檢驗圖上發現我右眼上方邊緣有一條小動脈阻塞，推斷這可能就是病因。

我告訴我最要好的小學同學，我身陷生命谷底，元氣全無。他立即騎車前來。一陣哭泣後，我向他細訴這幾個月的病況。隔日他載他太太來家，說昨天聽我滔滔不絕講了近三個小時，怎麼會沒有元氣？他認為缺乏醫學常識以及對身體的無知是造成我困頓的主因，心理之病遠大於生理之痛。他請他太太「現身說法」。小我們十五歲的她在國小任教，過去十多年來，從腦部腫瘤，三叉神經痛，腕隧道症候群，椎間盤突出，到足底筋膜炎……，身經百戰，幾乎無處不痛。她睡覺時，身體蜷縮得像一尾蝦子。獨自坐火車北上求診，在狹窄的火車座椅上翻來覆去。她回想起二十幾歲時有一天在校上課，突覺鬱悶（她當時還不知「憂鬱症」為何物），立即請人代課，自己茫然地騎車亂逛，至海邊一家區域醫院，看著做復健的中風病人們。她想這些長者存活的意志如此鮮明，自己兩個孩子尚幼，焉可就此倒下？與我講話時，她全程站著，撩起褲管，瘀青斑斑可見，我同學每晚用竹棒槌打她腫脹的小腿，進行「合法而健康」的家暴。與群妖諸痛共舞多年後，她冶煉出一種優游、曠達之姿，邀新來者加入生之圓舞，轉麻木的身心為從容的旋轉木馬。

我的堂弟阿鵬也拄著枴杖上樓來看我。六、七年前，他與友人酒後一塊出遊，在蘇花公路上撞上聯結車，同車四人，唯其一人倖存。至醫院急診、住院一個月後，在家臥床近兩年，方回到日常生活軌道。初期大小便均須在床上由家人料理，他說半年後當他撐著ㄇ字型支架，獨自一人辛苦地走進家中窄隘的浴室解便時，他感受到一股欲哭的狂喜與成就感。那次車禍帶給他粉碎性骨折，最近因為工作施力，舊疾復發，行走時必須再撐著枴杖。他坐在我的書房裡對我說：「大哥，用球員做比喻，我的身體雖因車禍停留在乙組或丙組，但我的精神卻因我的鬥志升到甲組。你拒絕疼痛，一心想讓身體留在甲組，你的精神卻逐漸降到丙組。」多年前就讀中學時，他曾是我課堂上的學生，如今歷經生之苦難與死亡的陰影，卻像是我生命的導師。

跟大難／多難不倒的他們比起來，我遇到的也許是小魔小妖，但我卻一再跟別人說「我走不出去了」。並非我不能與這些病痛共存、共舞，而是它們巧妙地在我身心構成令我尷尬、難解的環扣。右背痛讓我右手痛，右手痛導致「腕隧道症候群」右手麻，右手麻，不能使用電腦，導致代勞的左手也麻；左腳傷需綁護膝，雙手麻痛無法獨力為之，因而無法自由行動；胸口崩痛導致無膽開車，焦慮、憂鬱、慮病症纏身；一心想突破被囚的困境，貿然嘗試騎機車、動滑鼠，又讓略有進步的病情退步……。如是，像奧林匹克旗幟上的五個圈圈，環環相扣，讓我疼痛雖小，困頓卻大。今年倫敦七月起相繼舉行奧運與殘障奧運會，如果我真的在六月底前往倫敦參加奧林匹克詩歌節，他們也許會把無法自己推行李、出入境、上下樓、用電腦……的我分在「殘障詩歌組」。

我從三月十九日開始服用千憂解，至第八週時，覺得不時有激昂、亢奮之感，也許是藥物奏效，也許是四、五月中書寫再生詩帶來的激勵。以前起床後概被「晨間藍」（晨間憂鬱，morning blue）籠罩的我，居然開始有「晨間明亮」的感覺。至五月十二日，我寫完本書第一、二、四、五、八、九輯的一百首詩，並且決定以《妖／冶》之名集結這些詩。我陸續將詩email給鯨向海，當做我詩的履歷／病歷的一部分。第九週到醫院見林喬祥醫師時，也面示這些詩，並告知他我三不五時有丟擲杯瓶、遷怒家人的衝動。他將我千憂解由日服兩顆改成一顆，另加一顆安定情緒的抗躁藥。那個星期三，五月十六日，我完成第六輯二十首「情趣詩」的寫作，準備就此結集《妖／冶》。

這算是一小段難得的身心明亮期。六月九日、十日我應花蓮文化局友人們之邀與鼓勵，到舉行「太平洋詩歌節」的松園別館，主持兩場多年來我參與籌畫的「端午詩歌月」念詩活動。隔日早晨，至中醫診所例行持續逾兩個月的針灸，頗覺舒適。為求能儘快順利開車，傍晚再赴復健的診所做雙手蠟療與雙膝、背部熱敷。沒想到回家後，右背竟痛了起來，平躺床上不適，向左側睡，右臂亦刺痛起來。此後兩週，每夜都在痛中醒來，即便有安眠藥之助，亦難安眠。有一夜大痛，坐臥行立皆不是，叫醒我太太，挑釁地問她：「你說你幾年前先後歷經左右『五十肩』劇痛，有像我現在無時無刻針刺般這麼痛嗎？」她一語不發同情又恐懼地看著我，深怕我半夜躁發暴動，不能自已。為了迫自己入眠，我強忍右背、右臂之痛，平臥等待睡神垂憐。這次我真正體會到什麼叫「與疼痛共舞」。六月二十日，我取出拙作《小宇宙：現代俳句二〇〇首》，依序將三首或四首詩圈字重組成新的三行詩。又取出聶魯達《一百首愛的十四行詩》，從先前未被我重製、再生的十四行詩中，圈組出十四首十四字詩。六月二十三日，端午／詩人節，我完成這兩輯八十首詩的寫作，《妖／治：二〇〇首再生詩》於焉成形。

此書的寫作者其實非我一人。馬太福音、莎士比亞、聶魯達、辛波絲卡……等原料提供者不論，第一個共同作者應該是上天。祂巧妙、惡作劇（或善意）地編寫劇本，安排陷阱，讓我一步步墜入祂所設計的「具有深度」的廢紙廢鐵再製、重鑄的工地，勞改我的身心，冶煉我生之感受與詩的技藝，用病痛的酵母菌發酵我的靈感，在斷電的電腦螢幕上鋪一張隱形的藍色桌布，用諸般色澤的藥粒點描我騷動的靈魂、喧囂的憤怒為順忍的靜止畫。這樣地教我苦中作樂／作詩，真是闊綽而仁慈的投資。但這並不是一個「好的劇本」——fair play——「公平的遊戲」。如果要以此懲罰我這桀驁不馴、放蕩不羈的浪子，何以要把做人誠懇、行事善良的我的妻子也拖入此戲，受不下於我之罪？這巨大的謎困惑我，讓我離騷天問，以詩起乩，冶妖除魅。但我充其量只是一個口述者，我以極輕的鉛筆圈字，口述這些再生詩，真正的書寫者卻是我的妻子。進行這項「再生」工作的地點絕大多數就在我家門前一百公尺的「星巴克」，早晨咖啡店一開門準時出現的我們，已成為今年春季花蓮「星巴克」固定的風景之一。她一字一字，一首一首，在紙上、電腦上為我完成這些作品，並不時利用其誤聽、誤寫、誤打之缺陷或特權，修改我的詩，成為更好或更壞之作。如果有幸讓讀者們獲得一些閱讀的喜悅，那一定是她貢獻的美麗的錯誤。如果讀之痛苦，那一定是我受苦、受痛不夠，無力掌握生與詩之共相，透過精準、銳利的語言、形象，讓閱讀者痛快。

感謝每一位幫助我「妖／治」的家人，醫生，親友，學生，讀者……。

以上可算是我詩集《妖／治》的前言。我在口頭書寫這半年多經歷時，不時發現生命中某些事件以或隱或顯，或巧妙或諷刺的方式相互呼應著。或許是往事反撲回來復仇，或許是時光的國稅局追查到你漏報、漏繳之稅，要你痛改前非，及時補繳。以先前被我的車子碰撞到的兩位女士為例，去年當徐女士被送到醫院急診、檢查時，我根本不知道「斷層掃描」為何物。但半年多來，我進出醫院，做了核磁共振、心臟核子顯影、眼底螢光攝影、眼底彩色攝影、視野檢查……等我先前聽都沒聽過的檢查。我對被石膏囚鎖在家中靜養數月的陳女士感到抱歉，但一直要等到自己因為手疾、腳疾、心憂自我囚禁於家中時，才知道「靜」養是何等難過、不易，需要我一再重修的學分。我往日的種種無知、愚昧、自私，即便我重讀幼稚園、小學、中學、大學，恐怕也無法補修得盡。我欠繳，此生幾乎無法補繳全的最大一筆稅，大概是「浪蕩稅」，對我妻我女的虧欠。往事以風、以煙、以火光、以水流召喚你，讓你對窗、對鏡、對牆、對空無，追憶、懺悔。我的學生「小魔」找我聊天，因為她希望我把她的故事寫成一篇文章。她的經典故事之一是：讀某專科時，有一天潛入訓導處，把電話線先拔掉，待讓她不爽的教官進來時，撲前痛咬其手臂，讓其當下血印鮮明，求救無門。但不待我把她多年來點滴告訴我的她的奇行異事串連成篇，她已自動走入我書寫自我的文章。二月中旬與我在「星巴克」見面，看到我走出店門後左腳扭傷，「有豐富服精神科藥經驗之昔日學生」正是她。我本約她在農曆過年時見面，沒想到她有事延約，陰錯陽差改寫了我的生命故事。

我的一位好朋友的一位在海濱藝品店工作的朋友，告訴他說大陸來客形形色色，各省市有各省市的特性：北京人，大器、好面子；天津人，豪爽、果斷；內蒙古人，憨厚老實、好騙；東北人，大膽、大男人主義；山東人，耿直、喜歡昂貴的東西；山西人，老實、多暴發戶、不太會打扮；江蘇人，精明、愛殺價；上海人，崇洋、怕老婆、小氣、自私；江西人，保守、內斂、含蓄；湖北人，聰明、滑頭、亂喊價；廣東人，奸詐、自大、孝順；海南人，保守、愛享樂、很色……。顧客們多樣，售貨的小姐們卻是大同小異：有志一同，努力、勢利地盯住有錢的大戶，海削一筆。不論台妹、陸妹，勾心鬥角皆不遺餘力。有一位四川嫁來台灣的媽媽級熟女表現尤其突出。她乳不豐，但臀肥，常不擇「身」段，以左臀、右臀，將前來與她爭奪客人的同事彈開，業績每每第一。我的朋友說她以前可能是大陸柔道國手或藝工團扭扭舞者。

我倒是見過肥臀／豐乳的陸妹，一、兩年前，在我家附近。在我續寫這篇文章時，我曾請內人將我電腦裡〈非想像花蓮〉一文的草稿檔案列印出來，我發現最後面是兩段尚未完成的文字——

> 當陸妹b&q從花蓮「B&Q特力屋」走出來時，鏡子裡看過去的好像是兩對（而非一對）孿生姊妹：bdqp，肥臀陸妹b和鏡子裡她的映像d，豐乳陸妹q和鏡子裡她的映像p……
>
> 她們或它們（她們的映像）是「非想像花蓮」裡不斷噴湧豔光、活力的最真實的鏡之泉。「它們」也許更永恆些。因為每次我路過「特力屋」，總看到她們肥臀／豐乳的映像，份量不減、特有力量地在鏡中閃現，雖然她們也許已離開這個城市到其他地方。

檔案最後一段我先前寫的三行文字有點令我自己困惑：

> 沮喪的時候是小寫的i，更沮喪的時候是更小的i
> 歡喜的時候是大寫的I，更歡喜勃興的時候是更大更粗的I
> 我不能說這是一個躁鬱的城市，其間停駐，走動的都是躁鬱的路標……

前兩行的主詞是誰？指的是我嗎？還是住在小城花蓮的每一個人？還是這世上的每一個人？活動或居家，中文（或文中）的「我」或英文的「I」（或「i」），的確是一個路標，行止於千憂、百憂、十憂、一憂、無憂，千樂、百樂、十樂、一樂、無樂之間，不管是不是一個躁鬱症者或快樂主義者。

非想像花蓮。這比想像更神奇、奧祕、多變、難測的現實生活，豈是凡人如我，能完全想像的。

（二〇一二）

記憶之臉書

野狗臉

有人寄給我一本《記憶之臉書》，打開後發現是一本集合了許多不同樣貌之臉的書。裡頭有張狗臉讓我想到我的學生Z。國中三年同學們都叫他「野狗」，雖然他臉白皙。我是班導兼英文老師，卻比國文音樂老師等帶給他們更多文學藝術的東西。校內合唱賽我親自教唱，讓許多學生首次領受和聲之美，並代表學校參加縣賽。週末時我會約二、三十個學生，跨年級、性別擠在我家共賞影片。我們有的只是熱情。轉用歌劇《波希米亞人》裡的唱詞：他們年紀雖小，我雖只是一個老師／詩人，但說到夢與對美的渴望，我們富有得像百萬富翁。我錄給學生每人一卷古典樂錄音帶，Z是第一個把其錄音帶蕭邦精選集聽斷的。國三下他請父母讓他學鋼琴，我告訴他父母他不用讀書，書自然會來讀他，因為我的學生早就被美與知識所吸引，終身如此。

Z喜歡一位學妹，費盡巧思買了些禮物送給她，但似乎未得回報，為此抑鬱多年。以高分進T大，卻覺系上同學甚膚淺，一直想休學，常跟幾個國中同學往來。他們一心想在大學畢業後回鄉開一家夢幻唱片行，分頭在T大附近幾家唱片行打工。Z果然休學了，父母為其報名專科聯考，以榜首入某校。同讀T大的國中同學Y畢業後在T大附近開了家pub「女巫店」，門口貼了他寫的一些怪異語錄，令人叫絕。Y後來回鄉開了女巫店II，成為昔日同學祕密聚會所。在夜間一杯啤酒入口，與三四學生黑白講，誠一樂也。他們的夢幻唱片行遲遲未見開張，卻開了幾家便當店說積點錢再合開。我聽說Z讀完專校後通過地方特考分發鄉下某單位服務，之後真的像野狗般，匿身野地，不見了。

我的那些學生其實每個都是野狗，狂野，純真：他們對夢的堅持，對愛與美的渴望，不管在記憶或現實裡是永遠不會消失的。

童話臉

離開公職後我轉到北部小鎮M某私校任教。濱海公路上的小鎮M和我家鄉W一樣有三好、三多：好山、好水、好無聊，颱風多、地震多、汽車旅館多。課餘我喜歡到一家 7-11 看報，閒坐。窗外是一家兒童美語班和一間書法教室，對面則是一家掛著「童話風汽車旅館」招牌的 Motel。

說到童話故事或卡通影片裡白雪公主、小美人魚等人物，我第一個想到的就是小我二十歲的我校音樂老師K。沒錯，童話裡浮現出的就應該是像她那樣夢幻、美麗的童話臉。但有一天當我吸著青草茶，看到她坐在已婚且已退休的體育老師、腹部繫了一個游泳圈的前游泳國手G的休旅車，從童話風 Motel 出來時，我從小累積的對童話的美感瞬間都破滅了。

這家 Motel 生意挺不錯。不知是不是颱風、地震帶來的損害，招牌從七字減為五字的「童話風車館」，又剝落為「童話虫車館」。Motel 中間的 t 顛倒歪斜得像 d，成為 Model。除了大人們開車進出，連美語班和書法教室的孩童們都跟父母說：「帶我去童話館，我要買模型車！」或者「我們可以進去玩金龜蟲車嗎？」

這兩個月來了三次颱風加一個雙颱，招牌上的字像棒球場上的跑壘者，被雙殺、三殺到只剩「口舌館」，但顧客反而激增。連跟我無話不談的公民老師Q也告訴我他最近去了。「很多人跟我一樣，看到『口舌館』，以為裡面除了八爪椅還有一些口舌情趣設備。你知道我不舉久矣，即使用威爾鋼、犀利士或到國術館練舉重。我相信裡面有『口舌師』可以幫我逞一時之快，所以就騎摩托車進去了。」

前幾天我看到童話風汽車旅館的招牌全新、完整地被掛上。我猜想「口舌效應」像美麗的錯誤，讓老闆意外賺足了錢吧。

小三臉

歷史上第一個讓人印象深刻的小三臉該屬十三世紀義大利佛羅倫斯的貝德麗采女士，詩人但丁十歲時在貝家宴會上初遇九歲的她，即刻被電到，「那天她穿著紅色的衣裳，合身而動人」，九年後在街上再遇到她，「穿著全白的衣裳……以無可言喻的盛情向我點頭致意」。貝德麗采二十五歲時死去，三年後，已婚多年的但丁寫了一本詩與散文連綴，詠嘆對其愛情、渴慕與哀思的《新生》。他臨死前完成的鉅作《神曲》也是啟動於貝德麗采此位永恆的戀人。

如果十三世紀的佛羅倫斯也有國小的話，九歲的貝德麗采應讀小三，那主宰了但丁愛情靈魂的臉，是不折不扣的小三臉。小三，不是大喇喇張牙舞爪的兩相示好，而是小小的，針刺般，緩慢悠遠，三思不得其解的魅惑。

我不是但丁，充其量只是但丙或蛋餅級的小詩人，但我也遇過小三臉。小六時，我讀的國小要辦一場大型遊藝會，舞蹈老師到六年級各班挑了一、二十位男生跳空軍舞，我是其一。排練時常和跳海、陸軍舞的中、低年級女生混在一起。那是我生平第一次化妝上台，演出後突對一位不時與其嘻哈玩鬧、跳海軍舞的小三女生有一種不捨的別意。她燦然的笑臉至今仍浮在我的記憶。

最近晨起常在家附近百貨公司前廣場踱步練腳力，目光偶而飄向路過的美眉或熟女，想像也許有一張主宰我靈魂的小三臉出現。我繞了幾圈，停在百貨公司門口鏡前，忽然看到一張清麗、光亮的小山臉，原來是中央山脈那些不知名的大山的臉，遠遠小小的映現其間。不能享齊人之福的我，在那一刻，起碼與山光、雲影，在彼方青空同享齊天之福。

小山／三，在你愛的時候，一夜間又近了。

華陀臉

我不知道華陀什麼樣貌，但小城大街上W堂溫文儒雅的L醫師庶幾似之。我不知道他是不是神醫，但確有一些小城居民樂道的神奇事。

我五嬸過去幾年打嗝不斷，到北部醫院始知是賁門鬆弛，服藥後每日打嗝從五百次降到三十，過兩月又故態復萌。人還沒到我家就聽到她百公尺外扣扣扣提早叩門聲。兩週前她又亮麗起來，說去W堂針灸，已幾乎不打嗝。知道我腳痛手痛好心要幫我掛號，我說我自己去。她說：那你永遠看不到L醫師，他只在早上開放三十人掛號，我都清晨四點去排隊！

隔天一早我老母來電叫我速往W堂，原來五嬸已掛好號，連同五叔三姑我，分居五、六、七、八名，有點像倫敦奧運每止於八強的台灣好手的表現。到W堂，醫師聽我講二十分鐘病史後和悅地說：護膝拿下，上樓針灸，我看你走上去。在他目光照拂下，半年來我首次無護膝也無痛地大步上樓，像一個破紀錄選手引發觀眾喝彩，我回頭，父母五叔五嬸三姑大舅四姨還有剛做完扭臀操的二嫂——他們全在那裡，看一個初識我的醫師隔空破解我的痼疾。那天的針灸當然也神效無比，他像奧運金牌射箭手，針針精準地扎入我身，沒有十分也有九分效。我裡外通亮。想到同事H說他初教書時身體常痛，跑到小巷中懸壺不久的L醫師處針灸，初扎數十針，後來漸多，竟至一兩百，彷彿萬箭齊發，而他勇敢地當箭靶。原來神射手不是三兩天養成的！

上週一五嬸有事我只好親自卡位。半夜三點到W堂外，迨十分鐘後頂著一籃蘋果的銀牌箭靶出現，才開口說：我先回去睡，換你等。那天早上看診時一位深諳掛號倫理的歐巴桑驚呼：「排第一的沒像你這種樣子的！」我已不幸年近耳順了，難道她期待我今年九十三歲嗎？

（二〇一二）

滑鐵盒之過

兩年多前，忙完二〇一一年太平洋詩歌節，送走詩人朋友們後，一覺醒來，發現自己右手、右背大痛。原來是數十年打牌、打電腦、打學生積勞成疾，右半江山叛變，筋膜發炎。一時之間作息大變，無法像先前一樣使用電腦，肆意動作。看醫服藥累月未見奏效，又牽引腳傷、心憂，日日將自己囚於樓上。就診外，鮮少下樓、出門。不碰電腦、電視，幾乎與外隔絕。度日如年，不是坐以待斃，就是臥以待斃。困頓中，勉強以左手握鉛筆圈他人字句成詩，請我太太在電腦上打字成篇，三個月內得詩兩百首，稱之為「再生詩」，回收既有文字外，希望順便回收身心健康。但似乎未盡如願，一如我聽身心科醫師命日夜吃「千憂解」，仍夙寐有憂。適逢手機約滿，趁機換了一支三星智慧型手機，做為足不出戶的我上網、收信，呼吸「戶外」新鮮空氣之用。這四吋半寬，溜滑的鐵盒，遂成為自囚的我唯一與外聯通之道。

我不太確定在我閉關期間，外面世界發生了什麼事情，我只知道我靠著我家牆壁，坐在桌前，對著鐵盒子滑啊滑，消解自己登高跳樓的狂想。一開始用它瀏覽新聞，看看短片，收發 email，後來發現這 Android 系統手機居然可以編寫 Word 文件。將近一年沒開電腦寫作的我，如魚得水，一頭栽進鐵盒子裡晨泳晚泳，又划又點，從前年底到去年一月，三十天不到，游出五十幾首詩作。三月時更誇張，二十天滑出五十六首十三行詩。以前使用家中電腦，嫌開機慢，晨醒每賴床先派遣腳趾頭伸出去按開關，以省時間。如今，一盒在手，終日吃到飽，不必與狡猾鼠輩同桌，手指一揮，隨時上網、作業，生活美學大變。本來，面對此魔術盒子，低頭按鍵，久之頸、背、手部難免不適，但我似乎越滑越勇，不但手傷、腳傷一滑而散，且破門而出，推而廣之，無時無地不與「盒」好。家附近「星巴克」是我晨間獨力媾「盒」作詩處，下午的「王記茶鋪」則是我陸續發表新作之地（觀眾十有九點九是我太太一人）。等候針灸或針灸時，也不忘伺機而動，趁隙開盒，讓針針得見靈感之血。常常是睡前或睡中，忽有一念，敷衍若有形，趕緊轉身打開鐵盒子，在床鋪上記錄下詩句，順利的話，一夜數醒，及時成篇。慘的是暗夜苟合，眼睛大傷。有一天早上，約我八十二歲母親星巴克碰面，我跟她說「眼睛很澀」，她買了一個慈母便當給我。我回家，打開電腦準備將盒中詩印出，右眼忽然冒出一叢髮絲──哇，五年前左眼生出一隻飛蚊，已讓我沮喪萬分，現在飛來這隻新蚊，足足有三倍肥！沒想到鐵盒子裡，還養了一堆蚊蟲、蜘蛛絲……

我要對世界表示歉意。我一時不察，讓四吋鐵盒竊據我的版圖，竊聽、偷窺我的言行，左右我的身心。不獨自害，還自 high high 人。許多人趁我無暇他顧時，厚顏學我上下古今，以一盒通六合。我出門到睽違一年的台北，台東，台南，台中……，火車上、捷運上，大街、小巷，到處看到大家擁「盒」自重。泰勞，菲傭，印尼傭，越南新娘，陸配……，人手一機，滑來滑去，自得其樂。在溜滑的鐵盒子裡，沒有人是異鄉客。

午後在我的表演坊兼健身房王記茶舖喝茶，本來還算安靜。但最近常看到一些銀髮／黃髮歐巴桑，霸著我旁邊的桌子，叮噹叮噹Line來Line去。四、五個女人點一壺奶茶，吃吃喝喝共享一整個下午。茶沒了，請櫃台加熱水回沖。不夠甜，請求加糖。沒奶味，再要奶精。從她們的包包裡拿出中秋節吃剩的過期月餅、蛋黃酥……，先不同角度拍攝食物（Line 一下！），再不同角度彼此拍照（Line 一下！）——獨照，兩人照，三人照，四人照，最後，對著年近花甲的我這花蓮路人甲說：「小弟，幫我們合照一張！」啊一盒在手，一壺在桌，資源回收，讓賞味期限已過的一切回味，回甘，回春，這樣的同學會、同樂會，何過之有？不必怕她們生命的小鐵盒沒有電。「快，那邊有兩個插座，一邊插電，一邊看影片，比較耐久！」我要向茶舖主人致歉。你們客人多了，但生意、收入沒有更好。

我的母親在和她土風舞社同輩在摩斯漢堡或麥當勞用過早餐後，三不五時會跑來星巴克找我聊天。最常說的是：「欣香行老闆娘好厲害，常常和她美國的孫子傳照片，要聽什麼歌，手機上一點就出來，還有影像！」不然就是：「梁老師好了不起！八十五歲了，還會把她剛拍的照片不知怎樣漂漂亮亮合在一起，立刻傳給別人。」母親有支陽春型手機，不能上網，也不需要上網，因為很少開機。

我要向我初中畢業近七十年、離開辦公室已二十年的母親致最大歉意。因為我，你必須在這麼多年後還重修英語、國語學分，補上電腦和桌上溜冰課。上個禮拜，吃完早餐，她又跑來跟我叨叨絮絮。我受不了，立刻帶她到街上辦一隻新手機。她以重重理由拒絕我。第一，她不懂電腦。第二，她不懂英文。第三，她不會ㄅㄆㄇㄈ。第四，她眼睛不好。第五，她不會用。第六，她不需要……。我說，就是你不懂、不會用、眼睛不好，才要買給你！你不是也想跟你在美國讀書的孫女聯絡嗎？辦手續時，她一直問櫃台小姐吃到飽要不要錢，有沒有更便宜的，八十歲以上有半價嗎？她靦腆又小心地把新手機放進包包。我花了一個下午幫她申請一個 email 帳號，設定好 Line、Skype 和臉書，把她最喜歡的歌一首首在 YouTube 上找出來，把我的和她孫女的網頁以及她可能看的幾家報紙標成書籤放到鐵盒桌面，教她怎麼收發電話、簡訊，使用搜尋引擎、相機、媒體瀏覽器、鍵盤、Line……。這一切，對她，一下子似乎太多了。她很認真地聽，記，練習，然後搖搖頭說又忘記了。我知道她在逐夢的路上。我說，如果你不熟悉 A B C D 或ㄅㄆㄇㄈ，可以先用語音搜尋，用說的就可以。她說，這麼好喔。我示範給她看：你可以在 Google 上找你以前服務的木瓜林區。我對著鐵盒子說「木瓜林區」，馬上跳出來花蓮林區管理處的網頁。她說，這個東西好聰明喔，還知道木瓜林區已經改成花蓮林區管理處了。她照樣對著鐵盒子用台灣國語說「木瓜林區」，跳出來的居然是「木瓜．冰淇淋」的網頁。我說，搜尋看看我的網站。她對著盒子說「陳黎文學倉庫」，跳出來的是「城裡蚊子殘酷」。她又試了一下，說「費玉清」，這次看到的是和「衛浴間」有關的圖和文。她覺得真神奇！

她覺得在YouTube上一首一首找歌太慢、太麻煩了。她索性對著Google麥克風說：「江蕙所有的歌！」發現出來的沒有歌，只有文字：「江蕙所有的歌都被歌迷所深愛」，這是一篇專訪的標題。她把這鐵盒子當作神，很快地信奉它，並且傳它的道。她對沒有手機的我爸爸說：「你不用買報紙，看這裡的蘋果電子報就可以了！」前兩天回上海街看我爸媽，看到好幾張從街頭金元寶彩券行買回來的大樂透彩券。我問怎麼一回事。我媽說：「你爸爸那一天對著鐵盒子大聲說『大樂透頭獎號碼！』，結果跳出了許多明牌，他趕快抄下來去簽了好幾千塊，昨天開獎都槓龜了。原來買的是前兩期的頭獎號碼！」這太神了，八十多歲的他們大概以為現在科技發達到預測彩票中獎號碼和預測颱風、地震一樣準。

這都是我的錯，讓應該靜享天倫之樂的他們，腦筋還動個不停。昨天吃晚飯的時候，我Line了一張笑口常開的貼圖給我媽，她回傳給我一張寫著Good night!英文字的就寢圖。我馬上打電話跟她說，good night，晚安，是睡覺前說的，現在才六點半。隔了五分鐘，她又傳來一張一大疊鈔票的貼圖。我猜不透什麼意思，以為她要還我手機的錢。我撥了她的手機。她說，沒有啦，她覺得她很富有。

（二〇一四）

童年旅店

我從小住在花蓮市上海街，我小學——明義國小——同班同學也多住在附近幾條街：南京街、仁愛街、中華路、中正路……。我有一首詩〈蔥〉，寫說「我的母親叫我去買蔥。／我走過南京街，上海街／走過（於今想起來一些奇怪的／名字）中正路，到達／中華市場……」。熟悉花蓮的人會覺得奇怪，中正路、中華路都在上海街西側，前進中華市場買蔥幹嘛先往東後退到南京街？這樣寫，大概是要凸顯自己所在的小城如影隨形的大中國符號。到中華市場，從我家沿上海街（根據 Google 地圖指示）南行一百公尺，至信義街右行五十公尺，過中正路即是。Google 街景照很清楚地顯示矗立在信義街、中正路轉角的是一棟新開的旅店：Just Sleep，捷絲旅。Google 很精確、合乎現況地標示了這棟可算是許多花蓮人重要記憶標竿的建築位置，但 Google 地圖沒有，或無法，即時標出的是這棟建築過往的歷史，以及存於我體內的童年風景。

這棟建築過去多年一直處在荒置狀態。之前，它是大半小城居民們印象深刻的美琪飯店和戲院，要吃烤玉米、烤香腸，到它門口即是。我在二十多年前〈地震進行曲〉一文裡記錄過它——「美琪歌劇院大大的歌舞團廣告依然高聳著：『大白鯊地震秀！大胸脯，大震幅，保證值回票價！』」我那時是小城中學老師。更早，則是我的童年。美琪戲院名叫花蓮戲院，是一棟木造房子，信義街上蔣經國光顧過、繼而聲名遠播的「液香扁食店」當時還依附在戲院木頭屋簷下。那是黑白片和歌仔戲、歌舞團輪番上陣的年代。彼時的台灣，像印度一樣，是窮電影大國，每年量產上千部黑白、低成本台語片。我們這些比國家更窮的小孩，放學後，在門口纏著收票員讓我們進去看片尾。上了初中後，我們脫下制服，買票進去看巡察的警察離開後乍停表演，讓歌舞女郎整列上台袒露上下體的歌舞團，發現我們的校長坐在第二排，公民與道德老師坐在第五排。

北迴鐵路未通車、火車站還在中山路頭時，沿此戲院所在的中正路東側騎樓，接中華路，一路到舊稱黑金通的中山路火車站，是小城最繁華的地帶。這捷絲旅大樓以北、以東的幾條街路，日據時期以來即是花蓮市最具風味的地區，酒家、茶店、戲院林立，難怪小說家張愛玲一九六一年來花蓮時，會央求她的後輩同行王禎和（啊，就是寫〈嫁妝一牛車〉和《玫瑰玫瑰我愛你》的花蓮首席小說家）帶她去我家後面南京街上的大觀園酒家逛逛。這棟大樓為何荒置多年？原因大概就是火車站遷移了，人潮不再，鬧區有門無市，守店苦鬥，熱鬧漸失。

我正在想這新旅店的開張會不會為老市區注入新活力時，忽然接到一通台北打來的電話，說他們在花蓮新開的旅店很想跟小城的人文風景做連結。我問什麼旅店，他們說 Just

Sleep。我彷彿從夢中醒來似地驚呼：那是我中學音樂老師，「花蓮音樂之父」郭子究最有名的兩首歌曲〈回憶〉和〈花蓮舞曲〉首演的地方呢！

花蓮戲院前身是日據時期的映畫館與劇場「太洋館」，一九四四年四月郭老師領導「花蓮港音樂研究會」在此發表此二曲。〈回憶〉時名〈思ひ出〉，並無歌詞，一九四八年、一九六五年先後請其花蓮中學同事填入國語歌詞而成。一九九六年我編輯《共鳴的回憶：郭子究合唱曲集》時將之填上台語新詞，一九九九年被教育部選為國中音樂課本共同歌曲。新旅店要與小城的人文連結，不就重新宣告此處是花蓮文化源泉滴積出的活鐘乳石？

從小到大，凡人如我等，凡事向來一意孤行，無法無天可恃。這些年來，由於網路的發明，email、簡訊、臉書、Line 等媒介的問世，人與人之間似乎連出一些「吾道不孤」之感。而人神溝通的互聯網，千萬年來一直天網灰灰（看不清、摸不著），大而無當。名號各異的諸神雖眾，但人間數十億生靈，代代、日日求助的事太多，縱有千手觀音接線生般敏捷、多線的接聽技術，萬有九九九九，還是呼天不應。我覺得老天最近似乎漸有悔意，居然一改前非，注意到島嶼邊緣小城小事，機巧透過我輩小人物，跨時空聯結，準備讓被淡忘的整整七十年前聲光再現，要讓退燒的小城舊市區熱鬧一下，或一夏、百夏。

我揹了個小書包，帶著平板電腦，偷偷入住「試賣」中的旅店。八樓角落臨街的房間，窗簾拉開，哇，中央山脈！這不是我自己的詩嗎？「遠山跟著你長大，又看著你老去」；「遠山，在你愛的時候／一夜間又近了」……我趕緊打電話叫在上海街的我爸媽也過來看。北窗望出去是我家前面媽祖廟頂，面西，玻璃窗下是整條中正路。我跟我媽說對面街角就是以前鄭鴻洲家的甜品店。我最喜歡吃他們的紅豆湯圓。他們早已搬家，房子如今輾轉屬於座號2號的王啟賢所有，租給人家開超商。我指著窗外對我媽說「全家」旁邊是棒球隊投手，也是客家人的鍾森松他家，再過去是黃裕堂家的腳踏車店，鄭進坤家的打鐵店，吳玉慧家的南港輪胎，賣台灣水泥的葉日隆家義隆行，媽媽是日本人的溫日榮家溫齒科，派出所旁陳敏華家的碾米行，中華路那邊是古貴珠家的西裝店，鍾秋美家的文具行，王鴻祥家的麵店……。我轉過身，指著中華市場另一側說這邊是廖敏雄家的電器行，劉素真家的木材行，七個孩子中排行老大、爸爸當軍醫的黃永盛家……。我媽說：你都還記得喔，你記不記得你小學放學後，經常在外面晃，很晚才回家？

小時候，北迴鐵路還沒建，舊東線鐵路從酒廠和明義國小間穿過，放學後我們經常在鐵道兩邊高高低低的草堆裡流連，探險。大學畢業回到小城教書的第一年，我寫了一首〈在學童當中〉，詩末說「迷路的詩人用書包提取花香／第一顆星溜過他的髮間，到達今夜——／今夜我們將投宿童年旅店」。沒想到花甲的我星白的髮間，如今已星光燦爛！

鄭鴻洲後來經營傳播公司，也幫公視拍片，又創立「後山TOP休閒電台」。有一次公視來拍我的小記錄片，鴻洲來探班，他們支開我問其我小學事。鴻洲爆料說，五年級時有天老師檢查算術作業，叫沒寫的人站起來，我明明沒寫卻安坐不動。老師打完人後訂正作業，叫我起立說答案，鴻洲說我作業簿上一片空白，卻不慌不忙一題題報出。此事我全不記得，如果屬實，我要高興自己從小就鞭策自己無中生有，挪移乾坤。

王啟賢曾經首擎綠旗，當選過兩任本里里長。他，以及扳倒他繼任里長的6號吳健澧，是本班在台灣政壇上位置最高的兩人。小學畢業旅行去台東，大家在旅社裡賭博，第一天晚上王啟賢帶的錢幾乎全被我贏來，他很生氣猛然咬了我左手一口，當場血流不止，深深的疤痕隔了五十年仍鮮明地跟隨著我。他把僅剩的十塊錢交給我保管，發誓戒賭，免得全部輸光，但還欠我五塊。喂，王啟賢，前里長伯仔！看了我這篇文字，趕快帶著五塊錢，呼朋引伴過街來一起投宿童年旅店，在晌午已過，夜猶未央的半世紀同學會兼里民大會上，把往事美好的點點滴滴，連本帶利贏回來。

我獨自在捷絲旅大樓睡了一夜，春日晨光暖和地射入窗內，小城在我腳下閃耀。Just Sleep is not just sleep，似乎有什麼跟著我一起醒來。

（二〇一五）

後記

這本散文選收錄了我寫作四十年來各階段散文八十餘篇。「輯一：人間喜劇」的文字，出於散文集《人間戀歌》（1990）。「輯二：晴天書」的文字，選自《晴天書》（1991）、《彩虹的聲音》（1992）、《立立狂想曲》（1994）和《偷窺大師》（1997）四書。「輯三：詠嘆調——給不存在的戀人」，是整本散文集《詠嘆調》（1995）的再現。「輯四：想像花蓮」的文字，選自《偷窺大師》、《想像花蓮》（2012）二書，以及未結集的作品。我發現自己詩作比較少的時段，可能就是孕育散文的季節。它們是同一個作者，脈動略異的左右心房。

陳黎

二〇一五年十二月　花蓮

INK PUBLISHING

文學叢書 504

陳黎跨世紀散文選

作　者	陳　黎
總 編 輯	初安民
責任編輯	林家鵬
美術編輯	陳淑美
校　對	陳　黎　林家鵬

發 行 人	張書銘
出　版	INK 印刻文學生活雜誌出版有限公司 新北市中和區建一路249號8樓 電話：02-22281626 傳真：02-22281598 e-mail:ink.book@msa.hinet.net
網　址	舒讀網 http://www.sudu.cc

法律顧問	巨鼎博達法律事務所 施竣中律師
總 代 理	成陽出版股份有限公司 電話：03-3589000（代表號） 傳真：03-3556521
郵政劃撥	19000691　成陽出版股份有限公司
印　刷	海王印刷事業股份有限公司

港澳總經銷	泛華發行代理有限公司
地　址	香港新界將軍澳工業邨駿昌街7號2樓
電　話	852-2798-2220
傳　真	852-2796-5471
網　址	www.gccd.com.hk

出版日期	2016年 9月 初版
ISBN	978-986-387-111-8

定　價　499元

國家圖書館出版品預行編目(CIP)資料

陳黎跨世紀散文選　／陳黎 著.
--初版．-新北市中和區：INK 印刻文學，
2016. 09 面；14.8×21公分. --（文學叢書；504）
ISBN 978-986-387-111-8(平裝)

855　　105011158

本書獲國立台東美學館出版補助